当代陕西文学评论文丛

笔耕拓土

在现实主义的道路上

刘建军 著

陕西师范大学出版总社 西安

图书代号　WX24N2324

图书在版编目（CIP）数据

在现实主义的道路上 / 刘建军著. -- 西安 ：陕西师范大学出版总社有限公司，2025. 6. --（当代陕西文学评论文丛 / 贾平凹，齐雅丽主编）. -- ISBN 978-7-5695-4831-0

Ⅰ. Ⅰ206.7-53

中国国家版本馆CIP数据核字第2024XE6077号

在现实主义的道路上
ZAI XIANSHI ZHUYI DE DAOLU SHANG

刘建军　著

出版统筹　刘东风　刘　定
策划编辑　马凤霞
责任编辑　陈君明
责任校对　徐小亮　王丽敏
封面设计　周伟伟
出版发行　陕西师范大学出版总社
　　　　　（西安市长安南路199号　邮编 710062）
网　　址　http://www.snupg.com
印　　刷　中煤地西安地图制印有限公司
开　　本　720 mm × 1020 mm　1/16
印　　张　19
插　　页　2
字　　数　270千
版　　次　2025年6月第1版
印　　次　2025年6月第1次印刷
书　　号　ISBN 978-7-5695-4831-0
定　　价　69.00元

文脉陕西，评论华章（序）

贾平凹

　　从延安文艺的烽火岁月，到新时代的文学繁荣，陕西文学以其独特的风格和深邃的内涵，赢得了国内外的广泛赞誉。在中国当代文学史上，陕西不仅拥有一支强大的文学创作队伍，同时也拥有一批占领各个历史阶段文学批评潮头的评论骨干。他们以敏锐的洞察力剖析文学现象，参与文学现场，解读作品内涵，为陕西文学的发展注入了源源不断的活力。在新时代文化浪潮中，文学评论作为党领导文学事业的重要途径和方式，作为文学繁荣发展的重要推动力和引导力，正凸显着越来越重要的作用。

　　为了贯彻落实习近平总书记关于文艺工作和文艺批评的重要论述，以及中宣部等五部门联合印发的《关于加强新时代文艺评论工作的指导意见》，进一步加强和改进陕西文学批评工作，打磨好批评这把利剑，把好文艺的方向盘，同时也为深入总结和发扬陕派文学批评的历史经验，全面呈现陕西当代评论家队伍及其丰硕成果，推动陕西文学批评再创佳绩，助力陕西乃至全国文学发展，陕西省作家协会精心策划并编辑出版了"当代陕西文学评论文丛"。

　　在选编过程中，丛书编委会始终遵循着精编细选的原则，力求每篇文章都能代表作者个人的最高水平，同时也能反映出陕西文学评论的独特风格和时代特征。所选文章以研究和评论承续延安文艺传统的陕西作家、作品为主，也不乏对中国文坛或域外文学研究的独到见解。丛书汇聚了三代文学批评家中三十位代表批评家的学术成果。他们或生于陕西，或长期在陕工作。他们以笔为剑，以墨为锋，用睿智深刻的见解，共同书写了陕西文学批评的辉煌华章。他们的评论文章，或激情洋溢，或理性严谨，或高屋建瓴，或细腻入微，共同构筑了这部丛书的独特魅力与丰富内涵。

丛书将陕西老中青三代评论家分为"笔耕拓土""接续中坚""后起新锐"三个系列。三代评论家有学术师承，亦有历史代际。每个系列都蕴含着不同的时代气息和文学精神："笔耕拓土"系列收录了陕西文学评论界先驱和奠基者的成果，他们如同手握犁铧的开垦者，为陕西文学评论的沃土播下了希望的种子；"接续中坚"系列展现了新一代批评家中坚力量的风采，他们的评论既有深厚的理论功底，又有敏锐的时代洞察力，为陕西文学评论的繁荣发展注入了新的活力；"后起新锐"系列则汇集了新一代批评家的文章，他们敢于创新，勇于探索，为陕西文学评论的未来开辟了广阔的空间。

"当代陕西文学评论文丛"的出版，不仅是对陕西文学批评历史的一次全面总结和回顾，更是对未来陕西文学发展的有力推动和期待。相信这部丛书的问世，将激发更多文学评论家的创作热情，使陕西文学创作与批评携手并进，比翼齐飞，为推动陕西文学批评事业的繁荣发展，为陕西乃至全国文学的发展贡献新的智慧和力量。

2024年11月8日

目　　录

漫谈现实主义作家的世界观与创作

在世界观与创作方法的关系问题上，我们与资产阶级展开过激烈的论战，就是在我们自己内部也一直进行着不同意见的争论。在与敌对思想的斗争中，在自由的学术讨论中，这个问题的许多方面已经搞得相当明朗，相当清楚，但是问题并未得到彻底全面的解决，不少模糊、片面的观点仍然存在。对这个问题还有做进一步探讨的必要。

马克思主义经典作家对这个问题有着许多原则性的指示，我们只要依循这些指示，结合作家的创作实践去深入探讨，是会得到比较正确全面的结论的。本文作者试图谈谈自己在文学学习中对这个问题的一些零星理解，就正于对此感兴趣的同志。

一

毛泽东同志在《在延安文艺座谈会上的讲话》中曾这样谈道："政治并不等于艺术，一般的宇宙观也并不等于艺术创作和艺术批评的方法。"同时又说"马克思主义只能包括而不能代替文艺创作中的现实主义"。[1]这些话明确地告诉我们，文学家、艺术家除了具有一般的世界观外，还有他们特有的艺术创作和艺术批评的方法。艺术创作和艺术批评的方法与普通

---

① 《毛泽东论文艺》（增订本），人民文学出版社，1958年，第58、63页。

的世界观是有区别的，不能等同代替的，但是后者却可以包括前者，后者制约着前者。这是一种辩证统一的关系。

世界观与创作方法既然是不同的两个东西，它们之间存在着差异，那么否认它们之间的一定的矛盾关系就是不正确的。差异就是矛盾，矛盾是普遍存在的。只有马克思主义世界观，没有一定程度的艺术地认识生活的能力和一定的艺术表现能力，完美地运用革命现实主义与革命浪漫主义相结合的创作方法是有困难的。我们承认世界观与创作方法之间一定的矛盾关系，是尊重它们各自的内容、存在的特殊方式、不同的发展道路。否认这种关系，就会走向"政治即艺术"的错误，用一般的世界观去代替文艺创作和文艺批评的方法。当然，仅承认这种关系是远远不够的，我们还要进一步指出在这种矛盾关系中世界观对创作方法的制约作用。否认这种制约作用，就会走向"艺术即政治"，用创作方法的掌握去代替马克思主义世界观的建立，这也是错误的。任何片面的认识，我们都必须反对。

一些人历来是片面夸大世界观与创作方法之间的矛盾关系，抹杀世界观对创作方法的制约作用，或者鼓吹两者互不作用，相对平行；或者鼓吹两者绝对对立，不能统一。他们宣扬作家只要掌握了现实主义创作方法，反动的世界观不仅不会妨害作家的创作，反倒促使作家创造出更伟大的杰作来。世界观与创作方法愈矛盾愈好。他们常常举出歌德、巴尔扎克、托尔斯泰来证明他们的这种理论。为了驳倒这些理论，我们有必要着重以这几位伟大的古典作家的思想与创作，来分析世界观与创作方法的关系。

我们平常谈到古典作家时，说他们世界观反动，大多是指政治观，或指其总的倾向，并非认为他们的世界观毫无进步因素；称赞他们的作品优秀，一般是指主要成就方面，并非说这些作品毫无消极甚或反动成分。有不少人对此往往有着过分狭窄的理解，他们把古典作家的政治观甚或某种政治偏见看作作家的整个世界观。这是很不妥当的。一个人的世界观，是他对宇宙、对社会的总的看法，是他的立场、观点、方法的综合。这里面包括政治观、哲学观，也包括道德观、美学观等等。考察一个作家的世界观，应该注意他的政治观、哲学观，也应该看到他的道德观、美学观，全面考察他的总的倾向。一个作家的这些观点之间可能存在着矛盾，但是又统一在一定共同的倾向上，是唯物主义的或是唯心主义的，是站在进步阶级的立场上，还是站在反动阶级立场上。作家的世界观不是静止不变的，它有可能发生轻微的或者重大的变化。

优秀的古典作家经常是这样：世界观总的倾向进步，但也混杂着一些反动观点；或者世界观总的倾向落后，但在许多方面也有进步的、唯物主义的认识。一个作家可能政治观、美学观是进步的、唯物主义的，而道德观、宗教观却是落后的、唯心主义的；或者政治观、宗教观是落后的、唯心主义的，而美学观却基本上是进步的、唯物主义的。对此，我们应该进行细致的、全面的分析，不能以偏概全。古典作家世界观的矛盾，还表现在它是逐渐形成的，可变的。一个作家前期世界观反动成分占主导地位，由于社会斗争的推动、自身生活的激变，后期也可能渐渐走向进步。在这样的作家身上，经常表现出两种力量在世界观内部的斗争。作家世界观中的这些矛盾，都会反映在作家的创作过程和作品中。

所谓创作方法，并不是什么脱离一定思想基础的单纯的艺术手法、表现技巧，而是作家认识现实、反映现实所依据的艺术原则。作家艺术地认识生活、反映生活是基于一定的世界观之上的，他的创作方法的思想基础是他的世界观。创作方法具有历史性、社会性便是很好的说明。欧洲文学的批判现实主义产生于资本主义已经高度发展的时代，今天资本主义国家流行的各种颓废主义是与帝国主义的没落有着联系的。无产阶级登上历史舞台之后，创立了社会主义现实主义的创作方法。我国的革命文艺家在毛泽东思想的指引下，正在艺术实践中摸索、丰富着"两结合"的创作方法。作家选择这种创作方法，不选择那种创作方法，其原因虽是多方面的，但作家世界观的制约作用却是一个重要方面。那么，历史上不同时代不同阶级的作家却共同运用现实主义创作方法，这个现象怎么解释？这只是个笼统的提法，具体分析起来，不同时代的现实主义有着差异；不同阶级的作家之所以能采取同一的创作方法，还是因为他们世界观中有着共同的因素。支撑作家掌握现实主义或积极浪漫主义创作方法的，总是作家世界观中的进步因素。作家的创作方法受他的世界观的指导制约。这样的原则，对于歌德、托尔斯泰、巴尔扎克也是适合的吗？让我们看看他们的创作。

二

　　歌德的整个创作向我们显示出，他的世界观有一段不平常的曲折的发展过程，这里反映出那个时代的社会矛盾，也反映出歌德自己思想上的矛盾。歌德几乎一直处于复杂的矛盾状态。恩格斯对此有着精辟的分析。

　　恩格斯指出，歌德的创作内容是复杂的，他对当时的德国社会有时是敌视的厌恶的，无情地去讽刺它；有时却是和它亲善的，"迁就"它的，称赞它，甚至保护它不受历史运动的冲击。"这常常不过是他的各种不同的心情的表现而已；他的心里经常进行着天才诗人与法兰克福市参议员谨慎的儿子或魏玛的枢密顾问官之间的斗争；前者对于环绕在他四周的俗气抱着嫌恶的心情，后者使自己必须和它妥协，适应于它。因此，歌德有时候是非常伟大的，有时候是渺小的；他有时候是反抗的、嘲笑的、蔑视世界的天才，有时候是谨小慎微的、事事知足的、胸襟狭隘的小市民。"①恩格斯这些精辟的分析，正好从歌德世界观的矛盾中揭示出他创作内容复杂的原因。让我们遵循这个分析去考察考察歌德的世界观与创作。

　　18世纪下半叶与19世纪初，欧洲正处于资产阶级在一些国家大奏凯歌而封建贵族易箦就木的时代。新兴的资产阶级坚信自己是社会主人的身份，以封建贵族从来没有的进取精神、大胆作为，清扫着他们前进的道

---

① 《马克思恩格斯列宁斯大林论文艺》，人民文学出版社，1959年，第36—37页。

路，发展生产和科学文化事业，也真造就了一片繁荣活跃的景象。对此，高寿的歌德自豪地谈道，他生在一个惊天动地的时代，他目睹七年战争，美国脱离英国而独立，法国革命、整个的拿破仑时代，他兴奋地谈论着当时科学技术事业的发展。总之，歌德看到四周是一片生气，资产阶级全力发展的景象。然而他所看到的景象和他实际接触的现实生活却不一致。在英、法、荷等国大步前进的时候，德国却处于封建割据七零八落、愚昧落后、腐朽鄙陋的状态中。这种经济与政治上的分散，造成了德国资产阶级各方面的不独立，他们不但不敢去反抗封建贵族，而且得仰封建贵族的鼻息以维持缓慢的发展。德国的资产阶级不得不去向封建割据的王公、伯爵们摇尾乞怜，而且还得向那个政府和它的官吏们奴颜媚骨、卑躬屈膝。在这种现实的土壤中，培养出他们妥协的哲学思想。18世纪末甚至19世纪初德国资产阶级哲学，一方面认为社会经济需要根本的改革，一方面又认为这种改革只能靠它自然地到来，没有必要"人为地"加速这一过程。说明白点，就是他们反对实现这些改革的一切革命的方法。他们不敢去团结人民，害怕人民群众的骚动，却也"欺骗压迫者，从而为自己所受的委屈雪耻"[1]。这时在民众中还没有成长起一种能够扫除德国这种过时制度的腐朽尸骸的力量。

伟大的歌德就诞生、生活在这样的欧洲和如此的德国这个特定时代。诗人的父亲是商人出身的法兰克福市的参议员，母亲是市长的女儿，德国的资产阶级也就在出身与教养上把它的阶级烙印打在了诗人的身上。虽然这时德国在政治经济上是可耻的停滞的，然而在文学上受到整个先进的资产阶级思潮的影响，德国资产阶级中一部分优秀分子感到从事现实运动的无力便大量地集中到思想界来，结果造成德国文学、哲学空前的伟大局面。当歌德还处于青少年时，这个伟大局面的鼎盛时期还没有出现，但思想界已经非常活跃。歌德在大学读书时期，很受这种思想界的自由春风的

---

① 中共中央马克思恩格斯列宁斯大林著作编译局：《马克思恩格斯全集》第2卷，人民出版社，1957年，第633页。

吹拂。法国启蒙运动先驱者的思想，伏尔泰对宗教的大胆批判，卢梭的"返归自然"和个性自由发展的理想都刺激着未来诗人反封建意识的觉醒。这时自然科学的巨大发展，新兴的电学原理和瑞典生物学家林纳的学说，也促长着歌德科学世界观的形成；在文学艺术上，温克尔曼关于希腊艺术的理论给他很大影响，与当时进步文学理论家赫尔德尔的结识更扩大了他的艺术视野。以上种种影响，都促使这位法兰克福市参议员谨慎的儿子一跃成为"狂飙运动"中的一员战将。

歌德是以战斗姿态出现在文坛上的。他初期成名的作品是以包含着反封建，要求个性解放的思想而被读者所热爱，从而很快得到广泛流传的。1773年发表的《铁手骑士葛兹·冯·伯利欣根》是一首歌颂自由，反对封建割据统治的战歌。歌德把一个历史上没落的骑士改造成一个革命者、英雄来歌颂，实际是要通过戏剧形式来纪念革命者，来歌颂一种革命的反抗精神，它确实唱出了当时德国资产阶级要求自由、要求统一的愿望。1774年发表的《少年维特之烦恼》，描写一个可以很有作为的青年维特与他所处的社会格格不入，加之在爱情上陷入绝境，最后只好自杀的悲惨故事。作者通过这部小说反映了当时德国市民阶层觉醒的青年，对他们周围陈腐的封建的社会制度、思想观念的厌恶反感和无法容忍，他们向往着大自然的美丽和谐、儿童的天真和劳动人民的朴素。

这两部作品基本上代表了歌德在"狂飙运动"时期的创作面貌，它们共有的特色是强烈的反抗精神。但是，"狂飙运动"虽然可以说是启蒙运动在德国的某种程度的延续，它反对封建专制、顽固保守，要求个性自由、思想解放，然而由于德国资产阶级实力的软弱和本身的妥协性，这个运动和社会各个阶级就不可能取得紧密的结合。它没有成为一个政治革命，始终只局限在文学艺术范围之内。"狂飙运动"的局限性表现得很明显：它带着卢梭的"返归自然"的影响，它对最自然的人即他们所谓的"天才"的推崇，它脱离广大人民群众，没有正面提出对当时德国社会应该进行改造的任务，等等。这些局限，都可以直接在歌德这一时期的作品中找到它们的印记。歌德虽然理想化了葛兹，然而他仍忠实地描写了葛兹是不能同意农民的革命方式的（其实，作者也是不赞同农民革命的），最后葛兹背弃了起义的农民，走上了个人反抗社会的悲剧道路。这正是"狂飙运动"抽象的反抗精神，以个人的力量反抗社会争取自由的反映。葛兹终于走上了毁灭的道路，然而他还是个不屈的、可以高喊着"自由万岁"而死的英雄。较起葛兹来，维特就是一个软弱的个性反叛者。这个形象饱含当时德国社会的现实气息，歌德借助他也更直接地表达了自己的一些感情和意见。维特代表着一种新的力量，但是他在包围他的旧力量面前显得非常软弱。他讨厌君主专制、阶级差别、人世虚伪和因循守旧，可是他又无力反抗。他忍耐不下去，只好逃避。他对大自然美的欣赏，对农家生活的赞颂，在很大程度上不过是他对鄙陋的现实无力反抗而做的一种逃避罢了。他欣赏大自然的自由和谐，是因为他感到在现实社会生活中处处存在着束缚限制；他爱怜孩子的天真和农家生活的单纯朴素，是因为他感到上流社会正缺少这些品质，相反倒充满了虚伪、混浊、浮饰。你看，他多赞美农家的劳动啊，不过这可不完全是对创造活动、积极人生的歌颂，而是他觉得这种劳动可以使人单纯，忘掉苦恼。他喜爱看乡村一家人共叙天伦之乐的生活，因为"我一见了这类的人儿我便安定起来，他们在一个小天地中平安地过活，看到落叶时，除想到冬天来了之外，别无何等忧虑来扰乱他们的日常生活"①。看来，维特与现实是不调和、不妥协的，然而他的追求与理想，在不少地方沾染着德国市井细民的庸俗。当他感到他与绿蒂的爱情不能实现时，便完全绝望，无意于人生而自杀。维特并不认为自杀是一种懦弱的表现，他认为自杀是一种勇敢自信的行为。是的，维特的自杀是一种反抗，可是这是多么软弱无力的反抗啊！我们不是要责备歌德没有把维特塑造成一个顶天立地的英雄，我们只是要指出维特性格的各个方面都有着"狂飙运动"的局限，德国资产阶级的软弱性，歌德这时期

---

① 歌德：《少年维特之烦恼》，郭沫若译，人民文学出版社，1959年，第16页。

世界观规定性的鲜明标记。维特只能是个觉醒了的在生活湖泊中孤独的不幸的挣扎者。维特也找到了可以作为他前进道路上的伴侣，可是这个伴侣——绿蒂是一个较他更为软弱的人，她还能容忍在那个社会生活下去，从不企图去反抗她的处境。她也知道与维特的结合将会是更幸福的，然而她却不敢跨越当时社会雷池一步，眼睁睁地看着维特去自杀，甚至没有力量去阻止维特自杀的发生。所有这些都是狂飙运动者不能解决的矛盾。它是历史的、阶级的局限在文学中必然的甚至是恰当的表现。

狂飙突进运动的性质，决定了这个文学革命的浪潮不可能长久持续，不多时候它便慢慢地退落下去。1775年，歌德去魏玛公国服务。诗人行前或许怀有不少改造社会的宏大抱负，然而，实际上鄙陋的德国宫廷的卑微事务只会使那些抱负落空，可怜的现实生活把诗人当年狂飙突进时代的反抗精神、热情追求日日见损地消磨着。此后，诗人的创作，便逐渐地由反抗的主题转向对社会现实妥协的主题。1774—1787年完成的《哀格蒙特》，可以说是诗人创作上这种情况的一个转折点。因为这部作品动笔于去魏玛之前，所以其中更多的还是对现实的不妥协精神，狂飙突进时代的余音还在这里回响荡漾。1787年完成的《在陶里斯的伊菲格尼》，假若说还有些反抗精神，那就是伊菲格尼不能忍受她落在陶里斯的处境，企图从那里逃走。不过，欧里庇得斯剧中的伊菲格尼是以自己的机智欺骗了岛王而逃走的，歌德笔下的伊菲格尼却是以她高贵的品格感化了岛上的野人，以她的真诚感动了岛王而放她走的。诗人向我们证明高贵的德行和完美的人性战胜了野蛮的社会制度和残酷的天性。这不正是歌德在魏玛和旅行意大利时期，厌恶他周围的现实，企图逃避的态度和改造社会的古典人道主义理想的一种曲折反映吗？在1789年完成的《塔索》中，歌德向现实妥协的世界观表现得更为明显。这个剧本早年的初稿，还能看出作者想把主人公塔索塑造成一个维特式的叛逆者，可是几经易稿之后，塔索的思想、性格完全符合作者逐渐消沉下来的思想。塔索屈服于环境，他承认在人格上他是失败于自我克制、顺从于环境的安东尼奥式的。

这里需要提起的是1789年的法国革命。法国资产阶级革命大大地激起了德国资产阶级的热情，他们感到法国资产阶级所争取的自由、平等、博爱正是他们所需要的。不过，这完全是一种德国式的热情，像恩格斯说的，这是一种纯粹形而上学性质的，只不过是对法国革命者的一种理论表示，当1789年法国人民的革命继续进行下去时，这种德国式的热情就一变而成为对革命的疯狂憎恨了。当然，在德国作家中，有不少人对法国革命确实怀抱着真正欢迎、拥护的态度，然而歌德的态度却基本属于上述德国式的热情。歌德对法国革命在不少地方也说过拥护的话，这种拥护也大多是冷眼旁观者表示的客观主义态度，而在更多的地方他则流露出对法国革命所采取的方式与流血恐怖，有些反对和害怕。他对群众缺乏信赖，极力躲避他们。歌德在1793年写的喜剧《市民将军》和1794年写的《激动的人们》里，对革命群众进行了诋毁和嘲讽。

我国读者比较熟悉《赫曼与窦绿苔》。这部长篇叙事诗完成于1797年，它很能说明作者在法国革命后的某些思想。叙事诗写的是18世纪90年代初期法兰西共和国军队进占德国莱茵区时，一对青年男女恋爱，引起家庭骚动又复归平静的非常富有田园风味的故事。诗中直接谈到了法国革命，逃亡者中的保正叙说了德国人民在法国革命后的那种兴奋心情。窦绿苔原来的未婚夫就是一个向往法国革命跑到巴黎献出自己生命的有为青年。赫曼表示，他不满目前的动荡，也不赞同窦绿苔原来的未婚夫的行为，"跟着人东奔西闯，这样的态度和我们德意志人有点不相象"[1]。他又表示，当然若有敌人来侵略，他也会勇敢地提剑在手。赫曼有爱国主义思想，但他对法国革命却是认识不足的，而且以一种小市民的庸俗苟安的心理来观察、应付眼前的事变。赫曼的整个性格心理都具有非常软弱妥协的一面，我们从他身上期望不到什么强有力的行为、勇敢的反抗。他对父亲的命令、呵斥向来是服从惯了的，埋着头干活，从来没有什么非分的想

---

[1] 歌德：《赫曼与窦绿苔》，郭沫若译，人民文学出版社，1956年，第91页。

法。当他目睹流亡者的悲惨状况也曾激起一片同情之心、满腔的正义感，可是占据他整个思想的却是美丽的流亡少女——窦绿苔。就是这强烈地萌生起来的爱情，他也不敢公开大胆地去争取，总是怯生生地，躲躲闪闪地。开始他和父亲有了争执，好像马上会爆发一场尖锐的冲突，但是接着一切又在妥协中得到完满的解决。他好像有别于他的父亲——那个庸俗保守、一心发财的"金狮酒馆"的老板，实际上他也是一个没有多大理想、目光短浅、安于天命的德国小市民。在他那些激动的豪言壮语中，他母亲就看出："我是知道，并不是喇叭和战鼓把你唤醒，并不是想穿军服来炫耀姑娘们的眼睛；因为你虽然魁伟健壮，但是你的命定，是好生整理房厩田地，平康地乐叙天伦。"[①]在这首诗中，歌德是怀着一种肯定的感情，歌颂小市民庸俗、保守的思想和世外桃源式的田园生活。作者在这首诗中所塑造的人物，所安排的情节结构，所展开的矛盾冲突，都是符合他的这种思想的。

歌德这时期对德国现实妥协的思想，一方面表现在对小市民保守、宁静的生活的肯定，另一方面还表现在对贵族的理想化。在《维廉·麦斯特的学习时代》这部小说中，作者把德国市民阶级的理想作为它的主题，企图从开明贵族中创造他的理想人物。维廉肯定贵族优于小市民，并认为一切非贵族的阶级的附属地位是永远不会变化的。值得注意的是，这种对贵族的理想化在较早写的初稿《维廉·麦斯特的戏剧使命》中还看不见，在那里歌德还有着狂飙突进的精神，而这时就更趋向妥协了。

看来，歌德青年时期是进取的反抗的，中年就愈来愈趋向妥协。但是诗人到了晚年，却从妥协中愈来愈走向切实坚定地相信人类美好未来、积极肯定人生的方向。歌德之所以能如此，是由于他面向现实并与整个欧洲的前进始终保持着密切联系。歌德一直是入世的，他不像席勒似的逃向康德的理想，去避开鄙陋的现实。他虽然一直处在进退维谷的境地，有时

---

① 歌德：《赫曼与窦绿苔》，郭沫若译，人民文学出版社，1956年，第33页。

为德国的鄙陋、小市民的庸俗所战胜，但他的整个精神倾向却是积极的向上的，他注意整个世界的进展，注意一切新生的事物。他的高寿使他具有特别丰富的社会历史经验，这也促使他晚年对事物做出正确的判断。晚年，歌德把更多的精力投入创作活动，完成了他毕生构思的伟大杰作《浮士德》。

《浮士德》虽然是诗人六十年断续的劳动成果，然而这部作品主要是在其晚年完成的，是作者世界观趋于成熟、可以盖棺论定时期的产物。《浮士德》最能说明诗人的思想，也最能说明诗人在思想上、艺术上所达到的高度。在这里我们不可能对《浮士德》做出全面的评价，只能就几个可以说明歌德世界观与创作关系的问题简单谈一谈。

《浮士德》是部充满追求精神、相信未来、肯定人类活动的作品，是一部充满理想又极富现实精神的作品。浮士德博士在翻译《圣经》时改"太初有道"为"太初有为"。这个"太初有为"确实可以说是歌德《浮士德》的基调。浮士德一直在追求着积极的活动，他老是感到不满足，内心经常进行着"执着尘世"和"向上"这两种力量的斗争。当魔鬼帮助他得到了美丽纯真的少女玛甘泪之后，他并没有满足，这只使他经历了一些官能的享乐，反给他造成了良心上的更大痛苦。继之，为封建王朝的服务使他觉得讨厌，对古希腊美女海伦的追求只不过使他在古典美的世界里生活了一阵子，结局仍是破灭。只有在改造大自然的伟大事业中他才感到了满足，终于找到了唯一的归宿。浮士德不脱离现实、努力于日常生活实践的精神和他永远不满足、追求伟大理想的精神，是带有特定的社会性和阶级性的，是为那个时代和歌德的世界观所规定的。前面已经说过，歌德是处在资产阶级在欧洲许多国家已经得到全力发展而在德国虽然仍处于低声下气的地位但也得到了缓慢的发展的时代。欧洲资产阶级是在直接反对中世纪封建愚昧黑暗的束缚下成长起来的。反对中世纪的禁欲、要求世俗的享乐，反对宗教愚昧、追求知识真理，经过文艺复兴运动、启蒙运动，尤其是法国资产阶级革命之后，欧洲许多国家的资产阶级的这些追求已经可以说获得普遍的满足，而德国资产阶级却感到他们还是特别缺少，中世纪的枷锁仍然套在他们的脖子上。当别国的资产阶级已经可以自由地进行自己的事业的时候，这在他们还只能作为一种精神活动，一种愿望。理想的火在一些优秀的德国资产阶级分子心中炽烈地燃烧着。他们对这个理想的坚定性，是由于整个时代的进展已显示出德国封建贵族的必然没落。在浮士德身上，歌德赋予了自己对伟大未来的追求精神。浮士德的追求知识、探寻真理、肯定实践的精神是对文艺复兴以来三百年的这种斗争追求精神的概括。这种精神虽然具有人民性，却是资产阶级性质的。浮士德的悲剧遭遇完全是德国式的。

浮士德在古典美的理想生活破灭之后，感到有一件大事牵引着他。靡非斯特猜说，这是享乐，贪心，名誉？他说，都不是，"我要的是权势，和掌管！事业是一切，名声是虚幻"[1]。这种要求权势，要求实际的统治力量，好进行自己的事业，正是德国先进的资产阶级普遍的渴望与要求。后来，浮士德得到了这些，从而开始进行那一场改造自然的斗争。不过，歌德在这里把对他来说还不现实的资产阶级创造劳动理想化了。浮士德渴望筑海堤的工程快速完成，他对管事吩咐道："用什么方法都好，你去把人工募集，愈多愈妙，要用快乐和威吓把他们驱遣，给以金钱，诱惑，甚至迫害也要！"[2]很明显这种劳动是有二重性的，一方面是创造的活动，另一方面仍是剥削压榨广大劳动群众的苦役。就是这种使浮士德可以感到满足的劳动，在当时的德国也是不可能实现的。歌德只好让浮士德的这个理想以乌托邦式的幻想姿态出现，使盲眼的浮士德听后兴奋地劳动呼号，原来是魔鬼布置的一场欺骗。《浮士德》的结局是悲剧性的，却不是悲观主义的，反而带有幻想的乐观色彩。它的悲剧性在于，德国的现实不容那种不厌地追求、不懈地前进的崇高情绪，人类改造自然的宏伟壮举。然而，歌德明白，德国这种腐败的局面是不会永远继续下去的，资产阶级上

---

① 歌德：《浮士德》第2部，郭沫若译，人民文学出版社，1957年，第285页。
② 同上，第355页。

升时期的生意，英、法、荷等国的大步前进，科学技术事业的惊人发展，这一切都促使歌德确信理想最终是会实现的。所以《浮士德》的乌托邦式的结局是肯定式的、相信未来的，不是幻灭的、毫无前途的、悲观主义的。浮士德虽然受骗倒下了，然而魔鬼并没有赢得胜利。靡非斯特赢得的只不过是一句话而已，浮士德的精神他始终没有战胜。他并没有得到任意驱遣浮士德灵魂的权力，天使们把浮士德的尸体夺去。歌德以"永恒之女性，领导我们走！"结束了这部诗剧，自然，除此之外他找不到更现实的结尾了。

正像恩格斯所说的，歌德是入世的，他的一个最大特点就是崇尚实际。他面向现实，从不用幻想的养料来填补自己现实的欲求。他从事实际工作，研究自然科学。在他许多作品中，流露出一种自我克制和承认现实具体工作的重要性的思想。这种思想消极的一面就是向现实妥协，满足琐碎的工作；而积极的一面，尤其是到晚年，就是正视现实，对一切抽象朦胧神秘超人间东西的憎恶，对一切实践行动、创造活动的热爱。这种精神在《浮士德》中是特别突出的。歌德通过浮士德的口说出："这个人寰在我是详细知道，要想超脱它，谁也无法办到；是愚人才把眼睛仰望着上天，以为有自己的同类高坐云端，人是只须坚定，向着周围四看，这世界对有为者从不默然。"[1]这种精神贯穿全书。虽然第二部的表现形式更多趋于理想化的手法，一会儿王国的宫廷，一会儿古代的希腊，时而出将入相，时而显神弄鬼，然而所针对的都是实实在在的社会现实问题。只有人的实际活动是可贵的，人们在追求理想的行动中虽然免不了会犯错误，但是"凡是自强不息者，到头我辈均能救"[2]。人类的理想由于这种切实现实的精神在《浮士德》中显得更为光辉。

歌德整个创作的思想倾向、曲折历程，都说明它和诗人的世界观有着密切的联系，作家的世界观制约着他的创作。他在创作上表现出的对德国

---

[1] 歌德：《浮士德》第2部，郭沫若译，人民文学出版社，1957年，第349页。
[2] 同上，第373页。

的现实的双重态度，正是他世界观内部双重态度的反映。从这里我们不是也可以侧面地认识到世界观对创作方法的制约作用吗？歌德对浪漫主义创作方法的运用，发展到把浪漫主义与现实主义某种程度的结合，是在他世界观逐渐成熟推动之下的。抛开了歌德世界观的这种发展，我们就很难明白诗人为什么要变化自己的创作方法。

三

围绕托尔斯泰所展开的争论最多。一些人不仅歪曲了托尔斯泰的思想与创作面貌，而且也歪曲了列宁对托尔斯泰的经典论断。问题的症结在于，一切错误的认识都离不开对作家世界观的片面的认识。

托尔斯泰出身于大贵族地主家庭，但是由于当时俄国社会的激烈变动和他亲身受到的一些冲击，作家的世界观经历了长期的痛苦的矛盾斗争，一直到产生巨大的转变。当资本主义在一些国家已经达到高度发展，在俄国也达到了较高发展的时候，俄国的革命却是农民资产阶级革命，即这个革命的绝大多数参加者是农民。他们只明了眼前直接的反封建的任务，对将要来到的无产阶级革命则不了解，并且极力逃避。俄国农民资产阶级革命准备时期的过渡性质，决定了托尔斯泰思想上的两重性特征：一方面是对沙皇专制政体的无情批判，对贵族地主土地私有制的彻底否定，对资本主义带来的贫困、罪恶的愤怒谴责和对广大劳动群众（特别是农民群众）的深切同情；另一方面是看不到社会的真正出路，摒弃阶级斗争，逃避无产阶级的革命途径，向抽象的人类良心呼吁，鼓吹"博爱"和道德上的"自我完成"，宣传"勿以暴力抗恶"的反动说教。在俄国无产阶级革命前夜，托尔斯泰提出的一系列解决社会矛盾的办法都直接地妨害着无产阶级革命运动，有它非常反动的一面。但是我们不能由此简单地断定他的世界观是反动的。托尔斯泰的世界观有反动的一面，也有进步的一面，这里充分地反映了大转变时期广大俄国群众（尤其是农民群众）在革命中的一切优点和弱点、力量和局限。就是他反动的一面，我们也应该看到这仍是他不了解社会罪恶的根本原因和找不到真正的出路而造成的必然的悲剧。它与当时资产阶级自由主义分子在托尔斯泰死后，为了巩固自身腐朽统治现状而宣传的"托尔斯泰主义"还是有着质的区别的。托尔斯泰在晚年写了一篇文章《三譬喻》[①]，明确地表明，他是主张消灭罪恶的，却被人歪曲为绝不可以去抵抗罪恶；他告诉人们不能吃大部分是伪品的有毒的当代科学和艺术市场上出售的"粮食"，却被人攻击为他要消灭现代科学和艺术；他认为社会已走上了歧路，为了免得深入歧途，当时第一桩需要是暂停片刻而不是继续前进，却被人误解为是懦弱、胆怯和懒惰的表现。托尔斯泰通过三个譬喻形象地也相当清楚地说明了他历来的主张和有些人对他的学说的误解。从这里，我们也可以看出在评价托尔斯泰的思想时，不能只抓着他反动的一面去引申，应该仔细分析具体的历史的阶级的原因。自然，归根结底，托尔斯泰在以上所说的三方面仍然是错误的，仍有它反动的一面。纵令他没有要人们不去抵抗罪恶，却劝人们去爱敌人，用爱去抗恶；他在否定资产阶级伪科学艺术的时候，却不知只有彻底铲除产生这种伪科学艺术的基础才是最根本的办法，简单地拒绝或全盘否定现代资产阶级的科学艺术仍是不能阻止人们精神心灵继续受害的；他发现当时的俄国走上了错误的道路，却不知与此同时无产阶级已找到了人类未来的真正出路，那时第一桩需要不是停留片刻，而应该是积极鼓动人民群众随着无产阶级继续前进。我们也可以看出，托尔斯泰思想中这反动的一面，也是出于宗法制农民观点的一种良好的愿望，在寻找较好生活的道路上所产生的悲剧。托尔斯泰的思想是复杂的，完全否定他世界观中积极的一面，尤其是否定他世界观在后期的根本转变，是不符合事实的。

托尔斯泰从他的创作生涯一开始，世界观就一直处在艰苦的斗争中，他愈来愈走上背离贵族地主阶级的道路。

---

① 托尔斯泰：《三譬喻》，见史丹芬·褚威格编著《托尔斯泰的思想》，许天虹译，文化工作社，1951年，第103—118页。

19世纪50年代初，托尔斯泰开始了他的创作生活。这时他已经开始怀疑周围存在的专制制度，进行着热烈而不宁静的心灵探索，自然他还站在地主贵族阶级的立场上。他的人道主义倾向的社会理想还是不完全的，不明确的。从这时期的作品《童年》《少年》《青年》《塞瓦斯托波尔的故事》《一个地主的早晨》中，我们更多地听到的是贵族青年良心上的自我谴责，追求那朦胧的具形不清的理想，有时甚至流露出一种喜悦的自我更生的感情。他谴责贵族的堕落，但并未对贵族生活的基础发生强烈的怀疑，甚至还赞美贵族中一些人道德上的纯洁和不同流合污的自我分析的洁癖。在《一个地主的早晨》中，托尔斯泰涉及农民和地主这个俄国生活中最主要的问题时，提出了他的社会改革的方案。作为贵族的托尔斯泰，这时还维护着贵族阶级对土地的占有，所以他的改革方案丝毫不能解决农民与地主之间的矛盾。小说的主人公涅赫留多夫，企图解除农民的贫穷，给他们以教育，赐以小恩小惠，也就是说他要以"心血和耐心"改变农民的贫困状态，而不改变现存的社会秩序。自然，涅赫留多夫的愿望碰了农民的钉子，原来的计划完全破产。茫然的涅赫留多夫没有任何的方向了，只能沉浸在一种美妙的幻想中。在涅赫留多夫的全部改革活动中，主要起作用的是良心。他企图把农民从贫困中挽救出来，主要是为了解除自己良心上的不安，而不是真正地为了解放农民。

50年代与唯美主义德鲁日宁、鲍特金、安年科夫的来往，加深了托尔斯泰在艺术上的某些糊涂见解，从而创作出一些失败的作品来。在《阿尔伯特》中，他宣传美是"世界上唯一无可怀疑的幸福"。在《三死》中虽然谴责了贵族，却避开了当时主要的社会问题，宗教式地思考着死亡问题。《家庭幸福》细致地刻画了贵族阶级私生活中种种心理变化，不乏文笔优美令人愉快的描写，然而却严重地脱离时代和社会。托尔斯泰在创作上的失败，引起革命民主主义者严厉的批评，也引起他思想上的痛苦、怀疑。他开始觉悟到"纯艺术"哲学的错误，从思想上与唯美主义者断绝了关系。

60年代俄国国内第一次民主高潮的出现，促使托尔斯泰的世界观发生了较激烈的转变。50年代末60年代初的两次国外旅行，使他亲睹了西欧资产阶级民主的虚伪，并且直接与流亡国外的革命家赫尔岑接触。政府"农民改革"的无耻的欺骗行为，加深了他对贵族的愤恨和对农民的同情。他开始从朦胧的向往走上了比较明确的追求，由良心上的自我谴责发展到在"平民化"道路上的徘徊，逐渐地走向与贵族地主阶级世界观的决裂。这时期创作的《波里库希卡》《哥萨克》以至《战争与和平》更多地反映了他思想上的痛苦、怀疑、摸索，反映出他对人民和人民生活的深刻关心。对贵族的怀疑日渐加重，他开始认清了人民群众的生活和他们在社会生活中的重要作用，明白自己应该从贵族阶级转向人民群众。在第一次国内民主革命高潮中，俄国一切先进的人士都把他们的注意力投向人民，研究人民的生活和口头创作，也从历史上去探讨人民的作用。托尔斯泰的《哥萨克》反映出他的"平民化"的理论，要求从贵族阶级中出走。奥列宁的"出走"是失败了，作者批判了奥列宁没有完全脱掉"上流社会"习气，指出他的"平民化"必然失败。但是贵族青年究竟应该如何出走，通过怎样一条道路才能达到"平民化"？作者自己也不清楚。

《战争与和平》的创作是以讨论谁决定人民的命运这个当时迫切需要解决的社会问题而引起的。在这部小说创作的六年，甚至可以往前推一下的更多年的写作过程中，构思的几度变更，是由作者思想的发展变化而决定的。从作为《战争与和平》前身的许多构思、笔记、草稿中，可以看出作者的多种意图，但是总的倾向是把注意力放在贵族身上，对人民的命运和作用很少明确地探讨。60年代初期，托尔斯泰虽然注意到人民的命运，但他还珍视贵族阶级的命运，相信贵族阶级在民族生活中的决定作用。这就使得他在《战争与和平》早期的创作中，一直处在不满意、经常变更构思的过程中。要写历史小说的这种意图，迫使他去研究本世纪初的历史，了解十二月党人的活动和1812年战争的情况。这样他就接触到大量的历史档案材料，并仔细地阅读和认真地研究过它们，访问和调查过历史事件的实际参加者。作者最初那种只描写贵族私生活的意图便不得不变为对1812年卫国战争的注意。大量的史料和实际调查的材料告诉他，人民群众在1812年卫国战争中所起的巨大而广泛的作用，加之眼前的现实生活变动，使他确信贵族是民族生活的支持者这个信念动摇了。思想上的这种转变，促使他迅速地进入"我要努力地写人民的历史"（《战争与和平》跋）这样明确的创作过程。主人公安德烈、彼尔在思想上经历的痛苦、怀疑、摸索，正是作者贵族阶级世界观与宗法制农民世界观之间剧烈斗争的反映。安德烈和彼尔在战争中、在与人民的接近中得到了净化，得到了精神上的更生，作者肯定"平民化"是贵族阶级的唯一出路。

70—80年代，托尔斯泰思想经历了又一次激变。1861年改革之后，资本主义生产关系迅速地侵入俄国，给广大农民带来了更大更迅速的破产、贫困。在这一切都混乱了、刚刚翻了一个身的资本主义关系开始安排下的情况中，国内的阶级斗争形势日趋尖锐激烈。60年代第一次民主革命高潮退落后，70—80年代第二次民主革命高潮又在形成。社会矛盾斗争的各种因素，促使托尔斯泰思想发生了决定性的转变。对剥削阶级敢彻底否定，完全放弃了自己贵族地主阶级的立场，走上宗法制农民的立场。托尔斯泰思想中的贵族与农民两种力量的剧烈斗争没有了，代之而起的是宗法制农民思想本身的矛盾斗争。《安娜·卡列尼娜》《黑暗势力》《教育的果实》《复活》反映出作家世界观的转变和这种转变之后新的世界观中的惊人的矛盾。70年代写的《安娜·卡列尼娜》中的列文，在复杂的社会环境中寻找出路，进行思想上和宗教伦理上的探索，是有着作家的影子的。不过可以看出，这时作者对那位努力于"平民化"的列文的心境的关心甚于对农民的困难处境的关心。作者还没有彻底否定贵族，也没有否定贵族土地私有制。在80—90年代创作的《教育的果实》《复活》中，作者则彻底地否定了贵族阶级和贵族土地私有制，从宗法制农民观点出发，对沙皇的全部专制制度、官办宗教、资产阶级的堕落虚伪做了前所未有的深刻、尖锐、无情的揭露批判。同时作者在这两部作品中提出的拯救人类社会的

"药方"也达到了荒唐可笑和十分反动的地步，反映了农民的悲观绝望和他们对恶不以暴力去抵抗的思想。

托尔斯泰同歌德一样有他的世界观的发展变化。作家所处的社会生活中的矛盾决定了作家世界观中的矛盾斗争。现实的激变，作家对现实社会生活的深入了解，引起了作家思想倾向的发展变化。而世界观中的矛盾斗争和发展变化都会表现在作家的创作中，它不仅影响作品总的思想倾向，也影响作品的艺术构思、形象塑造等等。托尔斯泰各个时期世界观消极的一面造成：早期创作中宣传空泛的人道主义；《战争与和平》中对古老的宗法制贵族关系的美化，对妇女解放的反动态度，在历史观上的宿命论色彩；晚期创作中的悲观主义色彩，狂热地宣传不抵抗主义的"博爱"教义，对无产阶级革命的逃避。所谓世界观与创作方法无关，甚或认为世界观愈反动而现实主义创作就愈伟大的论调是完全站不住的。

四

那么巴尔扎克呢？是的，要想说明世界观与创作方法的关系，避开巴尔扎克是不行的。

巴尔扎克说过进步的话，也说过很反动的话，在不同地方，对不同问题所发表的议论，相互之间常常是很矛盾的。我们不能只看到他反动的一面，也不能夸大他进步的一面，必须清楚他的不同方面和总的倾向。巴尔扎克在政治上依附当时拥护波旁王朝的正统派反对共和党，梦想强有力的君权与教会的结合的统治。在《〈人间喜剧〉前言》中他明确地宣扬道："我在两种永恒真理的照耀之下写作，那是宗教和君主政体，当代发生的事故都强调二者的必要，凡是有良知的作家都应该把我们的国家引导到这两条大道上去。"[1]巴尔扎克的阶级同情、政治偏见是落后的反动

---

① 巴尔扎克：《〈人间喜剧〉前言》，陈占元译，见《文艺理论译丛》第2期，人民文学出版社，1957年，第8页。

的。然而，另一方面，作为一个现实主义艺术大师，他的艺术观却相当进步，具有大量唯物主义因素。他有着要描绘当时整个法国社会风俗画的宏伟愿望，同时又认为"法国社会将要作历史家，我只能当它的书记"①。他极力主张忠实地摹写现实。他那么猛烈地攻击雨果的《欧那尼》，就因为它在细节上的不真实。他认为人是社会环境的产物，所以他要描写"人物和他们的思想的物质表现；总之，就是人与生活，因为生活是我们的衣服"②。巴尔扎克这种进步的艺术观除了继承优秀的文学传统外，也有着社会思想的根源。

巴尔扎克受过法国启蒙思想与同时代进步思想的影响，亲历了当时贵族统治被资产阶级所排挤所代替的社会巨变，眼见了当时法国工人的悲惨生活和走投无路而起来的斗争。这些都促使和形成了一些为他惋惜贵族灭亡的阶级同情和拥护君主专政的政治偏见所不能遮掩的唯物主义世界观。他看出了贵族的必然没落和死亡，也看清了在日益得势的资产阶级身上腐朽反动的一面。他敢于正视农村的阶级斗争和工农的悲惨生活，对处于社会底层者的贫困不幸，他是同情的。甚至，他曾说过承认人民革命的正义性和不可避免的话，他说："穷困到了相当比例，不仅是政府的耻辱，也是对它的控诉，也是它的崩溃。穷人多到一个相当数目，富人屈指可数，革命就不远了。"③巴尔扎克复杂世界观是不能仅以他的政治偏见概括完全的。就政治偏见而言，他拥护正统派并不等于他就是封建保守主义者，他拥护正统派是以此来反对路易·菲力普政府，反对依赖金融资本家的政府。他是拥护工商业资本家而反对金融资本家统治的。在《关于劳动的信》中，他劝政府："国家与其集中精力，规定劳动，组织劳动，远不如学学英吉利，重视生意，给国家生产寻找出路、开辟出路。""眼下

---

① 巴尔扎克：《〈人间喜剧〉前言》，陈占元译，见《文艺理论译丛》第2期，人民文学出版社，1957年，第6页。
② 同上，第3页。
③ 巴尔扎克：《社会解答》，见《巴尔扎克论文选》，李健吾译，新文艺出版社，1958年，第61页。

即使法兰西拿出全部常识、全部理智来，也不够用了；恢复它的遭到祸害的神话一般的繁荣，必须来一位工业波拿巴，必须还来一位共和国组织者。"①在《人间喜剧》里金融资本家都是他极力攻击的对象，银行家纽沁根、杜提·累，高利贷者高布赛克等。正统派里有各种各样观点的人，巴尔扎克是个拥护发展工商业资本的资产阶级思想者，反对路易·菲力普的共同要求把他组织在正统派的旗帜下。

巴尔扎克的宗教观也不同于封建贵族，他把宗教当作实现他上述政治理想的一种武器，借此来抵制资产阶级给人类带来的罪恶，进行精神上的约束及道德上的改善。他说："宗教的目的是压制坏倾向，发扬好倾向，宗教就是全部社会。它也许不是神的设施，而是人的需要。"②他所极力拥护的天主教，虽然过去是维护封建利益的，但是当时西欧资产阶级基本占了统治地位以后，它也转而变成维护资产阶级统治的工具了。照耀巴尔扎克创作的"两种永恒真理"，不过是旋转在资产阶级理想宇宙中的两个发光体，发射出使巴尔扎克觉得灿烂的光芒，铺洒在中小资产阶级幻想的道路上。中小资产阶级因其感到自身的无力，又不敢依赖未来社会的真正主人——劳动者，便转向旧的传统，承袭着贵族思想观念的旧有形式，借以进行自己的斗争。巴尔扎克同情惋惜贵族的灭亡，是因为他看见资本主义的金钱统治破坏了人的天良人性，在这种人欲横流的丑恶现实中，他自然迷恋过去贵族社会的"稳定"秩序和"和谐"关系。他梦想君主制，是热望强有力的君权统治可以阻止大金融资本家对中小工商业者的吞并。这种似乎矛盾、实质上统一的思想在《乡村医生》中就有所体现。一方面反对普选，拥护贵族和教会的统治；另一方面却肯定"自由竞争是工业的生命"，赞同"基督教义"的"各有思想"和"现代法律"的"各有园

---

① 巴尔扎克：《关于劳动的信》，见《巴尔扎克论文选》，李健吾译，新文艺出版社，1958年，第43、45页。
② 巴尔扎克：《社会解答》，见《巴尔扎克论文选》，李健吾译，新文艺出版社，1958年，第53页。

地"。巴尔扎克不赞成革命，肯定资产阶级私有制。他认为世界上不能没有劳动者，也不能没有资本家，资本家只要让劳动者维持必要良好的生活条件，社会就能繁荣。至于社会罪恶，只要通过教育和宗教改善人们的道德就会消灭它。这位摇笔的"拿破仑"，和挥剑的拿破仑一样，所要完成的事业都是资产阶级事业。巴尔扎克的世界观是属于资产阶级思想范畴的，从当时社会发展的观点看来，他的世界观总的倾向是落后的。

既然巴尔扎克的世界观基本上是落后的，那么一个思想上落后的作家为什么会对资本主义进行批判和揭露呢？这是怎样一种批判和揭露？我们知道，对社会的批判有各种各样的。对资本主义的批判，可以站在无产阶级立场上，也可以站在宗法制农民立场上，甚至可以站在封建贵族立场上。只有站在无产阶级立场上的批判最彻底，然而站在其他立场上的批判也能在一定程度上暴露真实的资本主义社会，揭发资本主义的罪恶。巴尔扎克站在同情惋惜贵族灭亡的中小资产阶级立场上批判资本主义，他认为金钱是万恶之源，资产阶级的金钱统治使人互相仇视、掠夺残杀、道德腐化、人伦败坏。他让我们看到，揭去笼罩在资产阶级家庭关系上的温情脉脉的轻纱，撕下法律公正威严的假面具，熄灭了道德天良的理性光芒，人与人之间只留下赤裸裸、冷冰冰的金钱关系。可是作为资本主义社会的基础，作为造成一切矛盾罪恶的根本原因——资产阶级私有制，他却没有去触动。对能挽救社会的唯一力量工人阶级却有些惧怕，虽然他对他们的悲惨生活寄予过一定的同情，但也曾恶意诽谤他们，说他们是无知的野蛮的。

世界观落后的作家也能批判资本主义，也能部分真实地反映生活，并且可以达到一定的深刻程度（自然、深刻的程度取决于作家世界观中积极的一面，绝不取决于消极的一面）。但是进一步，我们便会看到这种批判暴露是有局限性的，是大大地受到作家世界观中反动因素阻碍的。巴尔扎克从资产阶级人道主义观点出发，往往把什么都归结到人欲和天良、高尚和庸俗这一类抽象的概念中，这就使得他在自己如实揭露的现象上又蒙上了一层遮掩的纱幕。他在如实地描绘贵族和资产阶级道德沦落的生活图画时，却流露出一种认为各种罪恶都与人的情欲过度有关的错误观点。巴尔扎克认为不论好的坏的情欲只要超过一定的限度，都会引起不良的后果；有种情欲本身就是一种弱点，当它无限制地发展时便会造出各种恶德败行。巴尔扎克的这种观点在他早期创作中是不甚明显的，但是愈到晚期这种探求愈突出。《贝姨》中的于洛男爵，过度好色使他成为自己情欲支配下的奴隶。他不惜破坏家庭的正常生活，不顾女儿未来婚姻的幸福，疯狂追逐女色，竟然堕落到为情妇盗窃公款，牺牲舅父，气死哥哥，自己也被革职、染病，弄得一败涂地。病愈之后，这个八十多岁的老色鬼，秉性难改，在气死忠实宽容忍让的妻子后竟和自己的女仆结了婚。小说中的另一个人物李斯贝德，则完全是被嫉妒、报复的感情所掌握的另一个情欲的支配物。她处处与阿特丽纳作对，破坏于洛家的幸福。她的各种计划都使得于洛家的幸福消散，使阿特丽纳受苦，让自己享受报复带来的满足。《欧也尼·葛朗台》中的老葛朗台爱钱如命，重利盘剥别人不足，还刻薄对待妻子、女儿、仆人和自己，对金钱的欲望吞噬了葛朗台身上一个人所可能具有的一切感情。在葛朗台眼里，儿子听到爸爸的死讯并不可怕，而听到爸爸没有为自己留下遗产，那才是人世的最大不幸。妻子得病，请医生怕花钱；不请医生怕妻子因此死去，她的遗产为女儿所继承。妻子死后，他瞅着女儿仿佛是金铸的一般。《苏城舞会》中的爱茉莉，对门第的偏见发展到偏激和狂妄的程度，坚持要嫁给有贵族身份的男子，结果被自己追求高贵门第的偏见断送了终身的幸福。即便是高尚的情操、正当的情欲，在巴尔扎克看来，推至极端，其结果与邪恶的结果一样。高里奥老头对女儿执着的爱，弄得自己一贫如洗，昔日的富翁今朝竟穷死在低等公寓的阁楼中。阿特丽纳对自己的丈夫于洛男爵一再宽容忍让，把女人温柔服从的本分发挥得过分了，结果，放纵了于洛，造成家庭悲剧，断送了自己的生命。

自然，巴尔扎克给我们描绘的绝不是如资产阶级文艺理论家所说的是一幅情欲奏凯图。我们认为巴尔扎克绘出的是一幅当时法国社会卓越的现实主义风俗画。他给我们深刻地展示出贵族阶级在资产阶级日益强大的势力下怎样逐渐衰亡，资产阶级对金钱的个人主义欲望如何毒化着社会、人心。我们可以看出，于洛男爵的家庭史是没落的贵族被庸俗的铜臭暴发户弄得堕落衰亡的讽刺画；爱茉莉的"悲剧"是贵族阶级观念在资产阶级社会必遭破灭的滑稽剧；阿特丽纳的不幸其实是贵妇人让位于那些为金钱或衣饰而嫁人的资产阶级妇女的难逃的命运；高老头的贫困悲惨、葛朗台的唯钱是命，正是资产阶级社会人与人之间只发生冷冰冰的金钱关系在破坏着、代替了过去的温情脉脉的父女、夫妻种种血缘亲族关系的残酷的社会现实的反映。然而，巴尔扎克在对社会关系做如此深刻反映的同时，却把社会堕落的原因归结于人心的败坏、道德的沦落。情欲推至极端就会造成罪恶的观点，是颤动于其中的一根动脉。瑕不掩瑜，巴尔扎克在描绘、剖析情欲的同时，严格地遵循着现实主义的手法。他没有孤立地描写情欲，他从人的物质环境中、社会环境中、经济关系中描写了它，即揭示出情欲产生的社会原因。所以今天我们在读巴尔扎克小说时，觉得人的情欲被巴尔扎克表现得如此淋漓尽致，这不仅有着短处，也有着长处。确实，我们不能设想巴尔扎克假若不描写人的情欲，不着力去表现他所谓的"热情"，那么《人间喜剧》中那些跃然纸上的人物将会多么减色啊。我们对巴尔扎克的情欲描写是应该肯定的。不过瑕瑜共见，巴尔扎克的这种认识也有他错误的一面，这就是有时候他过分地强调情欲，有抽象化的倾向。

晚年创作中这点特别突出。1842年写的《亚尔培·萨伐龙》虽然暴露了当时资产阶级竞选的黑幕、婚姻的金钱买卖性质等，但是作者注意力更多放在刻画情欲上。这部小说中的几个主人公都是性格极端的人物，萨伐龙、洛萨莉都发挥着自己的情欲，结果造成各自悲惨的结局。作者宣传情欲是不能过度的，亚尔培·萨伐龙在给雷沃博的信中谈道："欲望的力量是不是在我们心中只有一定的容量，欲望过度的膨胀会不会使它根本消灭？"1843年完成的《奥诺丽纳》，作者就完全陷入情欲的探索中，因为没有从物质环境、经济关系中去探寻，只孤立地从奥太佛和奥诺丽纳的性格中追求他们悲剧的原因。奥诺丽纳死前叹息道："我不知道致命的原因。"奥太佛在她故世之后忏悔地感慨道："为了改善人性，真应当研究一下究竟是什么一种不可抵抗的力量，使我们不顾理性，把一个神仙般的女子为了片刻的欢娱而牺牲？"作者没有明确地告诉我们他探求到的结果，但是我们可以感到作者把不幸的原因归于两个主人公的极端性格，或许他也对这样的探寻感到有些茫然。在一些优秀的作品中，巴尔扎克对社会如实描写的同时，也流露出对人的情欲着意的刻画。情欲被孤立描写时，在艺术上就显得是软弱的，所以强烈吸引我们的还是他那些通过经济关系、复杂的社会关系所显现的人物性格的描写，而不是情欲的奏凯图。

巴尔扎克既然认为社会的病根在人的道德精神上，所以他开出拯救社会的药方也就必然着落在改善提高人的道德精神上，同时也就向上帝伸出救援的手。巴尔扎克在《乡村医生》《乡村神甫》中所进行的说教，所显示出的理想光环，正是这种观点的反映。他在许多著作中还叨叨不休地宣传惩恶报善的故事。《于絮尔·弥罗埃》中米诺莱偷了于絮尔应得的遗产，上帝以使他的儿子死于车轮之下作为对他的惩罚。这个上帝的迷途的羔羊终于醒悟过来了，把那笔遗产还给了于絮尔，到处救济穷人，变成纳摩最慈悲、最热心宗教的人。于絮尔虽然在人们争夺她应继承的遗产时受尽了各种折磨，但是最后爱情、财产都如愿以偿，使得人们赞叹这是最圆满的幸福。《贝姨》中美丽的荡妇华莱丽弄得别人倾家荡产，她的美貌所犯的罪也遭到了应有的报应，最后她中毒得病变得非常丑陋，后化脓溃烂而死。《亚尔培·萨伐龙》中的洛萨莉破坏了萨伐龙的幸福，她也没有得到一个好结果，一次坐轮船时汽锅爆炸炸去了她的右臂和左腿。上帝惩罚恶人，报答好人。于洛男爵夫人、葛朗台太太生时牺牲自己，死后天国向她们大开大门，上帝收留了这些虔诚圣洁的女人。巴尔扎克洞烛幽微的目光，力透纸背的笔力，这时变得竟是如此昏昏然、软弱无力，真是令人感到可悲。这是作家世界观中错误因素对他创作的必然妨害。巴尔扎克对贵族阶级的同情，使他美化了阿特丽纳等贵妇人地位日益式微的过程。在《高老头》中，他把鲍赛昂子爵夫人的情场失意（其实是阶级的必然没落）渲染得非常悲壮。巴尔扎克对革命、对劳动人民有一定的正确认识，但更有错误的认识，这就使他对革命、对劳动人民的描写有着明显的歪曲。劳动人民在他的小说中只是作为陪衬而出现的，作者在有些地方刻意渲染劳动者的残酷野蛮。米歇尔·克莱纪安在《幻灭》中是作者赞扬的革命者、共和主义英雄，可是在《嘉狄安侯爵夫人的秘密》^①中作者却否定了这个英雄，他让这个英雄为了忠实于一个贵妇人的爱情，竟做出违反革命利益的事。

在作家的世界观对他的创作必然发生影响这个规律上，在世界观制约着创作方法上，巴尔扎克也不能是个例外。

五

世界观与创作方法之间的矛盾统一关系，一方面主要是世界观制约着创作方法，另一方面创作方法也对世界观起着一定的能动作用。

作家在艺术实践中，遵循着进步的艺术反映生活的原则，尽可能更多地去接近生活，参加一定的社会实践，随着对生活规律的逐渐深刻地认识，思想中原来一些错误的或不明确的认识就可能发生许多或根本的改变。前述托尔斯泰的《战争与和平》的创作过程可以说明这个问题，《安娜·卡列尼娜》的创作过程也可以说明这个问题。不少人举例说，托尔斯泰最初企图把《安娜·卡列尼娜》写成一个富有道德教训意义的故事：一个少妇由于生活行为的放荡，结果遭到惨死的报应。从这部小说题词"伸冤在我，我必报应"就可看出作者的这种主观意图。可是当他动起笔来写

---

① 又译《诗·卡狄安侯爵夫人的秘密》。

下去之后，一切都远离了作者最初的意图，安娜没有成为作者企图谴责的荡妇，而成了作者同情的一个热情大胆、有活力的、被贵族社会虚伪的道德伦理所吞噬了的美丽少妇，一个不幸的牺牲者。举例人错误地引用了这个事例，企图证明现实主义创作方法可以不受世界观制约。其实，事实并不像我们通常所说的那么简单。托尔斯泰要创作《安娜·卡列尼娜》，不是因为要写一部道德教训箴言，它还是当时俄国第二次民主高潮到来前夕动荡不安的社会和托尔斯泰追求"平民化"内心矛盾斗争促使下的产物。促使作者写这部小说的是他整个的世界观，是当时俄国的社会现实斗争。而企图写一部道德教训箴言的想法，只不过是艺术构思未明确前，生活素材已积累到一定程度，创作冲动在寻找出路时，一触即发的导火线。它只不过是最早在作者头脑中闪现的一个朦胧的未必能捕捉得到的幻影，它缺乏思想的、生活的明确丰厚的根基。当作者要肯定他未来杰作的蓝图时，他的整个世界观、全部生活知识、素有的艺术经验、平常耳闻目见的一切都会动起来。世界观中积极因素支配下的现实主义的创作方法，要求作者忠实于生活的本来面目（他所能认识到的那些真实），使得作家的创作活动不能离开生活实践，它要求作家观察、分析、研究现实中的事事物物。在这一活动过程中，由于对现实更进一步地接近，作者对生活的认识逐渐深化，证明原先模糊意识到、缺乏丰富生活基础的想法，有些是错误的需要改变的，有些虽然基本上正确却需要更进一步明确化。《安娜·卡列尼娜》的创作过程正是这样。不特安娜这个形象的诞生如此，小说中关于农民问题、贵族土地私有制问题、宗教问题的解决也是如此，作者在现实生活中对这些问题的探索痕迹都留在了小说中。1873年萨马拉地区遭遇旱灾，促使作者在写这部小说时注意农民生活。先进的创作方法对世界观产生的一定的反作用，是与生活实践分不开的。孤立地强调创作方法的能动作用，从而否定世界观对创作方法的制约作用，割裂社会实践与艺术实践的联系，这完全是不顾事实真相的歪曲。对艺术家来说，艺术实践就是他社会实践的一部分，两者联系得愈紧密，结合得愈好，对作家的世界观和艺术创作愈能起促进作用。"在现代社会主义力量日益壮大的条件下，有才能的忠实于现实的作家、艺术家，有可能通过自己的创作道路和生活实践走向共产主义的世界观。"①但是，这种作用不能仅仅理解为创作方法的反作用，应该看到它的多方面的联系，正确全面的理解应该是实践对认识的促进作用，社会实践对改造世界观的积极作用。

我们承认也有这种情况：作家在运用进步创作方法的过程中，实际地接触了生活，认识到生活的本质，但是这种认识却还没有使他错误的世界观发生改变。虽然如此，忠实地描写生活的艺术原则却使他仍然真实地反映了生活。巴尔扎克的创作在很大程度上属于这种情况。恩格斯因此说，这是现实主义最伟大的胜利之一，巴尔扎克老人最伟大的特点之一。在1836年完成的《禁治产》中，巴尔扎克老人的这种最伟大的特点表现得最为突出。很明显，作者把他的同情寄托在特·埃斯巴侯爵身上，特·埃斯巴在作者眼里是个理想的人物，因为他是作者所谓的那种有德行的贵族。特·埃斯巴由于发现自己的家产来得不光明正大——祖父用罪恶的手段霸占了耶勒诺家的财产，这使他非常地痛苦。他决定要偿还这份债，告别上等社会巨大开销的生活，节省下一百一十万法郎还给耶勒诺家的后代，并保举耶勒诺当禁卫军装甲骑兵队中队长。他要以此来洗刷他家爵徽上的一个无人知道的、丑恶的、血迹斑斑的污点，要让自己的儿子承受一份没有污点的遗产，他不愿意贵族的品格在他的身上变成自欺欺人的谎言。也就是说他要进行道德上的自我改善。侯爵的行为是不符合上流社会习俗的，遭到他妻子的断然反对，她不能去过清贫的生活。她诬告丈夫精神失常，要求给侯爵以"禁治产"，即褫夺侯爵自行处理财产的权利。正直的法官包比诺（他是作者笔下经常出现的一个理想的正面人物）调查清了这件事的原委，正准备替侯爵出庭辩明真相，院长却通知他无权处理这件案子，因为司法部长说他在特·埃斯巴太太家喝过茶，按照法律规定法官若在当

---

① 周扬：《建设社会主义文学的任务》，载《文艺报》1956年第5、6期。

事人家里喝过茶，就有受贿的可能，不能再处理原案。事实上，包比诺看见特·埃斯巴太太家的仆人送上茶来，便机警地告辞了，他之所以被褫夺审理此案的权利，是因为他不答应特·埃斯巴太太共同去陷害侯爵。当这个案件排除了唯一维护侯爵的包比诺后，我们可以设想胜诉的自然是侯爵夫人，因为她与司法界的大人物是一气的。这样的结局是违背作者的同情的。作者虽然同情进行道德自我改善的特·埃斯巴侯爵和住在贫民窟救济穷人的正直法官包比诺，但是作者更忠实于他所看到的现实，更忠实于他的现实主义艺术原则，他认识到了那个社会是不会不诬赖好人的，特·埃斯巴和包比诺是必然要失败的，他就按现实中这类事经常、必然发生的那种样子描写了它。这是现实主义创作方法在巴尔扎克身上表现出来的能动作用。但是，能否认为这种作用是与作家的世界观丝毫没有联系的创作方法的孤立作用？甚或说这是现实主义创作方法战胜了作家反动的世界观？不行，这些说法是片面的，错误的。在这里体现出的是：作家世界观中先进因素支配下所采取的现实主义创作方法（或其他进步的创作方法）使作家去接触生活，正确的认识借助着正确的艺术法则违反了作家的某些主观愿望而在作品中表现出来，作家的作品真实地反映了现实。

　　巴尔扎克能运用现实主义创作方法，主要是因为他世界观中有着不少进步的、唯物主义的因素，这一点前面已经讲过。需要特别补充的是巴尔扎克的自然科学观对他的现实主义创作方法的促进作用。19世纪自然科学突飞猛进，使得许多作家思想中唯物主义因素有了增长，自然科学的进步也对巴尔扎克起了积极的作用。博物学家饶夫华·圣伊莱尔的"统一图案"对巴尔扎克有很大影响，使他产生了社会和自然相似的观点。他认为动物有类别，社会也有类别；动物的类别是它们生长环境差异的结果，人也受自己社会环境的制约。这些认识都促使巴尔扎克在创作一部完整的当时法界社会风俗史时，从人的物质环境、经济关系中刻画性格、表现热情。巴尔扎克之所以能现实主义地表现生活，是有他世界观中必然的因素的，他之所以能违反自己的阶级同情和政治偏见，还是因为他对社会关系有着深刻的理解。正如恩格斯所说："当他让他所深切同情的贵族男女行动的时候，他的讽刺却是最尖刻不过的，他的嘲弄却是最毒辣不过的。他以毫不掩饰的赞赏去述说的仅有的一些人物，正是他的政治的死敌，圣玛利修道院街的共和主义英雄们，那时候（1830至1835年）这些人的确是人民群众的代表。巴尔扎克于是不得不违反他自己的阶级同情和政治偏见，他看出了他所心爱的贵族的必然没落而描写了他们不配有更好的命运，他看出了仅能在当时找得着的将来的真正人物，——这一切我认为是现实主义最伟大的胜利之一，巴尔扎克老人最伟大的特点之一。"①这"看出了"的一切都是巴尔扎克世界观中的正确的认识，借助着现实主义的艺术原则正确的认识体现在作品中就表现出战胜了错误的政治偏见，但错误的政治偏见的消极影响仍免不了程度不等地存在着。在这里有着现实主义创作方法的能动作用，必然联系的更有着世界观中积极因素所起的作用，所以把它仅看成创作方法孤立的作用，甚至或看成现实主义创作方法战胜了作家反动的世界观，都是片面的错误的。同时，进步创作方法的这种积极作用，是受到作家世界观中反动因素妨害的，只有作家世界观中反动因素得到彻底的改变，创作方法的能动作用才能最大限度地发展。这一切都是有条件的。

有些优秀古典作家在现实生活面前，不仅没有改变自己错误的思想，甚至对某些事物也缺乏深刻的认识和理解，然而进步的创作方法使他仍能在一定程度上给我们提供认识的客观材料。这怎么解释呢？原因也是多方面的，自然，进步的创作方法本身的特点却是主要的。进步的创作方法从来都是主张并促使作家用独有的手法去正确反映现实的。例如，现实主义创作方法要求作家忠实于现实生活，依照生活的本来面目摹写它反映它，甚至在细节上也不能有所失实。托尔斯泰认为艺术家无论如何要努力做到客观，"以被描写的人物的生活为生活，通过形象来描写他们的内心

---

① 恩格斯：《恩格斯给哈克纳斯的信》，见《马克思恩格斯列宁斯大林论文艺》，人民文学出版社，1959年，第20—21页。

感觉"①。巴尔扎克也特别强调这点。他说，文学"要求照世界原样表现世界"②。"只要严格模写现实，一个作家可以成为或多或少忠实的、或多或少成功的、耐心的或勇敢的描绘人类典型的画家、讲述私生活戏剧的人、社会设备的考古学家、职业名册的编纂者、善恶的登记员"③。这两位伟大的艺术家在自己的创作中一直恪守奉行着这样的艺术法则，这是因为他们对文学、对社会本质的某些方面有着深刻的理解，即对那些他们并不清楚了解的事物，作为清醒的现实主义艺术大师，他们也照事物本来面目描绘，使我们有可能从他们评价模糊甚或错误的事物写照中做出另外一种评价。

我们从伟大作家所塑造的艺术形象、所描绘的生活图画中得出的客观意义常常大于作家的主观思想。冈察洛夫在写《奥勃洛摩夫》时并没有明确意识到的，经杜勃罗留波夫精辟的分析后却显示出了深刻突出的意义。今天，我们无产阶级之所以能对优秀的古典文学作品做出最深刻的思想评价，不仅是因为我们具有马克思主义的唯物历史观，还由于古典作家在他们作品中多多少少向我们提供了具有客观意义的材料，提供了真实具体的人生图画。文学的特性，文学与现实生活特有的近似关系，使它产生了这种情况。作家创作文学作品不能像写政论文一样，当他们的主观思想见诸文字时可以排除大量的具体事物，并且极力抽象化。不，作家要想创作出优秀的文学作品，必须通过具体的活生生的艺术形象来反映生活，作家的主观思想不宜赤裸裸地表露出来，必须孕育在形象中。这就使得作家的创作必须基于现实生活，以真实具体的事物、生活现象为素材。生活是完整的，作家虽然有选取提炼素材的权利，却仍然得保持生活的一定的完整

---

① 托尔斯泰：《托尔斯泰书信选译——致费·费·基仙科》，尹锡康译，见《文艺理论译丛》第1期，人民文学出版社，1957年，第235页。

② 巴尔扎克：《拜尔先生研究》，见《巴尔扎克论文选》，李健吾译，新文艺出版社，1958年，第118页。

③ 巴尔扎克：《〈人间喜剧〉前言》，陈占元译，见《文艺理论译丛》第2期，人民文学出版社，1957年，第6页。

形式。否则，形象就站立不起来。托尔斯泰说："为了表现，必须将彼此联系的思想搜集起来，但是，每一个用词句表现出来的思想，如果单独地从它所在的联系中抽出来，那就失掉了它的意义，而大大的失色了。这联系本身（我认为）不是由思想组成，而是由一种甚么别的东西组成的，所以，绝不可直接用词句来表现这联系的基础；只能间接地——以词句来描写形象，行动，情况。"①这里所谓的"一种甚么别的东西"，我理解就是生活内在的联系，事物本身的完整性。托尔斯泰所强调的就是完整地反映生活，只有通过描写形象、行动、情况，即描绘具体的完整的现实生活画图，作家才能很好地表达自己的思想。正是这样的艺术法则，使作家提供出的现实图画较它的主观思想更符合客观现实，也使我们有可能从他模糊甚至错误的认识中得出另外的评价，看出某些真实和本质来。进步创作方法的这种积极作用，自然也不能认为与世界观没有丝毫联系，对于资本家豢养的反动作家来说，他们是排斥一切进步创作方法的。他们就是认识到生活的某些方面，阶级的本能使他们在反映时必做有意识地歪曲。他们从不主张文学应该忠于现实生活，他们要的只是文学为他们的政治服务。

我们承认进步创作方法的能动作用，但是这无论如何也不能证明：反动的世界观对作家的创作、对作家掌握先进的创作方法没有妨害甚或能起促进作用。过去时代的一些优秀的作家和批评家早就意识到这点，俄国革命民主主义批评家杜勃罗留波夫说道："然而一个在自己的普遍的概念中，有正确原则指导的艺术家，终究要比那些没有发展的或者不正确地发展的作家来得有利，因为他可以比较自由地省察他的艺术天性底暗示。他的直接的感觉，总是忠实地把目的物指给他看；然而要是他的普遍概念是虚伪的话，那么在他的心里，就势必要引起一阵冲突、怀疑和踌躇，即使他的作品并不因此变得彻底虚伪，也一定会显得脆弱，无色彩，不调和。反过来，如果艺术家的普遍概念是正确的，而且是和他的性格完全相谐和

---

① 托尔斯泰：《托尔斯泰书信选译——致尼·尼·斯特拉霍夫》，尹锡康译，见《文艺理论译丛》第1期，人民文学出版社，1957年，第231页。

的，那末这种谐和与统一，也必然会反映到作品里去。那时候现实生活就能够更加明白，更加生动地在作品中反映出来了，这种作品使得有推理能力的人，可以容易得出正确的结论，从而对于生活的意义也就更大了。"①对于过去时代的作家来说，要求他们世界观内部完全统一，要求他们的世界观与创作方法完全统一，是不可能的；但我们应该认识到，愈统一愈好。今天我们时代的作家不仅应该，而且可能使自己的世界观愈来愈统一，使自己的世界与创作方法愈来愈统一。

在世界观与创作方法的关系的问题上，我们特别强调作家、艺术家加强思想改造，树立马克思主义世界观的重要，同时我们也不放松对艺术本身的特点、规律的研究探讨，不忽视艺术实践、创作方法的运用掌握。在这个问题上，我们要进行两方面的斗争，既要批判资产阶级的谬论，同时也要批判教条主义的错误。让我们能够比较辩证地去看世界观与创作方法的关系。

1960年7月初稿

1961年2月二稿

于北京铁狮子胡同一号

选自《换一个角度看人生》，陕西人民出版社，1989年

---

① 杜勃罗留波夫：《杜勃罗留波夫选集》第1卷，辛未艾译，新文艺出版社，1954年，第167页。

为什么必须重视现实主义传统

现实主义，新中国成立以来人们对它的评价是有起有落，简直是大起大落。一个时期它曾被人们尊奉为进步文艺的唯一正宗，衡量作品的无二尺子。任何时代的作家和作品，只有盖上了它的印记，才会得到人们的首肯和礼遇。后来，身价骤落，特别是遭到"四人帮"御用文人的围剿杀伐之后。他们通过批判"黑八论"的枪膛，正面地侧面地都把子弹集中射向现实主义。在他们眼里，现实主义就是灰色阴暗的代名词，就是资产阶级进攻无产阶级的工具。谁想成为他们所谓的无产阶级作家，就必须和现实主义传统"彻底决裂"（确实，我们也看到了有人发表了这样的宣言）。理论上的这种左右大幅度的摆动，倒不是完全无益的浪费精力，它在错误与正确的斗争中显示真理，让人们通过歪曲的形式看清某种抹杀不了的本质。

现在有的同志说："要为现实主义恢复名誉。"准确地说，"要为恢复文艺的现实主义传统"而斗争。因为，"四人帮"控制文坛这些年中，不仅在舆论上给现实主义泼了许多污水，而且在文艺创作实践上把现实主义传统在不少地方已经摧毁得荡然无存，"瞒和骗"的阴谋文艺应运而生。不恢复现实主义传统，"瞒和骗"的文艺的流毒就不能彻底肃清，社会主义文艺便不会生机蓬勃。

一

我们必须重视现实主义。

因为，现实主义是人类文艺史上长期存在的一个主要的创作原则和思潮，成就了极其丰富和灿烂的文艺遗产。

现实主义这个名称，在欧洲是19世纪流行起来的，我国文艺界运用这个概念，又要晚些，是五四运动以后的事了。但是，我们看问题假若不是从概念出发，而是从实际出发，就不会像一些人曾经主张的那样，认为现实主义创作方法在欧洲是文艺复兴的产物，在中国也只能是有了资本主义萌芽之后才崭露头角的。大量的文艺史实告诉我们，不同创作倾向的作品是早已存在的，一种是按照现实生活的本来面貌真实地描写现实的；一种是按照作者理想中认为应当如此的样子来描写现实的。高尔基概括这种现象说："在文学上，主要的'潮流'，或流派共有两个：这就是浪漫主义和现实主义。"[①]按照生活本来的面貌描写现实的是现实主义，按照作者理想的样子描写现实的是浪漫主义。当然，现实主义和浪漫主义，也不是一产生就定型了，而是有一个历史的发展过程，是随着历史的进展逐渐趋于成熟和丰富的。而且这两种创作方法，既旗帜鲜明地各立营垒，又互相渗透有着合流的趋向。几乎一些伟大作家的创作都程度不等地兼有着两种因素。谁又能说现实主义古典名著《水浒传》《红楼梦》就没有浪漫主义的成分，谁又否认得了李白、杜甫虽是同时代的伟大作家，却在创作方法上有着明显的区别。所以我们在谈论某种创作方法时，只能指基本倾向而言。

文学史上存在的创作方法，不仅是现实主义和浪漫主义，还有古典主义、自然主义、消极浪漫主义和各种类型的形式主义，但是就其生命力

---

① 高尔基：《谈谈我怎样学习写作》，见《论文学》，人民文学出版社，1978年，第162页。

和影响讲，最主要的还是前二者。这二者相比较而言，从其拥有作家阵营的强大，创造作品的丰富灿烂，对整个人类文艺发展的影响的巨大深远，特别是认识社会能力的强大，我们似乎还可进一步说，现实主义是人类文艺史上力量最雄厚、贡献最突出、影响最深远的一种创作方法和潮流。虽然，积极浪漫主义长时期以来在地位和影响上，有着和现实主义相抗衡的力量，甚至某个时期、某些方面还闪耀着超越现实主义的光辉。但是，全面衡量，比较其利弊，给予历史和现实的评价，我们还是要首推现实主义。这是不是在改换的形式下，又重谈现实主义是人民文艺的唯一正宗的论调？完全不是。把现实主义看成唯一值得肯定的观点，抹杀文艺史上创作方法的复杂性、多样性的客观状况，用反映现实的笼统概念说明现实主义的特征，实际上并没有揭示出它的本质，人们推倒这种理论是完全应该的。不过，我们从另一面反问，为什么这种理论会统治一个时期？是不是现实主义的巨大光焰在立论者和赞同者眼前遮掩了其他创作方法的异彩？假若现实主义在文艺史上不占有重要的地位，企图以它来概括整个文艺发展的状况，将会是完全不可能的。没有人企图用浪漫主义或者古典主义来定这种独尊的地位，却有人用现实主义做片面概括这个事实。这也从另一方面说明，现实主义在文艺发展史上确实占有较其他创作方法更为重要的地位。今天，我们不能重复以偏概全的错误，但是，做出一些必要的定量、定性分析，在特定的范围内也是不可少的。

19世纪现实主义在欧洲发展到一个高峰阶段，涌现了一些描绘社会生活巨幅图画的大师，呈现了现实主义杰作群星辉耀的局面，把整个人类文艺向前推进了一大步。现实主义大师们在反映社会生活的广阔、具体、丰富、深刻上，引起了革命导师马克思、恩格斯的高度重视。他们给现实主义大师以最崇高的评价，认为他们的作品所提供的认识价值，远远地超过了他们同时代的所有的专门的历史学家、经济学家，还常常引用他们作品中的细节和典型人物，作为自己唤醒无产阶级的伟大理论著作的生动说明。革命导师还循循善诱地教导一些倾向于社会主义的作家，要他们向现实主义大师们学习，从那里汲取认识生活和反映生活的艺术能力。

为什么革命导师要引导同时代的作家向现实主义大师学习，不正是现实主义艺术反映生活的巨大能力吸引了他们的注意？在革命导师看来，创造新的无产阶级文艺，已经长期存在的现实主义是必不可少的基础。无产阶级新的创造，应该是在过去人类优秀建树基础上开始的新的前进，绝不是回到洪荒时代开始从零做起。"四人帮"拒绝一切优秀遗产，处处要"彻底决裂"，正是拉历史车轮倒退。

二

现实主义作家、艺术家勇于正视现实。

现实主义是一种认识现实、反映现实的创作方法，不是单纯的表现技巧，它是和作家、艺术家的世界观相联系的，也就是说，现实主义建立在一定的唯物主义思想基础之上。现实主义作家、艺术家，一般都认为，变化发展着的现实是文艺描写反映的唯一对象，要真实地描写现实，就必须正视现实，不能采取粉饰、回避的态度。

正视现实，就是敢于真实地揭示社会生活的矛盾冲突，对人生采取一种积极进取的态度，不是冷漠地看待现实，而是有所是有所非、有所爱有所憎。现实主义作家、艺术家，认为文艺的责任就是真实地描写反映现实，激起人们的爱憎，来改造他们认为不合理的现实。这种态度自然与掩饰现实真相的反动统治阶级发生了矛盾，统治阶级便对真实地反映现实的作家、艺术家进行压迫，甚至于杀戮。不少人是被吓退了，他们便在现实面前闭起了眼睛，或者去为反动统治阶级粉饰太平，或者躲进艺术的象牙塔里无病呻吟。消极浪漫主义和各种形式主义，就是在这种情况下产生或为统治阶级所提倡的。积极浪漫主义和现实主义与此相对立，它们撕破反动统治阶级的一切伪装，大胆反映现实的真实情况，企图引起社会改造。积极浪漫主义常常强烈地喊出广大人民对丑恶现实的不满，歌唱着美丽的理想和执着的追求。但是在无产阶级革命之前，积极浪漫主义所追求、歌唱的理想，不能不带有乌托邦式的色彩，这就极大地减弱了它对社会的实际效力。而现实主义则着重对现实弊病的揭发和批判，用一幅幅经过典型化的社会生活的真实图画，无情地戳穿了反动统治者及其御用文人编造的美丽谎言，使广大读者震动、感奋。

正视现实，勇于揭示现实矛盾的积极态度，是我国古代现实主义创作一直富有的优良传统。我国最早的人民创作是"饥者歌其食，劳者歌其事"，连三百篇中的"国风"都是针对当时现实有为而发的，"维是褊心，是以为刺"是《葛屦》篇的宗旨，"夫也不良，歌以讯之"是《墓门》篇的主张。汉代的司马迁，"网罗天下放失旧闻，略考其行事，综其终始，稽其成败兴坏之纪"，从而创作了现实主义史传巨著《史记》，被统治阶级目为"谤书"。唐代的白居易以恢复诗歌的现实主义传统为己任，倡导"新乐府"运动，号召诗人注视现实，评论政治。他明确地提出："文章合为时而著，歌诗合为事而作。"他实践这种原则的创作，在社会上产生了极大的影响。他给朋友写信谈道："凡闻仆《贺雨》诗，而众口籍籍，已谓非宜矣。闻仆《哭孔戡》诗，众面脉脉，尽不悦矣。闻《秦中吟》，则权豪贵近者相目而变色矣。闻《乐游园》寄足下诗，则执政柄者扼腕矣。闻《宿紫阁村》诗，则握军要者切齿矣。"[1]真实地反映现实，不粉饰现实，自然引起统治阶级的不满，纵令白居易还是切望统治者能从中自省而使政权变得更加巩固。宋元明清的诗歌、戏剧、散文、小说的现实主义传统，也是沿着这条道路发展的，越到后期暴露批判现实的成分越明显，出现了大量讽刺、谴责的作品。

怎样理解现实主义的暴露批判色彩？在剥削阶级占统治地位的各种形式的阶级社会里，现实生活中最普遍最触目的问题，便是少数人对大多数人的阶级剥削和阶级压迫。特别是在封建社会末期和资本主义社会晚期，

---

[1] 白居易：《与元九书》，见《白氏长庆集》第45卷。

社会的各种矛盾日益尖锐，思想、制度以及生活的各个方面千疮百孔，值得肯定的太少，否定的太多，这就必然地造成了真实地描写现实的现实主义创作，呈现了以暴露为主导特色的倾向。人们称19世纪以后的现实主义为批判现实主义，是符合这种实际的。但是，由此引申认为现实主义只是暴露否定，是灰色的绝望的，这种观点则是错误的。旧现实主义发展的历史，整个处于剥削阶级统治的时代，它要真实地反映现实，接触社会的基本矛盾，必然具有强烈的批判成分。它暴露黑暗，暴露落后腐朽的势力，暴露统治阶级，这是对社会生活的一种积极的干预，不能认为它是消极的灰色的。虽然它不能指明改造社会的正确途径，但就暴露社会的脓疮，揭示社会的弊病，打破统治阶级关于剥削制度永世长存的乐观主义，引起人们的普遍怀疑，起着促使人们改造社会的积极作用。至于指责过去时代的现实主义没有开出治疗社会的药方，好像切中要害，实际是脱离历史条件地苛求于前人。确实，《水浒传》所显示的义军们的壮举，最后不可避免地走上了毁灭的道路；《红楼梦》描绘的大观园中的怀疑者、探索者、反抗者，结果却与贾、史、王、薛四大家族一起毁灭；甚至期待着革命的阿Q，鲁迅先生也让他在糊里糊涂中被结果了性命。然而，这样的结局不正是作者勇于正视现实，对现实做出的严峻的真实反映吗？难道，我们一定要看到梁山好汉们建立的新朝，贾宝玉、林黛玉有了合理的生活，阿Q真正地觉醒了才觉得满意，才认为作者在鼓舞读者？作家要真是那样写了，人们一定会觉得可笑，不仅认为这是对现实的歪曲的反映，而且还会怀疑这些作者到底有几分正视现实的勇气。他们把对剥削制度、对黑暗势力的有实效的战斗，化成了一场滑稽的说梦，空幻的乐观情绪。我们不应当脱离现实的历史条件，要求现实主义作家、艺术家给我们描绘出社会的未来图景。对现实主义的批判暴露色彩，不仅不能否定，而且应予高度的肯定。

　　鲁迅在还是一个革命民主主义者的时候，就指出，现实主义作家、艺术家对现实必须采取正视的态度，对不敢真实反映现实的文艺，进行了辛辣的鞭笞。他说：

> 中国人向来因为不敢正视人生，只好瞒和骗，由此也生出瞒
> 和骗的文艺来，由这文艺，更令中国人更深地陷入瞒和骗的大泽
> 中，甚而至于已经自己不觉得。世界日日改变，我们的作家取下
> 假面，真诚地，深入地，大胆地看取人生并且写出他的血和肉来
> 的时候早到了；早就应该有一片崭新的文场，早就应该有几个凶
> 猛的闯将！ [①]

只有正视现实，才会有真实反映现实的文艺，否则，自觉不自觉地只能编造粉饰现实或歪曲现实的"瞒和骗"的文艺。"四人帮"提倡和制造的阴谋文艺，正是这种"瞒和骗"的文艺的恶性发展。打破"瞒和骗"的文艺的桎梏，不仅是鲁迅当年提出的历史任务，也是我们今天社会主义文艺闯将面临的现实任务。

三

现实主义的根本精神就是真实地描写现实。

一切优秀的文艺都是对现实的真实反映，但是现实主义是通过对现实的真实描写达到对现实的真实反映的，它要求现实面貌的真实反映，也要求现实关系的真实反映，即从表面现象到内在本质都是真实的，从细节到典型人物都是真实的。真实并无绝对的标准。因为人的认识对现实的反映，只能程度不等地近似于客观事物，随着社会的发展和科学的进步，人对客观事物的认识和反映愈来愈深入。人的认识的客观真理性是相对的，所以不同时代、不同作家所达到的对客观现实反映的真实程度也是不同的。

真实地描写现实，是现实主义作家共同的创作原则。莎士比亚在《哈姆雷特》中，借主人公的口说："自有戏剧以来，它的目的始终是反映

---

① 鲁迅：《论睁了眼看》，见《鲁迅全集》第1卷，人民文学出版社，1961年，第332页。

自然，显示善恶的本来面目，给它的时代看一看它自己演变发展的模型。"① 塞万提斯在《堂吉诃德》"自序"中写道："它（这书）所有的事只是摹仿自然，自然便是它唯一的范本；摹仿得愈加妙肖，你这部书也必愈见完美。"② 巴尔扎克则明确地宣布："法国社会将要作历史家，我只能当它的书记。""我搜罗了许多事实，又以热情作为元素，将这些事实如实地摹写出来"。③ 我国现实主义伟大作家曹雪芹在《红楼梦》第一回中写道："至若离合悲欢，兴衰际遇，则又追踪蹑迹，不敢稍加穿凿，徒为哄人之目，而反失其真传者。"④ 这些伟大作家，毫无例外地把真实地描写现实看成了自己的天职。

正因为现实主义作家敢于正视现实，又主张按现实的本来面貌描写现实，所以他们的创作不仅敢于冲破反动统治阶级文化专制主义的束缚，而且常常勇于克服自己一些不符合客观现实的主观观念。换句话说，当作家的某些主观观念与他接触到的客观实际和他认识到的客观规律相矛盾时，伟大的现实主义作家总是放弃自己的主观观念，服从于客观事物的真实。有人把这种现象解释为现实主义创作方法战胜了作家反动落后的世界观。这种概括显然是不准确的，因为某些主观观念的错误并不等于整个世界观的反动、落后，同样认识到现实的某种规律也不能说与世界观完全无关。创作方法绝不是孤立于作家思想之外的一种万能的东西，既为一些作家所采用，就和这些作家的思想有相一致的因素。这个因素就是，文学是反映现实的，必须按现实的面貌真实地反映现实。这种符合唯物反映论的思想，既是现实主义创作方法的核心，也是现实主义作家的思想基础，我们

---

① 莎士比亚：《哈姆雷特》，见《莎士比亚全集》第9卷，人民文学出版社，1978年，第68页。

② 塞万提斯：《堂吉诃德》，转引自《西方文论选》上卷，上海文艺出版社，1963年，第208页。

③ 巴尔扎克：《〈人间喜剧〉前言》，陈占元译，见《文艺理论译丛》第2期，人民文学出版社，1957年，第6、11页。

④ 《脂砚斋重评石头记》（甲戌本）第一回。

怎么能把这种思想基础排除于作家的世界观之外？至于作家、艺术家的政治观、哲学观和这种思想基础发生了矛盾，某些早有的主观观念和认识到的现实情况发生了矛盾，这也是人人都可能发生的认识过程，应该看成思想认识上的矛盾，世界观本身的一种矛盾。伟大的现实主义作家在他的文学创作活动中，发生了这种情况，最后总是抛弃妨碍自己忠实反映现实的主观偏见，服从于客观实际状况。当然，也有不能背弃自己主观偏见的情况。果戈理的《死魂灵》第二部的创作就是这样，这时作家也就远离了现实主义创作方法。

　　人们经常引用托尔斯泰的创作过程，说明这种矛盾。《安娜·卡列尼娜》从酝酿到完成有一个较长的过程。开始托尔斯泰准备写一部关于一个被上流社会所摒弃的已婚妇人的小说，在初稿中女主人公形象中包含着许多反面特征，可是随着小说的进展和不断修订，小说的思想内容不断地被扩大，作家力求广泛地反映社会生活的各个方面。就这样，托尔斯泰放弃了狭隘的家庭问题小说的最初构思，而开始了对他同时代的改革后的整个社会生活的巨大史诗般的叙述。女主人公由原来受谴责的不道德的妇女变成了一个值得赞颂的、该诅咒的社会的不幸牺牲者。这是一个比较复杂的问题，不是简单几句话谈得清楚的。但是这个过程，却十分清楚地说明了托尔斯泰在《安娜·卡列尼娜》的创作过程中，经历了思想的转化，他总是不满足于自己最初的一些设想和构思，不是局限于自己的道德观念、哲学观念，而是注目于当时动荡的社会生活，动员了自己的整个生活积累和所有的认识，按他认识到的现实面貌来描写现实。他不是以个人的主观好恶、想象安排人物的行动和命运，而是按实际生活中人物本来的样子去描写他们。托尔斯泰曾多次表示，真正的艺术家不应该强制自己的主人公按照作者所想象的一样行动，而是要照他们实际生活中那样去描写他们的行动。高尔基在评论托尔斯泰时也指出，托尔斯泰作为一个现实主义艺术家，是超越于他的哲学趋向之上的，"他的使命，是替贵族寻找在生活中应有的地位。这位作家便不能不顺带触及生活的一切方面，不能不陷入在我们是明显的而且是有教育意义的、但同他的基本观念相抵触的这一矛盾之中，不能不好几次破坏了他的思想的完整性，最后，他，消极人生态度的宣传者，也不得不在《复活》中承认，而且几乎是证明了积极斗争的正确性"[①]。克服不正确的主观观念，真实地描写自己所看到的现实，这正是现实主义作家、艺术家的最突出的特点之一。推动作家克服不正确观念的是生活，帮助作家创造出真实的人生图画的仍是生活，所以当作家远离生活，回到自己思辨的哲学说教的范围内，他又可能陷入自己不正确的主观观念中去。巴尔扎克、托尔斯泰、歌德在哲学说教上都是无力的，在现实主义艺术创作中却是伟大的。生活的力量是伟大的，和生活保持密切联系的现实主义创作方法是富有生命力的。

四

现实主义重视细节的真实。这是达到真实地反映现实的重要手段之一。

细节真实并不等于生活真实、本质真实，孤立地追求细节真实，只能做到现象的真实，局部的真实。自然主义的描写就是这样的，它往往只看到个别现象的真实，把人类社会等同于服从自然规律的生物社会，去做貌似逼真的描写。

现实主义并不是孤立地追求细节的真实，它把细节的真实看成生活面貌真实的不可缺少的组成部分，本质真实的必然表现。现实主义把细节真实看成达到本质真实的重要手段。细节真实是整体真实的基础，所以现实主义作家、艺术家都严格地注意细节的真实，他们在自然环境、风俗习惯、饮食服饰、言谈举止上都做出精确的描绘，因为这样才能组成一个真实的社会生活的完整画面，否则，任何一个细节的虚假，都会引起读者对整个社会生活画面真实性的怀疑。真实是艺术的生命，虚假等于宣判了艺

---

① 高尔基：《俄国文学史》，新文艺出版社，缪灵珠译，1956年，第6页。

术的死亡。现实主义作家追求细节真实，目的在于反映生活的真实，艺术的真实。法国浪漫主义大师雨果，以他的剧本《欧那尼》的上演，击败了统治文坛的古典主义，正在这一片胜利喝彩声中，初露头角的未来的现实主义大师巴尔扎克却唱起了反调，大挑《欧那尼》的纰漏。巴尔扎克在《〈欧那尼〉或者卡斯提的荣誉》一文中，指责雨果的这个剧本的根本性缺点是细节上的不真实，致使性格虚假，人物行为违反常识。他指责雨果为了适应自己构思的剧情需要，让剧中主人公之一的卡尔劳斯的耳朵变得异乎寻常，一时对大声的喊叫充耳不闻，一时对悄声低语却句句听得真切；第一幕他躲在衣橱里对欧那尼在近旁讲的话什么也听不见，第四幕他隔着查理大帝陵墓的厚实的墙壁，居然听见了阴谋家们在宽阔地道的低声交谈。像这样不真实的描写，剧本中大量存在，巴尔扎克一一摘出。巴尔扎克甚至尖刻地到处挑字眼，在"衣橱"一词下加写了个注，他认为查理五世时代衣橱并不存在，一般妇女用的只是柜和箱。他在另一篇论文里，还嘲笑雨果这样的诗句："……壁虎浴着月光，在大粪池里跑着。"他说，壁虎喜欢太阳，活在干燥的地方，在湿地方找到壁虎，是雨果的"一种宝贵的发现，值得送到博物馆"[1]。巴尔扎克对细节的真实就是如此苛求于人。今天，我们平心而论，他对雨果作品的评价失之偏激，但也确实击中了浪漫主义作品的共同弱点。浪漫主义杰作有许多优点，它昂扬的战斗精神和论辩能力，常常使读者、观众倾倒。但是，从反映生活面貌的真实方面去看，就会发现这些作品太不注意细节的真实了，作者常常为了呼出自己的声音，并不严格考虑是否符合人物性格，就借主人公之口喊将出来。浪漫主义舞台上，虽然也活跃着形形色色的人物，响彻各种声音，但是仔细观察，观众就会发现最活跃的人物常常是作者自己，最响亮的是作者自己的声音。因此，这些作品并没有精确细致的生活面貌的真实的描写。

---

① 巴尔扎克：《光与影》，见《巴尔扎克论文选》，李健吾译，新文艺出版社，1958年，第112页。

巴尔扎克苛求别人的地方，正是自己忠实不苟的地方。他在《人间喜剧》里，用编年史的方式，几乎逐年地把上升的资产阶级在1816至1848年这一时期对贵族社会日甚一日的冲击描写出来。恩格斯称赞巴尔扎克，"在这幅中心图画的四周，他汇集了法国社会的全部历史，我从这里，甚至在经济细节方面（如革命以后动产和不动产的重新分配）所学到的东西，也要比从当时所有职业的历史学家、经济学家和统计学家那里学到的全部东西还要多"[①]。现实主义文学大师比他同时代的所有职业学者提供给恩格斯的知识还要多，为什么？因为现实主义文学作品，它忠实地描写现实，在完整的生活画面上组织了无比丰富多彩的细节。这些细节，都如生活中原有的样子真实地描绘在作品中，没有受到职业学者抽象概括时可能有的舍弃或阶级偏见的歪曲，这就给我们提供了认识事物的丰富的客观材料。同时，又由于作者是把这些细节放在完整的生活画面上提供出来的，这就显示出了它们之间的各种联系，在这种联系上社会本质常常得到折光的反映。这也就必然形成了作品的客观意义常常超越了作者主观上的自觉意识。

受到《红楼梦》现代评论者注意的黑山庄庄头乌进孝的交租单，假若孤立于整个《红楼梦》描写之外，它的认识价值是有限的，史书中并不缺乏这类型的材料，但是由于它交织于曹雪芹对18世纪中国封建社会生活画面的精确描绘中，它就特别突出地显示了贵族阶级骄奢淫逸的生活是建立在对农民群众的敲骨吸髓的剥削之上的。这个细节在曹雪芹写作时，并不一定强烈地震撼过他的心灵，引起他的特别重视，但是他为了真实地再现贵族靡费的生活，就不得不注意这种生活建立的基础。曹雪芹并没有否定封建土地占有制的思想，我们今天的读者却可以从这里得出谴责封建剥削制度的意思。现实主义作品的巨大认识价值，是和它的丰富的细节真实分不开的。我国古代的现实主义作品，既有历史文献的价值，又有审美教

---

① 恩格斯：《恩格斯致玛·哈克奈斯》，见《马克思恩格斯选集》第4卷，人民出版社，1972年，第463页。

育价值。一部《诗经》，给我们提供了研究中国从原始社会到奴隶制社会这一时期的政治、经济、文化等各方面的丰富资料。所有真实地反映了彼时彼地现实的文学作品，都会给此时此地的读者提供认识彼时彼地现实的客观材料，但是，现实主义作品由于真实地描写现实，总归提供得最多。

细节真实关系到反映现实的真实。现实主义作家追求细节真实，目的在于本质的真实。恩格斯1888年给哈克奈斯的信中说道："据我看来，现实主义的意思是，除细节的真实外，还要真实地再现典型环境中的典型人物。"①恩格斯认为哈克奈斯的《城市姑娘》，描写了伦敦东头工人的消极状态，只做到了细节的真实，没有真实地再现典型环境中的典型人物，所以说它"不是充分的现实主义的"。真实地描写现实的作品是现实主义的，但是同是现实主义的作品其反映现实的真实性的程度却各不相同，甚至差距是很大的。这个差距就在于，看是否真实地再现了典型环境中的典型人物。用我们惯用的话来说，看典型化的程度如何。只有对现实生活进行了高度典型化的作品，才可能创造出典型环境中的典型人物，达到对生活某些本质的深刻反映。恩格斯这些名言的重要思想是，要求倾向社会主义的作家，对现实能有本质的全面的反映，创造出反映时代主流的人物形象来。恩格斯并没有否定细节真实的意思。假若硬要从此引导出细节真实是不重要的，甚至是不必要的结论，那就不仅取消了细节的真实，同时也就取消了典型环境中的典型人物。没有了局部，也就没有了整体；没有了现象的真实，也就没有了本质的真实。

五

现实主义作家的政治和思想倾向，是从作品的场面和情节中自然而然

---

① 恩格斯：《恩格斯致玛·哈克奈斯》，见《马克思恩格斯选集》第4卷，人民出版社，1972年，第462页。

地流露出来的。

　　没有倾向性的作品是不存在的。问题是，倾向于什么？鲜明与否？是自然地流露，还是硬添加上去的？优秀的现实主义作品，一般具有的倾向性是进步的，鲜明的，而且是在真实地描写现实中自然流露出来的。它使读者在阅读时，只感到身临其境，如在现实生活中一样，和作品中的人物共历着悲欢离合，得出自己应当得出的结论，并不感到作者强迫读者接受他的观点。实际上，读者正是在不知不觉中接受了作者的观点，因为作者的观点不是特别指点出来的、硬添加上去的，而是隐蔽的，包含在生活画面的真实描绘之中。这也是现实主义艺术力量之所在。一些作者不明白这个道理，只晓得作品的倾向性应当鲜明强烈，便想尽一切办法把自己的观点添加进去，硬塞给读者，就是不知道现实生活本身寓有一定的倾向性，真实地描绘现实就能够使现实本身的倾向性和作者自己的倾向性统一起来。

　　现实生活本身是有一定的发展趋势的。什么是应该肯定的，什么是应该否定的，什么是合理，什么是不合理，在事物矛盾斗争的发展过程中就显出了它的趋势。但是个别的日常生活现象对这个趋势表现得并不一定明显，经过作家、艺术家的典型化，这个趋势就鲜明地突现出来。封建社会穷富不均这种现象大量存在，经过杜甫典型化地反映为"朱门酒肉臭，路有冻死骨"的诗句，它就强烈地唤醒着人们，震动着人们。在这里作者并没有站出来表白自己的观点，但是他谴责豪门贵族、同情贫苦劳动者的倾向鲜明地表现出来。一方面是贵族豪门的花天酒地的奢侈生活，一方面是小民百姓的啼饥号寒的悲惨境遇，虽然是作家经典型化创造的艺术形象，却是剥削社会严酷现实的真实描绘。真实地描写现实，就揭示了现实生活本身寓有的倾向。艺术真实的倾向性是生活真实寓有的倾向性的反映。作家头脑中的倾向性，如果是正确的、进步的，它只能是现实生活本身寓有的倾向性的正确的反映。作家个人的倾向性，艺术作品的倾向性，现实生活本身寓有的倾向性，三者是统一的，统一在真实地描写反映上。所以，现实主义艺术家用不着在真实地反映现实生活之外，再加上自己观点的表露。有的作者的思想倾向是进步的，是生活本身寓有的倾向的正确反映，却得不到读者的欢迎，那就是因为这种倾向不是通过生动深刻的艺术描写表现出来，而是空洞地宣讲出来。再也没有比这种赤裸裸的倾向性倒读者的胃口的，当读者始终感到他是在接受作者的教育，听高头宣讲时，并且是在接受一种并不比一般人高明的见解，他就完全没有了艺术欣赏的乐趣。任何例外都是存在的，也有不借助生动的艺术形象，呼出了时代声音的作者的倾向性，引起了读者的强烈的共鸣。造成这种情况的因素是多种多样的，但是肯定地说，这样的作品假若能寓鲜明倾向于艺术形象之中，则能取得更持久深刻的影响。

鲁迅先生在评论《儒林外史》时指出："至叙范进家本寒微，以乡试中式暴发，旋丁母忧，翼翼尽礼，则无一贬词，而情伪毕露，诚微辞之妙选，亦狙击之辣手矣。"[1]鲁迅并摘引第四回范进会汤知县一段文字为证。"知县安了席坐下，用的都是银镶杯箸。范进退前缩后的不举杯箸，知县不解其故。静斋笑道：'世先生因遵制，想是不用这个杯箸。'知县忙叫换去。换了一个磁杯，一双象牙箸来，范进又不肯举动。静斋道：'这个箸也不用。'随即换了一双白颜色竹子的来，方才罢了。知县疑惑：'他居丧如此尽礼，倘或不用荤酒，却是不曾备办。'落后看见他在燕窝碗里拣了一个大虾圆子送在嘴里，方才放心。"吴敬梓是在写讽刺小说，但是他的描写并不让读者感到作者在贬抑范进，而是范进以自己的行动暴露了自己虚伪的灵魂。从燕窝碗里拣了一个大虾圆子的举动，把他翼翼尽礼的外衣剥了个精光，这不能不谓"微辞之妙选，亦狙击之辣手矣"。讽刺的力量何在？就在于真实地再现现实生活，只要作者深刻地揭示了生活中丑恶事物的真相，它就自然地表达了作者否定的态度，鞭笞了丑恶的事物。以为作者主观的夸张、丑化就是最有力的讽刺，那完全是一

---

① 鲁迅：《中国小说史略》，见《鲁迅全集》第9卷，人民文学出版社，1982年，第378页。

种误解。鲁迅对《儒林外史》的推崇，远远高于《官场现形记》《二十年目睹之怪现状》《孽海花》等，就是因为后者"虽命意在于匡世，似与讽刺小说同伦，而辞气浮露，笔无藏锋，甚且过甚其辞，以合时人嗜好，则其度量技术之相去亦远矣，故别谓之谴责小说"[①]。这些作品的倾向性，主观的成分太多，客观的真实描写不足，也就削弱了它们的讽刺力量。

根据现实主义的原则，作家的观点愈隐蔽愈好。不可否认，这也造成了一些作品的倾向性，不是那么简单地就可以明白判断的。因之，有人认为《红楼梦》并无明确的爱憎，只是一面公平的镜子，客观地映照出一切来。说《红楼梦》的风格含蓄，作者的政治和思想倾向是从情节和场面中自然流露出来，说它如一面镜子一样毫发毕现地反映着现实，则可。说《红楼梦》没有鲜明的倾向性，说它像一面镜子一样纯客观地反映着事物，则不可。既有鲜明的倾向性，读者在理解时又产生了相当多的歧义，这怎么理解？由于《红楼梦》作者的倾向性是深寓于艺术形象之中的，脱离开艺术形象去求作者的倾向，自然会很困难。把作者每句表白的话认真当作作者的态度，就会大上其当。而从艺术形象中去判断作者的态度，这就受读者思想认识和艺术修养的限制，每个读者都是站在自己思想水平、生活经历和艺术修养的基础之上，进行阅读欣赏并再创造的，所以不同阶级、阶层和不同水平的人，是会得出不同的评价的。但是，实际上是有一种较一致的评价的，即符合作品实际的评价。这个评价是与作者的思想倾向相一致的。因为作品不是纯客观的东西，它是主客观结合的产物，《红楼梦》是曹雪芹眼里看到的中国封建社会没落期的真实状况。曹雪芹虽然声明他只是摹写现实，"追踪蹑迹，不敢稍加穿凿"，但是他终究只让我们顺着他的引导去看，并不像在现实中那样随我们自己兴之所至。这是任何作品都具有的特征。《红楼梦》这个特征又是建立在对现实生活的毫无

---

① 鲁迅：《中国小说史略》，见《鲁迅全集》第9卷，人民文学出版社，1982年，第434页。

讳饰地真实反映之上的，所以读者并不感到有作者在引导，只感到真实的人、真实的事，使他兴奋，使他悲伤。文艺欣赏是一种复杂的精神活动，激动感染之中促使人思索。人们读《红楼梦》，并不觉得薛宝钗是个白脸，但是读到金钏投井后，她不动声色地劝慰王夫人，说金钏是失足掉井的，就会感到她的冷酷，有城府；看到滴翠亭戏彩蝶时，不能说她有心嫁祸于黛玉，却完全可以说她太有心机，太会顾全自己；看到她投贾母之好，点戏要热闹的，点食品要甜烂的，上下左右，俱不得罪，就会觉得她太会做人；读到她写的"好风凭借力，送我上青云"的词，就会感到她的灵魂的庸俗。这样一个又一个的印象，使读者不能不认为，薛宝钗是一个被封建礼教和观念所完全毒害了的少女，她已经失去了一般少女的天真和纯洁。在宝玉、黛玉、宝钗的爱情、婚姻的冲突上，读者自然地站在了同情宝黛的立场上，认为黛玉才是宝玉的知己。这不仅是读者从真实的描写中得出的倾向，也是作者本来的倾向，它虽不像有些作品直截了当，却仍然是鲜明的。艺术的含蓄，并不是使倾向性变得含混，而是变得强有力，耐人寻味。它是以生活的逻辑显示倾向的，不是以抽象的推理显示倾向的。生活的逻辑是最有说服力的。

当然，过去时代的现实主义作家，由于历史和阶级的原因，不少时候并不是由于考虑艺术本身的特点，不得不使自己的政治倾向变得隐晦起来，这在今天对于无产阶级文艺却是不再需要的了。

六

写到这里，我不能不想到，人们很自然地会提出这样一个问题：那么现实主义就是一种最完美的创作方法了？

不，完全不是的。现实主义创作方法也有着局限性，有着不足的方面。有人认为这个不足是它的缺乏理想。说现实主义没有理想是不符合事实的，因为现实主义的创作和浪漫主义的创作一样，都在艺术形象的塑造中体现着作者的思想、感情和理想。我们只能说现实主义创作一般地不如浪漫主义创作的理想色彩强烈，而且二者表现理想的方式也不同。完全没有理想成分的创作，必然是平庸的、灰色的。

对理想，不少人常有一种误解，认为所谓理想，就是超越现实，畅想未来，海阔天空，任情驰想。这可以是理想的一种表现形式，而且必须建立在现实基础之上，否则就变成了不切实际的幻想。真正的理想，实际是对现实发展规律的认识、肯定和展望。所以当现实主义作家在深入挖掘生活，真实地描写现实时，它对本质事物的肯定，对发展规律的显示，就含有了理想的表现。也就是说现实主义作家在进行艺术典型化时，就含有理想的色彩。《水浒传》对农民起义英雄的无法抑制地赞美，《红楼梦》对叛逆者和被压迫者的深厚同情和崇高的礼赞，都闪耀着作者的理想的光辉。没有大胆否定封建礼教，向往个性解放和自由、平等的理想，肯定塑造不出贾宝玉这个18世纪中叶的叛逆者的典型形象。作者的理想不仅表现在塑造正面、理想人物身上，即使作品没有塑造出肯定的人物，同样可以表达自己的理想。现实主义创作的理想，是通过对现实生活的真实描写，通过对艺术形象的典型化表现的。俄国作家萨尔蒂科夫－谢德林说："谁也不想在《钦差大臣》中寻找理想的人物，但是谁也不会否认在这个喜剧中存在着理想。"[1]对黑暗势力、对消极现象、对丑恶事物的否定，就孕育着对光明、对美好、对未来的追求。

承认现实主义也有理想的成分，并不等于说现实主义在表现理想上是充分的，应该说现实主义的理想光彩一般不如积极浪漫主义强烈。同时，过去时代的现实主义，由于受时代和阶级的限制，不能很好地解决理想与现实的矛盾，在观察社会问题时还不可能具有历史唯物主义的观点，这就使得它对现实的真实反映受到了妨碍，在展望未来时要么带有乌托邦色彩，要么笼罩上了悲观的阴影。又由于过去时代的现实主义作家多出身于

---

① 《果戈理与戏剧》，苏联国家艺术出版社，1952年，第475页，转引自蔡仪主编《文学概论》，人民文学出版社，1979年，第260页。

上层社会，熟悉旧社会内部的黑暗腐败，对劳动人民则缺乏真正的了解，对掌握未来的阶级力量不熟悉，展望未来的理想自然也不可能表现得正确、有力。总之，过去时代的现实主义最根本的局限，是它缺乏自觉的辩证唯物主义和历史唯物主义的指导，它在处理现实与理想的关系上不可能统一。这是历史的局限，是不能苛求于前人的。直到无产阶级革命，马克思主义的诞生才解决了这些问题。现实主义发展到这个时期，必须有个质的飞跃，才能适应无产阶级文学发展的需要。社会主义现实主义的诞生，更完备的革命现实主义和革命浪漫主义相结合创作方法的提出，是历史的必然。把革命的气概和求实精神结合起来，把文学艺术中的现实主义和浪漫主义这两种艺术方法辩证地统一起来，以便描绘出人类历史发展的最新最美的图画。

我们做一些历史的回顾，考察现实主义的特点，并不仅是为了简单地肯定现实主义，而是为了强调指出恢复现实主义的优秀传统正是当前迫切的需要。在"四人帮"摧残影响下的文学作品，为什么得不到群众的欢迎，为什么没有生命力？一些过去曾经写出了较好的作品的作家，在艺术创作上接受了"四人帮"所谓的新理论的指导，从而走上了反现实主义的道路；一些受群众欢迎的较好作品，却出现了令人不满足甚或不愉快的瑕疵，这是为什么？原因是多种多样的，但是从艺术创作方法上讲，人们几乎普遍地认为，太缺乏现实主义了。这绝不是说我们创作中的浪漫主义成分太多了，许多作品同样缺乏革命浪漫主义的正确运用。但是当前最迫切需要强调的，首先需要强调的，还是革命的现实主义。足够地重视现实主义，不仅在口头上，而且在实践上，进行研究和探索，正是我们掌握"两结合"创作方法不可缺少的一条途径。

原载《西北大学学报》（哲学社会科学版）1978年第4期

文学创作主要是写人的思想感情变化过程

一

一个很有成就的作家，在谈到艺术家柳青时，用衷心赞赏的语言向人们推崇《创业史》，说这部小说写得多么好呀，写出了那么多的生动的成功的人物形象，一闭上眼，他们就会活跃在人们的脑海里。是的，读过《创业史》的人，任何时候只要一想到这部书，梁生宝、梁三老汉、高增福、有万、欢喜、郭振山、郭世富、姚士杰、王二直杠、素芳等等，甚至白占魁夫妇、县委陶书记的形象都会出现在自己的脑海里。作家很有见地地以塑造人物形象的能力，评价了自己同行的劳绩。读者却以朴素的艺术欣赏的直感，喜爱着创造了成功的人物形象的艺术作品。不同的人，自觉地和不自觉地都叩击着艺术创作的一个关键：创造生动鲜明的人物形象。

作家主要的也是最困难的工作，就是创造不同性格的鲜明的人物形象。没有一部世界名著，特别是叙事文学作品，不是以一个、几个或更多的性格鲜明的人物形象流传于世，活在读者心中的。提起《三国演义》，首先出现在人们脑际的是桃园结义中的三兄弟，宁负天下人的曹孟德；提起《水浒传》，一百单八将中佼佼者，总是不离眼前：挥两把大斧的李逵，鲁莽痛快的鲁智深，有勇、有心计的武松，委曲求全、勇猛正直的林冲，结侠好义能笼络人心的宋江，等等；提起《红楼梦》，谁能忘了真挚相爱的宝哥哥和林妹妹，温柔敦厚、世故心冷的薛宝钗，伶牙俐嘴、蛇蝎心肠的王熙凤，猪狗一般淫乱的贾氏兄弟，聪明伶俐、勇敢纯洁的晴雯、鸳鸯们，会享福的老祖宗，悲辛的打秋风的刘姥姥，就是那些由作家只用一两笔点染的人物，也是活跃跃的；读了《阿Q正传》的人，不会忘记阿Q、赵太爷、假洋鬼子；读过《安娜·卡列尼娜》的人，不会忘记安娜、吉提、列文、渥伦斯基；读过《人间喜剧》的人，不会忘记老葛朗台、邦斯、高老头；读过莎士比亚剧作的人，谁能忘了哈姆雷特、奥赛罗、罗密欧与朱丽叶？！世界文学的画廊，就是一条带着不同的时代、民族和个性特色的人物画廊。这些人物永远活在读者心目中。围绕这些人物展开的各种复杂事件，人们可能淡忘了，故事再也复述不出来，但是他们的形象却会不减色彩地清晰地活在人们的记忆里。而一些以情节故事见长的作品，初开始也会极大地吸引读者，甚至会造成一时洛阳纸贵的局面，但是它们始终不能在读者心中建立起自己永久的宝座，不需多久就会被读者忘得一干二净。难怪成功的作家，都把他们的注意力集中在对人物形象的塑造上。它是把作家和读者联系起来的枢纽，也是文学创作的主要目标。以人世间生活为大学的高尔基，用笔记叙他所遇见的各种人，生活和创作都使他不能不把自己的体验凝聚成一句话："文学是人学。"

我们现在还找不到一句更合适的能代替它的话语。我们要心悦诚服地接受这句话。文学是人学，它的含义是非常丰富的，又是十分明确的。它高度概括地又极其鲜明地表示，文学是以研究人、表现人为中心的。文学的反映对象是人，描写中心是人，最后以对人发生作用、影响为目的。一个作家不明了这一点，便不能深入文学创作的堂奥，便不能掌握形象创作的三昧；无论他是怎样地刻苦勤奋，怎样地呕心沥血，他却创造不出激动人心的作品。在作家目中无人的时候，他对客观事物再精确的描绘，也会使人感到是冰冷的、苍白的、没有生命的。即使那些有成就的作家，当他在这方面有所忽略，忘记了人的时候，他也会变得软弱起来。《镜花缘》的作者李汝珍，当他在小说中卖弄才学的时候，论学说艺，数典谈经，他虽是机敏的博学的，却是不能深入人心的。他在文学上的地位，也只好始终居于曹雪芹、吴敬梓这些善于刻画人物的巨匠之后。

柳青能够写出《创业史》，是与他明确"文学是人学"这一点分不开的。从他的整个创作实践看，我们甚至可以不夸张地说，他从早期的创作开始，便比较自觉地以表现人为中心。《地雷》集当中的那些短篇，最早一部长篇小说《种谷记》，作家都把他的注意力放在刻画各种具体环境下的不同性格的人物上。人们也许会突出地感到，这位作家的作品，从来都缺少那种引人入胜的故事情节和惊心动魄的情节的发展变化。这或许与他受西方文学描写手法的影响，对我国古典小说的行动性故事性的长处借鉴吸收不够有关。但是仔细研究一下他的作品和他谈创作的经验，我们也不能不承认，柳青在竭力避免走上见事不见人的创作道路，他宁肯把全部注意力放在对人物形象的分析、研究、刻画上，也不能让结构事件和故事分散了精力。人们可以议论柳青有点片面，却不能说他忽视了文学创作的根本性的东西。文学创作的根本是写人，是塑造血肉丰满的人物形象。只要有了鲜明的成功的人物形象，这部作品就站得住，就有了生命力，就有了应有的分量。《创业史》的故事情节，我们简直无法叙述得生动有趣。作家写的几个主要事件——买稻种，活跃借贷，进山割竹子，成立合作社，牲口合槽，都是很平淡的，但是从中突现出来的人物，却是鲜明生动的。正是这些有血有肉的人物形象，而不是别的，使得《创业史》卷册生辉。当然，追求作品情节的生动和追求人物形象的鲜明并不矛盾，常常是互相促进的，能把两者完美地结合起来是最理想的。事实是，常常不可避免地会有矛盾。这时，作家把注意力放在矛盾的哪一方面，就会有决定性的影响。特别是对一个并没有明确树立"文学是人学"的观念的写作者来说，很容易走上追求情节离奇、故事曲折，而忽视人物性格刻画的道路。这是一条越来越远地离开"文学是人学"的道路。柳青在一次向业余作者的讲话中，提醒大家要树立以人物为中心构思作品的观点。话讲得很平淡，却是过来人的深切感受。他说："机器转动靠轴，就是那个什么轴承。不知道说的对不对？又说到工业了，作品转动的轴承是什么东西？就是人物。人物是你小说构思的中心，也是结构的轴承。没有人是不行的。所以有人不了解，说你第四部（指《创业史》）写人民公社，现在恐怕要写六部、七部了吧，恐怕还有'文化大革命'了吧，'斗批改'了吧！我说这个人不了解作者的心情，没有具体分析。我没有这些东西。我写的是社会主义制度的诞生。我想我这个对你们没用处。一个作家学会了以人物为中心来构思，是很费劲的，这也是一个本事，要学会这个本事。一般的都是先想好故事，再找人物来说明故事，人物出来为故事服务。这也是难免的。我们要逐步做到让故事为人物服务，以人物为转移。作品不是故事发展的过程，不是事件的发展过程，不是工作和生产过程，而是人物发展的过程，是人物思想感情的变化过程，是作品中要胜利的人物和要失败的人物他们的关系的变化过程。写失败人物由有影响变成没有影响的人，退出这个位置，让成功的人物占据这个位置。"①这段话不仅说明了文学作品要以人物为中心，而且进一步指出以人的思想感情的变化过程为重点。不明白这个道理，就会提出一些令作家感到远离他的思想实际的问题。例如，那位读者认为《创业史》第四部一定会写人民公社，第六部、第七部就该写"文化大革命"了，写"斗批改"了。这种天真的想法，就是由于不懂得文学作品是写人，并不是写事，是写人的思想感情的变化过程，并不是写大事记。他便不能不和作者的想法大相径庭。我们知道，柳青曾多次谈及《创业史》的写作意图，是要写社会主义制度诞生中的人们的思想感情的变化过程。他认为四部就可以完成这个任务，社会历史事件的发展只写到1956年，并不准备写五、六部，也用不着写"文化大革命"。因为表现新旧斗争的主题已经完成了，人物性格的发展也已经完成了，再没有新的发展，一切再增加的描写便是画蛇添足。一些有一定才能并写出了不同鲜明性格的作家，由于不明白这个道理，令人遗憾地看到，在他的长篇小说或

---

① 柳青：《在陕西省出版局召开的业余作者创作座谈会上的讲话》，载《延河》1979年第6期。

多部著作中，最初出现过的一些成功的人物形象，始终停留在一个水平上，或者换换场景和身份，却仍顽强地保持着老面貌重复出现着。作者驱遣着他创造的有限的几个人物，去抗日，去参加解放战争，去抗美援朝，去从事和平建设，去搞科学研究，人物性格没有新的发展，思想感情的传达上没有增添新的东西。写得好一些，是一些不同事件的记录，写得差一些，便会引起读者的厌倦和反感。写人，创造新的人物形象，表达新的思想感情，这才是作家应该努力追求的目标。柳青的创作道路，显出了明晰的线索，说明他是向这个目标迈进的。

对文学重点是表现人、表现人的思想感情，难道还要怀疑不成？确实有人怀疑。50年代中后期，我国文艺界展开了一场围绕"文学是人学"的争辩。虽然没有人公开地批评高尔基的这种说法是错误的，却有不少人明确地表示，强调了文学以人为中心，用描写人来代替描写现实，实在是不全面的。他们认为现实可以包括人，而人不能包括现实。我们平常说文学是反映现实的，这无疑是个正确的马克思主义的命题。它是从反映论的角度，从人的意识与现实的关系上，对文学做的唯物主义的说明。而说"文学是人学"，则是从另一个角度，从文学反映现实的特殊角度，从文学与其他社会科学、自然科学反映重点和方式不同上来说明文学的。这两种说法是不矛盾的。当我们说文学是反映现实的，只有把现实理解为以人为中心的现实，才是正确的。人是现实的中心，人是现实的主人。于文学而言，离开人的现实，是根本不存在的。大自然以及广漠的宇宙间的不息的变化，在人类诞生以前就存在着，在人类不存在的情况下，它仍然存在，但是要进入文学描写的领域，就必须在和人发生着不可分的关系时才是可能的。作家描写这些东西时，他的重点必然是这些事物在人身上所引起的反响，人对自然变化奥秘的思索，自然变化激起的人们的各种思想感情。即使作家描写人类的社会生活活动，他忘记了表现人的思想感情，忘记揭示人的灵魂，在他的笔下，有人的现实也会变成无人的现实。这就是人们常说的见物见事不见人的描写。因此，我们说文学是反映现实的，这里的现实指的就是以人为中心的现实；我们说"文学是人学"，这里的人，指的就是处于各种现实条件下的人。不存在不包括人在内的现实，也不存在脱离现实的孤立的人。认为"现实可以包括人，而人不能包括现实"，离开文学创作，说明两个概念的内涵和外延不同，是不错的。但是放在文学创作的范围内来讲，就是一种错误的观点了。哪里有不包括人的现实？文艺反映的对象是整个现实，现实有多么广阔，它的题材就有多么广阔。但是文艺注意的中心是人，不管作家描写什么，怎么描写，他必须从人的观点出发，表现与人有关的一切，发掘人复杂而丰富的精神世界。离开人，离开人的思想、感情和生活，文学将变成空洞无物的抽象概念。没有人的现实，对于文学来说是不存在的。当然，离开了现实的具体关系的抽象的人也是不存在的，我们说的人，是社会关系的总和。历来的优秀文艺作品，都是描写人的生活和命运的，描写人的追求、渴望、斗争和理想，描写人的各种爱和恨的感情，但是他们的命运和感情都不是抽象的，而是交织在特定的各种复杂的现实关系中。同样反映爱情悲剧的作品，莎士比亚的《罗密欧与朱丽叶》显示给人们的是16、17世纪英国青年男女的敢作敢为，曹雪芹的《红楼梦》却描绘的是古老中国18世纪焕发着新的思想光芒的贵族青年。纵令这两部作品早已跨越了国界和时代的局限，属于整个的人类和所有的世纪，但却不是靠什么抽象的人性，而是依靠它对现实的关系和具体的人的感情的真实描绘，打动了人们的心。对于文学来说，人和现实是不可分的整体，现实是人们活动的舞台，也是人们活动的结果。现实面貌巨大的变化，常常是人与人之间关系变化的印迹。原始社会、奴隶社会、封建社会、资本主义社会、社会主义社会，这些社会形态巨大变化的阶段，都是人的活动造成的，而不是自然界规律作用的结果。人改造着环境，环境也改造着人。现实，特别是人们之间的现实关系，决定着一个人的思想、行动和性格。所以作家写人，写人的思想感情，也就不能不成为特定的现实的具体反映。不应当把现实和人对立起来。不理解人在现实中的地位，就不可能正确地反映现实。提出"文学是人学"的高尔基说得好："作家，以那生动的、多角的、富有伸屈性并极复杂的材料为对象而工作。这材料，有时在作家之前，表现为一个不可解之谜。并且，作家观察人类越观察得少，又关于人类，关于人类底复杂性的原因，关于人类底多样性及质的矛盾，越读得少，思索得少，这材料便越难以处理。"①懂得了人，也就能更好地懂得现实。毛泽东同志在《在延安文艺座谈会上的讲话》中一再要求文艺工作者要到火热的斗争生活中去，"观察、体验、研究、分析一切人，一切阶级，一切群众，一切生动的生活形式和斗争形式，一切文学和艺术的原始材料"。这里讲的五个"一切"，都是关于人的，围绕人的。作家、艺术家到生活中去，就是要观察、体验、研究、分析人和与人有关的一切。毛泽东同志认为文艺工作者要学习社会，"这就是说，要研究社会上的各个阶级，研究它们的相互关系和各自状况，研究它们的面貌和它们的心理"。他认为了解人熟悉人的工作，对于文艺工作者来说，是第一位的工作。不了解人，不熟悉人，也就无法理解社会现实，也就无法做好文艺工作，因为他不懂得自己的描写对象和自己的作品的接受者，便不能真正地描写人和有力地影响人。

作家真正地写出了血肉丰满的人物形象，写出了特定现实关系中人的真实具体的思想感情的文学作品，才能强有力地打动读者。文学作品与广大读者的关系，不是一种强制和约束的关系，谁也不能强制读者接受某种作品，作品只能以自身的吸引力，使读者自愿地去接近它，并为它所陶醉。文学作品这种广泛地牢牢吸引人的力量从哪里来的？它是描写战争的，不仅军人爱看，工人、农民、知识分子，老人、小孩、大姑娘都爱看；它是描写农业合作化的，农村工作者爱看，城市工作者也爱看，医生护士也爱看；它是描写炼钢的，炼钢工人要看，织布女工要看，哲学家、心理学家也要看。这些事实都说明，文学作品着重写的并不是如何打仗，如何搞农业合作化，如何炼钢，而是人在各种职业和情况下，如何思想和

---

① 高尔基：《文学论》，林林译，质文社，1936年，第27页。

行动。文学作品着重描写的是，各种人都可以理解并普遍关心的，人是如何生活的，人应当如何生活。正是人的思想感情，人的命运，吸引着各种职业和各种年龄的读者，甚至也吸引着不同国度、不同阶级、不同时代的读者。也有人读文学作品是为了研究社会和特定问题的，那是少数研究工作者，大多数人读文学作品却是一种鉴赏的需要，没有狭窄的功利目的，常常是出于兴趣。能不能引起人的兴趣，常常成为成功作品首先必备的品格。有的作家以为离奇曲折的情节，艺术表现手段上的独出心裁，可以夺取人心。是的，那是有一定的吸引力的。其实最能持久夺取人心的，还是作品主人公的命运，作品所表达的作者发现的独特的思想感情。《红楼梦》的故事和情节，在中国可以说是家喻户晓，老少咸知，但人们还是不厌其烦地愿意再读它和再看由它改编的各种戏文。深深吸引他们的是主人公的命运，贾宝玉和林黛玉真挚、凄婉的爱情，薛宝钗无力抵御的不幸，大观园中众多女性的悲剧命运，各种人的心灵活动和思想感情。读者不能不随着作者的引导，时喜、时悲，亦爱、亦恨。他们在和作品主人公的共同感情经历中，不能不悟出一个道理，即在封建社会封建礼教的压制下，人是不可能有合理幸福生活的，一切美好的东西都要被那个社会的等级制度、礼教条律、传统观念所窒息，所吞噬，浓重黑暗中闪现的思想光芒和崇高的道德情操，使人们愈加向往未来。动之以情，晓之以理，这是文学作品特有的审美教育作用。它不是传授给人们各种具体的专业知识，它是在更全面的意义上教人们如何生活，如何做人。人们把优秀的文学作品称作生活的教科书，把人民的文艺工作者称作人类灵魂的工程师，是丝毫不夸张的，是十分确切的。文学作品只有写出了人，写出了人的灵魂，才能打动人的灵魂，给人的灵魂以影响和改造。写出美好的灵魂，使人们向往和赞美；写出丑恶的灵魂，让人们鞭笞和唾弃；写出麻木的灵魂，使人们想到疗救和唤醒；写出觉醒的灵魂，使人们振奋和觉悟。病危中的列宁，从杰克·伦敦《荒野的呼唤》中感受到了热爱生命的灵魂的强有力的节奏。这位无产阶级革命导师还竭力推崇民主主义者车尔尼雪夫斯基的文学作品，认为他的《怎么办》培养了一代人。保加利亚的无产阶级革命家季米特洛夫，就是从《怎么办》中的革命者拉赫梅托夫的坚强灵魂中汲取力量。苏联的无产阶级战士奥斯特洛夫斯基，为《牛虻》主人公的灵魂所激励。我国人民喜爱《三国演义》《水浒传》《红楼梦》，这些作品中主人公的结侠好义、疾恶如仇、忠贞纯洁的思想品格和道德情操，也像乳汁一样，滋育着我们民族的精神。我们在读《阿Q正传》的时候，阿Q被扭曲了的灵魂折磨着我们，精神胜利的可耻现象被人们更多地认识了，人们便不能不努力清除它的遗迹和影响。

现在，我们似乎更清楚"文学是人学"所包含的深刻含义了。文学是以人生为对象的，探索各种人的灵魂的秘密，打动影响人的灵魂，亦试图塑造健全的人的灵魂，从而去创造人们认为合理幸福的生活。人们通过多种途径，政治的、军事的、经济的、科学实验的途径改造现实。文学艺术家却通过改造人，改造人的思想感情，改造人的灵魂，达到改造社会的目的。熟悉人，研究人，表现人，这是文学艺术家的主要工作。一切艺术技巧都要为这个主要目的服务。柳青认为，结构小说要以人物为中心，正是要求作家把注意力放在刻画人物性格上。他是抓住了文学创作的核心的，他是把力量用在应该用的地方上了。当我们仔细地玩味《创业史》的时候，我们这种感受将会更强烈。

二

柳青在谈到作品要以人物为中心的时候，还进一步讲到写人的什么东西。他说：

我想主要写思想感情的变化过程。主要写人的思想变化表现在行动中间。什么叫感情？在文艺作品中怎样表现？这是很重要的问题。毛主席在《讲话》中强调思想感情，提到他的思想感情变化。我想文艺作品中感情这个东西，就是思想在文艺作品里面的形象化。把一种阶级的思想，这个阶级的思想，或那个阶级的思想，用语言、声音、线条、图像再现出来，成为一种艺术作品。因此，只要是有这几样，就有感情了，人物有感情，看木刻、油画有感情，电影更是有感情，戏剧更有感情。这种感情的基础是思想。思想，大家知道是有阶级性的。归根结底感情是人的阶级性的具体表现。喜、怒、哀、惧、爱、恶、欲这叫"七情"，是感情的变化，这七样是有阶级性的。在他的感情变化时，还是大脑皮层的反映，是阶级社会影响的结果。……我们表现人物的时候，总要抓住这个东西，就是表现这个。这几个方面，大体上把一个人的阶级面貌、精神面貌表现出来了。要表现这个东西，要费很大功夫。在实际生活中费很大功夫。东西写出来要想感动人，就要在这方面下功夫，就要把由于人的社会实践造成的这几种感情的变化形象化，化在人的"七情"上。[1]

在这里，柳青说明了这样几个问题。首先，感情在文艺作品中占有特殊重要的地位。只有写出了人物的思想感情的变化过程，作品才能感动人。其次，感情的基础是思想。人的阶级面貌、精神面貌，通过喜、怒、哀、惧、爱、恶、欲这"七情"的变化，表现出来，文艺作品就要描写这"七情"。再次，人的各种思想感情都是社会实践的产物。反映人物的思想感情的变化过程，也就势必反映了现实的一定方面。

谈到感情在文艺中的重要，我们不能不提及列夫·托尔斯泰。托尔斯泰认为感情是艺术的唯一标志。他在著名的《艺术论》中说道："在自己心里唤起曾经一度体验过的感情，在唤起这种感情之后，用动作、线条、色彩、声音，以及言词所表达的形象来传达出这种感情，使别人也能体验到这同样的感情，——这就是艺术活动。艺术是这样的一项人类活动：一个人用某种外在的标志有意识地把自己体验过的感情传达给别人，而别

---

① 柳青：《在陕西省出版局召开的业余作者创作座谈会上的讲话》，载《延河》1979年第6期。

人为这些感情所感染，也体验到这些感情。"①柳青显然是接受了这种观点，并对它做了补充。托尔斯泰强调艺术是传达感情的，但把思想和感情截然分开，这就有了片面性。柳青指出思想是感情的基础，人的思想感情都受着社会实践的影响和约束。这就克服了托尔斯泰观点的片面性，使人们对感情有一个全面的理解。当我们把感情看成和思想有联系的东西，指出人的各种思想就具体表现在感情的变化中的时候，这样，我们说文艺是描写人的感情的，表现人的感情时，就从文艺的特性上揭示了文艺反映的侧重面。抓住了这个侧重面，作家就会进入独特创造的领域。

托尔斯泰认为，并不是一切感情活动、感情现象都是艺术活动，只有这样一种自觉的有目的的感情活动，即人为了把自己体验过的或想象中体验过的感情传达给别人，唤起别人同样的感受，才是艺术活动。艺术表现感情的先决条件是，作家自己首先为一定的感情所激动，然后才能真实地强有力地传达出这种感情。对生活不熟悉，对自己的描写对象不熟悉，想要真实地再现人物的思想感情，显然是不可能的。柳青认为，文学创作仅仅是编故事的话，一个人只要聪明一些，坐在房子里，听到来人讲的一些事情，也许就可以编出故事，写个小说。但是要通过这些事情，要写出一个或几个人物的思想感情的发展变化过程，不熟悉生活，不熟悉自己所要描写的人物，头脑再聪明也是不行的。作家有意识的艺术感情活动是建立在对生活、对人的熟悉理解基础之上的。所以一些对人生有广泛研究的作家，也最能真实地再现各种复杂的思想感情。但是，世界文学史中也确实有一些生活领域非常狭窄的作家，他们通过作品所表现的常常是个人的感受和自己的心理活动，但由于表现得真挚和独特，同样是有强烈感染力的，为广大读者所珍爱。我们不能否认这个事实，特别是在诗歌创作领域。从反映生活面的广阔上看，这一类作家的局限也是不可否认的。从反映的题材和所表现的感情上看，还是由于作家对自己描写的对象非常地了

---

① 列夫·托尔斯泰：《艺术论》，丰陈宝译，人民文学出版社，1958年，第47—48页。

解和熟悉，才能表现得真挚和独特。这种了解和熟悉不是一般的，往往是异常深刻的，特别是这些作家写自己的时候。对谁的了解能胜过作家对自己的了解呢？只要他大胆地真诚地解剖自己，他就可以把最隐蔽的感情活动揭示出来。这时作家虽是在写自己，同时也是写一个自己最熟悉的社会的人，写这个在各种社会关系制约下的特定的个性的种种反映。尤其是当作家写出自己感情的思想基础，写出这种感情的社会根据的时候，它越能广泛地感染人。李煜亡国之后的诗作，虽是一个帝王为自己失去的天堂而悲悼，他并没有想到广大人民，他只是在抒发着个人的不幸，但他个人仍然是一个社会的人，他的悲哀也具有社会的内容。亡国的社会事件不仅制造了他个人的悲剧，也制造了所有亡国的人民群众的不幸，失去故土的感情，怀念旧物的思绪，追悔过去错误的自责。这些情感越是发自肺腑，越能引起更多人的共鸣。只有那种敌视人民，仇恨一切美好事物，蔑视生活的极端个人主义感情，才是没有广泛的社会基础的，才是不能引起广大读者共鸣的。所以作家对自己所描写的感情，越熟悉，越了解得深入，便越能表现得真切，也越能感染读者。

文学作品正是作家以激动过自己的思想感情汇成的激流，它所翻动的每一个波浪，它所演绎的千变万化，都是人们可以理解的感情经历，都是现实生活在人身上激起的反应。从人的思想感情的变化上，能更深刻地看到社会现实的变化。现实复杂关系的任何变化，总会集中地表现在作为这个关系焦点的人的身上。人的现实性不是抽象的阶级概念，或集团利益的单纯物质需要和占有，它一定要表现在一定社会实践造成的个别人的喜、怒、哀、惧、爱、恶、欲这"七情"的变化上。柳青说的作品不是故事的发展过程，是人的思想感情的变化过程，正是基于上述认识。他要作家把力量不要用在陈述事件演变，而要用在刻画人物思想感情，剖析人物灵魂，从而更深刻地反映现实上。他写《创业史》，完全实践了自己的理论。他通过社会主义革命在我国农民身上所引起的思想的和心理的变化，深刻地反映了这场社会革命的重大意义。

在这里，我们要特别注意，柳青并不是一般地说文学创作重在写人的思想感情，而是明确地说写人的思想感情的变化过程。不仅仅是捕捉一瞬间的感情流露，而是要在人的感情的整个经历中，发现一些什么，暴露一些什么。用柳青自己的话来说："作品不是故事发展的过程，不是事件的发展过程，不是工作和生产过程，而是人物发展的过程，是人物思想感情的变化过程，是作品中要胜利的人物和要失败的人物他们的关系的变化过程。"①人物思想感情的变化过程，就是人物发展的过程，就是这一部分人和那一部分人关系的演化过程，就是社会现实的变化过程。描写人的思想感情和描写社会生活现实，就是如此地统一。变化的过程愈显示得充分、清晰，这个统一也就愈加令人信服。这里一个最基本的事实，是人的思想感情与社会实践的关系。环境影响着人，人改造着环境。而吸引作家和读者的却是各种具体联系，探究其中的规律。一个卓越的作家，不仅有能力使读者接近他的人物的思想感情的激流，观察各种人物思想感情的万花筒，而且有能力引导读者和他一道去分析人的心灵，并从这种分析中得出某些心理学、社会学的规律。作家同时应当是一个社会学家、心理学家。这个要求对一个追求更高成就的作家来说并不苛刻。放低标准讲，懂得这方面的一些常识，也只有好处，没有害处。据一位在柳青皇甫村居住过一段时间的友人记叙："柳青同志很喜欢心理学。这使我们大为吃惊。这位作家竟像科学研究生一样阅读心理学的课本和学术论著。每当谈起这个题目时，他热衷地发表自己对心理学争论中的看法。他说心理学帮助他理解人的思维活动和环境对人的影响。"②研究心理学，并不是要在这方面有所建树，而是帮助自己理解人的思维活动和环境对人的影响，更有利于他终生献身的再现人的灵魂的文学艺术事业。柳青就是这样一位执着于自己目标的艺术家。托尔斯泰执着于艺术表现感情的真挚，猛烈地攻击着

---

① 柳青：《在陕西省出版局召开的业余作者创作座谈会上的讲话》，载《延河》1979年第6期。

② 杨友：《回忆在皇甫村的日子》，载《新港》1964年第5期。

虚假伪饰的艺术。柳青执着于艺术表现感情的过程，刻苦地研究着心理学、社会理论著作和复杂多变的人生。《创业史》是柳青这种研究之后写出的令人满意的答卷。有了一些人生经验，特别是在农村搞过实际工作或比较熟悉农村生活的读者，都很爱读《创业史》，觉得有味，耐读。为什么？一般都会回答：生活气息浓厚，深刻。再深入一步，读者都会发现，自己原来为作品中人物的命运所吸引。蛤蟆滩的人们，从单干到互助组，到合作社的过程中，谁也逃脱不了经历一场思想感情的变化，这个变化过程被作家描写得如此细致，如此逼真，如此独特。正是这些东西吸引了读者。

《创业史》通过人物的思想感情的变化过程，深刻地反映着社会现实的变化过程。"题叙"中重点描写、"第一部的结局"中以新的面貌出现的梁三老汉，给人的印象是非常深刻的。梁三老汉并不是作家着力刻画的最主要的人物，但是由于作家对这一类型农民有着深切的理解和真挚的感情，他就能把梁三老汉的思想感情细致入微、真切透彻地描绘出来。新中国成立前梁三老汉是一个被生活担子压垮了的农民，两度创家立业的努力都失败了。他失掉了自信，无所奢望地悄悄地活着。新中国成立后，经过土地改革，重新发家立业的希望在他的心头燃烧起来了。因为多年来的生活经验告诉他，贫穷是最不能忍受的命运。人只有发了家才能受人尊敬，才能过不再担惊受怕的日子。而他现在有土地，有牲口，有劳力，正是向前奔的时候。但是，他的义子梁生宝却和他不一心，父子之间产生了矛盾。《创业史》的故事正式从这里开始，作者写下这样几句话："于是梁三老汉草棚院里的矛盾和统一，与下堡乡第五村（蛤蟆滩）的矛盾和统一，在社会主义革命的头几年里纠缠在一起，就构成了这部'生活故事'的内容……"

梁三老汉和草棚院里人的矛盾，主要是和儿子的矛盾。这是农村互助合作运动给他们家庭带来的不和。儿子坚决走党指出来的道路，为大家的光景奔忙，是在绝灭着他发家致富的希望。这时翻身后的幸福生活，互相友爱的家庭，在他眼里都变了样。因为恨儿子，他对袒护儿子的老婆也不满，对和哥哥站在一起的女儿也生气。怨恨使他在家里到处"找事"，先是怨老婆不管教秀兰，接着就不计后果地骂老婆和儿子没良心，第一次在不和的时候拿二十年前的伤心事刺老伴的心窝。他发的这些无名怒火，都摆不出多少站得住脚的理由。老伴对他很好，女儿也非常本分。共产党对他的恩情，他不能忘，"土改"时他一拿到土地证，就跪下给毛主席像磕头。但是，现在要搞什么互助合作，走一条他从来没有见过的道路，要他和几千年的私有制的习惯和心理决裂，他不能不痛苦。旧的信念还没有彻底倒塌，新的信念还没有建立起来，他不能不变得反常起来，但仍然是梁三老汉式的反常，还不失老农的忠厚。他心灰意懒，一时不想吃饭，也不想干活。在和老伴吵架之后，他躺在麦地里，不知道该怎么办。在他上空盘旋的老鹰，误以为他是可以啄食的尸体，越旋越低，这对他是多么地不恭敬和嘲弄啊。他愤怒地骂了起来。梁生宝分稻种，最后给自己留的不够了，更激起了他的不满。这个拾粪时把一根柴草和一块破布片都要捡回来的过日子的勤俭手，竟说起诳话来，要钱"下馆子""买汗褂"，还要把五个母鸡下的蛋"早起冲得喝，晌午炒得吃，黑间煮得吃"。因为，"发不成家啰！我也帮着你踢蹬吧！"

实际上梁三老汉最不愿意踢蹬这份家业，他只不过说些气话罢了。既然他不能像郭世富、梁老大那样的发家，只好接受现实的安排，跟互助组走。阶级地位和多年的现实生活教育，使他在感情上明确地感到，他和富农姚士杰，富裕中农郭世富、梁生禄不能聚拢在一起，他只能挨近王书记、卢支书、生宝他们。"他只相信他见过的。"后来，互助组事业的进展，买稻种、割扫帚的事实，都摆在他的眼前，使他不能不信服儿子和他们的事业。他不再发火吵架了，而是默默关心着互助组的一切，为互助组的命运担心。他以质朴的心感受着组内的矛盾，用冷眼看着那些不实心的组员，关切地向卢支书反映情况，偷偷地观察互助组的稻秧试验田。在现实生活发生巨变的同时，梁三老汉的思想感情也处在一个变化过程中。这突出地反映在他对生宝的态度上。因为对互助合作道路的怀疑抵触，他对热心于这条道路的儿子不满、发牢骚，不是亲热地称儿子为"宝娃""宝宝"，而是讽刺他为"梁伟人"，不是尊敬崇拜，而是认为儿子自不量力要做大人物，干大事情，甚至想到他不是自己的亲骨肉。后来，事实终于使梁三老汉折服了。这时，他称儿子为"梁代表"的时候，已经没有挖苦的意味了。最后，他完全信服互助合作的道路了。他因儿子充满了自豪感，以一种亲切尊敬的口气称生宝为"主任"。当他穿着一身新棉衣，在黄堡集上被大家硬推到队前买东西的时候，他"庄严地走过庄稼人群"，一辈子的生活奴隶现在终于带着生活主人的神气了。当他在牲口合槽的时候，把老白马送进集体饲养室，人的尊严使他坚定地告别了私有制的过去，头也不回地走了。这是经历了新旧两个世界变化的老农，他那屈辱的、顺从命运的、任人嘲弄的旧的精神面貌被扫除了。同样的躯体，却灌注进了人的尊严、自信、安详、质朴。梁三老汉这种精神面貌的转变，只能是重大社会变动的结果。从旧社会到新社会的翻天覆地的转变，没有给他精神上以这样的大影响；进行土地改革，彻底推翻了地主土地所有制，也没有给他精神上以这样大的影响；只有农业合作化，从私有制到公有制这样的巨大变化，才使他抛弃了几千年来小农身上的精神负担，使他从信念上、生活习惯上、思想方法上和心理状态上都有了变化。这使我们不能不看到农业合作化运动，是一场艰巨的深刻的历史变革，它从人们心灵的深处动摇了私有制赖以存在的基础。

这场不动枪炮的社会改革运动，震动着和平生活的每一个人，在他们的思想感情上烙上自己的印记。郭振山是这场斗争中自身矛盾最多的一个人物。他自身的矛盾都是现实矛盾触发的。郭振山思想上的突出特点是，逞能，好发号施令，好突出个人。这又与他的自私自利紧密结合在一起。他常常不是把自己的威信看成执行党的政策的结果，而是看成自己有能力、有办法的结果。但是现实却使他看到，上级领导和群众越来越多地注视和尊敬比自己晚一辈的后起者梁生宝，这使他感到了对自己威望的威胁。狭隘自私的心理，争强好胜的恶习，都使他不能容忍这种情况。然而他又不能痛下决心不走发家致富的道路。小农重视实利的精明，决定了他不会像白占魁那样蛮干。他只好委屈地不再大出风头，而是伪饰起来，在合法形式的掩盖下，搞自己的发家"五年计划"。同时利用一切可能的机会和条件，给生宝他们制造困难。他对徐改霞的态度和对生宝互助组的态度，揭示了他最隐蔽的心理。他对徐改霞的关心，杂糅了很浓重的个人成分。这便是要在徐改霞心里建立起自己的威信，使这个青年团员信赖尊敬他，而不是信赖尊敬梁生宝。他甚至也没有明确地意识到，但却是下意识地感到了，让徐改霞和梁生宝好，等于在竞争的天平上给对手增添砝码。他千方百计地鼓励徐改霞进城当工人，就是要拆散她和梁生宝的关系。对梁生宝，他不仅"带着上级对下级或长辈对晚辈说话的那种优越感"，而且总要找机会压一压，教训教训他。当生宝的灯塔社有了问题的时候，他就幸灾乐祸。县上开三干会时，他看到主持会议的王书记被人叫去接电话，后来下堡乡党支部书记又被叫去了，他惊恐地想到会不会是让梁生宝到省上去参加劳动模范代表会，这样无论在哪里都使他的脸面无处放。后来听说，原来是灯塔社出了乱子，冯有万打了梁老大，他的惊恐和紧张心理全消失了。他没有一点为集体事业的困难而忧虑的感情，而是全身心的愉快，他情不自禁地咧开他满是胡茬的嘴巴，仰面朝天失声笑了。他想到这不光是梁生宝没脸，连支持梁生宝的王书记和卢支书也够他们难看了。他浑身上下轻松了。他走进区干部们的宿舍，想探探他们的口气，看到干部们不安、难受和紧张，他也做出难受的样子。当他听出区干部对冯有万是不满意的，他就大胆地吐露他对梁生宝的不满，把灯塔社说成完全不具备条件，是梁生宝和高增福、冯有万相好，拉拉扯扯"哄起来"的。他还把对梁生宝的诬陷、攻击装扮成整个互助合作运动的关心。他说，梁生宝他们"臭了农业社的名声，俺官渠岸再办社多难呀！"怀着不安心情参加三干会议的郭振山，由于听到灯塔社出了乱子，重新感到唯有自己是下堡乡的一个强有力的人物，他要办起另一个社，让人们看看，到底是他能行还是梁生宝能行。《创业史》只写了两部，郭振山的思想感情的变化过程也远未完成，但是，这个新中农的思想性格发展的脉络已经画得清清楚楚。只要他不跟党走，不和广大农民群众一条心，他就必然要走向另一条道路，虽然在那条道路上有和他势不两立的姚士杰，有和他在官渠岸争雄的郭世富，他仍然是要和他们走到一起去，用种种方式抗拒社会主义道路，直至身败名裂。从这个人物形象身上，人们可以看到，随着经济地位的变化，人们的思想感情也在改变。土地改革之后，农村就发生了贫富两极分化的趋势，随之产生的两条道路的斗争也越来越激烈，它影响着每一个人思想感情的变化，也影响着党内。读者看到最初在活跃借贷问题上，郭振山要的只是自己的面子，已经不能体会困难户的心情了。后来在资本主义自发道路上走得更远了，他要代表富裕中农同贫下中农较量。在他的思想感情的变化过程中，把他灵魂深处丑恶的东西暴露了出来。他那种爱讲歪道理的毛病，不只是他无自知之明，也常常是他掩饰自己丑恶灵魂的手法之一。这也带有特定的时代色彩。因为他要不讲革命的词句，就不会有人相信他，他的虚假的威信也无以自立，尤其是在革命运动的火热斗争中。

农村的社会主义革命震动着生活的每一个角落，一些过去任何风都吹不到的死角，也激起了波澜。不为人注意的一些人内心掀起的波涛，折光地反映着现实关系的巨变。王二直杠的感情似乎僵化了，清朝年间华阴县太爷的八十大板，把他打成了一个顺民。他不敢再有任何的非分之想，把穷人给有钱人做牛马看成天意。解放了，土改了，王二直杠天官赐福的观念并没有被摧毁，他还顽固地用统治阶级灌输给他的观念，对待和解释一切。他相信富裕户甚于相信穷庄稼人，在两条道路的斗争中，他总是往富裕户那边靠拢，他觉得只有那边靠得住。但是互助组优越性铁的事实，不能不使他屈服。这个草棚院的独裁者，在总路线宣传和灯塔社建立的欢庆声中悄悄地死去了。他并不是带着花岗岩头脑去见上帝的，而是在旧的观念轰毁了、新的观念没有建立起来的自愧中，离开属于新人的世界的。

死前，他听着拴拴陆续报告农业社的一切，"瞎老汉皱纹脸带着惭愧的晦暗，用干柴似的瘦手摸着炕席片，凄惨地一笑，低下头去了。他显得难受极了"。他不再阻挡儿媳去开会，再不到草棚屋前晒太阳，饭越吃越少，终于无声无息地死去了。谁能说现实的冲击没有激起他内心深处的巨大波澜？他比谁都要年龄大的身份，他屈辱的一生，他衰老的体力，都不允许他有更强烈的感情表白，然而内心的强烈震动却是无法掩饰的。他说不出任何反对的话，他无力再做些微的狡辩，他只感到无地自容，干柴似的瘦手无所措地摸着炕席片，凄惨地一笑，低下头去。他是应该离开这个世界了，让活着的人们按新的观念生活。

　　一个被旧社会扭曲了的灵魂，来不及彻底觉醒，便死去了。但是更多的被扭曲了的灵魂终于被新的生活唤醒了。农业合作化不仅改造着人们的生产方式和生活方式，还改造着人们的精神面貌。王二直杠的儿媳赵素芳的觉醒是有代表性的。在私有制社会，为了金钱、财产，人们之间的欺骗、争夺，与此相联系的种种罪恶，不仅毁了素芳的家庭，而且毁了她青春的灵魂。她被作为一个不名誉的女人，抛到了王二直杠家的草棚院内。公公支使傻丈夫用棍棒打得她更柔顺了，她不能反抗，只能安于命运的安排，卑微地活着。她的感情似乎是冬季冰封的河流，只能在越来越厚的冰层下流淌。她的微笑只能换来正派农民的白眼，她得不到同情和温暖。当姑夫姚士杰把污辱加于她身的时候，她只能惊异于人心的污浊，却无力从中拔出。她并不是认为污泥也能给她以温暖，而是顾虑到不会有人原谅她的陷身，她只能逆来顺受，不企图做任何反抗。互助合作运动，把素芳从草棚院和亲戚的四合院里拉到了更广阔的天地里，她坐在妇女小组学习会不引人注意的旁人的脊背后头，静悄悄地纳鞋底，静悄悄地听别人发言。她的被冰封的感情的河流，是从最深处开始融化的，两条道路的教育使她容易理解世界了，命运原来也是由人弄成的。她不能不为自己卑微的过去而悲哀。羞耻心像虫子一样咬痛着她，她没脸在人前痛哭，只好假装上茅房去偷偷宣泄感情的郁结。新的生活道路的入口，就直伸到她的脚下，她必须与过去告别。公公的死去，解除了对她的现实束缚，她的感情的闸门再也堵塞不住了，解冻的河流奔腾起来了。她借灵堂哭凄惶，公开地、放声地大哭，哭旧社会造成她家的不幸，哭她自己被侮辱了的灵魂，哭她的觉醒。她不能不怀着自惭的心情走新的道路。这是她的悲哀，悲哀中有着庆幸。作家柳青就是这样细致地微妙剖析着一个被扭曲了的妇女灵魂的觉醒的复杂过程，让读者感到社会改造的强大威力。

素芳的感情变化是在内心的最深处进行的。在她的感情大爆发之前，从表面上是看不出来的，甚至爱思索不轻易下判断的梁生宝最初也没有看出来，只是后来才从素芳异样的哭声中领悟出来。揭示人的灵魂的最深处的秘密，是描写人物思想感情变化过程的极致，人的本质也是在这里得到最彻底的暴露。人可以掩饰自己的感情，不使它流露于行动，但在内心深处，它总是存在的，作家却可以追魂摄魄地把它挖掘出来。柳青是富有这种能力的作家。再让我们以郭振山为例。郭振山灵魂中的每一根神经都被作家清晰地描绘了出来。他不是我们后来在政治生活中看到的大量出现的两面派。他身上的农民的质朴还没有丧失，但是旧社会游街串乡卖瓦盆生涯染上的习性，助长着他的私心。挂着共产党员的招牌，却着迷于发家致富，又热衷于权势和威望，使他成了一个最矛盾的具有两重性格的人物。他要面子，又要实惠。他知道离开了党，他就不会有多大的影响，但是他又不能按党的要求去做。他便不能不在冠冕堂皇的言词下，做不光彩的事情。他内心深处有许多见不得人的东西。腊月二十四，他领导的官渠岸互助联组杀猪，搞得那么地有声势，让人敲着锣满村吆喝，联组的肉和供销社一个价，谁来买都可以。"轰炸机"说他这是和两户自发户斗，因为往年只有姚士杰、郭世富两家杀猪卖肉。然而在杀猪问题上，他放纵他的左右手孙志明和杨加喜阴阴阳阳地攻击灯塔社。他的真实意思是，要拿这回杀猪吸引庄稼人对互助联组的注意，不要只看见灯塔社牲口合槽。他决心要人们看见联组的经营管理水平比灯塔社高。他的目的是部分地达到了，一些庄稼人佩服着他，还有一些庄稼人对他冷笑。精明的郭振山只好隐忍了自己的不满，他有把柄落在人们手里。每次事情的结果，都不像他原先如意算盘打得那么圆满，但也有他意料之外的满足的时候。当卖完猪肉，他提着猪头准备离开土场的时候，他想起了改霞妈没有来买肉，听说改霞最近要回来探亲了，改霞妈不让女儿再走了。这不是和他没有关系的事呀，他非常不安了。他想到可以借口给改霞她妈送猪头，缓和一下他和这位老婆儿的紧张关系，更重要的是探一探自己要知道的情况。他不得不硬着头皮进了已经变得陌生的徐家柿树院，说着谄媚的话，讨老婆儿的欢心，巧妙地引逗老婆儿说出改霞回来的消息。老婆儿想念女儿的悲伤愁容，也使他有些心动。但是老婆儿把这一切都归罪于他哄骗了改霞，使他暴躁地要跳起来。转念一想，他强忍了，现在村里的整个形势对他不利。他的精明使他很快地看出，老婆儿说不出改霞和生宝想结婚的话，改霞正式被招工那次手续又确实不是他办的，他可以把关系脱得干干净净，他便转守为攻。他现在放心了，因为他担心改霞妈会不会说他破坏了改霞和生宝的婚姻，现在因为说不出口，他的担心便再也不会发生了。"他非常爽朗地笑着，开始了他所习惯的高谈阔论。"现在改霞回来，无论走与不走，甚至就是和生宝结婚，也不能说他半句不是，他从来没有对改霞说过生宝的一句坏话。当他进一步知道，改霞不回来了，她在外面找到对象了，他不仅用不着担心改霞妈散布对他不利的话，而且他内心隐秘地希望改霞不要和生宝在一起，已经快成了铁定的事实，这是完全出于他进徐家柿树院时意料的呀。他仰起头笑，从心眼里舒服，高兴得不知说什么好。他再没有什么话可问了，可说了，并且没有忘记提起改霞妈声明不要的猪头，高高兴兴走了。柳青通过郭振山在送猪头这件生活琐事中的思想感情的变化过程，揭示了他不会让任何人知道的内心秘密。他的高兴舒心是多么卑微呀。

作家展示人物的思想感情的变化过程，是为了通过显示人物丰富的内心世界，完成对人物形象的性格塑造。作家可以通过多种手段达到这种目的。作家可以通过人物的行动、行为、姿态、表情等等，表现人物的心理；也可以通过人物与人物之间的关系的描写，使读者理解到人物的思想感情。还有最常见的，是运用人物的内心独白，或通过梦境，或通过触景伤情，或通过异常的表现和心理特征，解剖人物的灵魂。运用什么手法不起决定的作用，作家擅长什么，只要运用自如，就可取得好的效果。起决定作用的是，看作家能否真正写出符合人物性格的思想感情，写出这种思想感情的变化过程。即写出人物"七情"变化的内在动机，它产生的社会现实根据。感情不能脱离一定的思想基础，人们的思想又是被社会存在、一定的物质地位、一定的人与人的关系所决定的。人的思想感情与社会现实的复杂关系，在普通的日常生活中是被掩盖着的，作家在艺术作品里却要把它清晰地显示出来。有的同志说《创业史》表现的思想内容深厚。我们局限在人物思想感情的表现上，也可以说它是深厚的，不是仅仅写出了各种人物的"七情"，而且深刻地揭示出了人物"七情"变化的社会根据。这样描写出的人物感情是包含着丰富内容的，是耐人寻味的。那些暴露出内心隐秘的人物感情变化的描写，观察肤浅的作家是怎么也捕捉不到、描写不出的。评论家总爱指出，不仅要写出人物在"做什么"，而且要写出人物在"怎样做"。所谓写出人物"怎样做"，就是写出人物怀着什么样的思想感情对待他面临的各种事物，采取什么样的具体行动，并且在这个过程中发生了什么样的思想感情的变化。写出人物的思想感情变化的过程，势必清楚地显示出他在"怎样做"，决不会只显出一个"做什么"的浮光掠影。

真实地描绘出人物思想感情的变化过程的作品，必然是独创的。文学作品贵在独创。但是古往今来，陈陈相因、千篇一律的雷同化的作品，简直无法绝种，成了文坛的一大顽症。这些缺乏独创性的作品，托尔斯泰称之为艺术赝造品。正像手工制造的纸花，徒具花的形式和色彩，是没有芳香和生命的，它不是大地以它的汁液哺育的。艺术赝品也不是作者以生命和感情哺育的，它是缺乏真挚感情的。缺乏作者的真挚感情，缺乏对人物思想感情独到的描绘，只能描写一些事物的外在现象和联系，自然就要和别的作品雷同。也可能有些作品，也有人物感情的渲染，但却不是出自作者真切的体会，而是一些曾经感动过人们的感情表现的模仿。人们对这类作品的反感，有时甚于对那些缺乏感情的干巴巴的作品。因为他们发现作者并没有为他所描绘的感情所动，只是力图以虚张声势的感情来打动读者。有什么能比感情上的欺骗更引起人们的反感呢？所以我们不能认为这类作品是有真挚感情的，是写出了人物的思想感情的。作品的动人之情，只能来自作者的真挚感情，来自作品对现实生活中人们的思想感情的真实反映。

优秀作品对人物思想感情的真实描绘，震撼着读者的心灵。因为它是如此地逼真，如此深刻丰富地显示了人物行动的内在动机。怎样的思想感情的描绘，才算是真实的？作家在作品中描绘的人物感情的变化过程，无论是表现的程度，还是发展变化的轨迹，都符合这个人物的性格，符合这个人物的阶级地位、出身教养和独特经历，符合具体的环境和场合。也就是说，作者写出了人物思想感情产生的必然原因，写出了事物的内部联系、因果关系。人是不会没有原因地喜、怒、哀、乐的，即使是反常的感情表现，或者是没有任何外在痕迹的感情波动，都有它之所以如此的必然原因。勤俭的梁三老汉竟然说起海吃海喝、不过日子的诳话，受公公欺凌虐待的素芳竟然在公公的坟上真正伤心地大哭起来，共产党员郭振山却对梁生宝的灯塔社幸灾乐祸，兵痞二流子白占魁也有卖力干活的时候：只描写现象，这些是无法理解的。柳青以力透纸背的笔力，深入人物的内心，条分缕析地描绘出各种感情与周围事物的内部联系、因果关系，令人信服地表现出此人此时只能如此，要做到另外的表现则是不可理解的。

柳青把这叫作抓本质。他说："我想是这样，写东西要努力抓本质，不要从现象到现象，要写事情为什么是这样。这是事物内部的因果关系，不要光写是这个样。这样，造成你所描写的社会现象的原因，就跟社会制度、政治方向、路线斗争有联系了。因此，就反映出我们这个社会的本质。我是这样理解的。举个例子，出版社的编辑同志跟我谈，看了好多稿子，写地主压迫农民，好多都是地主的狗把贫农的衣服扯烂了，肉咬烂了。这些现象，有个东西在幕后起作用，有个根本原因，就是剥削制度。""只要你写出事物的内部联系、因果关系，写出来的作品就不会重复了。各是各的情节，各是各的故事。如果光写现象，就难免重复，就像你上街看见骑自行车一样，都是用脚踏的，不会有用手摇的，都是千篇一律，也就重复了，这篇和那篇面貌差不多。"①只要对本质不做狭隘的形而上学的理解，柳青的这些话必然会使作家创作摆脱千篇一律的厄运。当然，不能忘记我们一再强调的，文学作品是写人的，写人的命运的，写人物思想感情变化过程的。对事物本质的反映，对社会制度本质的反映，都必须通过人物感情的逼真描绘，折光地反映出来。各种客观事物，特别是社会制度、政治斗争和经济斗争，人们之间的各种现实关系，都在铸造着人们的思想感情，激发着人们的思想感情。像空气振动在周围造成反响一样，现实中的各种事物，都会激起周围人们在思想感情上的反映。这种反映的方式和程度，会因人而异，几乎不会有两个是完全一样的。我们看社会事件在人们身上引起的反映，没有深入每个人的思想感情的领域，会觉得同阶级、同阶层、同利害关系人们的反应是一致的，没有多大差别。但是，只要我们深入每个人的思想感情的领域，就会发现一致中又有各种各样的区别。每一个人都是独特的这一个，而不是别一个。高增福和冯有万被同时接收入党了，穷庄稼汉成为自觉的无产阶级先锋队的一员，他们开始了新的政治生命。他们都是那样地激动、幸福，又充满着强烈的责任感。柳青在写到这里的时候，没有写他们沿着滚滚波涛的大河堤走，也没有写他们仰头看见了巍峨的秦岭，来表示他们内心的不平静和精神上的突觉崇高。或许第一个用这种笔墨描写的作者也是新的创造，然而继续使用这种手法，就会使人感到软弱无力的雷同。柳青只是很朴实地写出他们在入党会议上的真实思想感情，读者读到了一段独特的艺术创造的文字。你

① 柳青：《在陕西省出版局召开的业余作者创作座谈会上的讲话》，载《延河》1979年第6期。

看，穿着新棉袄的高增福和头戴黑制帽、腰扎军皮带的冯有万，吃力地坐在长板凳上。由于认真地听每一个人的话，想着自己的心思，鼻梁上和眉宇间渗出了米粒大小的汗珠。当高增福被叫起来讲话的时候，他有满满一肚子热烈的话，却一时说不出来。而当感情真正自然倾泻的时候，他却讲出了令满座人佩服的精彩的入党演说："庄稼人没党领导，治不了世。李自成就坐了朝廷，没党领导，他弄得乱七八糟，只坐了四十天，完哩！咱有党领导，咱敢办农业社。"显出了他的认真深沉。而冯有万是不等人叫，自动地站起来，一开口，就直通通地检讨自己的缺点，不愿自己的火性子坏了党的名声！他说："唉！黄堡镇仁义堂中药铺有治性情急躁的药吗？我有万卖了鞋袜赤脚当生产队长，也要抓得吃几服！"真是如闻其声，如见其人。高增福和冯有万就是这样被作家凸现在我们的眼前，以他们各自的独特的思想感情，鲜明地区别着，又和谐地统一着。

真实地写出了人物思想感情变化过程的作品，必然是独创的，还主要是由于它是通过作者个人独特的认识和感受，而不是通过其他任何人的认识和感受来反映的。托尔斯泰认为艺术的感染的深浅取决于三个条件：一是所传达的感情具有多大的独特性；二是这种感情的传达有多么清晰；三是艺术家的真挚程度如何。在这些条件中，他认为，"实际上只决定于最后一个条件，就是艺术家内心有一个要求，要表达出自己的感情。这个条件包括第一个条件，因为如果艺术家很真挚，那么他就会把感情表达得正像他所体验的那样。因为每一个人都和其他的人不相似，所以他的这种感情对其他任何人来说都将是很独特的；艺术家越是从心灵深处汲取感情，感情越是真挚，那么它就越是独特。这种真挚使艺术家能为他所要传达的那种感情找到清晰的表达。"[1]所谓艺术家的真挚，就是指艺术家真实地传达出自己的感情，自己所体验、认识到的人物的思想感情。我们说文学艺术是反映现实的，文学艺术应该真实地反映客观

---

① 列夫·托尔斯泰：《艺术论》，丰陈宝译，人民文学出版社，1958年，第150—151页。

事物和人们的思想感情，作品中人物的思想感情只有是现实生活中人们思想感情的真实反映的时候，它才是真实的，有生命力的。但这并不是说它与作者的主观感情没有关系，因为，任何艺术作品中人物的思想感情都是作者个人认识到和体验到的。正像舞台上每个角色所表现出来的感情，都是他们的扮演者通过自己个人的感受而表现出来的。不进入角色，按照固定不变的程式表演出来的一切，都是千篇一律的，都是没有生命力的。艺术作品中不可能没有作者自己。浪漫主义作家，常常把自己显露在作品中，而现实主义作家则把自己隐藏在客观事物按本来面貌的描绘中。一切个人膨胀的主观主义作家，他们无法在作品中掩饰自己的面目。所有这一切作家，只要他们是真实传达自己体会的时候，他们的作品便让人感到是独特的，不会是和别人雷同的。但是人们推崇的文学艺术的独创，不单是具有独特一种品格，而是同时指那种独特不是客观事物的歪曲的反映，而是客观事物以独特的方式的正确反映。用几世纪以来人们惯用的说法，它既是独特的，又是具有全人类性的，为世界上绝大多数人可以理解的。极端主观主义者的作品，可能是独特的，但却是和最大多数人对立的，是对现实的歪曲反映，人们不称它为我们惯常所说的文学艺术的独创。印象派画家，当他们既反映客观事物又忠实于自己感受的时候，他们的作品丰富了人们对现实的色彩和变化的认识，它们是独特的又是真实的。而当他们完全抛弃了对现实的反映，只表现自己支离破碎的主观感受，梦幻般不完整的意识时，所呈现的色彩的堆集和奇形怪状的构图，就是不可理解的，不能给人带来美感享受的。这些画家所传达的个人感情，对自己来说也可能是真实的，但是对现实的反映却是不真实的，大多数人是不可理解的。因此，我们说的作家真挚的感情，既是对自己个人感受的绝对忠实，又是和最大多数人感情相通的。作家把他体验到的感情真实地传达出来，把他所体验到的人物思想感情的变化描绘出来，越是从内心深处汲取的，越是描绘得深刻细致，便越是独创的。正如托尔斯泰所说的，因为每个人都和其他的人不相似，所以他这种感情对其他任何人来说都将是很独特的。作家的个人风格，绝不仅仅是由于题材的独特和表现技巧上的创新所形成的，更内在的因素是作家个人的气质和独特的思想感情。

作家不是在抽象概念的指导下，描绘人物的思想感情的变化过程的，而是把自己对象化（像演员进入角色一样地进入自己的人物）后，以自己感情的触角揣摩着、体会着人物的思想感情的变化过程。这样写出来的作品必然是不可重复的、独特的。作品把人物的思想感情的变化过程，显示得越真实越深刻，又非常清晰，便越具有独创性。还是以前面提到的接收高增福、冯有万入党的会议为例。会议在许多作者的笔下，被描绘得枯燥无味、千篇一律，就是因为作者只着眼于一些表面的现象，讨论什么问题，如何进展，如何结束，而没有着眼于对人的思想感情、灵魂的剖析。柳青在这里是着重写人的思想感情的，所以容易写得枯燥的会议被他写活了，最有可能写得雷同化的场面被他写成了具有独创性的篇章。气氛庄严，是两个将要被接收入党的庄稼汉的感受。他们第一次置身于自己向往的崇敬的政治场合，自然会觉得神秘，意义重大，从而显得很激动，又相当拘谨。这是人们在这种场合下都会有的感情。柳青体会到了，并把它真实地表现了出来。卢支书、梁生宝、郭振山也以他们各自的情感感受着这一切。作者把它们细腻精到地描绘出来，让他们的灵魂在这里也有所暴露。卢支书和梁生宝为党增加了新的力量而兴奋。但是梁生宝作为高增福和冯有万的亲密伙伴和入党介绍人，兴奋中又有着焦急。他看到两个新党员精神紧张讲不出话来的时候，也非常着急，似乎若是搬什么重东西，他早已跳出去帮助搬了。而当高增福、冯有万顺利地倾吐了自己的心曲，得到同志们的赞赏时，他又是多么高兴，为高增福讲的深刻道理而无限感慨着，因有万的坦白直快而笑起来。郭振山在整个会议的过程中，思想感情却沿着另一个振幅而波动。他在这种场合，从来觉得自己和一般庄稼人不一样。他高兴地说着话，称卢支书为"明昌"，并不是为了表示在党内直呼其名有平等亲切之感，而是为了叫庄稼人明白，他和现在已经做了干部的卢明昌，原是平起平坐的一块入党的老党员，他是有权利叫支书的名字的。从前，在每次接收新党员的支部大会上，他都要讲党领导庄稼人推倒封建大肚鬼的伟大意义，回叙一下反霸斗争以及他和支书在那次斗争中一同入党的心情，然后语重心长地对新党员提出三点希望和要求：积极参加党的会议，自动按时交党费，警惕地富和管制分子的活动。他的讲话总要占去会议一半甚至一半以上的时间，直至使人感到他比党支书能行为止。那些言过其实好务虚名的人，不正像柳青笔下的这个郭振山，只会讲些不动脑筋的套话，没有一点自己的新鲜的看法，有的只是仍要强烈地突出自己。这次他作为一个在整党中受过批评，在互助合作运动中落在几个年轻同志后面的人，已经不适宜于自我标榜了。但是，他是一个能扭转逆境的人。他还是很有派头地站了起来，看不出一点不好意思，"用一种长者和前辈的低沉缓慢的调子"讲起话来。不出三句，他始终忘不了的"我"就突出了出来。他高兴高增福、冯有万入党，因为"现时蛤蟆滩四个共产党员了。我比谁都高兴。官渠岸一东一西两座四合院，我郭振山住在中间，觉得腰背添了力气。姚士杰算啥东西？狗粪一堆！"他越说，声越高，劲越大。他要他领导的联组准备办社，赶上灯塔社，他说："落不很远的，放心！不生问题啊，落不很远！总路线的灯塔照着大伙哩，并不是只照着一个农业社！"把党的事业看成谋自己个人威信的手段，口头上说向先进学习，骨子里是不服气，郭振山在什么情况下都要顽强地表现自己。他的讲话只唬住了一些不了解实情的庄稼人。卢支书轻视地朝他一笑。一直红光满面的梁生宝，"现在失掉了光彩，出现了沉思的灰暗"。他从郭振山的话里，听出了一股放了几天的剩饭的酸味，直弄得他在支书付表决的时候，热心的介绍人竟忘了举手，经提醒表决以后，又忘了把手放下去。

下堡乡党支部接收新党员的支部大会，就是被柳青描绘得如此活灵活现，如此富有特色。给艺术描绘灌注生气的是，作者揭示出人物的思想感情，它们像血液一样，赋予那些作为概念符号的文字以生命和强烈的感染力。新党员的拘谨、激动和责任感，党的领导者和忠诚的战士的欣喜和愉悦，思想上没有入党的老党员的卖老资格，都被逼真地描绘了出来。为什么作者能描绘得如此真，如此活，如此有特色？肯定的回答是，作者有这方面的生活，有这方面的体会，不是向壁虚构的。确实，作家做过长期的党的农村基层工作，对基层干部和农民党员有深切的了解，不仅是立场、世界观上的了解，更是思想感情上的了解。甚至他作为一个党员作家，日常的党的生活，也丰富着他对这个场合的深入理解。人们很难忘记作家关于郭振山在接收新党员会上照例要讲的那些话的描写，讲讲自己的光荣历史，语重心长地向新党员提出希望和要求。他是那么认真地当一回事讲的那三点，其实毫无新鲜之处，除了要显示他自诩是一个懂得党员义务的老党员外，再什么意义也没有，不过是些从别人那里贩卖来的套子话。类似的现象，我们在生活中并不少见。柳青曾向一位同志讲到，他写的郭振山向新党员提出的三点希望和要求，就糅进了他周围一位熟人的言行。生活中的不引人注意的现象，激起了作家情感的波动，看到了其中包含的否定意义，因而在作品中做了典型化的描写。它不仅是符合郭振山身份、性格的思想感情的表现，而且是作家独特感受到的批判性的描绘。艺术表现上的独创是以真实为基础的。下堡乡党支部接收新党员大会描写到的几个人物，思想感情都被真实地描写出来了，都是活生生的。梁生宝一些思想感情也是刻画得相当成功。但是，梁生宝有一些思想活动，这里写得就不是那么入情入理。例如，作家写梁生宝听到大家议论胜利完成粮食统购任务的原因时，提了很多条，就是没有提到共产党员的带头作用，卢支书征询地看着他，他却不肯讲。因为，他这时想到，他的灯塔社是县级试办农业社，他已成了一个走在大伙前头的人，不久前才转为正式党员，应该谦虚，不应由自己的嘴讲出一条大家都没讲到的道理，那样自己就会给同志们留下显示自己的印象。他想着团结的重要性，暗示高增福、冯有万请郭振山给他们提意见。梁生宝的这些思想活动，我们认为不太符合人物的性格和生活的真实。柳青关于梁生宝的典型形象，做过不少的文字说明，他有理由把梁生宝刻画成一个爱思考的稳健的共产党人。我们也没有理由反对他这样描写。但是这种爱思考、稳健的品格，不应脱离了年轻的庄稼汉的身份。这里关于梁生宝思想活动的描绘，已经不是一个农民出身的共产党员的稳健了，而是很有些老气横秋的样子，瞻前顾后，过分敏感地考虑着别人对自己的看法，谦虚的美德已经变成了小心地维护自己声誉的谨慎了。或许我们的这种感觉和判断是错误的，姑且置此不论。我们只是要从成功的描写和不甚成功的描写中，引出必须会有的结论：真实性是独创性的基础。越是真实的人物思想感情变化过程的描绘，越会达到艺术表现上的独创。怎样才能达到真实？到生活中，到自己描绘的人物中去，用自己的眼睛去观察，用自己的感情去感受，同样用自己的语言和方式去传达。这样越能深入事物和人物灵魂的最深处，便越能真实地描绘出他们，便越可能是独创的。

三

作品中不可能没有作者自己。作者心脏和血液中波动着的感情热流，正是通过字里行间展现在作品中的。作品中的各种人物的思想感情，既是按照现实中他们可能有的样子，也是按照作者个人独特的体会而描绘出来的。尽管作品中可能描绘出人们的各种思想感情的变化过程，展现出人们的各种内心秘密，有令人敬仰的感情，有使人依恋不舍的感情，有使人惊恐战栗的感情，有让人鄙视厌恶的感情，但是它们都是被一面更巨大的感情镜子反映出来的。即在各种感情被描绘反映的同时，有着一个更强烈的感情在搏动着，流灌于整个作品，这便是作者自己的思想感情，他的爱憎，他对生活和人们的感情评价。正是作者的感情态度，决定着作品的感情力量和感情特色。我们在谈论文学作品应该着重反映人们的思想感情的时候，不能忘记作者自己的思想感情。

一个热爱生活、热爱人民的作家，总是在自己的作品中，努力于人类感情的健康丰富。柳青就认为，优秀的作家的职责，是把人类生活中崇高的优美的品德一代一代传下去。作家、艺术家在作品里描绘人类的各种感情，解剖各种灵魂，目的在于热烈地赞颂着所是，强烈地抨击着所非，把人类灵魂中优美崇高的东西展现出来，使读者珍视发扬，把人类灵魂中丑恶卑下的东西暴露出来，使读者唾弃鞭笞。作家的情操愈高洁，感情愈真挚，他的作品的感情力量便愈纯正。下水道里是淌不出洁净的清流的。革命斗争，长期地和农民相处，使得柳青有了一颗热爱和了解中国农民的诚挚的心。

柳青曾经以艰苦的磨炼，使自己成为他们中的一员，以便能更亲切更深入地感受他们的脉搏。中国大地上为数最多的，同各阶层人民群众有着错综血缘联系的，几千年来一直默默地承担着我们民族生存和发展的一切重担的劳动农民，他们身上所蕴藏的高贵品德、精神力量以及遗留的历史重负，都深深地激动着柳青，使他不能不在自己的作品中为他们发出深情的讴歌。我们可以毫不夸张地说，柳青是中国农民伟大灵魂的深情讴歌者。他在自己的作品中，发掘着、赞美着一般情况下不易为人们觉察的中国农民的精神美、灵魂美。柳青曾经对他的友人深深地感慨道："劳动人民真正过着最深刻、最丰富的内心生活。"①那种认为劳动人民感情肤浅粗疏的认识，完全是一种片面认识。柳青对此激烈地反对着，而且以自己饱含感情的艺术描写，让人们看到中国农民深藏着的精神美是那样地丰富和高贵。

柳青在他的作品中衷心地赞颂着劳动人民做人的尊严感。阶级社会的阶级压迫和各种不合理的社会制度，使得处于重重压迫下的穷苦劳动人民的尊严，受到蒙蔽和歪曲，许多人道主义作家，都以深厚的感情，为被侮辱和被损害的灵魂而痛苦，而愤怒。陀思妥耶夫斯基的痛苦烧灼着我们，契诃夫的幽愤使我们向往着惊醒人们的暴风雨。也有的作家，拂拭蒙罩人尊严的污垢，让它放射纯金的光辉。高尔基和鲁迅的许多作品，使我们感

---

① 杨友：《回忆在皇甫村的日子》，载《新港》1964年第5期。

到人的自豪和坚强。柳青的作品弥漫着人的尊严的自豪。劳动人民的人的尊严，在长期的不合理的社会不能被摧毁，新的社会制度使它更加焕发。在柳青的笔下，穷苦的农民在旧社会虽然遭受着各种非人的待遇，但是那些坚强者始终保持着人的独立精神，拥有使人为之自豪的品格。梁生宝十一岁时给富农看桃园，把主家根本不可能知道的卖桃钱如数交给主家。穷娃身上的光辉品格，惊得富农脸色发了黄。高增福的父亲，有一股穷志气，他不到财东家街门口去讨饭。他到庄稼院街门口讨饭，看见人家打发时不高兴，他就不要了。他告诉儿子："人家瞧不起穷人，咱没志气，人家就更瞧不起了。"高增福正是继承了他父亲的这种骨气。贫穷虽然使他举步维艰，但是他绝不肯让富农和富裕中农的气焰压过自己。他总是昂着头从姚士杰面前走过。"他不管光景过得怎样凄惶，精神上总是像汤河岸上的白杨树一般正直、白净，高出所有其他的榆树、柳树和刺槐，树梢扫着蓝天上轻柔的白云片。"作者也写到了一些穷苦农民的本质被蒙蔽了，被歪曲了。他写到这些时，又是怀着多么深沉的同情和痛苦，作者的心像被猛烈地咬噬着。当欢喜看见他的拴娃婶子素芳，梳洗打扮得俊俊俏俏，走向姚士杰的四合院时，少年稚嫩的心受到了严重的伤害。他的脸一下子红到脖颈，似乎感受到互助组和贫雇农所遭到的耻辱。实际上这也是作者为素芳的不觉悟而痛心羞愧。互助合作运动终于把素芳唤醒了，作者让她以自己的眼泪洗刷灵魂上的积垢。人的尊严的恢复使她具有新的精神面貌。她虽然曾失足于姚士杰，但她精神并不堕落，姚士杰的阴险毒辣使她震惊、恐惧。她和姚士杰不是一路上的人，她应该获得新生。

梁三老汉被一些评论家看成落后农民转变的典型。梁三老汉开始幻想着发家致富，后来在互助合作优越性的事实面前改变了看法，积极走集体生产的道路。他是老一代农民身上旧的精神包袱比较沉重的一个，把他看成一个和互助合作运动完全对立的落后农民，是不合适的。小说中的乡长樊富泰就认为梁三老汉忘恩负义，对不起共产党，不像个贫雇农样子，这使得梁生宝很难受。实际上，我们的作者也不能接受樊简单（群众给这位乡长起的绰号）的观点，他是怀着热爱的感情，极其细心地剖析着梁三老汉的灵魂，不肯以自己的用笔疏忽，损害这个老贫农的人的价值。1929年，他在饥民妇女中钻来钻去，有人害怕他要做出缺德的事情，他却是正正经经地收留了一个中年寡妇和她的孤儿，他像对待亲生儿子一样对待孤儿。梁生宝被国民党拉了壮丁，老汉坚定地卖了赖以发家的大黄牛，赎养子回来。在旧社会黑暗醒醒的环境下，梁三老汉走在做人的正道上，新社会他获得了更多的人的尊严。他对互助合作有抵触，那是没有看到事实前对陌生的生活不习惯不放心。他狭隘自私的心理，也常成了作者善意嘲笑的对象。但是梁三老汉觉得他的心是和共产党、卢支书他们靠近着哩。他识大体地支持女儿不管旧规陋习去未过门的志愿军军属的婆家，他也曾为自己不能支持人们都看得起的梁生宝的事业而脸红。尽管他成为热心集体事业的成员之后，仍有自私狭隘心理的流露，但作者的描绘是怜惜的，让人们觉得那是完全可以理解的，是不会妨碍老汉前进的。秋收后，生宝让他妈旁的什么都不忙，先给他爹缝全套新棉衣，给老人"圆梦"要紧。老汉感动得落了泪。接着，作者不能自抑地写道："人活在世上最贵重的是什么呢？还不是人的尊严吗？"千百年来统治阶级践踏着劳动人民的尊严，某些悲观的作家也哀叹着人格的被侮辱和被损害，而和劳动人民紧密联系并认识他们真正价值的柳青，细心地描绘他们过去屈辱的历史，把他们性格中可贵的东西显示给读者。新的生活和新的斗争，唤醒了他们的尊严。劳动人民的尊严，在这个时候就是做历史主人的自豪感。柳青正是怀着这种强烈的感情，抒写着梁生宝和他的事业，抒写着农村基层干部和农民党员推动历史的业绩。作者常常要代替这些说得少做得多的实干家说几句话，揭示他们工作、劳动的伟大意义，赞美他们的高贵品格。这种描写假若不能够和生动的性格描绘结合起来，就会成为艺术表现上的瑕疵。有的评论文章对此就有所指责，说它是作者自己的直写胸臆，并非切合人物身份和性格的刻画。我们在这里无暇细论是非，只要说明一点。作家肯定的人物形象中，常常不可避免地有着自己。直写胸臆只要来得得体，抒发的思想含有哲理，同样不失为艺术上的成功之举。《创业史》在这方面的成就是显著的。我们认为这倒不是什么艺术方法试验的成功，而是柳青热爱农民、为他们自豪的感情必然要寻找到的表现渠道。感情的真挚促成了艺术手法的感人力量。读者常常为作家的感情所打动，倒较少去考虑这是作者的看法还是人物的思想。不可否认，也有败笔，这主要出现在对梁生宝形象的塑造上。作家是带着强烈的阶级之爱塑造着这个人物形象的，不可避免地把自己的一些思想感情融汇在对这个人物的刻画中，就使一些思考活动不大符合这个二十多岁的文化程度不高的农民青年的身份。梁生宝的出身教养，他所经历的生活道路，他活动的范围、接触面和生活视野，都不允许他的思想认识的自觉性达到书中所描写的程度，读者自然会把它看成作者主观的认识。因此，这些艺术描写的感染力也相应地减弱了。可见，作者赋予他的主人公以主观感情色彩，或以理想化，只要脱离开生活真实的基础，就不会给读者造成逼真感，就要减弱它的艺术感染力。

当然，《创业史》中这方面的败笔，也不像一些评论文章说的那么严重，只是更高要求上的不足罢了。作家的主观感情，基本上是融汇在严格的现实主义描写中的，劳动人民作为历史创造者、推动者的认识和感受，是通过人物的活动和他们的思想感情表现出来的。无论是党的农村基层工作者王佐民、卢明昌，还是普通的农民党员梁生宝、高增福、冯有万，还是年少的农民任欢喜，他们都从事着最平凡的工作。但是，作者却是以强烈的感情描绘这一切的，使人们感到这些平凡工作是不能够缺少的，是推动历史前进的工作的组成部分。这些人物身上显示的崇高的精神力量，把他们团结得比亲人还亲，照耀得他们的工作充满着迷人的色彩和意义。小说中杨国华对区委书记讲的一段话，实际上又是作者的直写胸臆，但由于话语也符合杨国华的身份和性格，道理谈得又那么朴实，又那么深刻，又那么符合实际，所以我们还是非常乐于接受，不感到有说教的成分。杨国华对王佐民说道："你注意到了没有！一个工厂里的工人，一个连队里的战士，一个村子里的干部，他们一心一意为我们的事业奋斗，他们在精神上和思想上，就和马克思、列宁相通了。他们心里想的，正是毛主席要说的和要写的话。你说对不对？"柳青正是以这样的思想感情看待他的主人公，观察他的主人公，描写他的主人公的。他笔下的普通农民和他们的领袖在精神上是平等的，可以相通的。他们充满着人的尊严，是历史的创造者。打着无产阶级招牌的"造神"文学，无论如何标榜劳动人民的伟大，但是唯心主义的世界观使它的作者的每条血管里、每一根神经里都流通着超人主宰世界的思想观念，因此在他们的笔下，劳动人民成了没有独立精神的附庸和工具。无论他们怎样地虚张声势，高喊革命的词句，无视和轻视劳动人民的思想感情却是无法掩饰的。柳青同他们对待劳动人民的态度，是有天渊之别的。

中国农民的内在的精神美，高贵的道德品格，是作家柳青全力予以歌颂的。长期受剥削、受压迫的生活，物质和精神生活的极端贫困，使得中国农民的丰富崇高的精神力量缺少较多的表现，就像宝石被埋藏在地下，被放在黑暗中，它只有被发掘，被放在阳光下，才会焕发出夺目的光辉。农民的朴实的或被过重劳动搞得变形了的躯体里，蕴藏着我们民族的勤劳勇敢、牺牲自我、伟大同情等优秀品德。作家发掘着这些深深埋藏的宝石，让它在阳光下放射异彩，让人们都在这些感情的激发下，受到崇高道德情操的熏陶，更加努力于自己精神的丰富和美好。作家也不讳言他对农民精神美的赞颂。人们不会忘记，《创业史》第一卷发表后，许多评论者和读者都责难作家对徐改霞感情的细腻刻画。今天看来，那些责难有囿于教条主义艺术趣味的一面，也有合理的、有根据的一面。柳青对这些批评是持保留态度的。他在一些谈话和文章中指出，认为他把农民姑娘徐改霞写得像城市知识分子女性一样，这是一种偏见，因为农民的感情也是很热烈很丰富的，知识分子中也有感情很肤浅很冷漠的。可以看出，柳青在感情问题上，也是热烈地维护着劳动农民的，他感受过也深切地认识到他们感情的丰富和热烈。他在塑造徐改霞形象时出发点也是正确的。要说有问题，不在他把徐改霞写得感情丰富热烈上，这个上了几年学的娇生惯养的农村姑娘，在新的生活浪潮的推动下，积极向上，向往理想的生活和甜美的爱情，都是符合她的性格的。问题在于她的感情有时过分地纤细，表达的方式也和她生活的环境，和她周围的人们不太谐调，使人感到太"洋"，有着更多的城市姑娘的气质，而缺少她也应该有的泥土气息。她不论受什么影响，总是生长和生活在蛤蟆滩的农民中间。作者对改霞的感情有肯定的一面，也有批评的一面，觉得她太浮躁，也没有把她作为农民精神美的代表去刻画。他着力赞美的是那些看起来朴实无华，但内心却很丰富崇高的老一代和新一代的农民群众。梁生宝的母亲，这个几乎只活动在草棚院里的默默无闻的妇女，却以坚韧的毅力和她的丈夫共同承担着生活的重担，常常表现得比男性还要坚强。她以劳动人民传统的道德观念教育着自己的子女，要他们走做人的正道。新中国成立以后，她对党和党教育儿子从事的事业一个心眼地拥护，把她的慈爱和关怀施于她的邻居和她接触到的人。她把高增福寄养下的才娃像亲孙子一般疼爱，她为城里来的干部不能吃到肉和菜而心疼。她活着就是为了别人。她的精神力量也影响了她的女儿秀兰。这是一个和改霞脾气完全不同的农村姑娘。她的气质和思想感情更充分地代表着农村大多数的女性。秀兰有着和她紫棠色皮肤里头的肌肉一般结实的心，经得起生活中急遽变化的袭击，并在这种袭击下，让人们看到她全部展开了的内心的崇高和秀美。她还生活在一个不完全由自己选择丈夫的年代里，是由长辈为他们决定终身的。家里给她的选择是令她满意的，男方是一个本分的农民青年，光荣地战斗在抗美援朝的前线，虽然没有见过面，她却以她的少女心描绘着他的容颜，感情上已经完全和陌生的男子相通了，相恋了。突然发生了意外的事件，未婚夫从前线寄来的照片和信告诉她，他被凝固汽油弹烧伤了，恢复后脸上留下了不好看的癫疤。实际中的英雄和人们想象中的英雄风貌并不一样，秀兰的女伴们为她惋惜，邻居好心的老婆婆们宽解着她，她们都以为姑娘碰上了不遂心的事痛苦悲伤。我们的秀兰确实在悲伤，但她不是为自己没有找到一个美貌的男子而悲伤，她是为自己日夜想念着的亲人的伤痛而伤痛。为什么自己不能分担他的危险和艰苦？她为自己能有这样一个未婚夫而自豪。善良的老年人们原来只劝姑娘不要做出毁婚约的不符合他们传统的做人道德的事，现在在姑娘真正崇高的思想面前表示惊讶和赞叹。在这种突然变故面前，梁三老汉和老伴都表现出他们的高尚品德。他们的责任感使他们绝不会容许任何毁弃婚约行为的发生，当他们知道女儿的真实心思后，同女儿一样充满了自豪感。婆家要未过门的媳妇秀兰去丈夫家住一些时候，安慰思念儿子的婆婆，他们欣然应允，表现得贤明、不迟疑、识大体。爱祖国的感情和女婿在外国的光荣，使得他们感到自豪，觉得自己是世界上一个很高贵的中国人。传统的道德观念和新的道德观念以及政治觉悟，和谐地统一在一起。在生活急遽变故面前，这家人所表现出来的精神面貌、道德品质是多么令人赞叹呀。中国农民的传统道德确实是值得赞美的，它在新的生活条件下，只能焕发出更美的光彩，蕴含着新的思想内容。

把劳动人民在千百年间形成的一些优秀的道德观念和道德规范打上封建落后的印记，是一种无知的妄断。这样做的人，他们不知道，人们在共同生活中形成的一些有利于人类关系调谐的道德，是有继承性的，是要冲破阶级的约束和时代的局限的。无产阶级革命不是要消灭这些东西，而是要使人类一切优秀的品质和精神力量有更充足的发展。生宝妈和梁三老汉在新社会令人敬佩的做人处事方式，是他们过去道德观念的必然发展。就是新的一代人，梁生宝和梁秀兰他们的共产主义道德品质，除了有新生活的土壤，也能看出中国农民的传统道德对他们的影响。共产党员梁生宝并不嫌弃他养父的落后，尽管梁三老汉在思想转变前对他恶声恶气，他仍对老汉态度好，如果听到别人说他爹的坏话，他一样难受，心里疼。他心里想："咱共产党员，不能忘恩负义，叫人家群众笑咱。"或许会有高明的读者，讥笑梁生宝还有很浓厚的农民意识。我们却觉得很真实。这种农民意识需要进一步改造，并没有什么值得讥笑之处。假若一个共产党员连这样的农民意识的水平也达不到的话，他的共产主义意识也是空的。共产主义道德和劳动人民的传统道德不是对立的，前者是后者的合理的必然的发展。秀兰听到欢喜妈劝慰她说"不合适，咱另瞅对象"时，一变平日的温柔敦厚，竟不顾一切地使起性子来，说："三婶，你怎能胡说白道哩？"闺女的愤怒，既有因为老婆婆对志愿军英雄的不敬，也有因为对她做人道德的误解。这是出自新的道德观念呢，还是出自传统的道德观念呢？具体到秀兰这个人身上，我们简直无法分辨，它们本来就是分不开的么！柳青是被我国农民的传统道德所深深感动了的，所以他才能怀着如此深厚的热爱和崇敬的感情，描绘人物在这种精神力量支配下的动人场面。中国农民的精神美，常常使得作家惊叹不已。甚至在有些怪诞的表现形式下却有着惊心动魄的内容，他的感情被吸引住了，他的笔便把它描绘出来。在整个艺术作品的结构中，或许是可有可无的，但在作家表现自己对生活对人物的感情评价上，却是必然会有的。欢喜他爸和他妈是多么不重要的人物，粗心的读者会记不起他们。欢喜他爸任老三瘫在炕上，有时骨头里疼得难忍难熬，咬着牙、歪着嘴、挤着眼，捞起跟前的棍子，就往老伴的大腿上打。她不躲避，反倒挪动身子，把肉厚一些的臀部给他，让他更顺手一点打。她说："欢喜他爸，你打我几下，是不是疼得轻一点呢？"老汉感动得流泪，反过来向老伴作揖赔罪。欢喜他妈，这个不识字的半大脚的、有力气的农妇，褴褛的衣裳里怀抱着一颗仁慈的心灵。她愿意为别人承担痛苦，为别人牺牲自己。柳青写的这个细节不是虚构的，现实生活中确实发生过这样的事情，它曾使作家震惊、动情，久久不能忘怀。笔者记得，1958年在西安作协举办的一次座谈会上，柳青就向人们叙述过这件事。他叙述过后，以他特有的为人们熟悉的赞叹口气，微仰起头，"啊！啊！……"不已。作家为我们朴实农民的博大精神深深感动了，他把它组织在《创业史》的艺术篇章里，记录下自己感情的波动，揭示了中国农民的精神美。我国农民性格中最动人的，就是这种朴实无华中的伟大同情、无私忘我的情怀。他们在我们民族的历史中，负担最沉重，为了民族的生存发展，贡献最多，却要求最少。柳青为我国农民做代言人，是现实生活和一定的历史条件造成的，也是他个人的正确的坚定的选择，也是和为全民族、为全世界人民服务不矛盾的。他所赞美的中国农民的优秀品德，难道不应该为我们整个民族，为整个人类所有？！

柳青为中国农民的朴实博大的精神所感动，饱和着强烈爱的感情发掘着他们灵魂上的美好崇高的东西。他在描绘人物思想感情变化过程的时候，把自己深深沉浸在同样的思想感情中，为他的正面主人公的喜悦而喜悦，为他们的悲哀而悲哀。他有时不能自已，就要站出来替他们说话，赞美他们行动的伟大意义，这就形成了《创业史》中的抒情和议论、诗情和哲理相结合的艺术特色。他的叙述语言，不是旁观的第三者，而是和自己主人公共同着脉搏的带有强烈感情色彩的语言。有时是主人公的感受，有时就是塑造这些主人公的作者自己的感觉。作者的笔端是饱含着感情的啊！高增福找郭振山，要他拦截姚士杰往外转粮碰钉子后，想到自己的困难处境时，作者这样写道："他鼻根一酸，眼珠被眼泪罩了起来。但是他咬住嘴唇，没有让眼泪掉下来。他眨了几下眼皮，泪水经鼻泪管到鼻腔、到咽喉，然后带着一股咸盐味，从食道流进装着几碗稀玉米糊糊的肚囊里去了。"这是高增福的感觉，也是作者的感觉。他是怀着对自己的贫困的农民兄弟的感同身受写出这些文字的。高增福的肚囊里经常只装几碗稀玉米糊糊，揪得作者心疼，这在他的感情上是种强烈的感受，他要告诉所有读他书的人，让他们同他一样经受这种感情历程，对高增福这些贫困正直的农民产生同情，产生爱戴的感情。

同样，柳青对他笔下展现的所有人物的思想感情的变化过程，都是融入了自己的感情评价的。他对那些有缺点的农民，用一种诙谐幽默的笔触，展现着他们的思想感情。对他们的狭隘、自私、小生产者的落后意识，像对待亲人的病痛一样，怀着同情治疗的态度，爱护地又是彻底地揭露它。对自己人物的护短行为诙谐地嘲笑着，对他们不习惯地同过去告别，摸索地走上新生活的道路，衷心地赞赏着。作者对梁三老汉想发家致富思想的刻画，对素芳误入歧途感情卑微麻木的刻画，甚至像对任老四这些互助合作运动的热心者也会有的犹豫动摇的刻画，都让读者感受到，主要的责任不应由他们本人负。他们在思想上性格上是有毛病的，但这些都是可以理解的，是不合理的条件和环境造成的；改造了社会条件和周围的环境，他们身上闪光的本质就会发展。作者的幽默是含有深厚的爱的，作者是让他们愉快地同私有制的一切告别的。读者会从梁三老汉在新生活道路上蹒跚的步伐中，发出会心的微笑，会从素芳在王二直杠死去之后的放声痛哭中，感到舒心明净。这正是作者的感情的一种反映，正是作者要在读者中引起的感情。

对另一类型的形象，作者则是处于一种完全对立的感情上，暴露他的丑恶，鞭笞他。例如对姚士杰的丑恶灵魂及其敌视社会主义和共产党的阴暗心理的刻画，对郭世富向贫农挑战显示自己富裕能干的心理的刻画，对李翠娥卑污的思想感情的刻画，甚至于对还保留不少农民好的气质的但向富裕中农方向发展的郭振山的隐秘的自私心理的揭示，都饱含着作者鄙视和批判的感情。他尽量让读者看到，在这些人物扬扬得意中，暴露出来的真实思想和感情，却是多么地丑恶，多么地阴暗！你看，姚士杰越装得道貌岸然，威严地在自己的妻子和妻侄女面前行事，精密地设计着污辱素芳，甚至企图利用素芳败坏梁生宝的名誉，越使人感到这个人形禽兽的伪善、毒辣、丑恶。他的思想感情，正像他醉后呕吐出的腥物一样，污秽着人类的环境。作者对郭振山的一些见不得人的思想感情的否定态度，也是鲜明的。徐改霞这个人物的设计，自有她的生活根据，但是我们觉得，作者很大程度上就是要以这个好幻想的敏感的少女的灵魂，来检验梁生宝和郭振山的灵魂。少女的稚嫩纯洁的心，在两相对照中，不能不感到郭振山是一个庸俗的人，嘴里说着革命的词句，但对党委托他领导互助组、组织困难户生产度荒却不热心。作者不仅通过改霞，更多地是通过郭振山自己的行动，他的歪道理，他的内心活动，暴露他那些使人唾弃的感情。读者窥见郭振山的动机和心理时，不得不说他是肮脏的。这是作者的感情评价的结果。对丑恶的事物，柳青的现实主义态度使他仍按事物的本来面貌真实地描绘，但是真实的描绘并不妨碍作者灌注他的感情评价，因为他的感情也是产生于对客观事物的真实反映的基础之上的。美的事物引起他的赞赏，丑的事物引起他的否定。作者的主观感情是符合客观事物发展的规律和趋向的，因此，读者只感到它是真实的。《创业史》第二部上卷第二章写到姚士杰家的创业史时，这样写道："姚士杰一家从他爹起，就是恶人。姚家的创业史比郭世富的创业史还见不得人。"这种文字，是带着作者强烈的感情的，他对姚士杰的人格和他家的不光彩的发家史是充满鄙视和仇恨的。正直的农民对姚士杰家的为人都是这样看的。"恶人"，这是关中地区农民对那些心黑手辣不好对付的人的笼统称呼，它并不能准确地说明对象的社会本质，它只是一个准确地表达了人民群众对这一类型人物非常充分的否定的感情评价。柳青正是凝聚着这种感情看待姚士杰，描写姚士杰的。甚至在这里，作者就是直接倾泻自己感情的，他恨姚士杰，甚至恨至姚士杰的一家。这样，"姚士杰一家从他爹起，就是恶人"这句话便喷吐而出，随笔写下。这是作者主观感情的流露，又是正直的农民群众和读者的感情的表达，也是符合客观实际的艺术描写。所以我们感到很真实，很解气。

艺术家就是这样在描写人物思想感情变化的过程中，饱含着自己的感情，进行艺术的评价，让人们感受到什么是美的，值得肯定的，什么是丑的，是必须否定的，甚至一些在理论上不能透彻说明的东西，作者仍能从感情上予以明确的评价和反映，让读者从潜移默化中受到滋养。优秀的文艺作品，就是这样丰富着人们的精神，健全着人们的灵魂。柳青认为："不要说本世纪末，就是再过若干世纪，人们还是能从来源于生活的作品，感到生活气息，受到思想启发。人类进步文学的传统就是通过优秀的作品，将人民生活中崇高的、优美的部分，一代一代传下去。"[1]托尔斯泰在《艺术论》中说过同样意思的话，他说："像语言一样，艺术是一种交际的手段，因而也是求取进步的手段，换言之，是人类向前进到完善的

---

① 柳青：《对文艺创作的几点看法》，载《延河》1977年第12期。

手段。语言使眼前活着的一代人可能知道前辈以及当代的优秀和进步人物凭经验和思索而得知的一切；艺术使眼前活着的一代人可能体验到前人所体验过以及现代的优秀和进步人物所体验到的一切感情。正像在知识的发展过程中，真正的、必要的知识代替了错误的、不必要的知识一样，感情通过艺术而有同样的发展，即善良的、为求取人类幸福所必需的感情，代替了低级的、较不善良的、对求取人类幸福较不需要的感情。艺术的使命就在于此。"① 什么是善良的、为求取人类幸福所必需的感情？托尔斯泰认为要根据每一个时代的宗教意识而得出，他最后就是要宣扬他的不抗恶的托尔斯泰主义。这是我们绝对不能接受的。但是摒弃了他的阶级偏见，用唯物辩证法的观点看，我们认为，托尔斯泰认为艺术的使命在于表达人类的感情，使人们的感情得到交流，使人类感情得到改造和丰富，却是抓住了艺术的特殊社会作用的，只要我们把感情不看成与思想无关的，不看成是抽象的与社会历史无关的。柳青是否受到了托尔斯泰的这个观点的影响？我们没有明确的根据可以断定。但是艺术本身的规律，必然会使许多人认识到这一点。写出了成功的艺术作品的人，他们不能不意识到艺术必须研究人的感情，表达人的感情，影响人的感情，从这个渠道达到改造社会、改造人类的崇高目的。

作家、艺术家，把你们的精力放在写人、写人的思想感情的变化过程上吧。一部部各种人的思想的、心理的变迁史，就是打着各种感情印记的社会现实的变迁史，就是体现作者感情评价的影响人的灵魂的感情教材。崇高的思想，是驾驭着感情的波涛冲入人们的心灵的。

1979年11月5日于西北大学中文系

选自《作家创作心理猜测》，复旦大学出版社，2008年

---

① 列夫·托尔斯泰：《艺术论》，丰陈宝译，人民文学出版社，1958年，第152页。

努力开掘农村创业者的精神美

——评陈忠实的创作

　　1979年《信任》获全国优秀短篇小说奖，它的作者陈忠实，对于不少读者来说或许还比较陌生，但是对于陕西地区的读者来说却是熟悉的。"文化大革命"前，他就开始发表作品，后来走了一段弯路。吃一堑，长一智，他坚定了永远从生活出发，走现实主义道路的决心。人民生活的沃土，党的新时期的方针、路线，充实、滋育、指引着他，使他的创作获得了新的活力。近两年来，他写出了不少具有一定质量的作品，显示出他步伐稳健，前进在一条坚实的和生活保持着密切联系的正确道路上。

　　陈忠实的作品，大都具有较实在的生活内容，昂扬向上的基调，明确的思想倾向，质朴的风格。这一切，归根结底，都是长期的农村生活的赐予。陈忠实出生在农村，生长在农村，长期工作在农村。他和辛勤耕耘的庄稼人共同创建社会主义的家业，经历了坎坷艰难的道路，休戚与共，苦乐分尝，他深深为中国土地上这群默默无闻的朴实的劳动者的精神力量所感动，所振奋。当他提笔为文的时候，便自觉地要求自己为我国农民而歌唱。陈忠实一直写农村题材，不仅是他接触的生活范围决定了他，而且是自觉地为农民服务的崇高使命驱使着他。

　　文艺创作，最主要的是人物形象的塑造。人物立起来了，整个作品就会气韵生动，感染读者。陈忠实的创作，在这方面是得了一些门径的。

他惯用的手法是，在对比中刻画人物的性格。《南北寨》中的支部书记和生产队长，一个沉着，一个急躁；《心事重重》中的两亲家，思想风貌迥异；《幸福》中的几个青年年龄相仿，思想境界却不同；《徐家园三老汉》中的三个务菜老农，对人对事口气声色大异其趣。对比手法的运用，也有高明和一般之别。只着眼于外在特征的对比，就失之浅显。高明的对比手法，着眼于人物的内在心灵和事物的各种本质差异，似无意于对比，却无时不在相较，自然天成中显物无类同的大千世界。所以，着眼于对比，倒不如着眼于研究事物的独特个性、事物的丰富差异。手法在其次，观察、体验、研究的细致、深入，是刻画人物不同性格的要害。陈忠实的《信任》，在这方面有着可喜的收获。

《信任》写的是一位重新上任的大队支部书记，在新长征中胸襟开阔，不记前怨，把互相防备的人心捏到一起，创造安定团结的局面，团结群众一致向前看的故事。这类主题的作品，作者写过好几篇，《信任》可以说是其中最精彩、最深刻的一篇。同类的其他几篇，也有作者的良好动机和对农村新的创业者的赞美，但由于对人物灵魂开掘不足，给人的印象不很深。《信任》却把作者的思想基本融化在人物性格之中，通过结构得非常集中的矛盾冲突，揭示了主人公罗坤身上所具有的共产党人的坚强精神和宽阔胸怀，热腾腾地向前奔的劲头。

罗坤的性格是在矛盾冲突中展现的。重新上任的支部书记罗坤面对受了内伤、人心不齐的罗村，正在想法消除人们之间的隔阂，引导群众向前的时候，他的儿子罗虎却寻衅闹事，打伤了"四清"运动时的积极分子、贫协主任罗梦田的儿子大顺。派性还未消除的两方面的群众，都把眼睛盯着罗坤，看这个"四清"中经罗梦田手错定为地主分子、现在平反重新上台的书记如何处理。他被推进了矛盾冲突的旋涡。作者很朴实又极得法地把矛盾层层展开，逐次渐进地推向高潮，中心人物始终是罗坤。儿子的报复事出有因，但是，一个共产党员能不顾大局、纠缠于历史的老账、斤斤计较个人的恩怨吗？不能呵！罗坤主动找梦田老汉道歉，他服侍大顺，支持政法部门对儿子绳之以法。罗坤终于以自己的行动，消除了一切误会和不理解，社员报他以绝对的信任。整个矛盾过程的开展，说朴实，是指作品描写的矛盾冲突完全来自现实生活，如同忠实记录，并不是适应主观需要而虚构的奇思异想；说极得法，是指作者忠实记录中也颇含匠心，矛盾冲突的展开符合生活的内在逻辑，并不是轻易为之，随意拾凑。在这种极朴实又极得法的矛盾冲突展开过程中，罗坤的思想性格，像受到碰击的火石，一次又一次地爆发出灼目的火花，把他的灵魂照得透亮，也把周围人灵魂中的阴影驱逐干净。

作者是被罗坤这样的农村共产党人的精神力量所深深感动了。他在生活中碰见许多与罗坤相似的普通农村共产党员，他遏制不住要为他们歌唱。《南北寨》《七爷》《小河边》《忠诚》，歌颂的都是罗坤式的共产党人。他们虽经各种磨难，却始终对党对人民忠贞不贰，无怨言，不懈怠，胸怀坦荡，积极进取。他们的精神是朴实的，又是博大的，他们是建设新农村的带头人。实现四个现代化，我们多么迫切地需要这种精神啊！

农村新的创业者的精神美，不仅突出地体现在一些带头人身上，而且它也深蕴在一些普通农民身上。作家只要肯深入开掘，就会有闪光的东西出现。这里需要特别提及的是《猪的喜剧》。这篇作品显示了作者对农村生活的熟悉和开掘人物灵魂的潜力。假若说，陈忠实的大部分作品，还着重于矛盾的集中却是粗线条的勾勒，人物多是性格差异明显却不丰满的轮廓式的描绘，那么，《猪的喜剧》在描写的细致上和人物性格的丰富上，都有了明显的进步。倭瓜脸、瓢儿嘴、老实巴交的来福老汉，是最不引人注意的角色，但是经作者将其灵魂展现，其中的每一微细波动，都闪现着农民的朴实勤勉、自我牺牲精神力量的光彩。来福老汉在贫困的生活中，执着、富有牺牲精神地对待劳动事业，追求着生活中的希望。在琐碎平凡的生活中，农民朴实的灵魂，仍闪现着光彩。作品以极简单的笔墨，把劳动人民朴实宽厚的心肠写出来，使人在多艰人生中看到了力量和希望。

统观陈忠实的作品，可以看到，他总在寻觅和赞美生活中美好的东西，开掘农民的精神美。这无疑是值得一个作家毕生追求的崇高目标。需要注意的是，写这类作品不要回避生活中的尖锐的矛盾和阴暗面，更不可将人的复杂的精神世界简单化。单线条、单色彩的描绘，是不会有多大的艺术生命力的。

我感到，陈忠实走在一条坚实的创作道路上。当然，他还需要开阔自己的眼界和道路，无论是在思想上还是在艺术上，既保持自己明确的目标，又不拒绝向一切有益的方面学习借鉴。可以预料，他在生活中已经形成的艺术创造的潜力，是会得到新的更大的发挥的。

原载《人民日报》1981年1月7日

文学表现人性的几个问题

文学作品能否表现人性?

文学作品能否表现人性,这是我们首先需要解决的问题。有一种观点认为,文学作品表现人性是理所当然,无法回避;持不同观点的则认为,有无人性尚可怀疑,文学作品表现人性从何谈起?姑且承认有所谓的共同人性,这是资产阶级文学一直鼓吹的观点,无产阶级文学应与它划清界限,不可陷入"人性论"的泥淖不能自拔。这后一种说法的结论是很明显的,文学,起码无产阶级文学不能表现人性。两种对立的观点,各有其理论根据和长长短短的阐释说明。这里不能备述。我只想粗浅地表示一下自己的趋从。

文学恐怕不能摆脱人性的纠缠。这里说恐怕,不是要采取模棱的态度,而是表示对立的观点仍可讨论,争论中确认了的真理认识,我们不妨都向它投降。人性是从哪一天纠缠上文学的?大概是从文学诞生之日起。人类在发明文字之前便有了文学。鲁迅说,原始人抬木头,为了协调动作所发出的"杭育、杭育"的呼声,便是最早的创作。这样的创作,我们无法说它是阶级斗争的工具,因为那时还没有产生阶级,无阶级的社会还是一个很长的历史时期。这样的创作,我们倒有理由说它是人性的一种印记。

人性是什么?人性是人的本质属性,是区别于动物的本质特征,是人之所以为人的特性，是人类所普遍具有的属性。我们平常是在与兽性对立的意义上提出人性的，这就多少揭示了人性的具体含义。人猿揖别，人类从此告别了动物界，便以创造性的活动为追求的目的。劳动改造着客观世界，同时也改造着人类的属于自然躯体的自身。人虽然曾和整个动物界一样，都是大自然之子，却因能够劳动创造成为万物之灵。人类自觉地群体生活的社会性，日益改造着人类的自然属性，使它不再是纯粹的自然本能。人性应当说便是人的社会共同性，是人的社会属性。

"杭育、杭育"式的文学作品，便是人的社会性的一种揭示。在集体劳动中，第一个发出"杭育"呼声的，能够得到大家的附和，说明第一声呼喊者和其他人的思想感情是相通的。共同的社会生活条件，共同的历史发展过程，使人类形成了共同的思想感情和共同的心理状态。这种初级阶段的自觉的劳动过程，便是人和动物的根本区别，也是人的一般本性的最早体现。马克思曾经指出，尽管蜜蜂营造蜂房也很精细，它却只是一种动物的本能，是一种片面的生产。动物只依照它所属的物种的尺度和需要来造型，但人类能够依照任何物种的尺度来生产并且能够到处适用内在的尺度到对象上去，所以人类也依照美的规律来创造。通俗一点讲，就是人的生产活动是自觉的，是有目的的，既能适应客观规律，又能根据主观需要适应、利用客观规律，改造对象。人在改造客观世界时，都要在对象世界上打上主观的印记。原始人在抬木头时，发出"杭育、杭育"的呼声，迈出一致的步伐，似乎单纯是为了生理、生存的需要，只着眼于劳动的效果。但又不完全如此。这证明便是由此演化而来的原始人的歌唱、舞蹈，与实际的劳动活动分了家，只是一种模拟，或在劳动之前，或在劳动之后，群聚载歌载舞。人类最早的文学艺术活动，便是人的本质力量的再现，反映着人对客观现实的感应和认识，也表现着人主观的思想感情和愿望。那种愈来愈觉醒的审美要求，促使人们在绘画时把线条、图案和色彩搭配得更悦目，在舞蹈时更注意节奏的和谐和躯体运动的优美，在歌唱时更注意感情的抒发和声音的动听。总之，人类最早的文学艺术活动，便是围绕着人自身而得到开展和不断发展的，是人性的一种表现。

人们在群体社会生活中形成的共同的思想感情、共同的心理状态和按美的规律来创造的要求，是文学艺术表现的必然内容。文学艺术从最初来源上讲，产生于劳动，但从直接表现形态上讲，似乎又是一种游戏，一种原始宗教仪式活动，这不能不认为是由人的主观方面的因素的渗入，才使得文艺具有人的生理活动和社会活动的烙印。人们进行文学艺术活动，不单纯是为了提高劳动效率，或者对主宰自己的命运之神表示的恐惧、乞求之情，而更多地是满足人类对自己的肯定。对人的强大，对人的智慧，对人的创造能力的肯定，对人的痛苦与欢乐的反复体味。文艺从一产生，便是人类认识自己、表现自己的一种方式，因此人的一般本性便不能不反映在文艺中。

随着社会生活的发展，人类进入了阶级社会。但是，共同的社会生活条件，仍制约着不同阶级、不同阶层的人们。人们的共同的思想感情和心理状态具有越来越复杂的情况。阶级的分野，特别是对抗性矛盾的敌对阶级之间的斗争，使得人们一般本性的不同领域和不同层次，都带上了浓重的阶级色彩。在一些时候，在一些问题上，阶级的立场、思想、感情起着主宰作用。但是，阶级性的侵入，并不等于共同人性的消失，它只是受到了压抑，发生了异化，在不断发展的社会条件下，经历着曲折演变的道路。虽然在阶级压迫的历史阶段中，异化的情况越来越严重，但是，社会总的进化的趋势，人类认识能力的发展，掌握和改造客观世界能力的不断提高，人的一般本性，在人类整体上来说，不是退化了，而是丰富了，发展了，日趋完善了。原始人身上体现的人性和现代人身上体现的人性，都是当时社会生活条件下形成的人的社会属性，但确实不可同日而语。现代人身上体现的人性内容，较之原始人身上体现的人性内容，远为丰富和完善。阶级社会的大量优秀文艺作品，也正好证明了这一点。这些文艺作品，较之原始艺术，有着更为完备的形式和更为复杂丰富的内容，它们几乎就是其产生时代社会人生的一面镜子，反映着当时的各种社会关系。在这种关系的交织中反映着人的一般本质和在不同历史条件下的特殊表现。阶级的烙印，也明显地打在这些作品上，人类的共同人性和带着阶级性的人性对立统一在一起，表现在复杂的思想倾向上，表现在具有鲜明个性的人物形象上。

资产阶级初期的反封建文艺和19世纪批判现实主义文艺，一方面具有强烈的资产阶级色彩，另一方面它的尊重人权、主张个性解放、反对封建伦理桎梏和资产阶级制度压迫的要求，又不同程度地具有全民性质。莎士比亚、巴尔扎克、托尔斯泰笔下的人物，是封建社会转入资本主义社会五光十色的社会生活的真实写照。在这个时期活动着的各阶级、各阶层、各种职业和各种性格的人物，既表现出在他们身上具有自人类诞生以来所形成的人的一般本性，又表现出特定历史时期、特定的经济地位所形成的带着阶级性的人性。我们看到，他们在七情六欲的促使下，演出了各种悲欢离合的戏剧。从社会学的角度看，这不过是一定的经济关系和社会关系所必然形成的矛盾和斗争，其中占主要地位的是阶级矛盾和阶级斗争，尽管这一切常常是一种折光的反映。从美学的角度看，这则是不同地位、不同性格人物的命运的剖析，人的思想感情的变化，人类追求真、善、美的愿望和努力，对客观现实的爱憎态度和感情评价，而这一切在文艺作品中都得到了正面的反映。所以文艺作品作为一种特殊的社会意识形态，给人们提供了从政治学、经济学、哲学、史学等多种角度研究的一定的资料，而普遍的或者说是最主要的，都是从审美教育的角度对人们发生影响。

审美从本质上看，就是人的创造能力的表现，就是人追求人类自身的合理发展。当然，人的本质是在对客体的作用中表现出来的。人的本质就其现实性来说，是社会关系的总和。只有在对客观现实关系的研究中，才能真正认识人的主体、人的本质。文艺也是在对现实关系的反映中，反映人的本质的。文艺自产生后，愈来愈与其他社会意识形态有了明显的区别，它在反映现实上，愈来愈明确地以人为中心。文学就是"人学"。文学是以描写人、表现人、研究人、影响人为特征、为目的的意识形态。文学的这种特征，也就决定了它永远摆不脱人性的纠缠。无论是在无阶级的社会里，还是在阶级对立的社会里，人们总是通过文学艺术作品，探索着、表现着人的合理发展的途径和愿望。共同的社会生活条件下所形成的一般人性和特定历史及特定经济条件下所形成的带着阶级性的人性，总是渗透在其中。因此，在特定的角度上看，人类文学艺术发展的历史，就是人性发展变化历史的形象揭示。自然，它不是孤立绝缘的人的族类特征的不断完善，它错综地交织于人类社会发展史之中，它是人类社会实践的产物，它到处都沾染着人们物质活动的烟火。

社会主义文学是人类进入新的历史时期的产物。无产阶级开创的社会主义，是向完全消灭阶级的人类大同的共产主义社会的过渡。以无产阶级思想为指导的社会主义革命实践，正在为消灭阶级压迫社会所带来的一切危害人的合理发展的弊病而努力，真正平等互爱的人与人的关系正在建立。无产阶级的人性，人民大众的人性，不再受剥削制度的压抑，而是得到了合理的发展的道路。作为社会主义革命反映的社会主义文学，必不可免地反映着无产阶级以及人民大众为了全人类的解放而做的自觉斗争和这个斗争的深厚基础。社会主义文学和过去时代的优秀文学，和现在各国的进步文学，和世界各地的读者，有着许多相通的地方。这个共同的基点，就是无产阶级对人类文明发展的一切积极成果的真正继承和实现解放全人类的伟大胸怀。无产阶级的人物，人民大众的人性，也只能是人类在漫长的历史发展过程中形成的一般人性和带着阶级性的人性的继承和发展。马克思把共产主义的实现看成人性的复归，就是在发展意义上讲的，它绝不是原始人性的简单恢复。如此看来，无产阶级文学也无法拒绝人性的浸染。它的人性内容，也就是它所具有的人类有史以来所形成的共同的社会属性的表现，不应稀薄了，而应当更浓厚。

这和无产阶级文学的阶级斗争内容、鼓吹革命有无矛盾？应当说是不矛盾的，只是具有不同的历史时期的特点罢了。在无产阶级夺取政权之前，无产阶级文学作为无产阶级革命的一翼。为了动员、组织本阶级和劳动人民，它高树阶级斗争学说的旗帜，曾是对资产阶级文学鼓吹的阶级调和论、抽象的人性论的有力迎击。无产阶级革命文学和资产阶级人性论是水火不容的。但是，却不能由此错误地认为，无产阶级革命文学和人性是不相容的。教条主义和极左思潮影响下的作品，把人物当成阶级的符号，斩断七情六欲的任何流露，以纯而又纯的阶级性代替一切，其结果是歪曲了现实，也远离了文学。这样的作品，确实没有人性论的色彩，但也不再是文学，也绝不是无产阶级革命文学。这个事实也从反面说明，无产阶级革命文学不应回避人性的流露和表现。那些杰出的无产阶级革命文学作品，所揭示出的无产阶级和人民大众的人性，博大浑厚，汪洋浩瀚，感人至深。

当然，无产阶级革命文学不同时期在人性的揭示上，也有不同的特点。在阶级斗争尖锐、夺取政权时期，无产阶级文学所显示的阶级对立和阶级斗争的内容占压倒地位，共同人性的内容比较稀薄。但这绝不是说，这部分作品就没有人性的内容。文学作品只要写人，只要真实地反映生活，只要准确地描绘人们之间的现实关系，就无法回避对人性的揭示。人性是人之所以为人的特殊属性，是人们的共同的社会属性。无产阶级战士身上具有它，对立阶级人物的身上也具有它，只是在不同阶级的不同人身上体现的程度和方式不同罢了。在无产阶级夺取政权之后的和平建设时期，社会主义国家的阶级关系发生了变化，剥削阶级作为阶级已被消灭，人与人之间的关系不再是阶级对立和阶级斗争的关系。这样的现实生活，决定了这个时期的无产阶级文学愈来愈多地具有共同人性的内容。过去在阶级压迫下，过着非人生活、丧失了人性合理发展和人的正常外观的劳动人民，如今获得了人的真正价值和个性的充分发展，体现在他们身上，代表着人类进步方向的思想感情和心理状态，在文学作品中得到了浓墨重彩的表现。无产阶级和广大劳动人民，在社会主义文学中，再现了他们为解放全人类而做的斗争，抒发着人的解放和解放了的人的思想感情。阶级对立和私有制度在人们之间播种的仇视和隔膜，已经成为生活中的残余和正在消逝的过去，人们之间团结友爱的精神日益发扬。

现实生活和无产阶级的革命宗旨，都尖锐地向人们提出：社会主义时期如何对待人，如何处理人与人之间的关系？社会主义革命的理论和实践，从正反两方面都清楚地回答了人们：革命和建设都是为了人的解放，应当重视人的价值，尊重爱护人，一切政策和措施应当尽可能地调动和发挥人的积极因素和创造精神。社会主义文学作为社会主义时期人的自我认识和思想感情的表现，也不能不因社会主义革命的特点，成为人类优美情操的催化剂，成为人与人之间团结友爱的融合剂。以为社会主义文学要坚持自己的无产阶级性质，只能宣传阶级对立，鼓吹阶级斗争，排斥人性，反对人道主义，这是一种狭隘的简单化的理解，忽略了现实生活的历史变化。

无产阶级文学曾被资产阶级人性论的宣传者，诬为洪水猛兽，但是，当这股赤色热流席漫大地，冲击着广大读者心灵的时候，他们不能不感到这是一股融化私有制统治所制造的人性异化的冰冷的暖流，它唤醒着人的自觉意识的复苏，它催促着人的健全合理的发展。

人性异化是文学关注的重要课题

文学既然被人性所纠缠，所困扰，所充实，所滋润，那么，文学脱离不了人性，人性也冷漠不了文学。一方面看，文学就是人性的一种表现，另一方面看，人性只有在文学中才能得到更集中更普遍的表现。人类通过文学作品认识自身，对人身上存在的优美的东西赞美讴歌，对人身上存在的丑恶东西暴露鞭笞。文学成为人们精神建设不可缺少的财富，是人性改造健全的有力武器。文学是通过影响、改造人而达到影响、改造社会的，所以我们又常说它是改造现实的有力武器。

人按其本性，应当得到合理健全的发展，但是客观现实却经常与人性处于矛盾对立状态，特别是产生阶级对立和阶级压迫之后，这种矛盾对立状态日益严重。少数统治者压迫大多数人，剥夺大多数人的做人权利。所以，文学在进入阶级社会后，也不能不反映人性的这种异化状况：普遍共同的人性遭到割裂，一部分人剥夺大多数人的做人的权利；广大劳动者创造着促使人类进步文明的物质和精神财富，同时却失去了人的合理生活和健全的发展。站在劳动人民立场或者同情劳动人民立场的作家，对这种情况特别愤慨，他们对妨碍人性合理发展的异己力量，提出强烈的抗议。纵观不同社会时期的文学，可以看出不同的特点。

封建社会的文学，在反映人性异化上，主要集中在揭示封建理性对感情的压抑上。在这类作品中，作家表现了人的合理的物质和精神生活的要求，人与人之间的同情和友爱。到了资产阶级革命前夜，它就和资产阶级在政治、经济上的要求汇合成一股争取自由、平等、博爱和个性解放的思想潮流。我国封建社会的大量文学作品，是反映青年男女爱情要求的，从《诗经》的爱情民歌，到叙事诗《孔雀东南飞》、传说故事《梁山伯与祝英台》，到唐宋传奇、元代杂剧、明清小说等，多为悲剧，凄婉哀怨，动人心扉。这些作品批判的矛头所向，主要是封建制度和封建礼教。封建理性对人的感情是一种重大压迫。封建理性是维护封建宗法统治的利益和秩序的，它对大多数人是一种禁锢和束缚，它压抑扭曲人性的正常发展。焦仲卿和刘兰芝的夫妻恩爱，梁山伯和祝英台从同窗友情发展起来的深挚恋情，贾宝玉与林黛玉志同道合的结合要求，都是和大多数人相通的，也就是说，这些都是符合人的本性要求的。然而，这些要求却为封建观念所不容，封建理性压抑人的一切合理的物质、精神、情感的需要。人们的合理的健全的人性发展的要求，在这样的环境下，只能是被毁灭，或者是被毒害。《红楼梦》对封建社会这种人性异化的现象有着精确、深刻的反映。贾宝玉、林黛玉、晴雯等人在争取合理生活中被毁灭，薛宝钗、贾探春、袭人等人为封建礼教所扭曲。薛宝钗适应封建淑女的规范，压抑自己作为一个少女应有的本性要求，封闭心灵，禁锢爱情，弃绝聪慧，热衷功名利禄，变得虚伪、庸俗、矫饰和麻木。贾探春为了正名，不认自己的生母和亲舅，攀附王夫人。她作为一个贵族小姐，此时的冷漠寡情，使现代读者心灵震动。还有各种畸形性格的人物，他们都和人的共同本性背道而驰，越来越远地离开了人性健全发展的道路。

资本主义社会的文学在揭示人性异化现象时，主要集中在刻画金钱、物质对人的扭曲这一普遍事实上。资产阶级是打着全民的旗号推翻了封建统治的，"天赋人权"的宣言掩盖了新的剥削关系，似乎每个人都是自由的，有充分的做人的权利的，实际上每个人都受着一定的物质财富占有状况的制约，广大劳动人民不得不出卖劳力维持着非人的生活。资产阶级统治，化身为金钱万能，统治着人类世界。莎士比亚借剧中人物的口说道："黄金这东西，只要一点儿就可以把一切黑的变成白的，一切丑的变成美的，一切罪过变成正义，一切卑贱变成高贵……"巴尔扎克《人间喜剧》，在某种意义上讲，描写的就是金钱奏凯图，温情脉脉的封建宗法关系被冰冷的赤裸裸的金钱关系所代替。人们为了金钱互相角逐，互相吞噬，天伦关系、夫妻爱情、人的价值、自由尊严都被金钱势力践踏蹂躏。资产阶级社会是个人欲横流的社会，是个金钱万能的社会。许多不满现实的作家，从人道主义立场出发，对资本主义社会人性异化的现象发出强烈的抗议，指出对金钱的贪欲是万恶之源。不少作家并不能明确地认识到这原是资产阶级所有制的物质表现，他们的直觉是金钱是制造人性异化的可怕力量。由于他们对资本主义社会的现实关系有着精确深刻的描绘，因之这些作品起着动摇资产阶级统治的作用。资产阶级批判现实主义杰作，所迸发出来的光和热，主要根源于它深厚的人道主义思想，对一切扼杀人性力量的揭露鞭笞，对一切美好事物的歌颂赞美，对人的合理生活的热烈追求。人性异化的现象，不能不是站在人道主义立场作家注意的中心。

随着资本主义的发展演变，科学技术的高度进步，物质财富的大量增加，资本家采取了一系列缓和阶级矛盾的措施，阶级对立和阶级斗争的矛盾在一些发达的资本主义国家，常常被种种文明繁荣的假象所掩盖，但是人性异化的现象并没有终止或缓解，而是日益恶性地发展着。从现象上看，资本原始积累时期的残酷剥削不再多见，人们可能不再为维持生命而劳累忙碌，甚至物质生活可能是比较富足的，但是，他们同样不能自由地发展自己的个性，精神空虚苦闷，一种巨大的无形的力量，迫使人向非人的道路发展，人与人之间的冷漠、互不理解更加深重。现代派作家的一些认真之作，揭示的就是这种现实。卡夫卡的《变形记》，描写主人公变成了甲壳虫，用一种夸张的梦幻的方式，反映了资本主义社会人堕入非人境遇的悲惨。与此相近似的许多作品，注意力主要集中在揭示资本主义社会物质文明带来的严重精神危机，物质对精神的压抑，物质对人的压抑，人性异化的加剧。现代派作家对非人环境的抗议，是他们人道主义立场的显示，也是他们的作品内在的最有生命力的地方。

社会主义社会的建立，结束了生产资料私人占有制，阶级社会所形成的人性异化的现象，也应彻底结束了。事实却是，进入阶级社会后所形成的人性异化现象，虽有了很大程度的缓解，但并未彻底消灭，甚至要延续一个较长的时期。因为，形成人性异化的剥削阶级统治虽然被消灭了，但是剥削阶级的思想影响依然存在，形成人性异化的其他多种因素还依然存在。产生人性异化的旧的因素还未彻底消除，促使人性异化的新的因素仍在产生，因之，在社会主义革命时期，无产阶级一方面努力于消灭旧的人性异化现象，另一方面还要大力防止新的异化现象的产生。搞得不好，人性异化的现象还会加剧。

我国新时期的文学，敏感地反映了这一问题。作家怀着深厚的革命人道主义的激情，对社会主义国家出现的人性异化现象痛下针砭。一些眼光深邃的作家，没有局限在人性异化现象的逼真描绘或渲染上，而是深入各种现实关系的内在联系，揭示了人性异化的历史的和现实的原因。社会主义时期，在政治上、经济上、思想上都存在着异化，但是溯前推后，我们就会看到不是个别人、偶然原因造成的，主要根源是社会主义制度的不完善和各种旧的思想的残余，特别是封建主义思想的影响。近年来，我国新文学中人的主题的重新提出，革命人道主义思潮的勃兴，冲荡着渗透在我国政治生活和经济领域以及社会生活各个方面的封建毒素。一些正确反映社会主义时期人性异化现象的作品，使人们看到，我国当前的异化现象和剥削阶级统治社会的异化还是有根本区别的，它不是日益在加剧的，也不是不可克服的，而是必然要消逝的。在特殊情况下，它可能非常严重，也具有一定的普遍性，但在正常情况下，它只是局部的暂时的现象。革命作家在注视并描绘这种现象的时候，就充沛着消灭它的信心。

人性不是人的自然本能

考察新时期文学表现人性的情况，就会发现它对极左思潮影响的文艺有一股极强烈的反其道而行之的要求。作家们现在普遍地有兴趣于文学的人性内容，因此写出了不少动人的优秀作品，同时也不可避免地出现了这样或那样的不能正确表现人性的问题。较普遍存在的问题是，把人性看成一种抽象的普遍性，把人性和人的社会性割裂开来或对立起来，认为人性就是人的自然本能。既然人的自然本能、本性或天性就是人性，人性便是一种超阶级、超时代的普遍性，是永恒的。因之，作者便不论时代和阶级，对所谓人的求生的本能、性爱的要求、物质的欲望，进行淋漓尽致的刻画，无条件地肯定和赞美，而对压抑妨害这些要求、欲望的时代和社会，进行揭露和批判。这种观点是片面的，不正确的，发展下去是非常有害的。

我们认为人性就是人的社会属性。它随着社会发展而发展，在不同时代和社会条件下，有不同的内容和表现形式。那么，人的自然属性便与人性无关了？这样说是简单化的。准确地说，人性不等于人的自然属性，但是人的自然属性却是人性发展的基础。人类是从动物发展而来的，因此人类在自然属性上便永远无法摆脱动物性的一面。但是，人类又由于高级发展而永远告别了动物界，所以人类具有动物永远不会具有的社会属性。人的自然属性已经不是动物的纯自然性，而是受到了人的社会属性的影响和制约。人性就是在这种基础上发展起来的。人性距兽性愈远，人类愈发展，愈文明。从人性与兽性的关系中可以看到：人的自然属性、自然本能，是人性发展的一个基础；动物的自然属性、自然本能，却是兽性的全部内容。人性既是一个发展的范畴，我们便可推断它的内涵是多层次的。有最低层次的内容，也有最高层次的内容。事实正是如此。和人的自然本能联系最紧密、距离最近的要求，是人性的低层次的内容。例如，饥餐渴饮、异性相悦等要求。而和人的自然本能联系松弛，距离较远的是人性的高层次的内容。例如，对理想的追求，为崇高事业的献身精神等。人类社会越发展，越文明，人性的高层次的内容便越充沛、越普遍地体现在人类更多的成员身上。动物的自然本能是兽性的全部，无所谓高低之分，它是单一的适应生存的本能。动物界最有严密组织和分工的蚂蚁，它的一切也只是为了适应生存，几千年几万年始终是一个样子，它的兽性并无发展。

　　人的自然属性既是人性的基础，那么，人的自然属性也包括在人性范畴之内？在一定意义上，可以这样说。但仍不能因此就说，人的自然本能就是人性，或人性就是人的自然属性。因为，一个事物的次要内容、次要特征，并不是决定事物本质的东西。同时，又如前述已经指出的，人的自然属性和动物的自然属性有着原则的区别。这就是人的自然属性，已经不是纯自然形态的东西，而是社会化了，人类化了。动物有视、听、嗅、味、触五官感觉，但它只是一种生物本能。人也有视、听、嗅、味、触五官感觉，也是一种生理本能，但它不是一种纯自然形态的东西，它是人类在劳动实践中改造发展起来的，它和人的自觉意识相联系，它是人类社会实践历史所造成的结果。人类的视、听、嗅，可能远不如某些动物的视、听、嗅灵敏，然而某些动物的灵敏感觉，只是一种适应生存的本能，而人类的感觉却可以自由地运用于认识、改造客观世界。同时，人类还可以利用"延伸"了的感觉器官，远远地超过动物的某些特别灵敏的感觉器官，如利用望远镜、显微镜和雷达等。人的感觉是社会化了的，是和人的自觉意识以及社会文化历史相联系的。马克思早就指出："人的感觉，感觉的人性都只凭着相应的对象存在，凭着人化了的自然才能产生。五官感觉的形成是以往的整个世界历史的工作……对于饥极了的人，并不存在食物的人的形式"。"诚然，吃喝、性交等也是真正人的功能。但是如果使它和其他的人的活动分离，并把它变成最后的和唯一的终极的目的，那么在这样的抽象中，它们是具有动物的性质的。"（《1844年经济学哲学手稿》）

人的自然本能、自然属性，经过漫长的历史发展过程，社会化了，人类化了。只有经过社会化的人的自然属性，才是人性发展的基础。因此，文学作品也不是完全不能描写、表现人的自然属性，根本点在于作者强调它的哪一方面。强调它的生物性的一面，实际上等于表现动物性、兽性，与表现人性大相径庭。强调它的社会性制约的一面，才是揭示了人性的某些内容，一般地也还只是人性的低层次的方面。只有真实地揭示了人的自然属性与具体的社会历史环境的某些深刻联系，它才能较充分地揭示人性的重要内容。这样的作品，实际上描写的重点从来不放在表现人的自然属性上，而是在全面展开人生图画时，不回避可能有的人的自然本能的表现，并深刻揭示它的社会意义。例如，反对禁欲主义和揭露宗教黑暗腐败的《十日谈》，歌颂纯真爱情、为封建社会唱挽歌的《红楼梦》等。这些作品都描写到人的饮食男女的欲望、求生怕死的本能，但是这些作品都不是把"它和其他的人的活动分离，并把它变成最后的和唯一的终极的目的"，而是把它和人的多方面的活动错综复杂地联系起来，把它作为人的社会生活的一个方面做了生动的描绘。即使如此，这些优秀作品，对人的自然本能特别是两性关系，做直白露骨的描绘，渲染官能刺激，也是没有多大价值的，简直是败笔。有一种观点认为，不健康的两性行为的描绘，也是对丑恶事物的一种揭露鞭笞。事实是恰好相反。淋漓尽致地渲染不健康的思想情绪，往往达不到暴露批判的目的，反而会起到传播扩散的作用，这在文学史上屡见不鲜。我国明代长篇小说《金瓶梅》，其中有不少污秽的两性行为的描绘，是人的动物性的发泄的夸张渲染，这些并没有起到揭露地痞恶霸西门庆的作用，而是严重地损伤了这部作品实际具有的批判价值。由此可见，文学作品描绘人的自然本能，单纯强调它的生物性的一面，并不能起到促进、提高人性的作用，即使是在批判的意义上再现人的自然本能，也是弊多利少。现代资产阶级文艺中的不健康的审美趣味的追求，引起各国人民的正当舆论的谴责，这是必然的。文艺作品追求官能刺激，对人的生物性的渲染，距优美人性的表现还有着很远的距离。

遗憾的是，近年我们的一些作者，也错误地把人的自然本能看作人性，在自己的一些作品中程度不等地渲染人的自然属性，而不着力揭示它与社会生活的深广联系。有的作品津津乐道两性之间的吸引、挑逗，有的作品细致地刻画饮食男女的粗俗的过程，有的作品把性爱描绘成推动主人公办一切事情的原动力，如此等等，都是由于把人性看成超阶级、超时代的人的自然本能。这是对人性的一种不正确的表现。

人性与革命并不对立

另一种情况是把人性和革命对立起来。这样做和上一种观点也有内在的关系，仍然认为人性是一种抽象的普遍性，是人的自然本能，社会对人的自然本能是一种束缚，因此，作者基本上是不做分析地站在批判社会的立场上。

从社会发展的历史中可以看到，人性是随着社会的发展而发展丰富的。阶级的出现带来了人性的异化，但是人性异化并不等于人性的泯灭和人性的退化，人性基本上是在这种异化状况中变化发展的。正如阶级的出现，给人类带来了压迫和剥削、不幸和血泪，同时更重要的是带来了社会的文明与进步一样，阶级的出现一方面带来人性异化现象的日益严重，另一方面却也促使人性的不断丰富与健全。原始部落之间早期交战，俘虏全部宰杀，后来便以俘虏做奴隶。奴隶主把奴隶当成会说话的牲畜对待是非常不人道的，但是较之原始部落的把俘虏当狩猎物对待，要有人性得多。

封建地主阶级登上政治舞台，给农奴以婚姻、生育的权利，较之奴隶主阶级无疑又是一大进步。资产阶级反对封建社会的人身依附制，主张劳动力自由出卖，给劳动人民享受教育的权利，以便更多地剥削剩余价值，但在客观上却为人性的发展提供了较历史上过去的各个时代更有利的条件。纵观社会发展的历史，我们不得不承认，人性异化是阶级社会人性发展的必然规律，处在每个历史阶段的先进阶级，总是与人性的发展有着联系。所以，我们在考察人性在阶级社会的状况时，不能把人性与阶级性完全对立起来，必须看到人性与阶级性还有统一的一面。先进阶级的阶级性与人性有更多的统一面。

　　然而一些作品的作者，不是把人性看成人的社会共同性，而是把人性看成一种抽象的普遍性，由此出发观察社会历史，观察现实斗争，把人性的发展和阶级社会完全对立起来，结果程度不等地歪曲了现实。例如，短篇小说《啊！人》，描写地主的小老婆和大少爷之间的曲折爱情和他俩在新中国成立后三十年间的命运。一个是贫农家的少女抵债嫁给了糟朽的老地主，一个是青春当年的地主少爷生活在年轻的后母身旁，他俩之间发生爱情似乎是最自然不过的事情，人们自然本能的要求压倒了一切。且不论这种描写的真实性如何，仅从这种描写的实际效果看，作品显示的人性就是人的自然本能。不论是贫农的女儿，还是地主的少爷；不论是长辈，还是晚辈：他们都是人，都是男女青年，都有性爱的要求。这里实际上排除了人的各种社会关系，只留下两个赤裸裸的不同性别的动物性的人。当然，这篇作品对此并无过多的渲染，作品的立意也不在这里。作品重点在于揭示，这一对相约相许的恋人，却因各种原因，始终不能如愿结为眷侣。这一对恋人最初的障碍是老地主，然而天假其便，老地主很快便一命呜呼。他们决心冲破伦理、道德和舆论的束缚，通过"明媒正娶"，"把喜事办得热热闹闹"。谁想到，还没有来得及办，解放了，土改了，两人都被定为地主分子，被剥夺了政治权利，也波及爱情、婚姻权利的丧失。他俩不要说不能结合，就是在一块说话也会受到怀疑。到"文化大革命"

年代，则受到了更严重的打击。直到打倒"四人帮"后，他们才摘掉了地主分子的帽子。能够实现夙愿时，都已是年过半百之人了。故事的寓意是很明显的。作者企图以此告诉读者，解放后一直存在着日益严重的唯成分论、加剧阶级斗争的极左错误，破坏、扼杀了人的合理的生活和幸福的爱情。这样的主题，无疑具有一定的现实意义。然而，当作者通过艺术形象揭示这个主观意图时，却已扩大为人性与社会的对立，人性与革命的对立。

本来一对正当妙龄的青年男女的结合，是最合人性的，却因老地主的存在、传统观念的束缚，不能如愿。然而这一切在解放前还不是不能排除的困难，老地主不久便离开人世，女方也能冲破社会舆论与传统观念的束缚，毅然答应嫁给大少爷。真正成为不可克服的阻力的却是人民当家作主之后，实行的土地改革和一次又一次的政治运动。他们虽然老老实实接受改造，却仍被剥夺了合理做人的一切权利。显然，假若没有人民翻身解放，没有社会主义制度的建立，这一对青年要求结合的愿望，也可能会碰到难以预料的各种阻力，但是却不会碰到如作品描写的各种政治运动所产生的个人无法抵御的阻力。作品是肯定、赞赏这种爱情的。因之，对凡是阻碍、破坏这个爱情的势力，都加以谴责。宣传资产阶级抽象人性论观点的作家，是经常这样处理题材的。他们把人的生理本能、个性要求和个人幸福，看得高于一切。对妨害这些东西实现的社会现实，提出批判谴责。少数作家由于对社会现实关系有着精确深刻的揭示，作品具有一定的批判意义。不少作家却因此不能正确地观察反映现实，对正义的事业、对革命运动进行了不正确的描绘，甚至进行歪曲和诽谤。《啊！人》在客观上不是犯了同样性质的错误吗？不加分析地把个人幸福和整个社会、和人民革命对立了起来，无条件地肯定、赞美前者，这是革命作家不应采取的态度。

这里牵扯到一个原则问题，就是如何看待个人的幸福，看待人性与革命的关系。一切符合社会变革要求的革命，特别是无产阶级革命，从本质上讲，是促进个人幸福、人性解放的。但从形式上看，它又是一个阶级推翻一个阶级的暴烈行动。为了社会的进步，为了大多数人的幸福，它必然要剥夺一部分人的幸福，压抑被剥夺者的七情六欲的要求。从整个人类的立场看来，是进步的，是符合人性要求的。从少数人的立场看来，这则是不人道的，不符合人性的。在此两端之间，不能公说有公理，婆说有婆理，都是正确的。我们只能站在正义的、革命的、大多数人民利益的一面，而否定另一面。

国民党反动政权被推翻，实行土地改革，建立社会主义制度，对于全中国人民来说，是一次伟大的解放。劳动人民结束了过去的非人生活，开始了真正人的生活，这是有目共睹的历史事实。当然，作为剥削阶级的成员，他们在这个过程中受到剥夺是完全应该的。难道能够主张继续维持这些少数人所谓的幸福，而使广大人民群众过被剥削被压榨的生活？显然不能。主张这样做，从抽象人性论的观点看，也是讲不通的。《啊！人》中的男女主人公，受到人民解放的革命运动的冲击，爱情受到压抑，在他们个人是一种不幸，从整个社会和大多数人民方面看来，则是人类解放的必要代价。作者没有理由同情这种个人的不幸，而对革命、对新社会发出谴责和控诉。更何况这种描写还是严重失实的。

无产阶级革命，是以解放全人类为最终目的。所以，它在革命的过程中，主张实行革命的人道主义。对放下武器的敌人不虐待、不杀害，将剥削阶级只作为一个阶级去推翻、消灭，而对剥削阶级中的个人，则提供改造自新的出路，从来不主张剥夺他们正当的生活权利。我国解放后50年代的情况正是这样。剥削阶级中的大多数成员，都改造成为自食其力的劳动者，过着合理正常的生活。不允许地主分子恋爱、结婚，不是无产阶级的政策，也不是我国的真实情况。《啊！人》把一种近乎生理本能的性爱看得高于一切，对妨碍这种爱的社会势力有所否定，客观上是对革命运动、对新社会发出的怨言和谴责，完全落入了抽象人性论观点的窠臼。

所以，在看待人性上，都有个站在什么立场，从什么出发的问题。

不能站在个人或少数人的立场，从抽象的超阶级、超时代的观点出发，只能站在人民的革命的立场，从具体的历史的现实的人出发，从阶级分析的观点出发。主张运用阶级分析的观点看问题，并不是主张对一切东西都要贴上阶级的标签，而是承认人类文明社会的一个基本事实：阶级和阶级矛盾的存在影响了人们社会生活的各个方面，也影响到人性。人性和阶级性有对立的一面，也有统一的一面。这统一的一面，体现在人民大众和先进阶级的身上。革命作家只能肯定、歌颂先进阶级、人民大众的人性美，肯定、歌颂有利于这种人性发展的社会力量和革命运动。这就是阶级分析的立场。脱离开这个立场，不是从现实的历史关系中，不是从现实的人身上，分析和看待人性，就会陷入抽象人性论的泥淖，肯定否定得不得当，歌颂批判发生颠倒。

人性与阶级分析观点

革命、正义战争、社会进步的革命运动、生产斗争和科学实验，都是人改造客观世界，促使人的本质丰富的实践活动，即促使人性丰富健全的重要方面。在这个过程中，整个人类的本性得到发展丰富，无论人们要付出什么样的代价，从历史唯物主义的观点看，都有符合人性的一面。假若脱离这个根本方面，不做任何具体的分析，仅从个人的幸与不幸，从个人的本能的满足和压抑来衡量一切，来评价巨大的历史事变，那就会黑白颠倒，是非混淆。正如不少同志已经指出的，要么是一概肯定求生避死是人的本性，饮食男女是人人所求，那么贪生怕死、趋利避害的投机取巧之辈，倒变成顺应"人性"的行为，而为革命赴汤蹈火、慷慨捐躯的仁人志士，倒变成违逆"人性"的人物了？革命者的清贫生活，倒成了禁欲主义，剥削阶级的糜烂腐朽的纵欲行为，倒成了合情合理的了？这样的道理，显然不能成立。假若能够成立，只能导致人类的大多数走上非人生活，人性向兽性靠拢。

在观察人性问题上，我们只能站在大多数人民的一面，站在先进阶级的立场上。在进行革命和正义事业的过程中，某些个人的欲望、爱情、生命受到压抑，遭到摧残。有些是历史的必然，如代表不合理存在的反动阶级成员的遭遇；有些则是革命者崇高人性升华的表现。革命者身上的人的一般本性的自觉意识，促使他们为了大多数人的利益牺牲自我，这正是他们热爱生活、热爱生命、热爱人类的最好说明，是他们身上所体现的人的本质的完满表现。当然还有另一种情况。由于革命过程出现曲折，由于革命者认识、指挥上的错误，甚至由于个别人的品质问题，也会造成对一些人的人性要求的压抑摧残，但是这是局部、暂时的现象，是一些具体因素和条件造成的，同革命和正义事业本身也是背道而驰的。对这样的现象，文艺作品有权利进行反映、揭示，引起人们的疗救。但是这样一些现象的出现，也不能笼统地归罪于革命和正义事业。

　　一些作者，恰恰在这个原则问题上，存在着模糊认识。他们在表现人性上，不是把人物思想性格的刻画放在一定的社会历史条件下，进行阶级分析，而是把人性和阶级性对立起来，似乎愈富人性，就愈排斥阶级的意识。可能这些作者，由于对过去创作上机械地套用阶级分析法，给人物贴阶级标签的写法的厌恶，因而大做翻案文章，力求新奇，都不约而同地在敌人营垒里、反动阶级代表人物身上，挖掘人性美，在革命队伍里、共产党人身上，寻觅人性的缺陷。这样不顾原则，手法翻新的结果，不能不严重地歪曲历史，颠倒是非。

　　假若，我们把这些作品集中到一起看，人们就会惊异这些作品歌颂、美化的人物也是清一色的。不是侵华的日本法西斯军官，就是国民党将领，不是地主分子、特务，就是形形色色的犯罪分子，清一色地都是过去我国革命文学批判揭露的对象。这样的颠倒，难道恢复了历史的真面目？完全不是。不可否认，过去我国革命文学，由于受教条主义思想的影响，在描写敌对阶级成员和各种反动没落人物上，是有缺陷的，不同程度地存在着，用贴阶级标签的办法，代替了对现实关系的深刻把握和对人物个性的精确描绘。因之，在这部分人物形象的塑造上，存在着简单化、脸谱化的倾向，不大敢涉及这些人物的一般人性的表现。反对、克服这种简单化的倾向，是完全应该的。但并不能因此，对过去的经验一笔抹杀，似乎对人物进行阶级分析也不需要了，作者站在革命的立场上也是多余的，历史真实和典型环境中典型人物真实的原则也可以弃之不顾。这是严重的误解。

我国革命文学，在反映历史真实，塑造典型人物，坚持鲜明的党性原则上的经验，是完全正确的。至于在对反动阶级代表人物和各种丑恶人物塑造中，个性化和人性表现上的某些不足，绝不可导致对一些成功经验的推翻。从人性发展变化的整个历史看，它的丰富健全总是更多地体现在先进阶级的代表人物身上。所以，革命的文学家、艺术家，站在人民大众的立场上，站在无产阶级的立场上，对代表反动落后势力的阶级和人物，进行暴露批判，这种根本原则并没有错。这种根本原则是对现实和历史的正确反映。简单化的错误需要克服，根本原则仍要坚持。放弃原则，反其道而行之，只能导致对现实和历史的歪曲反映。

坚持阶级分析的观点，歌颂先进阶级、先进人物，并不是说作家不可以描写反动阶级、敌对阵营人物的一般本性的表现。阶级敌人、反动分子也是一个个活生生的人，他们也有人类一些共同的思想感情，但是他们的阶级地位、社会处境决定了他们只能为本阶级的存在和利益而奋斗。他们的七情六欲都打上了本阶级的烙印。即使他们的一些远离政治领域的思想感情，所谓的亲子之爱、男女相欢、爱美之心等等，在阶级矛盾缓和时期，一定的环境和范围内，常常不露明显的阶级色彩，但到了阶级斗争尖锐时期，在敌我阵营对垒的情况下，必然要受阶级根本利益的制约。所以，描写反动阶级代表人物的人性表现，也不应脱离对他们的阶级性的刻画。他们身上所表现的人的一般本性的异化，有着强烈的阶级的原因。这种异化促使他们越来越背离人类的一般本性，越来越背离人民大众的人性。我们怎么能在这样的阶级的代表人物的身上倾注热爱、挖掘人性美呢？

阶级的划分是人类文明社会的一个基本事实。其间的情况是错综复杂的，任何个别情况、偶然因素都存在。文学重视偶然，着意个别，也是符合艺术反映现实的特性的。作家完全有权写"白乌鸦"，写反动营垒中天良未泯灭的人。这与阶级观点并不矛盾。阶级阵营不是铁板一块，一个人的阶级出身并不能完全决定他的政治思想。由于经历、教养、各种复杂的社会关系的影响，各个阶级之间也在互相渗透，从这一阶级走向那一阶级的事不断发生。走向先进阶级、走向人民大众的人，必然会获得人性的丰富和不断健全。这样的人物，实际上已不是反动阶级的代表。他们的转变有着必然的深刻的社会原因，绝不是天生的未泯灭的良心的一旦发现，抽象的人性的觉醒。忠实于现实的作家，必须深刻揭示促使这种转变的客观原因，才会使作品中具体人性的表现符合实际，合情合理。在文学作品中的任何偶然，任何个别，只有作为必然的交错点，普遍性的特殊形态时，才是真实的，典型的。为了新奇，而寻找个别，编造偶然，并不具有典型意义。

中篇小说《妙清》，情节和人物都非常奇特，但缺乏必然性的揭示，不仅不合情理，而且严重地歪曲了历史真实。作品描写一位女地下工作者与敌伪军副司令生死相恋，在日军的追捕下，女地下工作者要求她的情人敌伪军副司令击毙了自己，以此使两者都得到了保全，也证实了他们的相爱。爱的力量如此地伟大，超乎敌我，超乎尘世，自然也不是人间所能存在的。

一个官僚的大少爷，没来由地挚爱一个贫农出身的做了尼姑的少女，不是贪美色，不是玩弄女性，而是悉心爱护，温柔节制，坚贞不渝。甚至男的为了保存家财、地位投靠日寇做了汉奸，担任敌伪军副司令的要职之后，发现昔日的意中人竟是共产党的地下工作者，并成为自己阶下囚的时候，却能置一切于不顾，与其重修旧好，想方设法使情人免难逃脱。若说这个敌伪军副司令就是一个性格如此复杂、富有人性的人，那么他跟随日寇侵略者屠杀自己同胞的时候，他的人性又到哪里去了？他声色俱厉地审讯共产党人的时候，他的人性又到哪里去了？作品完全忘记了这些矛盾和破绽，只是一心编写着爱的篇章。

那么，这种爱又是建立在怎样的基础之上？作品没有也无法写出这样的基础，写出来的只不过是一般的爱其美色罢了。这种接近自然本能的性爱并不会如此专一。特别是对于一个敌伪军副司令身份的人，这样的爱随时随地皆可以满足，用不着他冒丧失一切的险去求得它。或许会有辩解说：就有这种不计利害、莫名其妙的爱，爱就是爱，爱就是人的本性。既然承认爱是人的本性，是人性，它就不是抽象的东西，它是人类社会实践的产物，必然要受时代、阶级、各种现实关系的制约。一种持续很久，能经得起各种波折，以至生死考验的爱，人的生理本能的冲动不会是基础。能成为基础的只能是共同的思想感情和志趣爱好等。这样基础上的爱情，更脱离不了一定时代和阶级的影响。退一步说，即使现实生活中存在着各种离奇的充满偶然性的男女相恋的故事，当作家要把它写入自己的作品时，都要进行典型化，揭示其某种必然性和普遍性。为离奇而离奇，糟糕的个性化，在文学创作上是不足取的。由此而导致对现实和历史生活的不正确反映，颠倒是非，敌我不分，则是一种原则性的错误，应当引起作家的警惕。

文学在表现人性上出现的种种问题，在不同作者身上，可能有不同的原因。但我觉得有一个共同的根本原因，这就是创作脱离生活。作者不是从对生活的感受、体验、研究、分析中，选择自己的创作题材和提炼主题，而是从主观观念出发。为了印证自己的人性观点，去搜集素材，编造故事，设计人物性格，图解一切，结果必然导致作品的描写脱离生活实际，形成变形、歪曲的反映。在这个过程中，抽象的人性论的观点，起着直接的有害的影响。即使作家有正确的理论观点，脱离生活同样会导致不正确的反映。生活对文学作品的正确反映，是最根本的保证。那些反映抗日战争和解放战争题材的作品，反映社会主义革命和建设题材的作品，作者在写作之前，只要能够真正认真深入地了解、熟悉一下，自己所要描写的题材范畴内的生活，研究分析其中的各种现实关系，从火热的斗争生活中挖掘值得赞美的人性表现，可以肯定，我们的作者是不会被抽象的人性论牵着鼻子走的，就不会在爱国主义、敌我界限、正义与非正义这些原则问题上产生模糊认识。

生活可以纠正作家主观认识上的各种偏颇和片面。生活也可以告诉作家，具体的人性是什么。过去时代的一些优秀作家，如巴尔扎克、左拉等，他们都有抽象的人性论的观点。巴尔扎克主张用文学来改造人的天性，把天主教奉为照耀自己创作的明灯之一。左拉把人性理解为人的生物属性，提出自然主义创作原则，创立实验小说。但是，由于这两位作家对资本主义社会的各种现实关系有着深刻的了解，当他们在自己的创作中，忠实于生活的本来面目，精确地再现人与人的关系时，他们抽象人性论的观点，被真实、丰富的生活形象的光彩所掩盖，所冲淡，所摧毁。读者看到他们优秀作品所反映的是，社会潮流中所漂浮的形形色色的人物，在各种现实关系制约和各种实际利益的推动下，从事交往，发生爱情，产生喜怒哀乐、矛盾斗争。作品中一些没有冲刷得掉的抽象人性论的印证，恰恰是作家从主观观念出发投在上面的阴影。

　　历史和现实，都揭示了生活对文学创作的重要意义。革命作家只要深入生活，观察、体验、研究、分析一切阶级、一切人、一切生动的生活形式和斗争形式，一切文学艺术创作的原始材料，就会纠正自己不正确的理论观点，而使自己的正确的理论认识获得活力，从现实的血肉丰满的人身上，了解到人性的实质和多彩的具体表现。文学正确表现人性的途径，也就不难找到，道路就在向生活进行探索者的脚下。

原载《文艺报》1982年第11期

（刊发时有删节）

《红楼梦》的现实主义悲剧结构

悲剧艺术，以它特有的反映人生的能力和艺术感染力，取得了它在人类艺术史上的重要地位。《红楼梦》这部18世纪的长篇小说，把我国悲剧艺术的发展推向高峰，它的思想价值和艺术经验，有着难以超越和永放光彩的意义。无论是普通的欣赏者，还是饱学的研究家，或是新的杰作的创造者，都能从阅读《红楼梦》中感受到它特有的艺术魅力，吸收到丰富的营养。探讨《红楼梦》的现实主义悲剧结构，对新文学的创造，有着重要的借鉴意义。

两条主要情节线索

《红楼梦》作为我国古典文学中少见的绝大悲剧佳作，它遵循现实主义创作原则，真实地描绘出18世纪我国封建社会行将崩溃时的全貌。它对社会生活面反映得真实、深刻和广泛，是过去和后来的同类题材的其他作品远远不能比拟的。它的现实主义悲剧结构，巧妙地把18世纪的整个中国封建社会，展现在小说中人物活动的大观园的周围。惊服于作者的社会认识能力的读者和评论者，有不少人把《红楼梦》完全看成了一部政治历史小说，探幽阐微，追寻着扑朔迷离的政治寓意。实际上，《红楼梦》较之《三国演义》和《水浒传》，在题材和主题上，更远离历史事件和政治斗争，完全是虚构和言情的产物。纪实和史传性质的淡薄，虚构和言情成分的浓重，是艺术发展史上必然出现的趋向。把《红楼梦》不看成政治历史小说，而看成一幅社会风俗画卷，更符合作品的实际。这样，丝毫无损于它的光彩和价值，反倒使人们更容易理解和欣赏这部艺术作品的思想意义和审美价值。

从《红楼梦》的艺术描写的实际看，它描写了封建社会一个大官僚地主之家，怎样由不很景气到完全衰败的过程。在这段过程的叙述中，突出地刻画了这个家庭内部和与这个家庭有联系的一群少男少女的悲惨命运，主要是贾宝玉和林黛玉的爱情悲剧。

由于贾宝玉和林黛玉的爱情悲剧，被描绘得如此真挚美丽，如此富有诗意，如此凄婉哀怨，如此震撼人心，以致部分读者，特别是青年读者和一些研究者，片面地把《红楼梦》的丰富内容，仅仅理解为宝黛的爱情悲剧。今天，一些同志厌于"四人帮"统治时期讳言爱情的矫饰之说，重倡爱情悲剧说，也有从一个极端走向另一个极端之嫌。全面地看，《红楼梦》的作者，同样花费了巨大的精力，突出贵族之家贾府的日益不振、渐见衰败的这条主要情节线索。

宝黛的爱情悲剧和贾府的日趋衰败，是长篇小说《红楼梦》的两条主要情节线索，在作者的精心结构下，织就了一幅社会人生的大悲剧图画。人们从这里看到的，不仅是一个典型的贵族之家的衰败，一群少男少女的毁灭，更是18世纪中国封建社会的一个横剖面，那个社会制度必然要灭亡的宣告。

一个典型的贵族之家贾府的衰败

《红楼梦》直接描写的是家庭日常生活。在封建集权制度下，家庭在社会结构中起着特别重要的作用。它是私有制经济结构的基本单位，是封建意识和制度的体现物。一个典型的封建大家庭，常常是封建社会制度的缩影。这里有独断的家长统治，严格的等级制度，虚伪的伦理道德，等等。所以选取家庭题材，既存在着广泛反映一定社会生活的局限性，也存在着广泛反映一定社会生活的可能性，关键在于如何处理。

曹雪芹是选取清帝国一个大官僚地主之家贾府展开《红楼梦》的艺术画面的。贾府是个钟鸣鼎食之家，诗书翰墨之族，赫赫扬扬已将百载，是京都一流富贵人家。贾府上通最高统治者的皇宫，荣国府的元春小姐被纳为妃子；贾府日常交往的都是王公大人，金陵最有权势的史、王、薛三大家族是贾家的姻亲，这四大家族的关系是"一损皆损，一荣俱荣"；贾府下面经常走动的，还有些穷亲戚、庄头佃户、和尚道士、三姑六婆。除去这些社会关系，贾府本身就是庞杂的社会各阶层人的集结体，主要包括两类人，主子和奴隶。主子与奴隶本身又是异常地驳杂，有主子身份奴才地位的赵姨娘、周姨娘，又有奴才身份主子地位的赖嬷嬷、鸳鸯、平儿等。曹雪芹把贾府当成他广泛反映社会生活的一个焦点，通过这个焦点去触及社会生活的各个领域。作者把贾府与许多家族联系起来，尽力突出的不是贾府与某些家族之间的血缘关系，而是它们之间的政治、经济和各种社会现实关系。在这样广泛的社会联系之中，所展开的贾府必然衰败的描写，反映的就不仅是某一贵族之家的衰败了，而有着更深广的意义。

我们知道，个别贵族之家的衰败，可能反映出它所依存的整个阶级逐渐灭亡的命运，也可能并不反映本阶级的兴衰状况。在长期的封建社会中，统治阶级中某些家族式微下去，某些家族崛起直上，这是屡见不鲜的。这种统治阶级内部的权力与财产的再分配，局部的更新代换，并不会改变统治阶级的性质，也不要求封建制度、道德礼教的改变。中国封建社会，始终存在着"五世而斩"的现象，官僚地主家业，大多不能长久维持下去，传至第五代常会完全衰败。有的同志认为《红楼梦》写的贾府正是这样的典型。假若贾府的衰败，属于"五世而斩"一类型，它反映的仅是个特定的贵族之家的衰败，并不能反映封建统治阶级及其思想制度的最终灭亡。如此，贾府的典型意义，是非常有限的。但是，人们从《红楼梦》艺术描写中感受到的不是个别的贵族之家的"五世而斩"，而是那个阶级、那个社会整体地溃烂和毁灭，贾府是行将死亡的社会躯体上的病变细胞。

贾府衰败的原因是什么？作者主观上认为有两点。他通过小说人物冷子兴的口说明道："如今生齿日繁，事务日盛，主仆上下安富尊荣者尽多，运筹谋画者无一；其日用排场，又不能将就省俭。如今外面的架子虽未甚倒，内囊却也尽上来了。这还是小事。更有一件大事：谁知这样钟鸣鼎食之家，翰墨诗书之族，如今的儿孙，竟一代不如一代了。"（第二回）简言之，一是生活奢侈，不知节俭；二是子孙不肖，后继无人。

关于第一点。作家着力描写了管家奶奶王熙凤在主持家务上，实行了一系列紧缩开支的措施。探春代理家务时，也雷厉风行地办了几桩"兴利除弊"的事。作者是怀着同情和兴趣，详尽地刻画她们如何节俭，节俭带来的种种好处。然而奇怪的是，如此对症下药之后，贾府仍然是毫无起色，那"下势"的光景是越来越明显。可见，挥霍浪费、不知节俭并非促成贾府衰败的主要原因，它只是一种外在的现象。对作者强调的理家的描写，今天读者感兴趣的已不是作者有意透露的主观意图，而是在这些场面中活跃着的各种性格的人物。

关于第二点。作者做了充分的描写。宁荣二府的老爷少爷，没有一个是重整贾府门楣的材料。炼丹求仙的贾敬，耽于酒色的贾赦，迂腐庸碌的贾政，斗鸡走狗的贾珍、贾琏、贾蓉徒辈，确实无一人可指望。虽有一个贾宝玉，聪明才智都不在下，然而对"仕途经济"却疾恶如仇，他的叛逆的思想和行为，反倒时时动摇着这个家庭的根基。后继无再振家业之人，确实是贾府衰败的重要原因。然而，贾府的男性统治者虽不善理家，却有精明强干的凤姐严持内政；他们虽堕落无能，并不妨碍会得到应有的富贵前程。正如贾赦说的："想来咱们这样人家，原不必寒窗萤火，只要读些书，比人略明白些，可以做得官时，就跑不了一个官儿的。"（第七十五回）似乎这"一代不如一代"，也不是促成贾府衰败的决定性的原因。

大家知道，曹雪芹在八十回以后的草稿中，将要写到贾府的被抄。或许，被抄是贾府衰败的决定性的原因？未尝不可做这种推测。有不少研究者认为，曹家曾被雍正抄过家，做了胤禛与胤禩、胤禟、胤禵等争夺王位的牺牲，作者可能借写贾府的衰败，暗寓这次政治隐痛。假若此说成立，《红楼梦》写的不过是封建统治阶级的一次内讧。这种推测，虽有史实根据，却远离作品艺术描写实际。与其把立论建立在脱离作品具体内容的推断之上，倒不如根据作品的描写实际，得出可能得出的结论。退一步说，即使承认上述推论，也不能断定抄家是致贾府衰败的根本原因。《红楼梦》清楚地描绘出，贾府在未被抄家以前就显得很不景气，江河日下的趋势竟是无人挽救得了的。第五十五回起，文风一变，满纸凄凉之气，大观园的花团锦簇、儿女之情的缠绵悱恻之文，让位于突出贾府日趋衰亡的笔墨。萧墙之内，矛盾丛生，贾府这座基于腐朽基础上的大厦，即使不碰上外力的作用，也会很快垮台的。

关于贾府衰败的根本原因，作者的主观解释，是不能令人满意的。从作者的家世作出的推断，也不能令人信服。由此看来，分析作品，仅看作者的主观意图是很不够的，必须着力于作品本身的丰富内容。

曹雪芹的主观解释虽不能令人信服，但是他关于贾府衰败的过程和具体现象的描写，却是真实的、出色的。《红楼梦》以大量篇幅，描绘贾府主子如何安荣尊富、讲究吃穿、享乐挥霍，连在最高统治者圈子中生活的元春，也对省亲时的排场慨叹"太奢华过费了"。他们挥金如土仰赖什么？皇帝的恩奉奖赏不算少，但有时还抵不过贾府花在皇帝身上的银子。贾府经济来源主要靠直接剥削农民，第五十三回对此有些透露。黑山村乌庄头给宁府送来大量实物和上千两银子，贾珍还嫌少，大发牢骚："这够做什么的？""不和你们要，找谁去？"第五十五回还写到王熙凤慨叹，这几年出去的多进来的少，一年进的产业不及先时多。《红楼梦》关于这一点，虽然没有更多的描写，作者也没有否认对农民剥削的合理性，但是却真实地描写出这种剥削的残酷。农民不堪其苦，就会铤而走险，即第一回所谓的"偏值近年水旱不收，盗贼蜂起"。贾府奢侈靡费的生活是建立在对农民的残酷剥削之上的，向农民横征暴敛大量的实物地租和货币地租。这种经济来源，近年来日趋枯竭，直闹到贾母吃的红稻米，每顿也要"可着头做帽子了，要一点儿富余也不能的"（第七十五回）。

但是从对《红楼梦》全书悲剧结构的处理来看，作者的重点不在于挖掘贾府衰败的经济原因。假若只执着于贾府衰败的具体的经济原因，我们势必要同意作者的一些并不高明的主观认识，从而忽略了全书更为丰富生动的描写。《红楼梦》对贾府衰败的描写，主力是放在展示贾府衰败的变迁过程和各种征兆上，而不是放在挖掘它的政治或经济的具体原因上。从贾府衰败的变迁过程和各种征兆上，作家让我们看到贾府衰败的必然性，它所代表的阶级的不可避免的历史命运。宁荣两府统治者的腐化淫乱，精神道德的空虚败坏，官场之间的黑暗龌龊，各种矛盾的尖锐激化，这一切都是那个时代思想和制度的产物。作家通过这些描写，使我们感到贾府所赖以存在的一切支柱，经济的、政治的、法律的、道德的、传统观念的支柱，在腐朽崩溃。筑于腐朽动摇的基础和支柱上的贾府大厦，能不感到倾覆的危险吗？

所以，我们读过《红楼梦》后，强烈感到的主要的不是作者对贾府衰败的感伤情绪，而是那个社会令人窒息的时代低气压，那个社会制度的极端不合理，那个社会伦理道德的腐败。总之，一切都发霉了，正在腐烂，封建统治的整个上层建筑处于风雨飘摇中，封建统治最终结束的时候就要到来了。一种社会制度的厄运，首先敏感到的不正是它的庞大的上层建筑中的意识形态部分吗！

贾府衰败的这条情节线索，是作者笔触深入社会生活的各种领域的导线。作者通过这条导线，把封建社会的广泛的人与人之间的各种现实关系交织起来，对封建社会庞大的上层建筑做了广泛的、猛烈的、深刻的揭露和批判。它把贾府衰败的命运和封建社会行将灭亡的命运，纠结在一起。这就是为什么我们不能把贾府的衰败，简单地理解为某个官僚地主之家的"五世而斩""坐吃山空",或者是统治阶级某些集团政治斗争的牺牲。

贾宝玉和林黛玉的爱情悲剧和性格悲剧

贾府衰败的线索,虽然贯穿全书,但是《红楼梦》中突出的线索却不是它,而是一群少男少女的共同的不幸遭遇和悲惨结局,主要是贾宝玉和林黛玉的爱情悲剧和性格悲剧。

作者的这个主观意图很明确。《红楼梦》第一回开宗明义,说此书立意表彰行止见识皆出于堂堂须眉之上的一些裙钗。第五回,太虚幻境把书中的主要女性全部归入"薄命司"。生活在贾府的一群少女,都有着共同的不幸命运,围绕着宝黛爱情悲剧而被展开。

男女相悦,要求结合,本是人类存在和发展的正常感情,也是人类社会生活的一个重要方面。在不同的社会阶段,它有着明显的时代特色,在阶级社会则打上了深刻的阶级烙印。人类社会愈发展,人们的精神文化生活愈丰富,被人们赞赏的爱情便愈具有深厚的社会内容和更强烈的理性光芒。在人类优秀文化和道德观念的哺育下,爱情成了人类最富诗意的感情。封建社会是不允许爱情自由的,封建婚姻制度是建立在剥夺男女双方人权,尤其是蹂躏女性的基础之上的。爱情自由的要求,是与封建思想和制度直接抵触的。封建社会一般青年男女反抗行动的开始,大多源于爱情自由的觉醒,他们争取爱情自由的斗争,愈勇敢、坚决,他们的行动便愈具有反封建意义,愈能震撼人心。文学艺术表现爱情,波及的社会生活面深入广泛,它就不仅是对爱情的讴歌,而是有着更加深厚的思想内容。

贾宝玉和林黛玉的爱情,是在广阔的社会背景上展开的。两小无猜、青梅竹马的友谊,随着年龄的增长而不断加深,青春的觉醒促使他们之间产生了爱情上的默契。这个默契是以长期的友谊、相互了解、志趣相投为牢固的基础,用现代语言说,贾宝玉和林黛玉的爱情默契有着共同的思想基础。然而森严的封建礼教、根深蒂固的传统道德观念，不仅在他们周围，而且也在他们内心形成一种巨大的压力，束缚着他们。各种形式的束缚，爱情表达上的不能公开、坦白，暂时还没有影响到他们的心心相印。在贾母溺爱的特殊庇护下，宝黛躲开封建礼教的直接干涉，不受干扰，在各自的心里培育着爱情的幼苗。突然，这时撞进一个第三者，她就是那"品格端方，容貌丰美，人多谓黛玉所不及"（第五回）的薛宝钗，贾宝玉也不能不喜欢的姨表姐。薛宝钗很快就获得了贾府上下的赞许。她是个四德俱备的大家闺秀，是封建社会理想的"窈窕淑女"。她的到来，使贾宝玉和林黛玉之间的关系受到了最初的震动，经受了考验。

在宝黛爱情的发展上，插入薛宝钗，对全书的悲剧结构有什么作用？难道是为展开一场三角恋爱的角逐？或是如历来写"才子佳人"的某类文艺作品一样，中必旁出一小人，其间拨乱，增加爱情故事发展的曲折多变？《红楼梦》作者的主观态度和实际的艺术描写，都否定了以上假设。遗憾的是，与此多少类似的观点，还为一些《红楼梦》的研究者所持有。他们认为，薛宝钗企图爬上最高统治者圈子做才人赞善的愿望破灭后，便千方百计地攫取贾府宝二奶奶的宝座。于是，她情拢贾宝玉，联络其贴身丫头袭人，谄媚逢迎其祖母史太君和其母王夫人。如此看来，宝黛爱情悲剧的元凶实乃薛宝钗。真是这样的话，《红楼梦》的价值实不出历代"才子佳人"小说的左右。

宝黛爱情悲剧有其深刻的必然性，并非由某一坏人所造成。这就是，宝黛爱情的反封建性质和不允许爱情自由的封建礼教之间的对立所决定的。《红楼梦》充分地揭示了这种必然的社会原因。

贾宝玉和林黛玉是在与那个社会的思想和制度相对立的土壤上，培植自己的爱情之花的。他们同气相求，叛逆的思想和行为是爱情发展的共同基础。林黛玉性格上的清高孤傲，表现着她的耿直不阿，轻视时俗。贾宝玉以乖张荒诞的形式表现出他厌恶功名富贵，追求天然纯真的合理生活。宝黛的言论和行动，不仅违背着孔孟之道和封建的婚姻制度，而且多方面地触犯着封建贵族的统治和制度。正因为《红楼梦》深入地显示了宝黛爱情的社会内容，宝黛之间的爱情便也成了两个叛逆者在反封建道路上的感情默契。

贾宝玉不仅是个真挚爱情的献身者，而且是个朦胧的社会理想的执着追求者。他不肯走封建社会规定的人生道路，主张个性解放，追求自由平等。所以贾宝玉的典型形象，不只是在爱情问题上得到光彩的展现，而是在多种社会关系中完成的。作家一方面着力描写了贾宝玉对林黛玉的坚贞的爱情，同时也突出地描写了他对封建制度和礼教的不满和反抗。他的叛逆的思想性格，大背那个社会统治阶级的常情，不能不被人们视为"天下无能第一，古今不肖无双"。

众姊妹中，唯有黛玉一人，为宝玉的最知己者。黛玉从来不劝他立身扬名，不谈那些仕途经济的混账话，所以深得宝玉的敬佩。他俩在叛逆的道路上前进得越远，他俩的爱情越是不可摧毁。所以，宝黛的悲剧是双重的社会悲剧。一方面他俩的爱情为封建礼教所不容，一方面他俩的叛逆的思想性格与封建制度尖锐对立，在那个时代只能以前者的毁灭为结局。

因此，薛宝钗的到来，并不是宝黛爱情悲剧的成因。作家在宝黛爱情发展的线索中，插入薛宝钗，除了展开全书的悲剧结构需要外，同时以便在对比映照中，更尖锐更鲜明地显示宝黛爱情的共同的思想基础，更深刻地揭示出宝黛爱情悲剧的必然的社会原因。

容貌端庄的薛宝钗来到贾府，确实使宝黛之间的关系受到了震动。薛宝钗出众的美色和才智，不仅讨许多人喜欢，同样也吸引着贾宝玉。林黛玉对此不能浑然无觉，无动于衷。从此，宝黛之间产生了多少隐晦曲折的言语无法辩清的误会和争吵啊！有些读者，因此很鄙薄黛玉的为人，指责她心胸狭窄、多疑好妒、语言刻薄。这是一种皮相的看法。林黛玉曲折复杂的心理和性格，有着深刻的社会原因，并非一般娇惯所形成的任性和嫉妒（夏金桂才是这种思想性格的典型）。与其说林黛玉的许多表现，反映出她的小心眼和尖酸刻薄，不如说是她强烈的自尊心和痛苦的挣扎，使她难随世俗。黛玉不可能像宝钗一样温柔敦厚。宝钗是和那个社会的思想制度合拍的，即使她偶然动了某种人之常情，也很快就会强使自己的感情之流沿着封建礼教规范的渠道流动。而黛玉是和那个社会的思想制度严重对立的，她的感情之流猛烈地要挣脱一切阻碍它自然流泻的束缚，当它无力冲脱时就产生了逆流回转。黛玉思想感情上的旋涡，就是如此急剧地产生，复杂多变，显得难以捉摸。这是强大压力下的畸形发展。

封建社会女子的命运是完全依赖于婚姻的，林黛玉也只能视她和宝玉的爱情为生命。宝玉是她在茫茫人生旅途上最初碰到的知己，他给她以支持，自然成了她热恋的对象。黛玉是把自己全部身心献给了这个爱情的，这里寄托着她对幸福生活的向往，寄托着她的整个生命和感情。假若她失去了宝玉的爱情，也就在这个世界上失去了一切。而这个爱情，又是如此地为那个社会所不容，家族之间的利益，僵死的礼教，"父母之命，媒妁之言"的婚姻制度，传统的道德观念，还有那象征合法婚姻的金玉姻缘之说，都像可怕的魔影一样，笼罩在林黛玉的周围，压抑在她心头。未来不幸的预感，从这个爱情产生之日起，便跟定了她。多么可怕的形影不离呀！试想，黛玉怎能不过度敏感？她怎能对宝玉在爱情上的忠实与否，采取浑然不觉的态度呢？她需要宝玉明确的唯一的选择。她对宝玉的多方为难，只不过是一种曲折的试探罢了。宝玉有次终于很不耐烦了，说了些抱怨的话，黛玉听后痛苦地说道："我是为了我的心。"（第二十四回）真是声泪俱下。所以，我们从黛玉那些隐微曲折、复杂矛盾的心理和行动中，感到的是她真诚的心，炽烈的感情，而不是自私、阴冷。

薛宝钗的到来，使宝黛之间的爱情，经受了考验，受到了锻炼。宝钗的聪明美丽，对宝玉是具有吸引力的。尽管礼教的束缚使宝钗有时冷若冰霜，但她并不拒宝玉于千里之外，宝姐姐的稍示好感，都会使宝玉欣喜若狂。纵令这种感情不能动摇他对黛玉的爱情，正如他对黛玉所说："'亲不隔疏，后不僭先'……岂有个为她疏你的。"（第二十回）然而，金玉姻缘之说，是更容易为那个社会所接受，黛玉不能不感到威胁。春花秋月，大观园内的光阴是太易消逝了，共同度过一段时光，宝玉、黛玉、宝钗之间有了更多的接触和了解。宝玉也从对宝姐姐外表美的迷恋中醒悟过来了，他发现宝钗的理想、志趣和追求，与他完全不同。宝钗不仅不是他叛逆道路的支持者，而且是旧秩序和旧礼教的维护者。重在知音，黛玉愈值得他敬重。一次宝玉竟不管是否得罪宝姐姐，不听她要他留心仕途经济的规劝，抬脚就走。他慨叹清白的女儿，"也学得沽名钓誉，入了国贼禄鬼之流"（第三十六回）。他对黛玉的感情变得更加坚定，梦中也是这一片私情，甚至反抗地骂道："和尚道士的话如何信得？什么是金玉姻缘，我偏说是木石姻缘。"（第三十六回）巧得很，此时薛宝钗正坐在说梦话的宝玉身旁做针线。巧合吗？倒不如说是作家的匠心安排，明白表示宝钗是动摇不了宝黛之间的爱情的。

《红楼梦》塑造薛宝钗典型形象，是要表明，这是与林黛玉完全不同的另一类型少女，是另一种"美"的体现。这类少女在封建礼教的熏陶下，失去了人性的自然合理的发展，把自己完全变成了封建宗法思想和制度的附属品。她们温柔敦厚面貌下的是感情的冷却，对封建礼教压迫摧残的逆来顺受。她们既是封建吃人制度的牺牲品，又是涂抹这架机器齿轮的润滑剂。薛宝钗的"美"，是封建统治阶级欣赏的"理想美"。薛宝钗得到贾母、王夫人的欢心，最后被选为宝玉的婚姻对象，不是因为她处心积虑地"阴谋活动"，而是因为她的德言工貌符合封建统治阶级的标准，符合"四大家族"的家世利益。未来的宝二奶奶的头衔，自然落在她的头上，假若不是她，也会是另一个薛宝钗式的姑娘。

宝黛爱情悲剧的制造者，不是薛宝钗，也不是贾母、凤姐或者另一个坏人，而是那个与恋爱自由不容的社会，封建宗法思想和制度。所以故事进展到第四十二回，作者竟使钗黛之间的嫌疑、隔阂全然冰释。细心的读者，叹息黛玉的天真，认为她被城府极深的宝钗所骗。其实，宝钗对黛玉的体贴关怀，确出于封建淑女的本性，并不怀有欺骗暗算之心。她和黛玉的命运，都是不能由自己掌握的。钗黛之间的猜疑消释了，宝黛爱情悲剧的必然性并没有消除，黛玉对前途的不幸预感不仅没有丝毫减弱，而且愈加严重。作者通过黛玉的诗词，巧妙地表现了她思想感情上力不能支的重压。薛宝钗不是宝黛爱情悲剧的制造者。

"千红一窟""万艳同杯"，封建社会妇女共同的悲剧命运

《红楼梦》塑造薛宝钗典型形象，在悲剧结构上，有着更深广地反映社会生活的意义。封建社会的宗法思想和制度，不仅制造着宝黛的悲剧，也制造着薛宝钗的悲剧。那个社会为薛宝钗准备的，也是个悲剧结局。原作将写到，婚后宝玉与她不甚相得。《红楼梦》十二支曲之《终身误》对此有所喻示："都道是金玉良缘，俺只念木石前盟。空对着，山中高士晶莹雪；终不忘，世外仙姝寂寞林。叹人间，美中不足今方信：纵然是齐眉举案，到底意难平。"（第五回）

像薛宝钗这样的女性，她从不企图反抗那个社会的统治，而且与封建思想和制度毫无抵触，甚至处处和谐，然而仍不能有较好的命运。这只能说明，封建的思想和制度，到了它的末期，成了毁灭一切的罪恶力量，它毁灭青春、理想，人的合理发展和一切美好的事物，毁灭它的反抗者、叛逆者，也毁灭它的拥护者、维持者。受封建思想、制度摧残压迫的最深重者，是广大的妇女。妇女解放的程度是社会解放的重要标志。同样道理，妇女受压迫的程度也是社会专制黑暗的一个重要标志。《红楼梦》更多地从妇女的命运上，揭示封建社会的罪恶，是非常深刻有力的。小说在第五回，把薛宝钗同黛玉、晴雯等一同列入"薄命司"，被列入"薄命司"的还有许许多多的女性。所谓"千红一窟（哭）""万艳同杯（悲）"，实际上就是说，封建社会妇女有着共同的悲剧命运，这种极端不合理的现象令人非常同情和悲哀。对妇女悲剧命运的同情，是《红楼梦》的一个重要思想。

在结构上有着重要意义的第五回，其中写到的"金陵十二钗"判词

和《红楼梦》十二支曲，对小说里的主要女性的思想性格和命运结局，做了轮廓的介绍，同情女性的思想突出鲜明。被归入"薄命司"的有，多愁善感、傲岸耿直的林黛玉，温柔敦厚、世故矫情的薛宝钗，大富大贵的元春，精明干练的探春，诨号"二木头"的迎春，年幼胆小的惜春，乐天憨直的史湘云，洁癖过人的妙玉，风流灵巧、火炭性子的晴雯，温柔和顺、一心侍主的袭人，遭遇坎坷的香菱，守节不移的李纨，两面三刀的管家奶奶王熙凤，还有那些在正、副册中没有点明，实际仍归其内的鸳鸯、平儿、金钏、紫鹃、芳官、尤氏姊妹等等，都是遭遇坎坷，结局不幸。有的为统治阶级残酷迫害而死，有的做了封建婚姻制度的牺牲品，有的在委曲求全中苟活性命，总之，几乎没有一个人是幸福的。做了皇帝妃子的元春，有着令人垂涎的大富大贵，实际做了满足最高统治者一人淫欲的牺牲品；简直有半个主子身份的鸳鸯，恐除非一死，万难逃脱贾赦的计算；对贾府前途看清了的探春，似乎她的远嫁是她们姐妹中最差强人意的结局了，然而这样并不能躲开那个社会对妇女的迫害，何况她还带着庶出的先天缺陷；好像李纨苦尽甘来，守寡养子终换得个凤冠霞帔，实际上"也只是虚名儿与后人钦敬"，不过"枉与他人作笑谈"罢了。

　　《红楼梦》中写到的这些青少年女性，尽管她们的出身、地位、性情多么不同，有敢于进行反抗的，有并不企图反抗且安天乐命的，她们的遭遇和结局却是共同的不幸。薛宝钗典型形象的思想意义在这里是非常深刻的。她出身于富有家庭，受过完备的封建道德教育，她的聪明和美丽也是少有的。她是完全按照封建统治阶级的要求为人处世的，她不仅压抑了自己身上的青春的觉醒，而且用封建的道德规范她周围的人，成了封建社会道德秩序的维护者。但是封建社会并没有为她准备较好的结局。作者以此深刻地揭示出，处于没落时期的封建统治阶级、封建的道德礼教，是与绝大多数人对立的，甚至与它的一部分维护者也处于矛盾中。薛宝钗的被毁灭，必然要引起人们对封建礼教和封建制度合理性的更深刻的怀疑。在封建统治阶级看来，宝钗和宝玉的结合是理想的幸福婚姻，但是《红楼梦》

却让人们看到，这是卫道者和叛逆者的共同毁灭。封建统治阶级的观念、道德和制度，与被压迫阶级，与本阶级中的叛逆分子，甚至与本阶级的一些忠诚的成员，都处于不可调和的状态。一个社会的思想和制度，已经不能给大多数人带来好的或较好的命运，并且在大量地吞噬着本阶级的成员，它的崩溃和毁灭便是不可避免的了。

曹雪芹把同情女性的思想贯穿全书，从封建社会受压迫最深重的一部分人身上，揭示出封建统治阶级、传统的道德礼教、不合理的婚姻制度，是扼杀人性的，窒息青春的，毁灭美的。众多的出身、地位、生活态度和道德修养不同的女性的命运悲剧，以一个又一个的事实说明，不是偶然的原因，不是个别的坏人，而是那本使人无法合理生活下去的社会，它的国家机器，它的整个上层建筑，制造着"千红一窟（哭）""万艳同杯（悲）"的大悲剧。宝黛爱情悲剧，不过是其中被突出展现的一部分。

绝大的社会悲剧结构

曹雪芹把贾府的衰败和一群少男少女主要是少女的悲惨命运这两条线索交织起来，突出其中贾宝玉和林黛玉的爱情悲剧与性格悲剧，织成了《红楼梦》宏大完整、复杂统一的社会现实的绝大悲剧的艺术结构。

贾府衰败这条线索，使作家的笔触延伸到当时社会生活的各个领域，把封建末世的社会制度和整个庞大的上层建筑的腐朽动摇做了深刻彻底的暴露，为贾宝玉和林黛玉这些叛逆者的反抗活动，提供了真实的广阔的社会背景和具体的典型环境。一群少女的悲惨不幸命运的线索，突出了绝大多数人与社会制度相对立的主题。作者热烈地赞颂在黑暗王国中摸索反抗、痛苦挣扎着的一群纯真美丽的青年男女，歌颂他们勇敢的反抗、热烈的追求和真挚的爱情。《红楼梦》中两种基本社会力量和它们之间的矛盾冲突，把整个结构推进到必然的悲剧结局。一方面是庞大的统治阶级力量的腐朽和行将灭亡，一方面是叛逆者新生力量的幼小软弱，镇压者和反抗者都在共同走向毁灭。《红楼梦》反映的正是这一特定历史时期的社会悲剧，作者的严格的现实主义创作态度，使作品的艺术结构完全遵循现实生活发展的必然逻辑，从而成为我国古典文艺作品中少见的绝大悲剧结构。这是爱情的悲剧，真、善、美毁灭的悲剧，人生的悲剧，社会的悲剧。

《红楼梦》现实主义悲剧结构，基于作者对当时社会关系的深刻理解，反映了社会变化发展的必然趋势，也与作者的现实主义创作方法是密不可分的。曹雪芹自道其创作原则是，"取其事体情理"，"至若离合悲欢、兴衰际遇，则又追踪蹑迹，不敢稍加穿凿"（第一回）。曹雪芹对自己所歌颂赞美的人物，虽有强烈的主观爱好，但绝不肯背离现实，给她们安排一个较好的命运和结局。他不愿以大团圆的结局，安慰自己和读者，他要以生活的严酷真实，揭示封建社会的没有前途。曹雪芹在《红楼梦》中，是按生活的本来面貌描写生活的。社会与人生的不可调和的对立，构成了作品的绝大悲剧结构。作家把这个悲剧展开于精确细致的日常生活画面中，重视生活画面的完整与丰富，造成了《红楼梦》艺术结构上的统一与繁复，像网一样，既是完整的统一体，又是向四面扩展的多线条的交织。

《红楼梦》的绝大悲剧结构，对封建社会千篇一律大团圆结局的文学作品，是一次强有力的抵制，也是对我国悲剧文学的现实主义传统的继承发展。《红楼梦》对优秀传统的继承，无论是在思想内容上，还是在艺术形式上，都集中地表现在它的革新创造上。鲁迅先生在《中国小说史略》中说得明确透彻，他说："自有《红楼梦》出来以后，传统的思想和写法都打破了。"历史的堕力总是在阻止和扼杀着任何反传统的前进。接踵而来的"复梦""圆梦"众多的续书，仍在传统的言情小说的思想、艺术轨道上前进，不能不认为这是对《红楼梦》艺术革新的有相当社会基础的一种软弱的反抗。随着时光的流逝，这些艺术赝品很少再有人问津了。唯一得到广大读者赞赏且给予很高评价的是程、高的后四十回续书。后四十回续书，对《红楼梦》的流传，有着不可抹杀的功绩。然而与前八十回艺术上的优劣之别，也是含混不了的。后四十回续书者，在思想和艺术上都无力结构原先设计并基本呈现的绝大社会悲剧，不理解原作通过贾府的衰败对封建社会必然灭亡做出的最后宣判，续书只保存了宝黛爱情悲剧线索前后的一致，而对其他线索基本上则做了错误的处理。"落了片白茫茫大地真干净"的绝大悲剧结构，因之也未能最后实现。后四十回过亦不小。

《红楼梦》的现实主义社会悲剧结构，在人们合理生活与社会思想制度的尖锐对立中展开，客观地显示出封建统治大厦所赖以存在的一切基础和支柱都在动摇，它的覆灭是不可避免的。作者的宣判是决绝的，然而贵族阶级逆子的心肠毕竟不同于新兴阶级战士的心情，曹雪芹唱出的是一阕旧制度灭亡的挽歌，而不是一首新社会诞生的颂诗。找不到出路的悲观主义，天命轮回的宿命思想，"色空梦幻"的传统观念，也渗透于整个作品的结构之中。这方面色彩的浓重，就减弱了悲剧的现实主义力量；悲剧的现实主义的强有力的展开，就冲散了作家主观思想投射的这些阴影。不能不认为悲观主义、宿命思想是《红楼梦》悲剧结构的有机成分，它给读者可能带来的消极影响已是客观存在的事实。我们不应当苛求古人，但我们也不要讳言事实。

《红楼梦》的现实主义悲剧结构，在我国传统悲剧文学中，是一个不寻常的存在，它打破"传统的思想和写法"的贡献，永远值得人们研究探索。

原载《西北大学学报》（哲学社会科学版）1983年第1期

柳青美学思想浅探

我们现在纪念的这位作家，生前曾享盛誉，死后令人怀念不已。因为他对艺术的执着态度和独特的艺术创造，是时间和人力都无法冲刷得淡漠的。

柳青在进行艺术创造的同时，写了不少理论文字，其中要说明的一个核心问题，就是他认为革命作家应该信奉遵循的美学原则，也是他身体力行的美学原则。这个美学原则，简略地说，就是真、善、美的统一。

柳青作为一个具有饱满政治热情的无产阶级革命作家，他从不掩饰自己同旧的阶级意识和旧的文艺思想体系的彻底决裂的态度。但是在真、善、美统一的原则面前，他却没有轻率地置以否定，而是在继承传统理论的基础上，以历史唯物主义和辩证唯物主义的观点，结合无产阶级革命文学的不断发展的实践，以新的解释丰富着真、善、美。柳青完全有权利说，他所信奉并大力宣扬的真、善、美统一的原则，是无产阶级的革命的美学原则。

一

真是真、善、美统一原则的基础。

真在柳青的美学思想中占有极其重要的地位。他是从两个方面强调真的重要性的。

一个方面是从文学与生活的关系谈的，也即从文学的性质分析起。柳青坚持马克思主义关于存在与意识的唯物主义基本原理，坚持毛泽东同志关于社会生活是文学艺术的唯一源泉的学说，认为文学艺术只能是社会生活的反映，因此，文学艺术的价值只能存在于对生活真实的正确反映中。艺术美来源于生活美。也正是基于这个基本的认识，柳青提出了他的有名的"三个学校"的说法。他认为搞文学创作必须进生活的学校、政治的学校、艺术的学校，而三者之中，生活的学校是最基础的。进生活的学校，是为了熟悉生活，认识生活真实，反映生活真实。柳青不仅是这样说的，而且是这样做的。他说得真诚、热情，他做得坚定、扎实。1943年3月到1945年9月，他抛掉一切不切实际的文学空想，深入生活底层，在米脂农村待了近三年。这段生活促成了他的第一部长篇小说《种谷记》的诞生。1947年陕北保卫战争爆发后，他不愿生活在舒适的大连大众书店编辑部，冒着炮火的危险，跋涉万里，费时半年多，赶回陕北，就是为了能有机会和《种谷记》中描写过的人物一起参加陕北战争，从而把这种新的生活真实反映在作品中。此行促成了他的第二部长篇小说《铜墙铁壁》的问世。全国解放后，他一头扎进长安皇甫村，研究生活，熟悉农民群众的思想感情的变化过程，就是为了更真实深刻地反映我国农村的社会主义革命的过程。史诗式的作品《创业史》，是他这段生活的结晶。柳青就是这样处理生活与创作的关系，绝不肯没有生活根据地杜撰虚构，实质上他是把真奉为艺术生命的。

另一个方面是从文学作品与读者的关系谈的，也即从文学的特性分析起。柳青认为文学作品不是依靠概念和逻辑推理来影响读者的，而是依靠具体的生活画面作用于读者的，因此文学作品首先要求给读者以逼真感。他说："文学是一种综合感觉的语言艺术，既通过五官引起读者的艺术感觉，也通过读者的精神（思维和意识）引起读者的艺术感觉。人们常说：如见其人，如闻其声，身临其境，引人入胜……"[①]柳青认为，要使

---

① 《艺术论》，柳青遗稿。

读者感到真实，作家自己先要对描写的对象有真实直接的感觉。这种感觉敏锐、精细、真切的程度，最好能像工人对工厂生活、农民对农村生活、战士对部队生活、学生对学校生活那样熟悉。他说："这是因为文学的第一个特征是形象，而形象离不开感觉；要使读者能感觉到，就要作者自己首先感觉到。使人们感觉到的形象，要根据实际生活经验才容易创造出来。"①真实地反映生活，不仅作为文学作品的内容是唯一的，而且作为文学作品存在的形式，它也是必备的。只有艺术描写上的真实，才能对读者发生影响。柳青说："真实就是逼真，就是入情入理，使读者感受到作品里所写的一切，如像现实生活里真正发生过的事情一样，令人那么愿意接受，简直找不出什么漏洞来。"②为了追求艺术描写的真实，柳青在生活中观察、研究，特别注意各种人物、生活、场景，各种事物的具体特征，以便他的描写都是生活的具体的。作家可以虚构情节，却不能虚构这种生活的真实、生活的具体性。他说："艺术描写如果缺乏这些具体性，或不符合这些具体性，就不能给读者造成生活的气氛，就是缺乏生活真实。艺术描写在这种情况下，当然达不到艺术的真实——逼真和入情入理了。"③

从文学反映生活的目的看，或是从文学对读者发生思想感情影响的途径看，真是艺术美的核心内容，也是它必备的条件。

自然，这样一些看法，并不具有太多的创新成分，但它却是不容忽视的真理。柳青作为一个具有丰富创作实践经验的人，较之没有创作经验仅从理论分析上着眼的人能更深切地感受到这些道理的重要。因此，柳青在所有谈创作体会的文章里，在与学习创作的青年谈话中，都反复地强调要真实地反映生活，强调真对文艺创作的重要意义。特别具有启发意义的是，柳青把对真的阐释，和作家深入生活、全面提高作家素养、作家与自己描写的对象在思

---

① 柳青：《作协西安分会举办报告会柳青同志谈作家的学习问题》，载《陕西日报》1962年5月17日。

② 《艺术论》，柳青遗稿。

③ 同上。

想感情上的交流等问题，紧密结合起来。这就使得真不是一种抽象的理论，也不是一个空泛的飘忽不定的概念，而是具有实在客观内容的理论概括。

二

那么，真就是生活实在了？柳青并没有做这样简单的回答，而是把真、善、美结合起来，指出真有生活形态的，也有艺术形态的；有现象的真实，也有本质的真实；有细节的真实，也有典型环境中的典型性格的真实。总之，柳青认为的真，应该是真、善、美相统一的真，艺术的真实，典型环境中典型性格的真实。

对此，柳青有多处论述。他说："什么是生活的真实？什么是艺术的真实？两种真实的关系是怎样的？'照我看来，现实主义是除了细节的真实之外，还要正确地表现出典型环境中的典型性格。'（恩格斯给哈克纳斯的信，《马克思、恩格斯论艺术》第9页）恩格斯在1888年4月说的这句话，已经准确地回答了上述的问题。马克思主义者如果觉得有必要对生活的真实和艺术的真实以及两者之间的关系，做一番详细的、具体的考察，也必须依据恩格斯的这句名言来进行，才不至于发生各种谬误。"[1]

柳青认为，"细节的真实就是生活的真实，就是作品关于人与人、人与物、物与物、时间和空间的关系的描写真实。关于行动、言语、景色、音响等等客观事物在人的生理上和心理上反映的描写也真实"。"人对人的拥护和反对的感情、喜欢和讨厌的感情、亲爱和仇视的感情、人的力量促使物的变化，人在高兴时的感觉、人在疲劳时的感觉、人在饥饿时的感觉……所有这些社会特征、心理特征和生理特征，都带着生活的具体性。"[2]

但是，这种细节的真实即生活的真实，仅仅是革命的现实主义文学的起码的、初步的、一般的真实。更高的真实，应是艺术的真实。柳青认

---

① 《艺术论》，柳青遗稿。
② 同上。

为，艺术的真实就是马克思主义创始人之一的恩格斯要求的典型环境中的典型性格。他说："生活的环境有着实际条件的限制。作品的环境则突破了实际条件的限制。按照一定历史时期的广阔历史背景创造的环境就是作品的典型环境，这个环境就既具有普遍性，又具有特殊性了。""根据我的这些理解，我认为有理由把典型环境解释为典型的冲突。"①

柳青的这些论述，在概念的运用上，和人们一般的理解不完全统一。但从基本意思上看，柳青所指的真，有几层含义：一是生活真实，一是艺术真实。这二者又都有两种含义。一种是起码的一般的真实。在这个范围内讲，所谓生活的真实，就是指现实生活中存在的一切人、事物和现象；作家、艺术家只要对这些事物、现象和人物做出具体的、逼真的、入情入理的描绘，使读者觉得如现实生活里真正发生过的一样，这就是现实主义初步的一般的真实。柳青又称这种艺术真实为细节的真实，因为这种真实只达到了对生活中个别的人或者局部的现象的真实描绘，它还是偏重于对事物的外部联系和特征的反映，也可以说只达到了生活现象的真实。这种真实，也就是我们通常说的生活现象的真实和艺术描写的细节真实。柳青认为，这两种真实，对于艺术描写给读者以准确和足够的生活感觉来说，是必须的；对革命的现实主义文学达到更高的艺术真实，是一个基础。他认为，还有另一种是更高意义上的真实。在这个范围内讲，所谓的生活真实，就是指现实生活中事物之间的内部联系，事物的本质特征和发展规律。作家、艺术家以自己的带着充分的生活具体性的艺术描写，把事物的本质和规律揭示出来，塑造典型环境中的典型性格，这就是艺术的真实。这种典型环境中的典型性格，它所显示的是一定历史时期现实生活中富有本质意义的矛盾冲突，以及这种矛盾冲突的发展过程和趋向，它揭示的已经不是生活中个别的人或局部的现象的外在的真实，而是生活整体的内在的真实。

---

① 《艺术论》，柳青遗稿。

生活真实是艺术真实的基础和源泉。柳青说："生活和艺术的关系是质的关系呢还是量的关系呢？我理解是质的关系。作家到生活里去发掘的是事物的本质，而不是搜集事物的数量或去求平均数。作家在作品里反映的也是本质的真实，而不是数量的真实，更不是现象的真实。搜集材料的作家生活方式之所以不行，因为它没有丝毫美学理论根据。""生活与艺术的质的关系，我理解在思想力量上就是要反映事物的内在规律性，在艺术力量上就是要反映事物的表现特征。我理解革命文学的生活和艺术的美学关系，就是这样的关系。"①

柳青所强调的真，是生活的本质真实，但这又不是生活形态的或者离开生活具体性抽象出来的某种规律，而是艺术形态的，是通过事物的特征反映了事物的内在规律性。换句话说，它又是体现了善、体现了美的一种真。

三

这种真、善、美统一的真，才是革命现实主义所要求的真。柳青又把这种真进一步具体化为叙事文学作品的三点要求：

（一）情节发展不违反规律，经得起历史和群众的检验；但规律是事物的内部联系，不必描写一些与矛盾冲突无关的过程表现它；

（二）人物的行动，行动的场合，场合引起人物的感觉、思维、语言和情绪的表现，是读者很容易相信的，处处符合人物的社会生活特征和个性心理特征；

（三）情节和细节是通过这个或那个人物行动、语言、感觉、思维和情绪的角度来描写，而不是作者直接对一个人物或众

---

① 《二十年的信仰和体会》，柳青未刊稿。

多人物进行对面的和平列的客观叙述。①

柳青认为这三种真实，一样比一样更难做到。要是做到了，就达到了艺术的真实。

这里说的第一条，是指要反映生活的本质，不要停留在个别现象上。作者在组织情节的时候，要遵循事物的发展规律，按事物的内部联系、矛盾冲突发展的趋向忠实地反映生活。不是说作者在生活中看到了什么就写什么，也不是说作者从主观愿望出发去编造人物和故事情节，而是要正确地认识事物的矛盾斗争和发展趋向，正确把握事物的内在联系、规律性的东西、本质性的东西。

那么，什么才是规律性和本质性的东西呢？柳青认为，这就要依赖作家的生活经验和政治眼光。鉴于历史的经验，一个时期肯定了的东西，过不了多少时间就会遭到历史的淘汰，因此，他提出"经得起历史和群众的检验"的尺度。无论是现实生活中的事物，还是文学作品中的人物和情节，只有放在历史发展的长河中去衡量，用人民群众的斗争实践去衡量，才能看得比较清楚。一方面提出文学作品要反映社会生活的本质，一方面又提出要经得起历史和群众的检验的尺度，这实际上反映了柳青在当时的一些矛盾心理。作为一个无产阶级革命文学家，他从理论和实践上都坚信文学要反映社会生活的本质，要高于生活，要有理想的成分，要和平庸的自然主义划清界限。但在文艺创作实践中，他却看到，教条主义"本质论"指导下的文学创作，公式化概念化泛滥，甚至违背人民利益歌颂错误的东西，这就使他不能不在反映本质的同时提出以历史和群众的检验为最终的尺度。这样也就使他从教条主义"本质论"造成的困境中摆脱了出来。1961年柳青和一些大学生谈话，他就讲了这样的观点。他说作品"要经得起历史的考验。中外流传的名著不用说是经起了的。但首先要经得起现实的考验，如歌颂食堂，现在食堂已经解散了。我们不能歌颂错误的东

---

① 《走哪条路》，柳青未刊稿。

西。科学最不能吹牛皮。行就行，不行就不行，非常实在。文学艺术可以吹，但时间也不会长，最多几个月或者半年。有的作品只能经得起一二年，三五年，十来年，以后就不行了"①。

第二条，指的是细节的真实和人物性格的真实。和第一条结合起来看，就是要塑造典型环境中的典型性格。所谓人物的行动，行动的场合，场合引起人物的感觉、思维、语言和情绪的表现，都要逼真，都要使读者相信，在柳青看来，这一切都是细节的真实，都必须服务于环境的典型化，服务于典型环境中的典型性格的真实。柳青始终把生活中的具体事物和艺术创造的具体事物分开来。他认为："如何从生活和艺术的实际出发，而不是从名词和定义出发，使两个具体事物结合得恰当，其实这是一个马克思主义作家的毕生事业。"②而这两个事物结合得恰当，他认为就是创造典型环境中的典型性格。典型环境不是单纯的生活环境，如一定的民族的、社会的、历史的条件，一定的自然条件、风土人情、生活习惯等；而是艺术创造的环境，是按照一定历史时期的广阔背景创造的环境。柳青别开生面地提出，典型环境就是典型冲突。环境是人的实践造成的，环境说到底就是人与人之间的关系和冲突，而典型人物只能是典型冲突的产物。柳青把环境与人物性格有机地联系在一起，凝聚在矛盾冲突上。

对典型性格，柳青认为，"人物的社会意识的阶级特征、社会生活的职业特征和个性特征，互相渗透和互相交融，形成了某个人的性格，就是典型性格。三种特征不是混合起来，而是活生生地结合起来，成为一个活的人，就是典型。没有阶级特征不能成为典型，没有职业特征也不能成为典型，没有个性特征也不能成为典型。……只有涉及一个人的政治思想、立场和观点，又涉及社会职业的技能和习惯，同时涉及他的性情——行动的特点、思考的特点和外貌的特点，这才是艺术的典型形象"③。这样论

---

① 柳青：《柳青和西北大学中文系学生访问者的谈话》，载《延河》1981年第6期。

② 《艺术论》，柳青遗稿。

③ 同上。

述典型形象显然有些机械，但是柳青的基本意图是要把人物塑造引向具有更广泛的社会意义上去，更真实。为了追求人物形象反映社会生活上的深刻性和普遍意义，他不能不强调要注意人物的阶级特征和职业特征。但从他的创作实践看，他在人物的个性特征上更下功力，严格地从生活的丰富性出发，揭示各种人物的全部复杂性。《创业史》不仅生动鲜明地刻画出各种阶级代表人物的真实面貌，而且在同一阶级内部描绘出了不同阶层人们的面目，即使是同一阶层、同一社会职业的人，也精确地画出了不同倾向、不同个性心理特征的人物性格。

　　第一条和第二条所谈的真，都更多地是从善的角度谈真的，从反映生活的本质、规律强调的。第三条则是从美感角度谈真的。柳青认为，真和善的统一虽是个需要付出巨大努力才能达到的境界，而真、善、美的统一才是艺术真实的最佳境界，是艺术家向往追求的目标。他把这概括为创作中的一个描写角度的问题。他认为一般作品都是从作者的角度描写场景、推进情节、介绍人物，这是一种对面的和平列的客观叙述。这样的作品的真实程度是有限的，读者和作品中的人物、事件，始终隔着一层。而另一类作品，是从作品中这个或那个人物的行动、语言、感觉、思维和情绪的角度描写场景、推进情节、介绍人物的。这是一种主客观融合的生活的逼真再现。

　　我们根据柳青对这种手法的阐释，结合他的美学思想理论体系和在创作实践上的表现，可以看出这种手法是建立在作家对生活的熟悉和现实主义真实性的思想基础之上的，其目的是使得作家的一切艺术描写，能给读者造成完全逼真和非常亲切的生活感觉。它要求作者在做任何艺术描写的时候，都不能采取第三者的态度，而是要用作品中的人物的眼光看待一切。这也就是柳青常说的对象化的功夫，即作者要能变成自己描写的对象，以对象的思想感情看待周围的一切。这样，作家把他叙述事件过程、交代情节发展的文学语言，尽可能地变为符合特定人物思想性格的生活语言，使整个艺术描写，都成为作品人物的活生生的言语、行动、思想和感受，使读者始终和主人公直接发生接触，始终和作品人物一同在情节的发展中活动，使读者把艺术境界当成了生活境界。

文学作品反映生活的真实，不仅要准确地描绘出各种事物的外形、细节，甚至还要揭示出事物的内部联系、发展趋向，而且更要揭示人物思想感情的内在真实。只有把人物的各种特征，通过人物的思想感情、愿望爱好真实地反映出来，使读者在审美活动中感到真实，这才是艺术家追求的真，真、善、美统一的真。

四

善是柳青美学思想的核心。

柳青对真的追求，始终是和对善的追求紧密结合在一起的。作为一个无产阶级革命作家，柳青具有强烈的自觉的献身社会的精神。他把文学看成改造社会的武器，为人民服务的工具，所以他特别重视文学作品的社会效果。文学作品没有积极的有益的社会效果，柳青认为是不足取的。

1957年，柳青和一个从欧洲来访的作家谈话。那个作家说，他只写他看到的，不管正确不正确；他只想怎样写得越感人越好，至于他的读者里，有人因看了他的作品而自杀，他不负责任。这只能证明他写得成功。柳青针对这种观点说："请看！这是多么令人发呕的资产阶级腐朽透顶的文艺思想！我们革命作家写作时，永远不要忘记认真地考虑三个问题——我看见的是什么？我看得正确吗？我写出来对人民有利没有利？一个革命作家，在这三点上经常检查自己，就不仅可以把自己和资产阶级作家和修正主义分子严格地区别开来，而且可以用创作实践来打击修正主义。做实际工作的同志，在决定采取一种措施以前，要考虑到这种措施的效果，难道我们写文章可以不考虑文章发表后的影响吗？我们要努力观察得更深刻，表现得更准确，使我们的作品对人民的教育意义更大一些。"①

重视和强调文学的社会作用，一直是我国新文学的优良传统。柳青是在这个优良传统的启蒙和影响下，开始文学创作活动的。特别是在他接受了毛泽东文艺思想的指导后，他更加自觉地反对各种非功利观点的纯艺术的论调，努力创作有利于革命、有利于人民的文学作品。他所提出的革命作家写作时，永远不要忘记认真考虑的三个问题，鲜明地表现出，他是把善作为求真的目的。真是构成文学作品的基础、必备条件，但真却不是写作的目的。必须看得正确，写出来对人民有利，这才是现实主义的原则要求。文学的功利原则和真实地反映生活的原则是统一的。

柳青虽然强调文学的功利性，但并不认为可以忽视文学的特性、规律，忽视文学的真实性的原则。他认为只有观察得更深入，表现得更准确，更符合文学的形象思维规律，才会对人民的教育意义更大一些。他反对狭隘的功利目的。作家不是从生活出发，不去分析研究各种人物，而是热衷于搜集一些隔手材料，编造一些罗列事件过程的故事，去图解已经制定出来的政策或某种现成的思想；这样的创作，失去了真，也就起不到善的作用。更有甚者，使文艺和错误路线搞到一起，就不仅不能为善，而且要为害。这两种狭隘功利目的的创作倾向，都是不足取的。前一种导致公式化、概念化作品的泛滥，后一种会使文艺堕落成为少数个人野心家的工具，促成瞒和骗的作品丛生。后者还会败坏人民文艺队伍的团结。柳青对此深有感触，他说："历次错误路线几乎无一例外，都按照他们的政治需要，任意践踏艺术的规律，对文艺创作搞瞎指挥。作家和艺术家，如果真做人民群众的牛，就会抵制错误路线，顽强地服从'阶级的政治、群众的政治'，坚持文艺的党性原则。"②所谓"阶级的政治、群众的政治"，就是指无产阶级和人民群众对历史发展规律的正确认识和反映，就是他们为实现自己的理想、意志和要求而进行的自觉斗争。作家深入理解和正确

---

① 柳青：《谈谈生活和创作的态度》，载《文艺报》1960年第13、14期合刊。
② 柳青：《对文艺创作的几点看法》，载《延河》1977年第12期。

掌握党在进行这种自觉斗争中的路线、方针、政策，是为了帮助自己更好地认识和反映生活真实，而不是离开这个真实；是为了帮助自己更好地认识和反映无产阶级和人民群众的愿望要求，而不是与人民的意愿背道而驰。文艺服从于群众的政治，政治集中反映群众的根本利益，在为人民这一根本点上统一起来了。革命文艺的政治性和真实性是完全一致的。

当然，文艺为政治服务的这个提法是有局限性的。它是我国新文学运动在特定历史条件下产生的提法，起过积极的作用，也产生过消极作用。柳青在遵循文学为政治服务的原则时，由于始终注意文学的真实性，注意文学的特殊规律，所以在他的创作实践中并没有陷入机械地配合或图解政策条文的境地。自然，也不能说对他没有任何不良影响。曾在我国社会主义革命和建设中长期羁绊人们的"左"倾思想，也把它的阴影投射到卓尔不凡的《创业史》上。

柳青所主张的文艺为政治服务，不仅要求不能违背文艺的真实性原则，还要求不违背文学作为艺术美的特征。柳青说："我理解：作家能否成为阶级的感觉器官，就要看他能否生活在革命阶级的群众之中。脱离开革命阶级的群众，他就不可能成为他们的耳目。譬如就搜集一些隔手材料，编出一些故事来教育群众的作家，就不一定是革命阶级的眼睛、耳朵和声音了。必须首先向群众学习的作家，才有这个可能。"[①]文学为人民服务有它特殊的途径，这就是它反映的特殊方式和注意的特殊领域，这都离不开人的直觉。作家、艺术家只有深入生活，熟悉各种人物，他才能以自己的全部感觉进入对象的心灵深处，捕捉到人们的思想感情的变化和这个变化的历程。只有这个时候，作家才能真正成为自己阶级的眼睛、耳朵和声音。

---

① 《二十年的信仰和体会》，柳青未刊稿。

五

突出强调文学的积极的社会作用，力图加强文学对人民群众的教育作用的思想，鲜明地表现在柳青对文学中的理想成分的重视和追求上。对于叙事文学作品来说，塑造理想人物就成了作家寄托一定的改造社会的理想的关键，也成了对广大读者进行思想教育的最有效的手段。柳青说："各个时代积极的进步作家，现实主义也罢，浪漫主义也罢，都是通过社会实践获得了对社会的认识。在这认识里，总有一部分是他所反对的，还有一部分是他所赞美的。作家把他所反对的事物概括到一部分人的形象里，又把他所赞美的事物概括到另一部分人的形象里，其中有一个人物，作家把自己认为最先进的世界观，最美好的愿望和理想，以及最高尚的道德伦理观念，都贯注进去了。这就是他的理想人物。"[1]

努力塑造新的人物和表现美好的理想，是柳青长期以来的执着追求，特别是在他创作实践的后期，把此作为艺术探索的重心。他明确地认为，能不能符合历史发展规律塑造新的人物和表现新的理想，是无产阶级革命文学和过去时代一切进步文学的一个根本区别。他写《创业史》，以梁生宝为核心，展开情节，发展矛盾，塑造不同阶级、不同阶层的人物，就是在这样自觉意识指导之下进行的。他塑造梁生宝的指导思想，不是要写出一个农民的好儿子，而是要写出一个党的好儿子。他认为，只有这样才能更真实更深刻地反映现实，只有这样才能把无产阶级政党的认识和理想传达给人民，帮助人民和祖国达到更高的境界。

柳青特别看重并付出精力最多的梁生宝的形象，是他这种努力的心血结晶。所以当批评界对梁生宝形象的评价展开争辩时，柳青一反过去他一贯主张的作家对评论自己的作品应持的沉默态度，颇不冷静地表示要和

---

① 《走哪条路》，柳青未刊稿。

贬低梁生宝形象的意见争论。他不能容忍人们说梁三老汉的形象比梁生宝的形象更成功。因为他觉得这里牵涉到如何看待理想人物的问题，他的起而争辩是在维护一个重要的美学原则。柳青的这种态度是可以理解的。在柳青看来，他在艺术上的探索追求，无产阶级革命文学的新的进展，主要表现在新的理想人物的创造上，它不仅是新的世界观和新的现实生活的展现，而且是新的美学观点的体现，包括新的表现手法和新的艺术技巧的探索运用。作家在这方面的任何摸索进展都有创造的意义。柳青塑造梁生宝的形象，正是他在这方面摸索的结晶，是他力图给无产阶级文学发展做的一点贡献，是过去时代作家没有提供的东西。在这个意义上看梁三老汉形象的塑造，创新的成分并不多，他是过去时代现实主义文学画廊中曾经出现过的形象。关于梁生宝和梁三老汉形象的评价，人们不一定同意作家的认识，可能还会有不同看法。但在无产阶级革命文学创造新的理想人物的意义上看，无疑梁生宝是更重要一些。另一个不可忽视的事实是，梁生宝的形象在宣传新的思想和作风上，较之《创业史》中的其他任何人物形象都更有力，确实在现实生活中起了积极的教育作用。

整部《创业史》都在突出思想教育作用。柳青不仅用新的思想和理想照亮了梁生宝，而且照亮了整部小说。正因为作者从理想的角度，看待农村的社会主义改造运动，追求理想的人与人的关系，从而使他对农民想摆脱贫困过富裕日子的思想做了过于苛刻的批判，过分严重地估计了农村的阶级斗争的性质和程度。但是今天有的同志以农村现行的经济政策，指责《创业史》受"左"倾思潮影响，这样的批评也不合适。脱离开具体的历史条件，以今天的政策否定过去的现实，把《创业史》描写的50年代初期的农业合作化运动和农民走社会主义道路的积极性简单否定，显然也是不公允的。

这里需要指出的是，用具体的政策和个别事实，去衡量评价文学作品，不符合文学的特性，也不符合读者对作品的根本要求。人们需要文学，不是由于它反映了某些事实或具体政策的真实，而是由于它反映了人们思想、感情、愿望的真实。《创业史》的成就也在这一方面。梁生宝和他的同志们的追求，虽然带有那个时代我们党在社会主义革命和建设上的经验不足而形成的局限、弱点和错误，然而它终究是符合人类历史发展趋向的一种向往，是一种历史的实践活动。《创业史》真实地反映了这个实践。这种历史的美学的真实，放在今天看是真实的，放在今后更长的历史进程中看也是经得起考验的。《创业史》的理想光彩，梁生宝英雄人物的思想教育力量，是会一直受到人们重视的。

纵观柳青的创作实践，从他最初的短篇到压卷鸿制《创业史》，都可以看出作家一直努力于作品的思想教育力量，不肯在这方面掉以轻心。国外有人把柳青看成一个热情的宣传家，不太承认他在文学上的成就。这显然是一种偏见。柳青确实不是一个只为了艺术而献身的所谓纯粹的诗人，他是一个为了革命而献身于艺术的诗人。他的诗喉是为革命的功利而放歌的。

柳青在文学创作中追求的真，是以善为核心的。正是这样的美学观点，奠定了柳青的创作具有强烈的社会内容和思想教育力量的基本特色。

六

以真为基础，以善为核心的主客观的统一，不是在一般的认识论的范畴之内，而是以文艺的特有方式的统一，这就是艺术美。

在柳青的美学思想中，真、善、美是完整的、统一的，缺一不可。我们只是为了行文和论述的方便，把三者分而论之。实际上，三者是有机地联系在一起的。

真和善以文艺的特有方式统一在一起，就不是纯客观的东西，也不是纯主观的东西。柳青说："艺术给人一种逼真的生活感觉，但它已经不是生活本身了，它只是'人的本质和自然本质的全部丰富性相适应的人的感觉'（马克思），是'观念形态的'（毛泽东）东西了。"[1]他在另一处

---

[1] 《二十年的信仰和体会》，柳青未刊稿。

也说道："马克思说：'人不仅通过思维，而且也用了一切感觉在对象世界中肯定自己。'马克思把这叫作艺术工作者的对象化。这意思正如今天人们所说的：演员登台要进入角色，作家写小说要通过人物。不仅仅作家的五官感觉对象化，而且包括精神感觉对象化的功夫，决定艺术形象化的程度。"①在这里柳青引用马克思《1844年经济学哲学手稿》中的话，来说明艺术是人的本质的对象化的产物。马克思认为，人类的艺术感觉和艺术思维，是在改造自然和社会的实践中产生并得到丰富和发展的，同时人类又是按照与人的本质和自然本质的全部丰富性相适应的人的审美感觉和审美原则，在自然界和社会生活中进行着新的创造的。

文艺作品之所以给人以美感，就因为它是人的本质力量的对象化的结果，是按照与人的本质和自然的本质的全部丰富性相适应的人的审美感觉和审美原则创造的。文艺作品真实地反映出一定历史条件下，人们之间的真实的现实关系，一定社会事件的具体过程，人们的喜怒哀乐的各种情绪表现，都不是纯粹的自然现象、生理现象、客观过程，而是人的本质的历史的具体表现。这是文艺作品之所以美的根本。离开了这个根本，只在枝节末梢上下功夫，是不会有重大收获的。

柳青所谓的对象化的问题，是从马克思的论述中生发出来的，他主要讲的是作家要进入角色，进入自己描写对象的内心世界里去的问题，而这一切都是为了真实地再现人的本质力量，唤起读者的美感。真和美互为表里，真是美的内容，美是真的存在形式。在统一的艺术品中，真就是美，美就是真。所以无论是作家在生活实践中的对象化的问题，还是作家在艺术创作中的对象化的问题，都是为了追求真，也即是为了使真得到美感的体现。作家应该追求真实的思想，真实的矛盾冲突，真实的思想感情的变化过程，真实的性格特征，真实的社会生活内容，典型环境中的典型性格的真实，等等。一言以蔽之，各种事物的本质真实。这种真实始终脱离

---

① 柳青：《关于〈创业史〉复读者的两封信》，载《延河》1962年第3期。

不开人的本质。客观事物是作为人的对象而存在的，社会生活是人的实践活动的历史过程，文学艺术描写这些，都是为了从不同的侧面揭示人的本质，肯定人的本质，真实地再现人的本质力量。

这里还需要提及的一点，是柳青把对象化看成艺术思维的特有的要求。他认为，文学艺术家是不能靠抽象思维深入生活的，不能满足于以逻辑学、统计学的方法了解社会，而是要运用形象思维，"依靠自己的全部直觉，包括眼睛、耳朵和声音，深入到统计学和逻辑学难以深入的群众生活里头"①。这也就是他所说的对象化的方式。柳青强调对象化，是从感情上形象上把握现实，是为了追求真，同时也是为了追求美。不仅真本身就有美的成分，另一方面美还有自己的特殊要求。这就是它的形象性、情感因素和直觉性。人的本质力量的对象化，通过感情形式显现才能给人以美感。也就是说，文学作品不仅要有真、善的内容，还要具有形象性、直觉性、强烈的情感力量。

柳青说："作为美学对象的文学作品，它的艺术性主要是指形象、感情和意境。"②这里说的形象和感情，也就是指美。文学作品必须具有鲜明的形象性、强烈的直觉性和情感力量。柳青强调作家的对象化的工作，强调文学作品的生活气息和生活内容，强调艺术描写的生活具体性，强调生活细节的精确，强调生活语言的运用，从美的追求上看，都在于加强文学作品的形象性和直觉感染力。重视文学作品的形象性，过去普遍地为我国的新文学作者所熟知，而对直觉性和情感力量，不少人则若明若暗，而在60年代初柳青就自觉地重视，不能不认为他是有着深切的体会的。

加强文学作品的艺术性，就是要提高作品的美感力量。在柳青看来，"尽可能完美的艺术形式"，主要指在三个方面下功夫：一个是文学语言和生活语言的自然结合，一个是作品结构的完整统一，一个是描写角度的变化和"不隔"。

---

① 《二十年的信仰和体会》，柳青未刊稿。
② 同上。

文学语言和生活语言的自然结合，在柳青看来是作家的毕生工作。文学作品的形象性、情感力量和直觉感染力，首先依靠的是作品的文学语言，作家必须对此狠下功夫。不是一般地具有语言的表达能力，如文理通顺，词汇丰富，甚至是鲜明生动，是生活语言和文学语言的和谐一致。柳青在他早期的作品里，就注意了努力吸收群众的活的生活语言，因之他的作品有着较浓厚的泥土气息。但是，由于他对生活语言的提炼加工不够，也就是在生活语言和文学语言的和谐结合上还不够好，加之受翻译作品欧化句式的影响，使得他早期的作品文学语言不少地方显得芜杂和晦涩。到了《狠透铁》和《创业史》的写作，他在语言的运用和创造方面就有了明显的提高。欧化语言的富有表现力的优点，有机地融合在他的新的语言创造中；经过加工提炼的生活语言和作者的叙述的文学语言和谐地结合起来了；方言土语运用得纯熟而又精当，作品的艺术语言既有鲜明的地方色彩，又是高度规范化的。生活语言和文学语言的自然结合，形成了浓厚的生活气息和完美的艺术意境。

作品的形式上的完整，是艺术美的必备条件。对于长篇小说创作，形式的完整取决于结构的完整。柳青认为，长篇小说最困难的是结构，或者说是如何组织矛盾。艺术结构的完美性，应该是现实生活发展的内在规律，是它所包含的矛盾冲突演变面貌的真实而完整的反映。作家结构作品，实际就是把现实生活矛盾重新组织在自己艺术创造的天地里。这种重新安排过的生活，要同实际的现实生活一样，自然天成，不露斧凿痕迹，是统一完整的，而不是支离破碎的，它展现了被描写的各种事物之间的有机联系和必然的发展过程。因此，作品的艺术形式完整与否，根本地取决于作家对生活的熟悉了解。首先作家对自己所反映的生活要有一个整体的把握，要有一个由题材本身所规定的艺术创造的总目的和意图。其次，作家对生活矛盾、人物性格的发展过程和这个过程所包含的事物的内在规律，要有一个准确的理解和认识。在这样的基础上，以主人公为中心，全面安排层次分明、从容不迫的布局。长篇小说要愈来愈吸引人，而不是写得愈来愈让读者不想继续读下去。《创业史》结构的条条网络，都系在梁生宝命运的这个纽结上，形成了纲举目张、浑然一体的艺术布局。遗憾的是《创业史》没有能够完成，我们无法见其全貌。但是，作家的努力和意图，出于实践中的经验，对我们创造尽可能完美的艺术品却是有启发意义的。

柳青提倡的对象化的方法，具体到艺术描写上，就是从特定的人物形象的不同思想感情角度出发的艺术表现，目的在于使得作家的一切艺术描写，能给读者造成完全逼真和非常亲切的生活感觉。这就要求作品的情节和细节，是通过作品中这个或那个人物的行动、语言、感觉、思维和情绪的角度来描写的，也就是作者尽量把自己隐蔽起来，一切艺术描写，都是通过作品中某一个人物的眼光和心理表现出来的。《红楼梦》中林黛玉进贾府的描写，就是通过林黛玉的眼光，介绍了贾府的风光和人物。这样的描写能给读者以动的感觉和逼真的感觉。作者的整个艺术描写，都成为作品人物的活生生的语言、行动、思想和感受，使读者和主人公直接发生接触，始终和作品人物一同在情节的发展中活动，在对象世界中暂时忘掉自己，沉醉在作品所展开的生活气氛里。作者所描写的一切，行动中的人和不行动的环境，由于都是通过作品中特定人物的眼光表现出来的，就具有强烈的感情色彩，充分的生活具体性，活跃的客观真实的生命力，唤起和带动读者的感情活动始终处于起伏变化的状态之中。柳青写《创业史》所竭力追求的，就是这种美感的"动"和"不隔"，也就是他经常说的艺术表现上的"柔和"。艺术描写和生活真实非常和谐，十分贴切，自然天成，这怎能不激起读者的美感？

依靠作家的全部直觉，包括眼睛、耳朵和声音，深入统计学和逻辑学难以深入的群众生活，完成"对象化"的过程，把握生活的内在规律和发展趋向，深入人们的内心世界，以真为基础，以善为核心，创造一种比实际生活更高更集中更理想的典型形象，创造出艺术与生活和谐统一的形象、感情和意境，这种真、善、美统一的原则，就是柳青所信奉的创作圭臬。

柳青的真、善、美统一的美学思想，最显著的特色是，把作家的一切都和生活紧密地结合在一起。生活成了他美学思想的出发点，也成了最后的归宿。深入生活，才能创作；创作，为了人民的斗争生活。"生活培养作家，锻炼作家和改造作家。在生活里，学徒可能变成大师，离开了生活，大师也可能变成匠人。"①离开了生活，真、善、美的统一也就成了空洞的教条。柳青对真、善、美统一的阐释，富有特色的地方，也是他从生活与艺术的结合中获得的。

1983年6月23日完稿

8月1日修改

选自《作家创作心理猜测》，复旦大学出版社，2008年

---

① 《二十年的信仰和体会》，柳青未刊稿。

文学批评也要"写真实"

文学评论、研究的文字，在当前的通病（长处和成就这里不讲）倒不在它的偏颇，执其一端不问其他，而在于它的模棱和含混，或者是根据不多、缺乏分析的谀美和批评。这些谀美或批评的文字，表面上看也是爱憎分明，实际上仍因内容上的空洞无物或褒贬失当而变得模棱和含混。

其实，批评文字变得模棱和含混，是由来已久的事。我国封建社会的统治者，大多不喜欢文人说真心话，只喜欢文人按圣上的意思说话。文人为了生存和温饱，为文之时便把揣摩功夫放在了第一位，今天天气哈哈哈的文字便多起来了。流弊所及，文学批评文字也莫能幸免。人民当家作主之后，旧的积习并不能一下根除，何况仍有人在借机播扬旧物，因文得祸的事在一个时期还很使人心寒。值得庆幸的是，这些不堪回首的事终已成了过去。今天的为文含混，大多是为了积习难改和别的原因。

所以在批评家们向作家、艺术家们大声疾呼"写真实"时，很有必要先自我反省，自己是否做到了"写真实"。文学批评文字也要写真实，写真实的感受、看法和议论。当然文学批评的真实的内涵是非常丰富的，需要专文议论。不过我觉得，最基础的首要的是，从具体文学作品得来的真实的美感感染和享受，思想艺术的影响和作用。离开文学作品给自己的真实感受而大发宏论的批评文字，过去我们见多了。那或者是为了阐发某种抽象的原则观念的，或者是为了追随一种社会思潮的，或者简直只是为了打个人的笔墨官司。这样，经常出现了批评家说不好的作品，实际上读者喜爱，批评家说好的作品，读者包括批评家本人却都不喜欢的情况。试想，这样的文学批评如何令人信服，怎么谈得上准确、深刻，并给文学创作以积极的影响？

要扭转这种情况，要清除陈言套语式的批评，甚至要防止捧杀和捧杀的批评，批评家首先要做一个忠实的读者。把文学作品当作艺术品来看待，进行艺术欣赏，在自己直观感受的基础上进行理性分析，好处说好，坏处说坏，不发违心的议论。自然，这并不是从此一切大吉。但这首先保证了文学批评能够成为真正不脱离文学作品实际和可能有的艺术效果的分析评论。要想使这种分析评论不至于成为狭隘的主观主义的经验感受，这就要求批评家不仅具有敏锐的艺术感受能力，而且要有多方面的修养，如正确的世界观、丰富的生活阅历、广博的知识等等。总之，批评家只有投身于人民的海洋，他才能代表人民说话；只有成为革命者时，他才能具有革命的思想感情；只有具有远见卓识时，才能洞烛幽微，给别人以启发。所以文学批评谈个人看法和代表人民是有内在的有机联系的。鲁迅先生的批评文字，大家都是熟悉的。先生在他的文章里，从不掩饰自己思想感情的强烈暴露，但是读者从中感受到的不仅是鲁迅先生的个性，同时有我们民族的情绪和愿望。批评文字和文学作品一样，都不能排除作者自己。没有个性的文学作品是不好的，没有个性的批评文章也是不好的。要有个性就得有真情实感。宁可有些偏颇，也不要人云亦云，没有任何棱角和个性。

有了从真情实感出发的评论，批评家才能和读者相通，和作者相通。在此基础上才会有人们寄予更多希望的准确的判断、得当的褒贬、入微的分析、发人深思的议论。真正的美学的历史的文学批评，是文学发展不可缺少的动力之一。它可以是展示方向和前途的宏观批评，也可以是细致入微的具体批评，但它们的基础都必须建立在真情实感之上。没有了这个基础，空洞、模棱、违心、虚饰、骄横的批评文章都必然要产生。

以上这些并不新鲜的意见，算我对开创当代文学研究新局面的一点希望，也是一种自我反省和对今后的鞭策。

原载《当代文学研究丛刊》1984年第5期

《种谷记》再读笔记

今天重读柳青的第一部长篇小说《种谷记》，并不会因为作者后来创造的《创业史》闪耀的史诗艺术的光辉而显得黯然失色，它仍散发着特有的艺术光彩。这是所有优秀的文学作品都具有的不为别的作品所替代的品质，它是特定时代生活别具慧眼的艺术家的独特发现。

一

无论是从中国现代文学发展的纵的方向上看，还是从作者与同时代其他作家创作相比较的横的方向上看，《种谷记》都具有不可低估的价值。它是柳青的独特的艺术发现。

五四运动开创的我国新文学运动，其中不少优秀作品都描写反映了我国的农村和农民问题。但是由于历史条件的限制，也由于作者对农民了解的程度有限，他们的作品对农民的描绘，特别是对他们思想感情的揭示，都显得不十分完整和充实。他们受压迫、受剥削、不觉悟的一面显示得比较多，而他们深蕴的推动历史前进的活力的一面，却没有得到显示，或没有得到充分的显示。作者大多是站在同情、怜悯农民的立场上的，泪眼中的对象总是染上了悲剧色彩，他们对其痛苦、不幸、愤怒和欢乐虽有体察，却与完全共同着脉搏者有距离。

在中国共产党开辟的抗日根据地，农民的命运有了根本性的变化，他们创造历史的活力空前活跃。他们在现实主义占有应有的位置的要求，历史地摆在革命文艺家的面前。毛泽东同志在《在延安文艺座谈会上的讲话》中指出的文艺为工农兵服务的方向和实现这个方向的根本途径，极大地鼓舞了柳青等一代革命作家，他们要以人民群众特别是农民群众代言人的身份描绘他们的文学形象。柳青本来就出生在一个农民家庭里，他对农民非常熟悉和热爱。在毛泽东同志《讲话》的指引下，他深入米脂农村基层生活三年，使得他对农民的朴素的爱提高到深入本质的理性认识，有了历史唯物主义的观察和体会。当此之时，他提笔描写农民，就不是站在旁观者的立场上，也不是站在具有一般民主思想的知识分子所醉心的人道主义的立场上，而是站在完全自觉地和农民群众共同着思想感情的立场上，敏锐地捕捉着，真实地反映着我国农村的历史变革，以及农民在新的生活面前所产生的思想感情的深刻变化。

《种谷记》在反映农村生活、描写农民上，较之"五四"以后的同类题材作品，有了新的发现，这就是把农民推到新生活创造者的位置上来描写，来表现。小说描写抗日根据地陕北一个村庄王家沟，响应政府的号召，组织变工队集体种谷的整个过程。故事的情节很简单，但这种生产方式的新的因素的出现，却冲击着农民群众的小生产者私有制的传统观念，极大地震动了农村各阶层的人们。他们对变工队集体种谷，有的欢迎，有的观望，有的反对，思想感情得到了较充分的表现。作者在真实地揭示这一切时令人信服地看到，大多数农民特别是贫苦农民群众，是多么热诚地欢迎变工互助，他们在这一活动中焕发出的积极主动精神，正是农村面貌改变的根本动力。

团结在农会主任王加扶周围的积极分子，他们的精神面貌多么昂扬，完全是主人公的态度。他们主宰着王家沟的命运，并对此有着清醒的自觉意识。这是旧现实主义作家不可能揭示出的，对农民缺乏深入了解的革命作家也很难揭示出的。柳青敏感地捕捉着他们这方面的思想闪现，让思想的一瞬间的闪光，照彻他们的灵魂。小学教员赵德铭和维宝、福子讨论王家沟和白家沟竞赛的优劣条件时，教员指出王家沟的地主没有白家沟开明，顽固脑筋的人也不少，表现出信心不足。维宝却不为这些表面现象所困惑，他有力地反问道："我问王家沟的工作他们这帮人说了算哩？还是我们这一帮人说了算哩？跟他们走的人有多少？跟我们走的人有多少？你们不这么盘算吗？……"事实证明，王家沟的命运正是由这些人掌握和改变的。

"这一帮人"的代表是农会主任王加扶，他是先进农民思想行为的体现者。他具有较明晰的阶级意识，有一定的社会觉悟。他虽然有着传统农民的朴实忠厚，却毫不狭隘自私。他把自己的命运和共产党，和人民政权，完全结合在一起。尽管他的生活十分困难，家庭拖累很大，他却一个心眼地扑在为大家的工作上，公而忘私的精神令人钦佩。他考虑问题非常实际，不像维宝、福子那样只是一股热情，而是把理想、原则和实际情况、周密的计划结合起来，显得有头脑，有办法。区上开会讨论集体种谷时，他能从本村情况出发，不肯急于表态，仓促应战。当教员提出重新编组的过高要求时，他清醒地看到这个要求的脱离实际，而坚持在原有互助组的基础上进行整顿，处处显示了农民的务实精神。另一方面他又更多地显示了新型农民的许多特点，具有一定的政治眼光，能团结大多数人，生活中充溢着理想。对反动地主王国雄，他始终保持警惕，与其进行针锋相对的斗争；对富裕中农王克俭，一方面争取、团结、教育，一方面进行批评和适当的斗争；对维宝、福子等青年积极分子，一面紧紧依靠，一面也不对他们的简单、粗暴随意迁就。对不同人的不同态度，显示了他的清醒和原则。当教员为填写区上要的报表发急无措时，他不慌不忙，召集知情人，很快便汇集了全部情况；实际、精确，显示了他对农业的了解和在这方面的工作能力。

是什么鼓舞着王加扶这一伙人，抛开传统的观念，如此热情、积极地投入共产党所领导的事业中去呢？除了对党的朴素的信赖，党使他们从政治、经济上得到翻身，还有一个重要的因素，这就是在党的教育下他们具有一定的革命理想。他仍向往着、追求着一种大家共同富裕的生活。福子和维宝经常抬杠，经常发生矛盾和争论。但是，"他们中间时常争吵，却没有失过和气。赵德铭初来时奇怪他们既非一个家里的人，又不是亲戚，在族内也远得很了，为甚么会这样肚量大呢？随后，他才渐渐明白，一种比任何人类关系更崇高和更亲密的同志关系紧紧地联系着他们"。一种阶级的感情和觉悟，把他们从狭隘、自私的状态中提高出来，使他们有了远大的理想和追求。当王家沟按劳力90.6%组织起来的时候，王加扶在大家欣喜之中陷入沉思。他想象到集体种谷时的壮观，"人们将以一种完全新的劳动姿态来点缀那些黄秃秃的山头，山头上坟墓里长眠的他们的祖先，倘若真有英灵，他们不会怀疑这是否就是他们曾用汗水混和（合）着眼泪灌溉过的土地吗？"想到这里，王加扶压抑不住他的兴奋了。他天真地憧憬着："一村就是一家，吃在一块，穿在一块，做在一块。种地的种地，念书的念书，木工是木工，石匠是石匠，管粮的把仓，管草的捉秤。"办俱乐部、办托儿所等等。这些朴素的理想，在当时还是比较遥远的事，他们却从自己的实际处境中必然产生了这种向往，使得他们的所作所为有了一定的思想基础。尽管这样的理想抒发，还多少显得有些空泛，却不是作家主观硬加上的光明彩笔，而是符合王加扶这些农村新人实际的，是他们必然会有的思想情感，作家敏锐地发现了，捕捉到了。

柳青在《种谷记》中描绘的农村和农民，对于当时的文学界和读者来说，是"新的人物，新的世界"。

二

文学作品的价值，是和它的艺术魅力紧密结合在一起的。《种谷记》吸引人们的很重要的一点，是它对生活的真实、细致、精确的艺术反映。

真实、细致地反映生活，几乎是一切现实主义作品的必具条件。也主要因为这一点，现实主义的不同优秀作品，给读者打开了一个又一个生活领域和新的感情天地，始终吸引着、满足着人们认识生活，扩大与外界的接触交流，并在其中得到主体肯定的乐趣。在阅读上给读者带来新的审美情趣的满足，和它反映描写上的真，是完全一致的，是密不可分的。柳青认识到文学作品不是依靠概念和逻辑推理来影响读者的，而是依靠具体的生活画面作用于读者的，文学描写反映的真实是文学作品成功的基础。因此他在自己的创作中，特别重视描写反映上的真实。在他早期的创作中，他对真的理解，还比较简单，生活真实和艺术真实的界限还不像他后来划分得那么严格。但他追求真实的严格态度，给他的作品带来了充沛的生活魅力。《种谷记》给人们提供了一幅抗日战争时期陕北边区农村的真实生动的图画，使人们对那个时期的边区政府政策，农民群众的思想状况，变工互助的形式和过程，都有了许多具体的了解。这些都是通过一幅幅生动具体的真实生活画面传达的。这些画面不是没有选择的客观反映，而是作家对生活现象的提炼加工，是他的发现和发掘。作者凭借着他对农民的热爱，对生活的熟悉，选择那些有代表性的生活事件，进行真实、细致、完整的描绘。他的艺术描写具有充分的生活具体性，逼真，入情入理，酷似生活。他笔下的一切：自然景物、风土人情、人物的音容笑貌、特定人物的细微的心理活动，都按生活原有的样子呈现在读者眼前，好像生活中真正发生过的一样。

这主要体现在细节真实上。柳青的艺术风格的严谨、细致的特色，是直接得力于他的作品的细节的真实和艺术描写的充分、具体的。《种谷记》因此被有的同志称赞是一幅很好的工笔画，有的同志说它简直像巴尔扎克的小说。这些赞誉并非虚泛的谀美之词，确实说明它在这方面有突出的特点。

《种谷记》对当时环境、人物和各种生活现象的真实描写，它提供的各种真实画面，造成了真实的艺术氛围，使读者和作品中的人物发生思想感情上的共鸣。在这种情感感染的原因之外，真实的描写还满足着人们认识生活、求知的渴望。《种谷记》给人们提供了大量的社会信息。文学本身就是一种情感信息，作家柳青又是一个富有政治热情、熟悉农民的作者，这就使得他的现实主义描写具有很强的信息性。它让人们看到，当时我党在人民群众中有很高的威信，党所提出来的变工互助的号召是符合当时大多数农民的实际需要和愿望的，在步骤和方法上也是稳妥的。因此党的威信在群众中越来越高，甚至群众得出结论，只要上级有指示，肯定是有益于人民的，没有行不通的。这样的政治清明，这样的与人民鱼水和谐，是中国历史上从来没有过的，也是当时中国大地上仅有的几处。对于具有政治敏感和历史眼光的读者来说，这就是一种很强的政治信息，它无异于宣告，暂时统治着中国少部分土地的中国共产党人，是体察民情、深得人心的力量，未来的中国将会由他们主宰。自然，作家当时并没有着重揭示这一点。

柳青重点显示的是农民在新的生活面前发生的思想感情的变化。《种谷记》让人们看到，群众在政治上翻身之后，多么强烈地要求经济上的变革，要求废除地主土地所有制，要求一定程度地组织起来，要求掌握文化，要求有新的情感生活，等等。小说描写的时代，边区政府只实行了减租减息，广大农民还没有取得经济上的完全的翻身解放，他们在生产资料的占有上还不完全。有的农民没有耕地、运输的牲口，有的农民缺少足够的土地，有的农民没有齐备的农具，这都极大地妨碍了他们生产积极性的发挥。不少贫下中农都盼望着剥夺不劳动者占有的劳动工具和生产资料，这被反动富农王国雄讽刺为"等也等不得共产"。王加扶深有感触，"想起他跟他白发苍苍的聋老人旧前所受的难，以及减租以后他家里还是不能很快地得到足够元气，四福堂灰色院前前后后空着几十孔石窑，而他们一家人还是老鼠一样挤在拳头大的两个小土洞里——他和婆姨娃娃住的窑里，罗列着囤囤罐罐，锄搂镢耙，而聋老爸和拴儿二拴住的窑里，脚地上堆满了喂驴的碎干草。想到这里，他好像受了甚么委屈一样，鼻根一酸，眼珠子湿溽溽的起来，说句良心话，他等不得那个社会到来"。这无疑是王加扶这样的农民的真实的思想动态。打碎地主剥削制是农民极迫切的渴求，发展生产过富裕的生活，也是他们极迫切的渴求。他们对互助变工的积极热情，是他们对政府号召的响应，更重要的是他们改变生产面貌的历史必然要求，王加扶很自然地由此联想到未来的生产方式和生活方式。这多少揭示出，在民主革命时期，农民就萌生了初步的社会主义觉悟，在群众的创造和我党的指导下，出现了多种形式的不同程度的集体化的劳动组织，变工互助就是最初级形态之一，是中华人民共和国成立后建立合作社的先兆。

组织起来，创造新的生活方式，对才从压迫下解放出来的农民特别是贫下中农，是一项十分艰巨的任务。他们不能不感到许多方面的不能适应，多么需要改造、提高他们自身。文化程度的不适应，能写能算能说的人不多，还得处处依赖富裕中农王克俭和小学教员；领导组织能力也不足，缺少必要的经验和锻炼；家庭生活上的各种困难，造成工作与家庭的矛盾和夫妻情感的不和谐。柳青把王加扶的家庭描写得十分困难，一方面确实是大多数农村积极分子真实情况的写照，另一方面也是为了在此背景上更加突出主人公的公而忘私的精神，不怕困难坚决跟党走的决心。从艺术表现上看，把人物置放在复杂的社会关系中，更有利于从多方面揭示人物性格，显示他们的灵魂。王加扶的许多思想活动，都是从他的家庭矛盾中显示出的。妻子由于繁重的家务劳动和经济条件的拮据，很少参加村上的活动，显得不开通，思想落后，不相信科学，工作上拖丈夫的后腿。王加扶每当和村里的积极分子在一起时，心情愉快，劲头十足，每当回到家里时，便不能不心情灰暗。这些情况使王加扶羡慕起王存起的家庭。王存起是个居民小组的参议员，工作积极热情，被选为王家沟的模范工作者；他娘对新社会有感情，支持儿子工作；妻子思想先进，和丈夫互帮互学。王加扶感慨道："模范！……娘也模范，婆姨也模范，全照他们的样，王加沟甚么工作不好办哩？"

王存起这个家庭在《种谷记》中的出现，给人们带来清新明丽的感觉。虽然描写还有些简单表面，但传达了一个值得注意，甚至在今天也不减弱价值的新的社会信息。传统的农民家庭都是在封建宗法制维护下建立的，大多数男女的结合只是为了生存和传宗接代，有爱情的婚姻极少。在艰苦的生活重担下，争取温饱成了他们生活的主要内容甚至唯一内容，很少有爱情的位置。当他们取得政治、经济上的解放之后，爱情的要求也就成了他们的合理需要之一。王加扶虽未有背弃结发妻的任何企图，但他要求婚姻中有爱情的愿望却是明确的。他希望妻子和他有共同的思想、共同的语言，给他以支持，以温暖，如同王存起夫妇一样。王存起夫妇大约也不会是自由恋爱的，但他们夫妇政治信仰一样，热爱新社会，互敬互爱，互相支持，一个做妇女主任工作，一个做参议员工作，并肩前进。他俩有共同的思想感情，有共同的语言，这个基础上的爱情显得纯真光华。妇女主任常有的对丈夫的爱情表示，是那样的温情脉脉，令人羡慕。王存起夫妇还是少数，却代表了大多数人的愿望和理想，有些农民还没有意识到，王加扶却意识到了，并向往着。农民被唤醒了的意识，要求着丰富的感情生活。

《种谷记》的严格的现实主义描绘，给人们研究当时的社会状况、各阶层人们的思想动态，提供了许多新的信息。它在今天，也给我们保留了认识那个时期社会情况的许多真实资料，使我们研究边区的政治、经济、文化、风俗习惯，都可以从这里得到许多极有用的参考。更重要的是这些真实、细致、精确的描绘，造成一种生活气氛，把读者带入一种情感领域，体验小说中人物的思想感情，得出自己对生活的判断和评价。没有了这些真实、细致、精确的描绘，在这样的艺术表现范围之内，它就不会形成作品的真实、强烈的生活感染力，更谈不上高度的认识价值。

三

《种谷记》在艺术上的成就，主要还是真实、深刻地展现了农民群众在互助变工中的思想感情的变化。

从传达信息的角度看,柳青紧紧地把握了人的思想感情的信息,各种社会实际状况和问题都在人们的思想感情上得到了折射。《种谷记》令人信服地表现了广大农民群众跟党走的决心,他们要求改变传统生产方式的愿望,同时更着力地表现了这个过程的艰难、曲折和复杂。农业改造,农民走集体化的道路,将是一个漫长的曲折的包含着许多痛苦的过程。矛盾斗争的焦点,将不是贫下中农和地主的矛盾,而主要是贫下中农和富裕中农的矛盾。

组织变工队集体种谷,还不是大的变革,但仅此就已深刻地触动了处于不同地位和经济状况的农民。不少人抱着怀疑观望的态度,地主和反动富农也时刻进行破坏,使矛盾处于一种复杂状态。反动地主、富农的破坏活动,只能在暗中进行。他们的危害也容易被群众所识破,所抵制。《种谷记》非常生动地描绘了王国雄在人们眼中的地位,他的阻碍是有限的,他只能在暗中散布谣言,利用王克俭等人起作用。实际上影响大的是像王克俭这样的富裕农民。他们人数较多,生产工具较全,劳动力较强,在群众中也有一定的影响。他们总是抱着患得患失的情绪对待所有的新事物。《种谷记》也正是紧扣以王加扶为代表的广大贫雇农和以王克俭为代表的富裕中农的矛盾斗争这个主线,展开情节,剖析人们的思想变化的。农民组织起来,向集体化的道路迈进,最重要最困难的就是改变王克俭这些人的思想。王克俭是迫于形势,不得不参加变工队,可是当他觉得无利可图并且有利于他人时,便干脆退出了互助组。这次集体种谷,也是被逼上梁山不得不口头答应,可是暗中一直准备单干,王国雄利用伊克昭盟事变散布的政治谣言,把他从动摇状态完全拉到另一方,他坚定地单干起来。王克俭的反反复复,鲜明地显示出几千年来小农经济对个体农民的深远影响,他们背上的沉重的思想负担。

由于作者把王克俭放在复杂尖锐的矛盾中去塑造,就使得这个人物成为小说中个性最鲜明、性格最丰富的形象。王克俭有农民朴实、勤劳、节俭的一面,也有他自私、精于打算、爱占小便宜的一面。在政治上,他的最突出的特点便是观望、动摇。从根本利益上看，他是拥护人民政权的，边区政府废除了国民党的各种苛捐杂税和剥削压迫，使他能安心生产，发家致富。但他对边区政府扶植广大贫雇农不满，对党采取的教育改造小生产者的方针政策有抵触。因此，他常说："毛主席蒋委员长，我谁也不反对。新社会没吃亏，旧社会也不沾光，不管怎么，我就是好好种我的地。"他的性格核心是自私自利。《种谷记》从多方面揭示了他的这一性格特征。他虽然名为王家沟的行政主任，却从来不认真工作，嫌工作妨碍他的生产；参加变工，总怕别人沾了他的光；听信政治谣言，把身上的全部边区票买了干炉，以为沾了大光，为自己损人利己的行为窃窃自喜。他的节俭、吝啬，实际上也是自私的一种表现，因而不成为美德，而是一种败坏人与人之间的关系，败坏生活情趣的恶德。作者是怀着明确的褒贬情感描写这一切的，所以王克俭的克扣，闪现的不是动人的情操光彩，而是贪心的暴露。他掌握着家庭的全部经济大权，"没有一颗粮食或者一张小票不经过他的手出入"。他家的火柴，都是一根一根地发给媳妇用，儿子赶庙会要几个零钱，都得换了衣裳要走时才向他伸手讨。

王克俭的形象较之王加扶等形象都要鲜明，最根本的原因，在于作者是把他放在矛盾冲突中去展开，去塑造的。王克俭在与各种人的矛盾中，得到了较充分的暴露。他与王加扶等的矛盾，他与王国雄的矛盾，他与自己老婆、儿子的矛盾，都从不同方面使他的性格核心得到一层又一层的暴露，使他的性格的不同侧面得到充分的揭示。相形之下，王加扶等人虽也被置于矛盾之中，却没有足够的行动，冲突的尖锐程度也较弱，因之许多方面的揭示还仅仅是人物单方面的思想活动。

当然，王克俭这类人物，生活中提供的素材也较丰富，过去作家提供可资借鉴的经验也不少，这使柳青在刻画这类形象时比较顺手。柳青在塑造王克俭的形象时，重视了真和深的关系。人物形象的是否真实，除了真和假的区别外，真实的程度也是不一样的，只有进入人物灵魂深处，才能使真实的程度加强，否则就是一般的真实，或者不充分的真实。《种谷记》中王加扶、赵德铭、王存起、郭香兰、王国雄、福子、维宝等形象，都是真实的，但是由于他们大多是某一种性格方面、某种思想情绪的平面描绘，因之影响了对他们灵魂深层的揭示，他们性格中所含的社会内容也是有限的，真实的程度自然也受到了影响。相对来说，王克俭的灵魂得到了较深入的剖析，他的一些隐秘的瞬间的思想活动，都被作者捕捉到了，挖掘出来了，暴露出来了。透过人物的言行，透过人物性格表层的东西，揭示出人物性格深层结构中的丰富复杂的辩证内容，这就是王克俭形象成功的最根本的原因。王克俭的思想感情的变化，不过是几天之内的一段历程，很难说得上什么发展变化和最后完成，但还是显示了变化。这个变化不是由此岸到彼岸的变化，不是一定量的积聚引起的质的变化，仅仅是对客观世界事态的一个真实反映，一个完整的态度。这也使我们看到，我国的农业改造，将会是一个漫长曲折的过程。不少人的思想，将会有一个痛苦的转变历程。

《种谷记》的创作给柳青的创作道路奠定了一个扎实的基础，给他的艺术风格的形成奠定了基本的方向。甚至可以说，没有《种谷记》也很难有后来的《创业史》。《创业史》是在发扬《种谷记》的优长、克服它的缺陷上创作的。

《种谷记》重视生活根据，重视细节真实，着重刻画人物的思想感情，挖掘人物灵魂秘密，展现农民的本质精神面貌，塑造新的人物形象，传达丰富的社会信息，都给《创业史》开辟了道路，提供了初步的经验。而这一切，在《创业史》中都不是简单的重复，而是得到了新的提高，新的思想、艺术高度上的提纯和丰富。这个提高、丰富的核心就是艺术典型化的加强。正如许多同志指出的，柳青在《种谷记》的创作中，太醉心于一些生活现象和生活细节的实录，加工提炼不够，形成了作品典型化不足的弱点，情节拖沓，细节冗杂，人物众多，语言生活状态的粗糙，等等。我觉得还有一点不足，这就是作者强调刻画人物的思想感情，而忽略组织必要的故事情节，不重视我国传统小说在这方面积累的丰富经验，不能不说是《种谷记》艺术进展沉闷的一个原因。

富有特定生活情趣的《种谷记》的缺陷和不足，也不是一种单方面的消极因素，它几乎是某些优点的派生物，应当谨慎地分析、对待它。简单地否定它，抛弃它，就会在克服缺陷和不足中失掉一些更重要的东西。作者自认为他在《铜墙铁壁》中有意识地克服了《种谷记》典型化不足的弱点，我却觉得《铜墙铁壁》同时也失掉了《种谷记》的生活气息和艺术情趣。不是一切提纯了的东西都是好的，艺术的辩证法就在于适度。这个适度在《创业史》的创作中才得到了实现。把柳青的这三部长篇小说对照着读，将会使人们得到许多启发。

1984年1月10日

选自《作家创作心理猜测》，复旦大学出版社，2008年

贾平凹小说散论

一

假若有人问我，贾平凹小说的特色是什么？

我将会不迟疑地回答道：是强烈的表现欲望，是浓重的主观色彩，是渲染着诗的意境和情绪的散文化的风格。

把小说当诗来写，当散文来写，可以说是我国传统小说的一大特点。平凹无疑是从我国传统小说中吸取养料，受到开始接触文学时激起他热爱的一些当代作家，如孙犁等人的直接影响的。然而，这些终属外因，最有决定性的仍是他的生活和他在特定生活中形成的个人禀赋。

平凹是在纯朴的山民中长大的，少年和青年时期经历了生活的艰辛，但却不是大起大落的挫折，也不是大城市生活小康者的子弟突然沦落穷乡僻壤泥土中的困顿，他一直是在低生活水平线上挣扎的。虽遇打击，却未感到无法忍受，激起强烈反对。他和他周围的劳动者一样，默默地承受着生活的重压，同时却不失去生活的乐趣和向往。他好幻想的天性，在与现实的接触中得不到开展时，便转向自己的内心世界，自由翱翔。

早熟的少年，在与外界接触时，显得局促不安，短言少语，和应对从容者相较，甚至使他不能不感到些微的自卑。只有他孤身自处的时候，沉醉在内心世界，他才真正无挂无碍，无拘无束，与山石草木交流，与想象的男女对谈；这个时候，在这个领域，他是主宰，绝对自由，显得自信自强。这就使得少年和青少年之交的平凹，一方面在与社会外界的接触和了解上，显得天地狭窄，熟悉有限，而另一方面在内心世界的开拓上，显得早熟丰富，别有天地。

好孤独的平凹，他并不孤独，在幻想的天地里他有太多的朋友。而与文艺创作的接触，较之自然风光更广阔地打开了他好幻想的天性，更忠诚地成为他感情的寄托。在现实生活中，他感受到种种束缚和压力，他只能消极地适应，感觉不到自主和自由。在幻想的天地里，在文艺创作的想象中，他却感到了天性的合拍，可以大胆地尝试，勇敢地行动，尽情地陶醉。总之，一句话，感到了自由，焕发了自信和创造力。

任何一个人的自由，都不可能脱离开现实社会运行的必然轨道。平凹思想幻想的自由，实际上也运行在必然的轨道上。普通劳动者的家庭出身，对生活和共产党的朴素信念，新时期的思想解放运动和政治、经济生活的稳定，都如一定的磁力左右着他的思想和幻想。从他创作暴露出的思想倾向看，我们不能不认为，是新时期创造成就了作家贾平凹。

心灵内向的人，本来是倾向于诗歌的，平凹却大量从事于小说创作。这个选择，也可能是由于今日我国文坛的大势所趋。写实小说的发展，把客观摹写的要求强调到首要地位，平凹最初却不能说与此要求十分适应，他的长处在于主观抒情。诗人的气质和小说家的功力，并不一定能处处和谐。平凹也没有下笨功夫，去适应写实小说的一般要求，他尽量发挥自己的天性特长，把诗的感受和情绪纳入小说的形式之中，把点滴的思绪、片断的印象、动情的观察、童稚的幻想，都编织成散文诗的文字。这也就是他的短篇小说。

《山地笔记》是他的最初尝试，主观抒情的成分压倒客观的描绘。用写实小说的标准去衡量，《山地笔记》无疑显得非常一般，它还逃不出一个社会阅历浅显、思想还不成熟的青年对社会的看法和反映。作者的观察和思考带给人们的启示都是有限的。然而，人们仍很喜欢《山地笔记》，因为它的价值不在客观描写，而在主观抒情，它把一个青年初入世时对生活的感受和愿望真诚动情地抒写出来了。这是心灵的敞开，纯真的爱，朴素的向往，鲜明的是非，动情的追求，都寄托于一些明丽的画面。

这些明丽的生活画面的真实性是有限的，往往只是局部的生活现象和场景的真实，放在完整的生活背景上去考察，就显出了严重的缺陷。这些作品描绘的农村基本面貌是，欣欣向荣，一派田园风光。然而，作品描写的多是"四人帮"横行时期和垮台后不久。那时的农村，可以说是充满了尖锐的矛盾和痛苦不安的，阶级斗争扩大化和农业学大寨，不仅极大地破坏着农业生产力，而且严重地摧残着农民群众的思想感情和经济生活，甚至也摧毁着自然面貌、田园风光。直到"四人帮"被打倒，农村未实行经济责任制之前的几年内，这种凋敝状况也未得到改变。即使一些生产发达、生活相对富裕的农村，那里也隐伏着难以调和的矛盾，气氛也不会安宁静穆。田园风光的描绘，显然不能说是那个特定时代农村面貌的真实反映。作品写到的矛盾，大多是公与私、先进与落后，但是离开当时农村基本矛盾的正确分析，对这两种矛盾就不会有正确的描绘与评价，就会出现把不顾农民利益，甚至剥夺农民利益的行为和政策视为革命行动，把不按经济规律办事视为打破陈规陋习。这是过去许多描写农村题材作品难以免除的局限。平凹的初期作品，也有这些错误思想淡薄的投影，因之他的批判和赞美，都未能完全切合农民群众的真实愿望和要求。对"四人帮"罪行的描绘，不少时候只是作为一种社会背景出现，还停留在对一些表面现象或次要现象的反映上，缺乏切中要害的痛击和剔肤见骨的批判。和新时期一些真实深刻反映农村面貌，揭露"四人帮"罪恶的力作相比较，就会更清楚地看到平凹这一时期作品在客观反映上的不足。

平凹作品的动人之处，确实不在它的客观描绘，不在于它对社会现象和社会问题的揭露和认识，而在于它的真切动人的主观抒情，在于抒发的主观感情有一定的客观社会基础，因之，也从特定的角度反映了现实。平凹作品的主人公，大多是青年男女，特别是心灵和外貌都美好的女性占着突出地位。爱情和事业拨动着他们的心弦，有的是默默地爱着有事业心的青年伙伴，有的是与同伴在共同的事业追求中萌生了爱情，有的是由爱情的萌生激励了事业上的追求。《满月儿》《竹子和含羞草》《回音》《夏诚与巧姐》《第一堂课》《雪夜静悄悄》《泉》《果林里》《清油河上的婚事》等，都涉及了对事业与爱情的追求。事业和爱情在这里是一致的，互相促进的。事业由于爱情的照炽，多了一些明丽；爱情由于事业的充实，变得崇高纯洁。作者一再唱出的是，为人民谋利益的事业心是值得赞美的，富有青春活力和纯洁灵魂的青年女性是值得赞美的。平凹作品中所表现出的对事业和爱情的观念和追求，是我国青年中向上一代的积极精神面貌的反映。作者正好又是这类青年中的一个，所以他的作品既是主观感情的抒发，又是对同辈人的灵魂的写真。在这里，对事业的追求，多是一种崇高的向往，一种朴素的献身精神，并不含有洞悉社会规律、明确人生大义的哲理内容；爱情带有着明显的青年初恋者的色彩，向往之情多于实践中的丰富体验，纯洁真挚却未能深沉炽烈，不少时候只是一种朦胧的情绪，不明确的骚动。

正是这样一些若隐若现的情绪，明确又不具体的追求，搏动在不少青年身上，也搏动在年轻的作者身上，使得他或许意在歌颂山村新人新事之作，却自觉不自觉地成了重在传达追求事业和向往爱情的思想情绪的作品。由于它的真切，同时也由于其传达的诗情画意，便具有激起读者共鸣的力量。

客观描写上的薄弱，主观抒情上的浓重，是这个时期平凹小说的重要特点。

二

1979年之后，平凹的小说有了较大的变化。作家不满足于童年生活的回忆，也不满足于在事业和爱情向往之中徜徉，生活迫使他放眼于更广阔的社会领域。假若说，他初期的创作多是田园牧歌式的抒情，那么这个时期的创作便多了许多对社会不良现象的揭露和痛苦的思索。

他的感觉是敏锐的，反应是迅速的，一篇又一篇对纷至沓来的社会现象做出自己的情感反应之作，相继问世。搜拢起来看，作者的注意力主要集中在相互有关的两个方面：一个是群众精神的麻木和愚昧，一个是人生的无常和世态的炎凉。人们对此不得不奇怪，一个诗人气质的作家，甚至在阴云蔽日的年代就唱着明快的赞歌，现在在一扫阴霾的晴空丽日下，怎么倒唱起了忧郁之歌？

笼统的社会分析，很难说明问题，必须做具体的个人心理的分析。平凹是一个性格内向的作家，他前一个时期的作品，如前所述，主要局限在主观感情的挖掘上，而个人的心理状态又正处于事业和爱情初试锋芒的昂扬阶段，他的抒情和描写，更多地是需要内心的审视和表现，他可以忽略或者回避对更广阔的客观外界的观察和研究。在有限的艺术视野之内，他接触的社会现实问题是有限的，暴露出来的态度也是有限的。根据这种有限的暴露，去判断一个作家对生活的看法，以至人生观和世界观，都是难以准确和靠得住的。

当平凹扩大他的艺术视野，更多更广泛地接触了社会现实问题，也就有可能更多方面地暴露他的兴趣、爱好、看法时，他就不像最初那么单纯，而是比较复杂了。然而，他原来就一定单纯吗？只能说，他初期创作显示出的作者形象是比较单纯的，他的实际思想状况并未得到较充分的暴露。

得到较充分暴露的，是在他1979年之后的大量创作中。《山镇夜店》《上任》《夏家老太》《"厦屋婆"悼文》《年关夜景》《沙地》等作品，一改田园牧歌式的情调，专注于揭示社会生活的弊病。作者让人们通过一个个特定的生活画面看到，特权思想和特权行为，是社会生活中普遍存在的一个突出问题，它不仅侵害着普通群众的利益，而且毒害着人们的思想；长期的剥削阶级社会和错误路线的影响，在群众身上形成的自私自利、愚昧保守的传统观念和习惯，是多么可怕地噬食着一切美好善良的东西，个人的命运在这样的轨道上运行，就会显得变幻无常，前景暗淡。

在客观描写和反映上，这些作品无疑较之作者前一时期的作品有了前进，接触的社会生活面广泛了，也切近了。说广泛，似乎是明显的事实；说切近，也是相比较而言，它较《满月儿》《竹子和含羞草》这样一些作品，有了对更复杂更众多的社会生活现象的真实描绘，多少触及了人民群众的一些思想感情，在客观生活的描绘上提供了更多的认识价值，如特权思想和行为的危害，愚昧麻木精神面貌对人们的束缚和影响。

平凹这些对社会现实有了更广泛更切近反映的小说，却没有引起批评界的称赞，而是激起了更多的争议和批评。正如，没有或者回避了社会现实矛盾的作品，倒不一定引起人们的注意和批评，而触及了社会现实矛盾的作品，更容易引起人们的注意和苛求。人们都无法回避现实问题，反映现实问题的作品自然便成了关注的中心。问题还在于平凹的这些作品，对客观生活的描绘，所抒发的主观感情，都程度不等地存在着缺陷，所以引起争议便是很自然的事。

在对客观生活的描绘上，无论是人物形象还是生活场景，他都停留在个别现象的真实上，缺乏内在的必然联系的真实，缺乏完整的生活面和特定的时代精神的体现。平凹很善于选择细节，巧于安排情节，所以他的作品都能极概括极简练地表达主题思想。然而，同时也暴露出他在客观描绘上的片面性，只注意典型细节的真实，忽略了细节之间的必然联系和对典型环境的挖掘；重视了细节、情节、人物对艺术描写和主题体现的服从，而忽略了细节、情节、人物更要服从生活的必然逻辑。《"厦屋婆"悼文》的艺术描写，已经提供了从较广泛的社会生活面上揭示一个普通劳动妇女真实命运的可能。她有过自由恋爱的追求，勇于操持队务坚持实事求是的壮举，也曾被推上劳动模范的位置，不甘寂寞为年轻人谋求过婚姻幸福，她是在较广泛的社会关系中度过人生的。假若不是把她的命运看成某种神秘力量的安排，而从现实必然、偶然的多种力量的作用中去挖掘，她的一生就会成为我国农村一些特定面貌的真实深刻的反映。遗憾的是，作者没有努力于这些方面的挖掘，而急于用她的一生证明命运的待人的不公，群众的愚昧落后。客观描绘较多地依附于主观的要求、艺术构思的需要，而未能忠实于客观的真实、生活的必然逻辑。"厦屋婆"生活的许多精彩画面，因而成了断线珍珠，孤立起来看都珠圆玉润，联系起来看却缺乏内在的统一完整。

客观描绘上的不足还表现在，作者对许多社会现象的反映，多出于主观的感受，未能出于细致深入的观察和冷静深刻的理解。这样所描绘的人物和事件的真实性便有了很大的局限性。例如，对群众精神面貌的描绘，他笔下大多群众是麻木的、冷漠的、庸俗的、世俗的。《山镇夜店》中群众对地区书记神仰的态度，《夏家老太》中群众对公社书记亲家的谄媚逢迎，《上任》中群众视正常为不正常的眼光，《"厦屋婆"悼文》中群众的传统观念和习惯势力，《年关夜景》中群众的冷漠和势利，都不能说是全面深入的反映，它更多是作者在特定社会问题上的一些强烈的主观感受，某些刺激引起他较迅速的反应，不是对客观事物和环境的周密的观察和思考。作者在描写某个人命运的不幸时，忽略了群众中某个个人的不幸，必然地是与整个群众命运的不幸相联系的。把群众和个人对立起来，常常只是一些外在的现象，更深刻的真实是隐藏在一些社会规律之内的，平凹却没有挖掘到这些。

在主观抒情上，这些作品并未因为客观描绘成分的增强而有所减弱，仍然是强烈的。平凹的作品，一般较少露骨的倾向暴露，大多蕴藉含蓄，常用白描手法，似乎纯属客观描绘。实际上，这种淡淡的白描，倒是一种精心的表情达意，删去一切可有可无的忠实描绘，只突出融入作者主观中的客体特征。一切客观描写都浸染上了主观色彩，主观抒情借助着艺术形象、艺术意境，得到了隐蔽的却是有力的表达。这里有对现实不合理现象的不满，有对普通劳动者命运的深切同情，也有不被人理解、找不到人生意义正确回答的孤独感。作者在抒写这些感情的时候，看来都是真诚的，并非矫情做作。但是这些感情，作为对社会现实的一种情感反映，却不一定是准确的、有广泛社会基础的。有的是作者对社会现实的主观感受的反映，有的是作者受现实问题的诱发产生的某种观念的主观渲染，从生活中来的和从观念中来的东西杂糅在一起，构成了感情上的多种成分。

当平凹抒写他对事业和爱情的向往的时候，他的纯真、向上、欢快的情绪，使人感到真实自然。而当他揭露社会弊病，抒发他对生活和人生的看法时，他流露出的痛苦、忧郁、孤独的情绪，却使人感到与时代的一定的隔膜，但也是那么的真实自然。看来问题不全在于作者主观上是否真诚，更深刻的原因还在于抒发的这种感情有无深厚的社会基础，是不是对社会现实的真实的折射。平凹这个时期作品中流露出的情绪明显地表明，作者较少地注意他周围沸腾的生活，而把生活中一些不合理的现象、消极面看得过分严重；不是从新时期主导的社会情绪中汲取诗情，而是在狭小的个人感受或某种抽象的观念中低吟慨叹。当然，我们不能由此简单地断定，平凹对社会、对人生就完全抱有着如作品流露出的那种消极悲观的看法。这里有两种情况：一种是作者的冷眼旁观中，仍掩藏不住强烈的爱，并非无所否定、无所肯定；另一种是，大多出于文人笔墨逞兴的习惯，为了奇巧，为了新颖，为了轻灵，不惜牺牲生活真实，随着一种主观情绪任意挥洒。对前一种情况，我们要仔细分辨，要爱惜他的揭示与批判，对他的片面看法和不正确的结论也不必迁就。对后一种情况，我们要认真研究分析，看哪些是受某种思潮的影响，哪些是对古代文人骚客作品的简单模仿，哪些是某种观念的一时触发，且不可看得过分严重。平凹作品偶尔也流露一些佛家的出世思想，那不过是正在翻阅此类书籍时的逞兴之作，不算笔墨游戏的话，也算不得真情实感。如此等等，都多少说明，在生活中有着明确追求，在文学创作上勤奋刻苦的年轻作者贾平凹，当他扩大艺术视野，较广泛地描绘现实生活时，流露出的一些消极悲观的情绪，并不是一种较完整较稳定的看法和态度的反映，而是一些比较复杂的情况在文艺创作中的表现。

截至1983年《商州初录》问世前的创作，基本上处于这种思想艺术不稳定但又曲折前进的状态。这些作品在客观描绘上逐步加强，有了更多的认识价值，在主观抒情上却始终未能突破个人主观感受的局限，奏出了一些和时代精神不甚切合之音。艺术描写、艺术构思更趋细致精巧，但由于主观抒情的源泉未能深厚，它的真诚动人的力量却在淡弱。一些中肯的批评，是寄寓了厚爱的，平凹应当在自己造就的艺术壁垒中突破。

三

平凹很准确地选择了自己的突破口，不是皮相地去赶热门题材，也不是言不由衷地去唱欢乐的赞歌，而是走出书斋，走出离群索居的苦思冥想，到火热的现实生活中去，到自己熟悉热爱的故乡人民中去，感受实在的有生命力的时代脉搏，汲取新鲜的不会枯竭的诗情。

这位年轻的作家的可贵，就在于他能超越自己，他能不懈怠地学习、吸收，重新塑造自己。一个时期，社会上对他作品的争议和批评，对他也形成了一定的世俗压力，人们还不太习惯见仁见智的议论纷纷的文艺批评。他却不为其挫退，反倒激起了更强烈的企图尝试的欲望，要在人们指出的自己薄弱的方面，检验一下自己的意志力和潜在的能量。这正是他好幻想的诗人禀赋的一种表现。难得的是，他并未一味沉醉在这种自我确信的幻想意识中，他同时又充分地发挥了农民群众给他天性中增加的求实精神，切实地深入自己所熟悉热爱的故乡人民，搜集素材和汲取诗情，超越原有的艺术习惯和成就，在新的尝试和探索中，体验创造劳动的快乐。本质上看，是新的现实生活充实丰富了他，健全了他的情感，饱满了他的笔墨。但是，假若失去了人的主观能动性，无论多么热烈多彩的现实生活，也不会转变成改变作家面貌的积极因素。对平凹来说，如何造就和健全与新时代相适应的始终保持积极状态的个人心理因素，便是他创作取得新成就的关键，笔墨技巧倒处于次要的地位。

事实很快便证明了这点。《商州初录》是最早发出的信号，接着问世的《小月前本》《鸡窝洼的人家》《腊月·正月》，给人们展示出一个新的作家形象。仍然是人们熟悉的贾平凹，却同时具有许多新的特点，对客观现实有了更细致、准确的观察和把握，对时代脉搏有了敏锐迅速的反应，坚定自信的主观情绪中激荡着现实生活的活力。这四部作品，都是以作者的故乡为背景的中篇小说，有的是对现实的鸟瞰式的观察，有的是对现实的切近的俯察审视，重点地剖析了未婚青年、已婚青年和中老年等各年龄段人物的心理，把处于历史变革中的农村面貌较迅速朴实地反映出来。这些作品反映的虽是我国一个特定地区的真实面貌，实际上却是我国民族精神和性格的某种缩影。古老却充满活力，一方面有历史的积垢和惰力，另一方面却活跃着无法抑制的新的因素。新时期的农村经济改革的政策，极大地加速了农村变化的历史进程，使人们的思想情绪、道德观念、价值观念发生着巨大的变化。这是一个正处于历史转折时期的民族，他们面临的一个重要任务，就是如何把传统的文化道德和新的价值观念结合起来，如何把民族蕴藏的深厚的精神力量和现代先进生产技术结合起来，使历史的动力在新的时代更加活跃起来。商州人的追求和向往，面临的新的现实和适应；小月在才才与门门之间的犹豫动摇和最后的决断；禾禾和麦绒、回回和烟峰两个家庭的破裂和重新组合；韩玄子和王才在农村的威信和影响的互为颠倒：都多侧面地生动地显示了农村变革的现实。这只能是个人心理因素和时代精神相谐调者才会有的艺术反映。

《商州初录》等四部作品，尤其是《腊月·正月》，显示出平凹的作品越来越重视客观描写、反映的真实，不只是某些现象、细节的真实，而且有了尽可能完整的、有机联系的真实。时代背景的特点，社会情绪的特点，都比较具体鲜明，不像作者前个时期的不少小说似乎是超时代的，缺乏对人物赖以产生并展开特定活动的具体社会关系的描绘。《商州初录》是由一组似断实连的短篇组成的，其中描情绘景，说古谈今，逸闻趣事，传说与现实相杂糅，但是贯穿前后通篇的却是今天的时代精神，正处在变革中的农村和城镇的现实风貌。黑龙口人们价值观念的变化，山里青年的爱情追求，龙驹寨的世风演变，白浪街三省人各自的尊严感和团结友爱，都有着鲜明的地方和时代特点。当然《商州初录》仍是抒情成分重的作品，它的客观描绘大多简略；诗的意境的追求为主，真实细致的客观描绘是其次。《小月前本》《鸡窝洼的人家》《腊月·正月》则是客观反映为主，融入有机的主观抒情。现实主义小说的客观描绘的真实，加强了它反映现实的能力，增强了当代文学的当代性。我们可以从平凹的这几部小说中，获得许多农村变革的信息。小月爱情上的最后决断，从旧的道德观念看是轻浮的不仁义的，但从实际出发看，却是必然的，是生活发展的趋势。农村经济上的强者，能够生财有道的青年，也会获得青年女性的爱慕。禾禾的不安心农业生产，企图冲出几亩薄田的束缚，说明多种经营、扩大商品生产已成一种不可阻挡的潮流，它已经波及偏僻的山区，符合农村青年的心愿，也以它的实际效益冲垮了各种保守习惯的阻力。禾禾的成功，引起了乡人的羡慕，他们都谨慎地却不愿错过时机地仿效起来。

平凹小说客观描写上的加强、提高，主要表现在对人物形象的刻画上。过去平凹常自觉不自觉地把作品中的人物变成主观情感的载体，或者是某种观念的印证，所以人物的客观丰富性和真实性都比较薄弱，即使某些人物有一定的真实性，也常常是性格的某一方面的平面揭示。《小月前本》和其后的中篇，把人物形象的塑造放在了中心地位，并能从多种现实关系中展开对他们性格的刻画，人物呈现了一定的丰富性和立体性。作者爱从爱情上揭示人物，但是《小月前本》所写的爱情纠葛，《鸡窝洼的人家》中的爱情婚姻曲折，已不是一种纯情的抒发，而是世俗生活中的一条线索，尽可能地把影响它的多种现实因素暴露出来。小月的性格是在与门门、才才、她父亲的多种关系中展现的。她在情感上接近门门，在理智上敬重才才，对父亲她却不能不有更加复杂的感情。门门与才才争取小月的爱情，已不是单纯的情感较量，而是两种经济力量、两种价值观念、两种生活态度的竞争。乡人在传统观念上，虽然更多地倾向于才才，但在实际利益的考虑上，却不能不信服门门。正是这种实际的生活力量，使得门门在这场竞争中处于优势，也帮助小月打破了自己头脑中传统观念的束缚。

182

门门确实算不上今天农村新人的准确画像，他并无自觉的改革意识，也并不是群众发家致富的带头人，甚至还有些吊儿郎当、流里流气。恐怕也正是这种不完美的描绘，使我们看到，作者没有理想化自己的这个人物，更多的是一种现实的写真。门门只是农村变革中实际存在的人物，并非新的英雄人物而是新时期的人物，是和这个时期的实际生活运动相联系并经受它的锻造的人物。从传统观念看来是门门缺点的地方，却可能是他适应新的观念和潮流的基础。他眼明心活，见多识广，重感情轻道德，自然会成为旧的观念和秩序的一种叛逆，对新的潮流容易响应，在未经锤炼锻造、还停留在半自觉状态之时，便会是一个有不少缺点的人。小月爱上了这样的人物，或者说作者让小月爱上了这样的人物，多少会使一些人觉得遗憾，未免不够理想。但是这种不完美的结局，倒更符合实际，它也说明作者没有陷入"过分钟爱自己的主人公"的偏颇中。

更具农村新人品质的是作者在《鸡窝洼的人家》中塑造的禾禾，《腊月·正月》中塑造的王才。禾禾那比较自觉的意识，百折不挠的毅力，在实际锻炼中的逐步提高，在精神道德力量上的开阔和高尚，都是对农村新人的很好揭示。禾禾也不是个完人，他的头脑不够灵活，信息不够灵通，成功的道路非常曲折。同样这种曲折，也更富真实性，更具有普遍性。我国农民长期受小农经济的束缚，文化教育的欠缺，都使他们并不能很顺利地适应今天农村的经济腾飞。但是，只要他们有毅力，有政府的精神、物质上的支持，肯实干，一定会取得令人羡慕的成果。王才是在魄力和能力上都高于门门和禾禾的人物，他不仅信息灵通，头脑清晰，而且多谋善断，巧于安排，长于聚财，是农村成长的企业家的最初形象。他本是一个无权无势力量单薄的最不显眼的农民，但是他能认清形势，紧紧依靠党的新时期的政策，抓住时机，发挥自己的专长，兴办食品加工厂，使他的威力大震，名噪全县。他不动声色中，却显露了气概不凡，肯出大价钱买房子，不惜花费请狮子队给加工厂增光添彩，把有意刁难的对手韩玄子压下去。但他在待人处事上，却能宽厚忍让，更重实际，不争意气。他很清楚

183

自己在本乡本区的影响远远不是韩玄子的对手，从不主动树敌，而且尽力笼络更多的人支持自己的事业，对韩玄子的威逼刁难是一再忍让，委曲求全。即使后来他的事业得到了公认，受到了县委书记的支持和赞扬，他也没有得理不让人，而是更加稳重谨慎。这实际是他精明的另一种反映，他的求实精神的表现。王才是一个容易得到群众和习俗接受的新生活的创造者。可惜，这个人物在作品中未得到更深入的揭示，鲜明却不够丰厚。

韩玄子是平凹着力刻画的一个人物，也具有一定的典型性。他不仅不是新的人物，而且是新人物的对立面，是农村旧秩序旧习惯的维护者。不过这个人物退休中学教师的身份，倒不一定与其思想情感完全吻合，他对新的事物和观念的不能容忍，更像旧社会的遗老遗少。当然，韩玄子的思想是有生活基础的，是有代表性的。我疑心他是作者的一个综合创造，把现实生活中各种阶层人的保守思想情绪结晶在这个人物身上，如重农轻商的思想、死爱面子的思想、习惯于老观念看人处世的思想，都熔铸结合于韩玄子一身，稍有不慎，便会有未能自然天成的弊病。一般中学教师的文化修养，他们对外界的接触，党的教育和实际的经历，都不可能像韩玄子那样狭隘和执拗。这个人物的典型性在于，比较集中地反映了对旧秩序旧观念怀有不舍情绪的人们的真实精神面貌。他对王才胜利的不服气，他的等着瞧的秋后算账的思想，不是活跃在现实不少人的头脑中吗？

《腊月·正月》在艺术风格上，有不少平凹作品过去比较淡薄的东西。它的更接近生活实际的朴素状态，把作者的倾向完全融入客观描写，通过情节和场面自然流露出来，不涉及男女私情，正面展开社会生活中的一些主要矛盾的描写等，都说明平凹具备多种笔墨，多种艺术表现的潜力。

他失去了自己重主观抒情的特色了吗？从某种意义上看，是失去了，失去了那种不注意客观描写的真实性的单纯主观抒情。又可以说没有失去。他把自己迫不及待要抒发的主观情绪，有机地融合在对客观对象的真实细致的描绘中。重视客观描写、反映的真实，迫使作家必须深入生活，认真地观察、研究、分析生活和自己的描写对象，这同时也就必然地使作家的主观感情得到现实生活的陶冶，和现实斗争有了更多的和谐。这几部中篇证明了，平凹是从生活中汲取诗情的，他与改革中的农民有了更紧密的联系和情感上的相通，他的主观抒情有了更广博的社会基础。客观描写上的渐入自由，主观抒情上的个人与社会的和谐，这两者的统一，使得作家的创作心理能够达到一定的自由状态，独创性的作品便会诞生。平凹在过去的创作中，肯定有过这样的相对自由的精神状态。今后他应当努力争取更少局限的这种自由。努力的重点，无疑是不能忽略个人心理素质的铸造。创作，某种程度上讲，就是个人心灵的袒露，重主观抒情的作家更难逃此法则。

原载《当代作家评论》1985年第1期

贾平凹论

最初的闪光

当贾平凹以他的短小清新的小说引起人们注意的时候，给读者留下的最初印象是，他是用孩子般的眼睛看世界的。这双眼睛清澈明亮，真挚热情，对它所注视到的一切都一往情深、信赖依恋。

贾平凹开始文学创作，正是他结束大学生活真正步入社会人生之时。他虽然和他同时代大多数青年一样，经历了本来不应经历的人生道路的曲折和艰辛，然而他仍算他们之中不太多的幸运者之一，躲过了可能有的更悲惨的遭遇和厄运，取得了上大学读书的机会，接受了必要的文学教育和文学熏陶。当然，他最大的幸运还是我们党和国家命运的转机，时代和社会向他提供了可以自由从事文学创作的现实条件。

所以，一点也不奇怪，在伤痕文学和反思文学几乎席卷我国文坛的时候，贾平凹却没有顺应这个潮流，而在唱着清新轻快的赞歌。不是说他没有苦恼，没受过挫折，家庭和个人遭遇的种种不幸的记忆，常常袭上心头，反映在作品中，在现实生活中他也不时碰壁。但是，这时，他的主导心态是乐观的，对新时期生活的热爱，事业追求的初步成功，对未来的向往，在他的心头共同奏起了基调明朗欢快的交响曲。因此，他初期的作品，与其说是重在客观地描写山区的人民生活，不如说是重在抒发一个青年知识分子的主观思想情绪。细致一点说，作家是通过对故乡山区人民生

186

活的某些场景和人物的真实描绘，抒发自己对故土、对熟悉亲切的乡亲邻里、少年朋友的思恋，对生活、事业和理想的热切向往。

贾平凹初期的创作，往往几笔就能勾勒出人物的生动形象，描绘出一幅特定的生活图景，充满着生活气息和山乡情趣。但是，我们又同时感到，作者的所有客观描写，既是真实的，却又是轮廓勾勒的；既是鲜明的，却又是单色的。作者不是在严肃地审视生活和剖析人物，而是怀着一种愉快的心境在观照生活，顺着自己的直觉选择，在自己喜爱的人物和场景上留恋回味，驰骋想象。主观感情的抒发，笼罩了所有的客观描写。所以，尽管作者写了山区人民的建设，农田的科学实验，"四人帮"对人民的迫害和人民与他们的斗争，刻画了形形色色的人物，然而对生活的反映显得粗疏、简略，浮光掠影。

这个时期作家最爱写的，是青年男女对事业的追求和对爱情的渴望，写得较有声色的人物形象，大多是年轻漂亮的女性。主人公都是为了建设山区而醉心于自己所从事的工作，或为科学种田而入迷，或为献身于山区教育而兴奋。作品反映的重点，不在揭示事业的伟大意义或献身事业的艰辛曲折的历程，而在表现主人公从事有意义事业的激动、喜悦和由此焕发出来的献身精神及崇高感情。事业和爱情又常常纠缠在一起。在共同的事业中萌生了爱情，受爱情鼓舞增强了事业的动力。获奖作品《满月儿》就是这种主客体搏击的产物。作品实写的人物和场景，自然有一定的生活依据和切实感受，加之结构上的灵巧和艺术表现上的自如，使得月儿、满儿的形象呼之欲出。然而她们终究让我们感到鲜明中有些朦胧，真实中有点虚幻。隔过一段时间之后，我们在记忆中会分辨不清那个"咯咯咯"笑声不绝的女子是满儿呢还是月儿。满儿、月儿作为社会现实生活中的实体存在，并未得到充分的展示和反映。作品实际上是在表达这样一种情绪：追求崇高事业的精神是值得赞美的，富有青春活力和事业心的女性是值得赞美的。作家把现实理想化，把主观感情客观外化成一种社会感情，通过满儿、月儿的形象诗情画意地表达出来；而且，有趣的是，作家在短短的篇幅之内，还完成了月儿性格的变化完满。可以说，这是作家对现实美常常有某种不足的一种理想化，一种主观上的完满。月儿的活泼聪慧是可爱的，但失之于轻躁；满儿的文静深沉是可爱的，但又缺乏月儿的灵动聪慧。作家让两种多少有些片面的美，相映衬，相比较，相搏击，最后月儿向满儿的靠拢，实现了作家理想的完整的美：不仅外貌娟秀，而且内秀聪慧，既活泼又文静，既聪慧又深沉，既灵动又含蓄。这种把似乎是矛盾对立的因素统一起来的愿望，在作家后来的作品中仍有强烈的表露。

不能认为表现成分强的作品，在真实性和艺术价值上低于再现成分强的作品，一切取决于这些作品的艺术独创和对社会生活的真实而深刻的反映。贾平凹抒发着对事业和爱情追求的情绪的作品，绝不是自作多情或孤芳自赏，它真切地传达了社会主义中国一代向上青年的追求和向往，尽管多少还有些简单和稚嫩。由于作者是用初入世者新鲜喜悦的眼光看世界的，所以事业和爱情在他那里，是高悬天际的发光体，激起的向往追求之情，多于实践的感触和陶醉的体会。作家抒发的对事业的感受，也是崇敬多于对其实际价值的深沉认识，成功的温暖多于实践的艰辛曲折；对爱情的感受，更多初恋的色彩，纯洁痴情，直率又羞涩，喜悦满足中又有些骚动不宁，似有若无中的淡淡愁怨。这里虽然缺乏人生丰富阅历凝聚的哲理，缺乏复杂曲折感情中的深厚内蕴，但它的真挚纯洁，美好向上的情怀，犹如一颗童心向人，不能不使处在不同人生阶段的人们，珍视这种感情，回味这种感情。

贾平凹这时期的作品，也有不少篇涉及生活中的阴暗面，描写邪恶势力对普通劳动者的迫害和普通劳动者的痛苦与反抗。重大的政治斗争，在这些作品中只是粗线条勾勒的背景，残暴和伤痛都被匆匆略去，作家留情注目的是人们在痛苦不幸面前的勇敢坚毅和相互体恤扶植的高贵感情。《纺车声声》是这类作品中的佼佼者，也是作者初期创作的最杰出的代表。如果说《满月儿》还显露出某些雕饰的痕迹，《纺车声声》却自然天成；《满月儿》是作者精心结撰的一曲爱的乐章，《纺车声声》却是作者从心底发出的饱和着血泪的礼赞母爱和人生的颂歌。

《纺车声声》是一首诗，是诗化了的母子之爱，诗化了的人生的痛苦和奋争，是赤诚童心照耀下的感情喷射。我不知道这篇作品有多少作者自述身世的成分，但是作者的真挚和动情，体现主人公心灵的细腻和入微，简直使人无法把作者与主人公分开。生活的朴实外观，点点滴滴的情感波动，忽隐忽现的心灵微颤，似乎都是未经任何修饰的天然地搬到了作品中。它的真实品格，不是个别的生活事实的真实，它是对普遍的生活存在的提炼，饱含着作者的血肉和爱憎，是生命的自然流露，是心灵的深情呼唤。

《纺车声声》不是强烈的情感爆发，是深情地徐缓地抒写。如同作品描写的母亲的纺车在嗡嗡地摇动一样，轻轻地，时缓时速地，不止息地在延伸。它的节奏如同与陷入深思中的人的情感频率共振似的，在吟唱，在呼唤。作品塑造出一个普通劳动妇女的形象，一个崇高的中国母亲的形象。她有博大的爱的胸怀，勤劳善良的性格，朴素坚强的生活信念。在强大的政治运动的冲击下，背负着生活的重荷，勇敢地承担起一个母亲的神圣使命。她柔弱中有不屈的傲骨，不向邪恶势力低头，教育儿子不要低贱地活着；朴实中又明白豁达，看重丈夫的事业，拼死拼活也要让儿子读书明理，让丈夫把补发的工资资助街坊四邻。母亲的劳苦，牵动了稚子的童心，也使得读者在童心的战栗中颤抖了。

贾平凹初期的作品，就是以这种纯真的孩子的眼睛看世界和人生的，它闪现的是爱慕、喜悦、单纯，真诚地暴露自己内心的秘密，总是钟情于美好光明，期望着未来更加美满，并带有少许的模模糊糊的骚动不安。

深思中流露出了孤独感

有永远保持童年心境的作家。正处于旺盛青春时期的贾平凹，却强烈地要求显示自己的成熟，他不满足于以童稚的眼光看世界，他也不愿世界把他当成一个未成熟的青年。一个入世较深的人常常希望唤醒自己的童年，一个才入世的人却常常希望摆脱童年的心理压力。希望唤醒童年的人，常常无法消除自己固有的世俗城府，期望摆脱童年的人，也常常无法掩饰自己的稚嫩；在前者成了讨嫌的阴影，在后者却能发出诱人的光彩。赤子之诚总是动人的。

1980年后期开始，贾平凹的作品发生了明显的变化，童稚眼睛放射的光亮和欢快消隐了，代替的是一双思索的探寻的目光，苦苦期望得不到依托时，便显得有些迷惘。这时期的作品，大体包括1980年下半年到1983年《商州初录》以前的作品。作者的视野扩大了，不仅看到了生活的光明面，人生的欢乐、美和爱，也看到了生活中的阴暗面，人生的痛苦、丑和憎。作家的一双眼，不再是孩子般的单纯明快，而是成年人般的复杂和沉思。

这种转变，可以说在1980年初或更早一些时候便露出了端倪，《夏家老太》《上任》《山镇夜店》等作品便透出此中消息。《山镇夜店》虽然写的是一个孩子看到的一个生活场景，但作品的注意力和思索的问题，却更多地打上了成人心理状态的印记。作品突出渲染地区书记来前，人们为了争床铺而互不相容，后来要给书记腾房时，大家却毫无怨言，手脚麻利地收拾行李，并且还互相帮忙往外搬，都为自己能和书记同住一店而感到庆幸。书记来店后，人们都处在极端的兴奋中，有的夸书记长得富态，有的要自己记住这个幸运的日子，有的觉得从此自己要胜过村里最体面的队长了（队长只见过县委书记），有的还兴奋地买包烟散给大伙抽。一直旁观此事的小孩悟儿，却大惑不解，只好趁大伙睡熟之后，爬上楼房去看书记。他发现被人们视为特殊人物的书记，原来和普通的山民一样，都有一副丑陋的睡相。他由此悟出："不管什么人，睡着了，都是一个样儿的，只有醒来了，才都变了的。"

谁都能感到，这已经不是孩子的眼光了，反映出的作家心境，也不是童稚般的单纯；这是一个敏感青年的目光在人们习以为常的生活现象上的凝视。一般入世较深的人，在日常生活现象上容易变得目光迟钝，或许有时采取有意回避的态度，躲闪或朦胧。而这里却是直率地逼视，敏锐地发现了缺憾和丑陋，坦诚地流露出不满和悲苦。它是敏感的，却缺少足够的理智分析和辨别；它是复杂的，却缺少深入底里的了解和洞悉；它的爱憎是明白的，却缺少固有的坚定和深沉。这是一双孩子般的单纯逐渐变得复杂成熟起来的青年的瞳孔，而且是一个爱思索、常常流露出不满足和忧郁心情的早熟青年所特有的。《山镇夜店》最后的点题之笔，似乎表白着作者反对特权的思想基础，但它又是多么地朦胧和软弱。让一个孩子在所有成人都处于昏睡状态中，孤独醒悟了道理，只能更强烈地衬托出作者孤寂的心境。

反特权的思想，实际上不是作品揭示的主题所在。笼罩作品的最浓重的思想情绪，是对人民群众麻木不仁的痛惜。在作者笔下，人民群众仍停留在近六十年前被鲁迅先生尖刻地揭示出的阿Q的精神状态：愚昧落后，易于满足，对压迫者的顺从，以精神胜利医治一切疾苦的自欺陶醉。一个热爱着故乡一切的青年作家，这时却发现了他尊崇和热爱着的父老乡亲身上有着不洁的痼疾，淳朴中也有着愚昧，安分中也有着自私，满足中也有着虚荣。对此，他是多么惶恐、愤恨、忧郁。正如作者自述的："我太爱这个世界了，太爱这个民族了；因为爱得太深，我神经质似的敏感，容不得眼里有一粒沙子，见不得生活里有一点污秽，而变态成炽热的冷静，惊喜的慌（惶）恐，迫切的嫉恨，眼睛里充满了泪水和忧郁。"[1]田园牧歌式的笔调淡弱了，赤诚的热爱之心并未减弱它的搏动，不过发生了变化。这种变化容易使人感到冷漠和悲观。《山镇夜店》所表达的主观情绪，浸染着这个时期的许多作品。《夏家老太》《下棋》《鲤鱼杯》《年关夜景》等，都通过一个个独特的角度，把探究人生的聚光束，照射在一个共同的社会弊端上，把群众精神疾病的溃疡面鲜明地暴露在人们面前。

从感情的震动转入探求的思索，有可能演变成深入事物底里的科学的分析和概括，也有可能演变成无所适从的感情苦闷。前一种情况，可以说是进入了认识规律、掌握本质的理性认识阶段，它不仅有赖于主体探求的

---

[1] 贾平凹：《山石、明月和美中的我——给一位朋友的信的摘录》，载《钟山》1983年第5期。

主观热情，还有赖于主体的理论修养和生活经验。后一种情况，可以说仍处于对事物的感性认识阶段，主体还较多地停留在表面现象、个别事实、偶然属性、外在联系上。一般看，作家、艺术家只要有了丰富的生活感受，有了对社会现实关系的一定程度的理解，即使他还没有形成明确的理论观点，他也会程度不等地达到对现实的一定程度的本质把握和反映。支撑他的是丰富的生活经验，是对众多的偶然事件和现象交织暴露出的现实关系的理解。然而，作家、艺术家假若缺少了这方面的积累，又缺乏正确的理论指导，便不可避免地会为自己的主观情绪所左右，无法从对生活感受的描述中超脱出来。我觉得，贾平凹这时期的作品，就出现了类似于这种状态的情况。一方面惊恐地发现了生活中的种种不完美和丑恶，一方面又缺乏对这些不完美和丑恶的现实症结和历史根源的准确深刻的了解、把握，向往的理想找不到强有力的现实依托，自不免流露出忧郁、孤独，甚至悲观、消极的情绪。

从把握社会情绪、反映时代精神上看，平凹这时期的作品甚至是有意识地追求模糊社会背景和社会情绪，企图表现某种永恒的人生意义和生活哲理。这些作品客观再现的成分较前多了一些，但仍重主观情绪的抒发。正因为他重在表达自己的主观感受和认识，所以有意无意地便忽略了对客观现实和人物形象的完整感受和描绘，常常是听任艺术直觉的引导，不太爱做理性的分析和判断，较多地停留在对生活现象的感受的描述上，而少有对社会本质的深入剖析。因此，有的同志感到贾平凹这时期的作品有超时空感①，恐怕概源于此。这样的作品在把握社会情绪、反映时代精神上，自然无法充分、准确。

从艺术追求的角度看，贾平凹这时期的作品，无论在构思谋篇上，或是在形神兼备创造意境上，或是在内容形式的和谐统一上，都有长足的进步。作者主要吸收我国古典文艺的传统手法，融会贯通于自己的学习与

---

① 《延河》记者：《记"笔耕"组贾平凹近作讨论会》，载《延河》1982年第4期。

创造之中，个别地方仍有刻意模仿的痕迹，但基本上自成一家。他能以极经济的笔墨，勾画出生动的场景和人物的精神面貌，夸张变形却能令人信服。但是不能不看到，作者艺术功力的提高，受到了作品思想内容挖掘不足的局限。《"厦屋婆"悼文》《沙地》是作者这个时期有艺术功力的作品，由于作者重视对客观现实的描绘，所以作品对生活内容的描绘比较充实。"厦屋婆"少女时代争取婚姻自由，中年时勇挑生产队长的重担，对不幸者给予同情，尽管她命运不济、处处碰壁，最后结局简直无可奈何，但是她顽强不屈的性格，给人以激励，不是最后与世无争的转变和作者宣讲的消极哲理所能冲淡的。从作品围绕"厦屋婆"性格展开的生活画面，人物的历史和现实的根据这些方面看，这篇作品都有可能取得更好的成就。可惜作者太偏爱某些消极的人生哲理的表达，把群众的愚昧麻木突出为根本背景，一些重大社会问题不可回避地涉及了，又被不经心地忽略掉了，没有对现实关系做进一步深掘。《沙地》中的主人公卖艺人刘诚的遭遇，假若不是作为某种人生观念的形象诠释，而是作为具体的社会关系的体现，就会血肉丰满得多，作品的艺术概括也会达到新的高度。

在"复杂处世"旅程中探索着人生意义的贾平凹，虽然流露出了孤独感和悲伤情绪，但终究不是失败者的灰心，过来人的万念皆空，逃遁者的与世无争，所以读者不难在作者的故作的冷漠中感到炽热，在貌似平和解脱中感到骚动不宁，在貌似彻悟撒手中感到难以穷尽的依恋。他的复杂中仍有着单纯，成熟中仍有着稚嫩，他只是在人生的旅途上发出了一些哀叹，有时甚至还是文人旧习故作悲苦，并不能完全当真的。他在艺术上的不倦追求，就是他热恋生活的一种表现，这里潜藏着巨大的热力。

放眼四望中的喜悦自信

贾平凹笔耕不辍，虽不曾拿出什么"爆炸性"的作品震动一时，却时时有日渐见好的作品报效读者，每篇都在积聚着某一日的质变的飞跃。这个质变的时刻来得很快，1983年9月《商州初录》突然出现在人们面前，使人不得不对他刮目相看。这已经不是昔日闪着童稚眼光，或苦觅中流露出孤独感伤眼波的贾平凹，而是一个在思想艺术上有了新装束的贾平凹，逐渐成熟的眼光中，闪现着坚定、自信、豁达，冷静观察中流露出幽默情趣。

继《商州初录》之后，又有《小月前本》《鸡窝洼的人家》《腊月·正月》问世，真使读者应接不暇。似曾相识的人物却以新的精神面貌向我们走来，闭塞山村的缓慢步伐却迈上了新的历史道路，充满浪漫主义情调的气氛中却展现着现实的生活情景，思想、感情、幻想、物质需求交织成矛盾统一的具体实在，爱情、婚姻、政治、经济错综成复杂变化的人生命运。这一切都是在一种新的烛照下，发出光彩的。这些作品客观现实摹写的成分增加了并且与作者的主观抒情有机融合在一起，现实感和历史感都增强了。作者所追求的形神兼备、真实与幻觉的统一，"忠实生活，又突破生活的极限"，"工笔而写意"，"含蓄而夸张"，①复杂中见出单纯，单纯中现出丰富，是不同程度地达到了。

《商州初录》是贾平凹创作发生新的转折的第一个成果。或许它是作者最不经心的一次创作，信手拈来，涉笔成趣，然而也可能正因为是即兴之作，才自然天成，不显雕饰。它也不会是侥幸之作。作品问世前作者有一年多不太写小说，只写散文和不供发表的诗歌，这种艺术上的探索和锻炼，为《商州初录》的写作做了准备。作者写的又是他再次体验熟悉的故乡的人物、风情和习俗，许多场景、情节、人物面貌和作者感受的焦点，在他过去的作品中点点滴滴地出现过，现在则得到了更集中的展现。《商州初录》绝非一日之功，是作者久蓄厚储之力的一时爆发，是新喷射，却有旧积蓄。作者思想上的变化，更是这部作品产生的重要因素。

《商州初录》展现的是个开阔的艺术境界。作品展开的是一组特定的社会民俗风情画，一个交通闭塞的山区的现实生活。对于今天的许多读

---

① 贾平凹：《山石、明月和美中的我——给一位朋友的信的摘录》，载《钟山》1983年第5期。

者，特别是现代城市青年来说，它充满了野情逸趣，有能满足人们新奇心理的诱惑力。但是，《商州初录》是完全意义上的小说，是艺术作品；把它当作旅游指南将会碰壁失望，把它当作生活实录也太过挑剔。作品虽写的是陕西商州，实际上却是我国民族精神和性格的某种程度的缩影，一种对历史和现实的再认识。它不是对社会现实面貌的切近的审视，在显微镜下的剖析，它是推远后的鸟瞰，粗略的纵观。作者采取了保持一定距离的散点透视的方式，把对象推远看，在现实与历史的纠葛中进行观察，局部显得不那么切近，整体却显得清晰完整，具有纵深感、立体感。

商州的民情是古朴的，充满了原始的纯真和旺盛的生命力，人们求生的手段和渴望都很粗犷奔放，爱憎分明强烈，道德的原则重于物质的打算，强悍坚韧又重情豁达。同时，另一面又显得停滞保守，狭隘愚昧的偏见左右着许多人的头脑，人们有意无意地摧残着许多美好合理的东西而不自觉。这闭塞的天地似乎是不变的，过去重大的政治斗争掀起的波澜也很快被传统的生活方式所平息，然而当前农村经济改革的浪潮却强烈地震撼着固有的一切，两代人的追求、向往、爱好的差异鲜明地标志着变化的酝酿和运行。古朴的商州在向现代文明的商州迈进，步伐暂时还是微弱徐缓的，却是不可阻止的。对正在失去的昔日，作者是依恋的、深情的，对走向未知的明日，作者是静观的、充满期望的。作者把商州人一代一代固守的民俗风情描绘得充满了热力和色彩，把在别的地方淡薄了的山区人民的传统美德描绘得使人神往，寄寓了作者对故乡和祖国的深沉的爱。作品对正在发生的变化流露了更多的热望，对人们的不适应和出现的新缺憾，作者常用调侃的笔墨给以描绘，那善意的讽喻也是温热的。作者让读者从历史与现实的交汇中思索回味，期望着过去与未来、古朴与文明、精神与物质、传统美德与现代进步的和谐结合。

《商州初录》使人有耳目一新之感，它的新的审美情趣具有深厚的民族传统与精神内涵，又富有作者的艺术个性特点。作者学习继承我国传统艺术表现手法，逐渐形成了自己独特的体裁形式和表现手法。它是再现与表现的统一，重在表现；简约与细致相结合，崇尚自然；工笔与写意相结合，重在传神达情；结构故事和刻画人物兼顾，动中写人；写实与象征相融，创造诗美的艺术境界。《商州初录》似乎是散文，我却觉得是中篇小说，是我国古代笔记小说的一种发展。有散文抒写的自由，又有小说的虚构想象，还有中篇小说的生活容量，虽写山川日月、风俗民情，却重在描绘人物、抒发思想感情。它和笔记小说的不同之处是，更讲结构的完整和人物形象的塑造，各个单篇有机联系，形成一个完整的生活画面和统一的艺术境界，一以贯之的是作者完整的生活感受和抒发的主导思想情绪。《商州初录》可以说是系列短篇小说，单读其中某篇是不能形成完整的艺术感受的，读其全篇才能领略个中韵味。它在形式上的综合性与自由性，使其在反映生活和抒发主观情感上有较大的容量和自由，并使得作品的艺术节奏能够适应今天现实生活和读者的审美要求，不像传统艺术那么细腻和缓慢，而是比较紧凑和明快。它在描写对象上的大幅度变化，从甲事突然到乙事，从一条沟突然到一座城，造成欣赏注意力的转换和变化，形成了较快的艺术节奏。

假若说《商州初录》对现实采取的是拉开一定距离的鸟瞰纵览的态度，那么《小月前本》《鸡窝洼的人家》《腊月·正月》便采取了近察细视的态度。前者得到的是浑厚整一的概貌，后者得到的是清晰具体的形象。前者还是一些朦胧的时代气息的传达，后者则充盈着具体的现实生活内容和急切的时代脉搏。

在这三部中篇中，作者仍然爱点染男女风情，留恋乡俗民趣，但摆脱了唯主观意念、情绪左右的局面，让主观爱憎融会于现实生活和人物性格的客观逻辑之中，将对生活的真实描绘提到作者以前作品中从未达到的重要地位。以前的不少作品让我们感到，是作者的主观意念逼使人物行动、叙说；这几部作品则使我们感到，是生活的客观逻辑在逼使人物在行动、在叙说。当现实生活和人物性格的客观逻辑真实展现的时候，作品中出现的就不只是为了吸引读者的男女风情和异乡奇趣的描绘，而是完整的生活画面，主导生活潮流和人物行动的必然的社会力量的某种程度的显示。

《小月前本》中的灵动的小月姑娘，最初动摇于两个青年门门和才才之间。从情感上她更倾心于聪明活络、敢想敢做的门门，从理智上她却不能反对老成善良、勤劳本分的才才的爱，更何况这又是父母之命、媒妁之言。她也曾努力抑制自己的感情服从理智，主动地去爱才才，但是才才在爱情上的颟顸和胆怯，在生活理财上的拙笨和守旧，实在无法讨得姑娘的欢心。小月要冲出狭隘保守的传统生活，接受门门的爱成了势在必然。最后，似乎是感情压倒了理智，实际是小月渴望过开阔眼界和富有情彩生活的理智，战胜了她头脑中残存的因循守旧观念和传统道德。实际生活迫使她做出了自己也认为不理想却最实际的抉择。

《鸡窝洼的人家》中的禾禾和麦绒、回回和烟峰两对夫妻的离异和重新组合，都有些出乎当事人的意料。禾禾并不想和妻子离婚，离婚之后还想着复婚。回回和烟峰原来对自己的婚姻也很满意，发生了误会和分歧后，也并不想离婚。然而，由于生活新的进程的出现，禾禾、烟峰不满足于过"死守着土坷垃要吃喝"的穷日子，麦绒、回回留恋殷实平稳的小农生活，经济变革的活动，促使着不同追求的人们分离聚合。两种传统婚姻的破裂是必然的，既是道德情感的矛盾对立、不可调和，也是实际经济利益所促使的。麦绒不能眼看家当被禾禾瞎折腾光，回回也不能容忍烟峰帮着禾禾瞎折腾。重新组合太富有戏剧性了，似乎是作者的理想，实际却是现实的驱使，生活使得他们都没有了别的选择，而最实际的选择在他们也是最理想的选择。回回和麦绒结婚后的满足得意，禾禾和烟峰被乡人冷落之后的互慰寂寞，都是符合生活实际和人物性格必然逻辑的真实写照，不是作家的主观愿望能撮合在一起的。

《腊月·正月》的主人公韩玄子，怎么也想不到他会败在一个最不起眼的王才手下。论他的家境，他在农村过去一贯的威信和声望，都远远优于家境贫困、劳力单薄的王才。然而王才却搞起了食品加工厂，生产的发展和明显的经济效益，极大地吸引了村上的人。人们都更重经济实利去依附王才，而不去追随徒有空洞声望的韩玄子。

贾平凹敏感地、准确地描绘出农村经济改革引起的人们思想情感、伦理道德、价值观念和生活方式的具体深刻的变化，在人们心理上掀起的波涛和微澜。同时令人信服地显示出，不是人们的主观愿望左右着生活的波动，而是经济改革的实力形成了不可逆转的趋向，强有力地制约着和操纵着人们的情感、意志和欲望。

作者涉足于时代潮流之中，与改革中的农民有了更紧密的联系和情感上的相通，他把自己的关注和热爱之情更多地倾注在青年农民身上，对他们的命运给予细心的描绘和真实的反映。门门还不是这些青年的准确画像，禾禾、烟峰却是他们性格的可爱写照，王才地位的变化生动地显示了青年专业户的实力和影响。作者不仅要真实地描绘出新时期的人们，而且愈来愈努力真实地描绘出新时期正在成长中的新人物。门门还不是一个自觉的经济改革者，经营方式零散，没有明确稳定的方向，生活作风也沾染上一些不良习气；禾禾就较为成熟，有较明确的追求和坚韧不拔的毅力，在困难挫折中经受了锻炼和增长了才干，待人处事豁达大度。王才则是一个自觉的经济改革者，他信息灵通，善于经营，有胆识，有谋略，在农村最早搞起规模较大的食品加工厂，带领乡亲们共同富裕；他既注意以经济利益吸引并组织人们，而且注意从思想文化上影响提高人们。王才是未来农村有魄力的企业家形象，可惜现在还未得到充分的展现。这几个人都不是完人，作者避免了人为的理想化，可以说他们的起点都很低，准确些说起点符合现实生活中大多数人的实际。王才在经营上虽有魄力，但是过去的生活条件和经济实力养成了他的某种自卑感，对韩玄子的多方刁难，他都委曲求全。其实，这才是农村变动中的真实情况，并不是一批超人推动着经济改革，而是这些有着各种缺点弱点的普通劳动者，在实践中经受着锻炼，增长着才干，推动着生活，创造着历史。作者通过这些普通人的命运揭示农村经济改革的过程，更富生活真实感，具有丰富的历史内容，真实地显示出改革的艰难曲折历程。

作者无意对当前的生活变动做出主观的爱憎强烈的褒贬，他也不想把经济改革的潮流描绘成改革派与保守派的一场严重激烈的斗争，他更着意于认识、理解、承认这种必然的趋势，让人们在必然的王国里逐步获得自由。作者对那些跟随生活前进的人，寄寓了深厚的热爱，对那些暂时跟不上生活潮流或有意要阻止生活潮流的人，也充满了同情和期待。作者不是要人们遗弃他们，而是引导人们去认识、去理解这些人。这也许是作者对处于不同地位、境况下的普通劳动者广博的爱。作者用真实的描绘，让人们看到才才、王和尚、麦绒、回回，甚至韩玄子，都有着不能全由他们个人负责的局限。作者感到他的任务不在于严厉地鞭笞他们，而在于真实地反映他们，引导人们去理解他们，等待他们醒悟。作者这种对生活、对人物的达观态度，是自信和理解的综合产物，把对社会必然性的认识看得高于作者自己的主观好恶。这同时也促进了作者能较冷静地对现实采取艺术观照的态度。

在生活和艺术领域里寻找着自己道路的青年作家贾平凹，终于冲出了一度陷入的在不完美的现实投影下探讨永恒人生意义的个人苦闷的狭窄天地，和现实生活取得了紧密联系，和广大人民群众共同着脉搏和感受。他的创作开始进入了一个新阶段。有了比较冷静的观察生活的眼力，充满着信念和憧憬，艺术上有着锲而不舍的追求精神。他的创作前景是不难预料的，只要他不忘记自己曾说过的："我只是抱定一个信念：好的东西我还没有写出，埋头着，以每一篇为首篇，好好写吧。"①

原载《文学评论》1985年第3期

本文系为中国作家协会创作研究室所编《当代作家论》而作，此为删节稿

---

① 贾平凹：《在商州山地——〈小月前本〉写后》，载《中篇小说选刊》1984年第3期。

清醒的爱

——评李小巴的创作

    不少作家大抵是源于爱的感情抒发而进入文学创作的。李小巴正是这样。50年代，他原是一个年轻的地质工作者，投身于年轻的共和国的建设热潮之中，耳濡目染、呼吸接触的是一派生机、人们昂扬着向上的思想情绪。对祖国、对新生活、对建设者的热爱之情，像强劲的风鼓满了李小巴灵感的帆，使他不由自主地驶入了文学创作的航道。

    这是个充满着诱惑又前途难测的航道。他启航之后速度不算快，也有过停顿，但他始终扬起爱的风帆。当中篇小说《啊，故土》发表后，人们才似乎真正看清楚了，这位不动声色的闯海者，有着劈风斩浪的勇气和膂力，他长时期的积蓄酝酿，是准备着创作上的远航的。

一

    李小巴奉献给读者的见面礼，是《戈壁红柳》。

    一个年轻地质工作者的赤诚感受，却拨动了时代脉搏的琴弦，因而引起了比较广泛的共鸣。尽管从严格意义上讲，这篇作品还只是一篇习作，但是作为文学作品生命灵魂的思想感情，却是真挚的，富有感染力的，是时代精神的真实写照。作品虽在讴歌祖国建设的尖兵——地质工作者，却把当时人们开拓建设的热情，做了较好的表达。那时人们不以安逸享乐为荣，而以艰苦斗争为高尚。作品的主人公们，在渺无人迹的沙漠地，与酷暑抗争，与暴风搏斗，没有任何人间的困难能吓倒他们。狂风把帐篷吹翻，他们嬉笑着去追捕，还故意抓把黄沙向天空抛撒，这都非常生动地显示了他们勇敢乐观的精神面貌。

他们精神面貌的另一个重要特点是，舍己为人的道德情操。在沙漠里水比血都珍贵，当勘探队面临缺水的情况下，队员们首先想到的是自己少喝些，让战友们多喝些。路过的维吾尔族老大爷向他们借水时，他们慷慨地让出生命般贵重的饮水。他们也不是没有犹豫和思想波动，但是他们很快便战胜了自己，拿出比维吾尔族老人需要多一倍量的水。他们在自己行为的选择上，体验到了一种崇高的感情，激动地互相拥抱起来。多么纯真的年轻人啊！

作者是熟悉地质工作的，有这方面生活的丰富实践和体验。更重要的是，他对地质工作者有倍于常人的强烈的爱。他早期的作品基本上是这种爱的激情的抒发，描写和抒情相结合，描写服务于对热爱之情的抒发。

《戈壁红柳》所表现的爱的情感，还不是非常成熟的深刻的爱，而是比较单纯的更多感性成分的爱。因之，这种爱的传达，虽也不乏真挚动人的力量，但缺乏足够的丰富和深沉，对现实的揭示和带给人们的启发，也是有限的。扩大范围讲，50年代人们对社会主义制度，对新中国的建设，对未来的前途，都带有这种爱的感情的成分，更多地是建立在对事物积极面、外在特征的感受和认识上的，缺乏应有的全面和深入。我觉得作者当时的认识和感受，也没有突破这个一般的局限。他受当时时代气氛的感染，受地质工作者献身精神的鼓舞，他无法遏止为祖国的建设者和社会主义的明天而讴歌。这是美好现实激起的欢乐的颂歌，生活的杂色和多方面难免会被忽略。

李小巴的创作很长一段时间，似乎也停留在这样一个感情层次上。他只留情注目于美好的事物和生活的积极方面，在爱的感情的激流中沉浮，很少注意生活实际存在的众多方面和丰富复杂。换句话说，作家抒发的爱的感情，本身比较单一，还没有进入人类爱的情感的更深刻更高级的层次，它饱含的社会思想内容是有限的。继《戈壁红柳》之后的《荒原灯火》《老五叔和他的儿子》，虽然叙说着不同的人物和故事，场景有变化，地质工作者野外生活的细节描写详略有异，但基本上是同一思想的多次渲染，虽在情节的铺排上注意了变化曲折和结构上的完整，重视了人物形象的刻画，但在思想内容的深掘上没有应有的进展，在情感的激荡和传达上缺少新的发现，因而显得平平。

骤来的风暴，打断了李小巴的正常创作步伐，直到拨乱反正的1978年，他才重新操笔为文，发表作品。1978年之前的作者形象，也只好固定在《戈壁红柳》显现的轮廓中。

二

李小巴重新操笔为文，发表的第一篇作品是《峰巅》。这部作品似乎是作者过去积累和探索的某种程度的总结。看来，作者对过去地质工作的野外生活有着深深的眷恋，对那些艰苦奋斗甚至流血牺牲的普通建设者无比崇敬，他要为他们献上一首又一首的赞歌。

《峰巅》从选材到整个情节的安排，都明显地体现了作者的这种主观意图。他调动一切笔墨，塑造主人公赵永光的形象，特别是通过女测量队员在初恋时的纯洁心境的反射，使得这个貌不惊人却有着巨大精神力量的英雄人物更具光彩。作者的主观意图，无疑有了较好的体现。《峰巅》较之作者以前的所有作品，规模更大，内容更丰富，人物形象更鲜明，然而带来新的思想艺术气息却并不多。熟悉李小巴作品的读者，可能会发现，作者仍在《戈壁红柳》开辟的爱的河流里搏击，谱写着人们比较熟悉的对地质工作者吃苦耐劳、献身精神和豪迈气概的颂歌。继《峰巅》之后的《正是早晨》《吉乃尔湖一夜》，似乎也在证实着读者的这种感受。

阎纲同志是明确谈出了这种感受的，他说："我觉得，李小巴的小说太像五十年代的作品了，不大像八十年代的作品，相距竟然二十多年！""我非常赞赏他对大漠的干涸和奇幻的描写，我也非常佩服他把苦和诗巧妙地结合在一起。但是，时代有了巨大变化，创作应当有新时代的气息。即使是反映五十年代生活，现在的认识也应较前深刻，何况写当前的生活。"①

我觉得阎纲同志的这个感受和说明，是准确的。或许会有不同意见的反驳，说写50年代生活的作品是50年代型的，那么写秦汉时代生活的作品就是秦汉型的了？自然，不能这么说，也无法如此逻辑推断。作品的时代精神，从不由题材最终决定，而是由作者的眼光和写法所规定。阎纲同志显然不是指责作者的选材，而是指出作者的这几篇作品没有突破50年代我国作家一般具有的眼光和写法。

那么，80年代与50年代，在眼光和写法上到底有哪些明显的不同呢？这是个很难详尽但粗略也可以说清的问题。粗略地特别是局限在李小巴创作的题材范围和基本倾向言，80年代，作为作品灵魂的爱的感情，应该进入更深刻更高级的层次，对生活的反映应注意它的复杂完整，对人的行为和思想的判断应带有更多的思考和理解。这是经过近三十年曲折历程，特别是经过"文革"磨炼后，人们会有的眼光和态度。爱的感情不再是一种单纯信念的燃烧，它也不是对生活中先进人物和先进事迹的简单的反响，它把对历史的回顾和对现实的思考经常结合在一起。80年代，人们回顾50年代的生活，自然会有许多不能忘情之处，然而绝不会是单纯的昔日感受的重温，它更多地是一种重新审视。这样的眼光和态度，在创作上也会带来新的手法。

《峰巅》《正是早晨》和《吉乃尔湖一夜》，为什么会使读者感到像50年代的作品？恐怕正是在眼光和手法上变化不大之故，绝不是因为作者写了50年代的地质工作者的生活。说直率些，这几篇作品在传达新的思想

① 阎纲：《这个路子没有错——关于李小巴的小说创作》，载《文艺报》1980年第12期。

感情信息上不是十分清晰的。当然，不能说作者完全用50年代的眼光和手法从事新的创作，只能说作者这些作品多少有些像在旧有的航道上游弋，还没有找到新的航道。不能不认为，即使很鲜明生动地显示出50年代青年是如何以苦为乐、以苦为荣的，如何把人民利益看得高于一切、高于生命的，然而倘没有与生活的完整反映结合在一起，没有从更高的思想水平上去观察，特别是没有从80年代与50年代关联点上去剖析人物的思想活动，那么，这样的作品仍不会突破50年代一般歌颂先进人物作品的思想水平。《峰巅》《吉乃尔湖一夜》，不知有多少类似于这样的情况。作者这时期在创新上的努力，主要表现在艺术手法上对人物心理刻画的加强。《戈壁红柳》只是创出了一条清新抒情路子，艺术手法还比较单调。在后来的创作中，作者力图有新的丰富，探索的足迹是明显的。似乎，他一方面努力于情节的曲折变化，但又不甘心徒增趣味和离奇，而是在叙写中稍有变化和波澜。《老五叔和他的儿子》情节多了几层曲折，《峰巅》交错了人物的多种关系，工作和爱情交织进展，然而，终未摆脱一般化，看不出异于常人的功力。另一方面，作者努力于细节的提炼和心理刻画的加强。作者有比较丰富的生活库存，细节描写皆是活脱涌现，他又会借重细节揭示人物的内心世界，从而使得心理刻画入微具体，颇具特色。这才是作者创作上的真正进展。

自觉地并且大胆发挥心理描写的优势，把人物的行动和情节的交代压缩到最低限度，在手法上跳出原有路子的尝试，应当说是《正是早晨》。写于1979年9月的这篇作品，虽不是有足够吸引力的作品，却在作者创作道路上，显示了一种转折的迹象——由清新抒情转入凝重深沉。心理刻画在这里不单是一种借重的手法，而是作品形成的骨架，不是满足于停留在人物思想活动的具体显现上，而是力图深入揭示人物心灵的深层活动。

《正是早晨》的主人公是一个中年地质队员，中暑后和同志们暂时失去联系，迷途于沙漠戈壁，烈日、暴风、病魔、孤独、死亡的威胁都向他袭来，时间虽只有半天一夜，他的思想却跨越了已经走过的人生经历。

坦白的暴露，严格的自我剖析，亲切的回忆，自豪的回答，犹如一笔笔着色，使得主人公的形象大放光彩。细致深入的心理描写，揭示了主人公思想深层的波动，使得他的信念和理想都有源可寻，真实而富有光华。他饥饿干渴时，本能地伸手去取同伴留给他的半行军壶水和一个干馒头。"他刚把拧开的水壶嘴凑到唇边，却又停住了。他没有喝，一滴水也没有喝。他心里翻腾着，他感到从未有过的羞愧。他甚至认为这是一种想要私吞的行为。因为当壶嘴沾着唇边的一刹那，他想到了同志，想到那远离的四个伙伴。"灵魂的纯洁，原是斗争的结果，视若平常，却是极严格的灵魂考验，充满生活真实感，又极富理想色彩。

毋庸讳言，《正是早晨》对多数读者是缺乏吸引力的，它的单线条的心理描写使人感到单调。但是，我却觉得它是作者这一阶段显出鲜明特色的作品，他的深蕴的正在成熟的创作个性得到了较清晰的呈现：以写人的思想活动为主，在展示思想流动的过程中突出积极面，渗透着作者对理想、人生、事业的爱的讴歌。《正是早晨》在显示作者的这种创作个性上，较之《戈壁红柳》《峰巅》更值得注意。它的不足，不在于全篇是心理描写，而是在心理描写的进展上还缺乏更大幅度的跌宕，特别是从独特角度开展的层层渐进。

三

真正显示了李小巴创作个性的作品，是1983年问世的中篇小说《啊，故土》。

一声慨叹，带来了多么丰富深沉的具有复杂社会内容的思索；一次艺术上大胆的尝试，又多么有力地冲击着读者的欣赏习惯，开阔了人们对文学的视野。《啊，故土》对人们的心灵发出了有力的撞击，这是一股深沉的热爱祖国的感情波涛。虽然作者历来的作品都重爱的感情的抒发，但是这部中篇所传达的爱的感情，却炽热得多，深厚持久得多，丰富复杂得多。它是促使作者萌生创作冲动，并在不同作品中反复表达的对祖国的热爱之情的深化。它是作者经过二十多年现实生活的教育，对历史、现实、人生的痛苦思索之后，在重新认识的基础之上所锤炼的爱的感情的一种结晶。这不是感性的激动，而是理智认识所产生的热爱，是一种清醒的爱，是爱的感情的高级的深入的领域和层次。它传达出的不仅是一些强弱程度不等的感情信息，而且带有比较丰富的社会内容和思想启发。

《啊，故土》的情节很简单，写的是我海军 B 海舰队副政委慕朋偕女儿青年画家慕小云，在80年代初回到久别的故土陕北探亲的五天内的复杂感受。它展开的是两代人对历史、社会、故土、农民命运等问题的复杂意识和感情，并且扭结在一个强大的共同的感情波动上，这就是对祖国的强烈的热爱之情，渴望振兴中华的时代强音的共振回响。

这种爱的感情，不是感觉印象的一时激发，也不是某种信念主观燃烧的附丽，而是对客观规律和事物的本质特征的冷静认识之后掀起的感情波涛。我们都知道，爱的情感常常带有很大的主观性，使人们不能冷静、客观、全面地观察认识对象，不少时候人们忽略了或者不愿正视被爱者的不足和弱点。然而深刻的进入了精神世界高级层次的爱，却不会建立在这样片面认识的不稳固的基础之上，它是对爱的对象的深刻全面的认识。《啊，故土》所反映出来的严峻的真实，是对生活的理智的认识，是作品所传达的爱的情感的深刻稳固的基础。

慕朋和女儿回到故土的最初感受和最突出的印象是，惊人的贫困与落后。一方面是物质上的极端贫困与落后。新中国成立已经三十多年，人类文明已经进入可以遨游太空、登上月宫的时代，革命根据地陕北，却仍处于接近赤贫的状况。"举目所见的颓败的石头院墙，村道上堆积的人畜粪便，被风吹卷得满地飞扬的柴草。"这里犁地，使用的还是类似几千年前敦煌壁画上描绘的"二牛抬杠"式木犁；春荒时节，人们还得挖野菜充饥，劳动者的地头午餐也仅仅是一黑瓦罐钱钱饭，或者有一口袋干枣；平常吃饭，也只是以玉米、高粱、黑豆、糠皮皮、洋芋、萝卜填满肚子为饱足；住的是昏暗、不通风、充满霉臭味、好像随时都可能塌下来的窑洞；老红军的炕上，一头育秧，一头睡人，人与鸡粪土肥同炕。

另一方面是与物质贫困落后相联系的精神上的闭塞和守旧。人们还习惯于传统的生产方式与生活方式，被缚在贫瘠的土地上吃苦。"上千年古老的传统、习惯、风俗、习尚，像厚实的黄土层似的积累起来，至今还在现代农村生活中发挥着它的支配与指导作用；古老的伦理与道德，族规与民约，同现今的法律、制度、政策、领导者的权力意志混合交融在一起。"在这里寡妇还没有改嫁的完全自由，大队支部书记还像"土皇上"一样，维持着家长式的统治，支配着普通社员的命运。

这就是故土的真实面貌的一面，是被恋念故土的人们常常忽略了或者不愿认真注视的一面。这不是朦胧中的观察，不是月光下的反映。"月光下的景物总是好看的。……月光能掩去大地丑陋的部分，正像面纱能掩饰女性多皱的额头和塌陷的面颊，只让你朦胧中看见那双闪亮的眼睛。"作者没有被爱的感情所蒙蔽，贪恋月光下的印象，他努力进行阳光下的反映，故土唤起的，就不再是主人公对童年和逝去岁月的深情怀念，而是迫切的现实感。正是在正视故土之中，青年画家慕小云构思了她的油画《故土》，不只是表现黄土高原的贫瘠，而且要极其真实地画上老农、黄牛、黑瓦罐、汗珠、黑豆瓣这些富有典型特征的事物和细节，表现出故乡土地上农民对故土的热恋，以及他们的生活、命运和未来。慕朋的这种爱的感情，表现在他最后出人意料地做了一个艺术家气质的抉择，准备申请离休回到故乡，和乡亲们一起抵制不正之风，改变故土的落后面貌。

这种爱的情感，带有浓重的理性色彩。直面现实必然产生较全面的认识，不仅看见所爱对象的光明面，也会看清它的不足和缺陷，并会对造成这种状况的根本原因有较深入的了解。作家深入陕北农村与普通农民的生活过程中，对他们的欢乐和痛苦、要求与期望，有了切肤的感受。推动作家描写表现他们的不是同情和怜悯，而是与他们共同着脉搏和血肉的强烈要求以及改变现状的愿望，追根寻底地探求贫困落后的历史和现实的原因。理性的探索始终贯穿在艺术构思的整个过程。据作者讲，他在陕北经常碰见像慕生银、杨兴海这样的老红军，他们由于种种原因在新中国成立前夕复员留在故乡，全国解放后他们一直和乡亲们过着艰难困苦的生活，而他们当年不少的战友却随着国家形势的发展成为党政军的高级负责干部，享受着远比他们优越的物质待遇。面对这种悬殊的对比，作者最初也自然地产生了慕小云式的反应："生活太不公平。"假若作家对此只是抱打不平，为老红军鸣冤叫屈，那么也只不过洒了些同情、怜悯的泪水。这样的爱，并不是理性认识的产物，只是感性直觉的反映。作者没有把自己作品的构思，建立在红军战士的两种不同生活境遇的对比上，而是仅仅以此触发，去探寻假若这是一种"不公平"的生活现象，是由什么原因造成的；生活中是否还有更"不公平"的现象，又是由什么原因造成的。进入作者视野的不仅是一些生活现象，而且是生活现象的多种联系。作者必须对此进行深入的社会的历史的分析。《啊，故土》正是在这种基础上构思的，它由对陕北现实状况的分析，进入对中国农民问题和农民命运的探讨，实质上又是对振兴祖国、振兴中华的一种探讨。自然这种探讨有别于严格的逻辑探讨，不是搜集大量准确无误的客观事实，进行理由充足的论证、推断，而是不脱离事物的表象，以情感为主导，深入揭示生活的内在联系，从特定的方面反映社会本质的某一方面。

这种理智的爱，不仅表现在勇于正视现实，努力从事物的本质联系上去认识事物，而且还表现出一种痛苦的自我剖析的色彩，赋予爱以特有的深沉感。爱的情感是复杂的，对祖国、对人民的爱更是一种具有复杂内容和表现情态的。不少时候，它和痛苦紧密联系，痛苦锤炼着爱，加强着爱的深沉。慕朋在故乡的五天，一直处于痛苦的思想斗争中：一方面是乡亲们对他的疏远和与他之间的隔膜；一方面是他和女儿对许多现实问题看法上的分歧，暴露出自己思想、理论的脱离实际，这都使他面对故乡贫困与落后时，不能不进行严格的自我剖析。新中国成立三十多年，故土面貌毫无改变，农村基层干部的作风不正，老红军战士的贫困生活，年轻寡妇冯玉彩再婚的不自由，对于一个革命战士来说，都是无法推卸责任的。"他实在懊悔：在以往的岁月里，时间空耗得太多了，没完没了的会议，日常事务的纠缠，各种上下关系的应酬、聊天，喝茶，海边消夏……而主要的是接触社会、接触实际太少了。"只有这个时候，他才对自己过的远离人民的生活感到不能忍受。"现在回过头去看，在那舒适的、称心的、充满暖融融气息的家庭里，妻子对他的无微不至的服侍，特别是像托儿所里阿姨对待幼儿似的细心的照看和管束……该是多么荒唐，多么难以忍受！"慕朋的这种自我剖析，使人们看到爱的感情的深化必然是责任感的唤醒和强化。

这种理智的爱，还表现在带有强烈的批判精神，反消极传统的色彩，是一种引导人们向前看的精神状态。作者让慕朋父女不断地被真实情况所震惊，陷入思考探索中。作品中慕小云这条人物线索的设置，既真实地反映了80年代爱思考的青年一代的思想风貌，同时也更突出了作品的反消极传统的色彩。这点也是这部作品充满时代气息的一个重要因素。慕朋父女身上是饱含着80年代现实气息的，他们思想性格的一个重要特点就是不迷信，对任何问题都要进行自己的思考，传统的观念和习惯都要接受新的检验。这是一种积极的心理状态，它始终向前看，有指导人实践的力量。不像那种沉溺于感情的爱，只留恋于现状，或迷信传统、眷念着过去。有不少作者为爱的感情所迷，常以一种袒护的偏见看待描绘现实，把传统神化，把昔日美化，并以此来弥补今天的缺陷，引导人们向后看，这是一种消极被动的心理状态。例如一些缺乏真实性描写陕北革命根据地的文艺作品，作者不是不了解那里的真实情况，便是隐藏那里的真实情况激起的真实思想情感，而虚言浮词地去美化她、歌颂她，沉溺于昔日的光荣中，发出一些空洞的赞美。爱思索的慕小云却从她的真实感受中产生了疑问："我看不惯这里的土窑洞，更住不惯土窑洞。我不理解诗人为什么歌颂它。感情容易驱使人对现实和事物持一种不科学不理智的态度和不公正的看法。"不错，延安的土窑洞具有一定的象征意义，中国革命的司令部党中央曾经在这里驻扎十三年之久，全国人民都向往这里，因此人们说：

"陕北的土窑洞里有马列主义。"但是，这只是一种象征，本质是党中央反映现实客观规律和人民愿望的方针、政策深得人心，并非土窑洞的本质属性深得人心。正如马克思、恩格斯居住在梅特兰公园路和瑞琴特公园路的楼房里而不是土窑洞里却创立了马克思主义。陕北的土窑洞的居住条件无疑是落后的，不值得反复赞美。慕小云的所感或许有些偏激，但不是无知的呓语，而是清醒的思考。她看见一孔孔土窑洞，"心中立刻产生了一个古怪的联想——人类史前时期的穴居生活"。"现在，在她看来，这种习惯是依附于贫困身上的寄生性习惯，是人们简单地利用自然界提供的天然条件，来维持自身基本生存的习惯。并且正是这贫穷，才又使这种习惯几代、几十代地沿袭下去，保留下去。"这种看法尽管不尽全面，没有看到人们对粗陋习惯的沿袭，既是某种保守性的反映，更是物质生产水平的限制，然而她的批判态度，却是积极引导人向前的，富有思想启发的。慕朋觉得女儿的观察和比较，乍听起来，似乎是一种嘲讽、一种挖苦、一种挑剔、一种牢骚，然而他也不得不承认她说的都是事实，是一种科学的说理。正是事实和对事实的理性思考，使他不能不用批判的眼光审视一切了。他对故土上的简单的原始体力劳动再无法一味赞美，也无法赞美那破坏生态平衡的开荒修田，更无法赞美挖野菜的田园风光。

慕朋父女二人，用理性思考的光芒照射自己的感受和情感，不受传统观念的局限和束缚，不在纵向的对比中陶醉于祖国历史的悠久和昔日曾有的光荣，而在横向的对比中激人奋起以图改变停滞和落后的现状。他们批判的锋芒主要指向墨守成规的观念和习俗。慕小云感到，故土的贫穷与落后也在说明着历史，"这种落后的生产方式和生活方式（还有制约这些方面的与之相协调的社会环境和条件）的伴生物，就是自古以来的人的俭朴、人的勤劳、人的吃苦、人的忍耐力。不错，正是这些构成了我们这个民族的品质和特点。然而也正是这些，形成了那么一股世世代代善于因陋就简，善于固守和承袭旧的习惯、旧的观念、旧的生产与生活方式的力量"。她不认为忍耐是一种必须完全肯定的人的整体素质，认为它是一种消极的满足。这样看待劳动人民和民族性格，显得多么不恭敬，然而正是在这种貌似不恭中，我们感到了主人公对劳动人民和祖国的深沉的爱。她多么强烈地盼望着我们的人民能挣脱传统的压力、旧观念的束缚，摆脱消极满足的精神状态，以积极进取的姿态屹立于世界民族之林。《啊，故土》这种敢于冲破传统观念的批判力量，正是它最富时代气息、闪烁着思想光彩的地方。《啊，故土》通过慕朋父女两代人的思考，向传统观念和习惯势力发起了大胆的冲击，引导人们重视实际价值，不为空言浮词所迷惑，用理性分析的眼光看待检验过去和现在的一切。因为它主要是一种情感反应和判断，虽有理性分析做基础，仍不会达到科学逻辑认识所具有的准确、严密和全面，慕朋父女的许多看法和改造中国的一些设想，自然也不会准确全面。但是，他们的眼光和议论，对读者具有一股强大的情感冲击力，是对思想解放的积极促进。

《啊，故土》所抒发传达的是一种深沉成熟的爱，是作者直面现实，汲取历史教训，对祖国和人民有了更本质的认识迸发出的激情，是经过理性思维过滤所结晶的爱，是进入了深层次的高级阶段的爱，是一种清醒持久的爱。它给人们带来的不仅是情绪的感染，而且更富思想启发。我们只要把《戈壁红柳》和《啊，故土》给人们的感受做一比较，就会明显地感到，爱的情感在程度和力量上原是有巨大差别的。人们更渴望有丰厚思想内涵的爱。

四

正是这种深沉的爱，痛苦的自我剖析，理性的追根寻底的探索，使得《啊，故土》形成了深沉凝重的艺术特色。它是激情和哲理的融合，诗和散文的融合，是作者寻求到的一种既能广泛地涉及社会生活，又能最真实地反映人们的思想感情，并能较完整地把握事物的本质的艺术表现方式。作者的这种积极探索，或许在文艺发展史的范围内还算不上完全的创造，但是在我国当前的小说界范围内看，在作者的创作道路上看，无疑是迈出了创新的步伐。

《啊，故土》是一次艺术上大胆的尝试，它有力地冲击着读者的欣赏习惯，开阔了人们对文学的内容和形式的视野。文学，文学，你的天地是如此地开阔。谁能开拓你的疆土，你就承认谁为你的创业子民；谁要是只知保守你的旧业，你就对谁失去了你的爱心。那么，你让精神领域的别的兄弟姊妹（哲学、政治学、经济学、社会学、历史学、自然科学）拥抱你，进入你的天地吗？你似乎回答说，你们原本不分彼此地居住在一起，常常是你中有我，我中有你，后来都有了独立创业的雄心，不愿意互相压抑，才各谋出路，争奇斗艳。有的表面上再不相容，骨子里却旧情难却。碰到了一代大师哲人，在他们不同凡俗的手笔下，你们兄弟姐妹却乐得团聚一起，共诉衷肠，彼此激励，相得益彰。然而淳厚的古风终属过去，相聚总是暂时的。况你又是个弱女子，在那兄弟姐妹的大家庭里，常常有那得势的长者，任意欺凌于你，把你当成奴婢。你倒天生乐于独门独户。兄弟姐妹凡有求于你的，你来者不拒分光借彩于任何一个。倘那个要进入你的领地，只要是一片赤诚倾心于你，并无取而代之的图谋，你便和他水乳交融，绝不会拒人于千里之外。时代在前进，回到不分彼此的境况是不可能了，维持"鸡犬相闻，老死不相往来"的状况更属困难，还是广有交游，互通有无得好。《啊，故土》不是正在追随着一些前驱，力图冲开纯文学的狭窄天地，为开拓文学的疆土进行着努力？我想，回答是肯定的。

《啊，故土》不是在单纯的文学形象的天地里寻找自己艺术形式创造的出路，而是从文学真实反映现实的基本原则出发，不忽略以情动人的特点，尽可能吸收运用人类思维掌握现实的各种手段，力求对社会人生做出深刻真实的反映。作者追求的核心是真实，细节的真实、环境的真实、社会生活的本质真实、人物思想感情的真实，换句话说，完整严峻的真实。在通往真实的道路上，形象地具体地反映生活无疑是最有力的手段，它最有魅力，也最能完整地反映生活。但是，作者并不满足于此，特别是认识到过分地热衷于形象刻画的生动具体也会流于零碎表面，往往无力探索事物隐藏的本质和人物的思想感情的微妙变化。因之，作者有意识地限制自己的形象捕捉和表现力的发挥。

即使如此，作者在《啊，故土》中表现出的形象捕捉和描绘能力，也在一般水平之上。寥寥几笔，便能活画出真实的环境和有个性的人物。如慕生银的忧郁倔强，杨兴海的开朗诙谐，年轻的寡妇冯玉彩温柔沉静中的刚强。特别传神的是，一些典型细节的描绘，真有勾魂摄魄的力量。如慕朋侄儿家宴的场面；慕生银老伴从窑洞暗处向丈夫飞掷去一根筷子，暗示阻止的细节；甚至慕朋的那位没有出场的夫人，用邮包把她对丈夫的照料也追随到了穷乡僻壤，仅此一笔也使读者对其性格有所窥视。

但是，一般场景、氛围的真实生动，甚至人物性格的鲜明突出，仍不是李小巴追求的主要目标。他的主要目标是，对处于变革初期的我国普遍的社会情绪的真实反映，对深蕴于生活中的历史内容的开掘，对一种热恋故土、振兴中华的强烈的爱的情感的抒发和传达。要完成这样的目标，一般环境和次要人物的真实描绘只起一种陪衬作用，作者描写的重点只能放在对主人公思想感情的揭示上。慕朋是个有一定理论修养的老干部，慕小云是个敏锐的爱思考的80年代青年知识分子，他们父女俩的思想屏幕反映出的是当代两种有代表性的思想状态。作者开掘描绘的中心是这两种思想感情的状态和进程。作者擅长的心理刻画成为这部中篇的主导艺术手法。作者借助心理描写深刻入微的能力，揭示主人公思想感情发展变化的隐秘过程，尽可能地扩大人物思想的社会接触面，使众多的社会问题在主人公心理活动中得到反映。

慕朋父女谈政治，谈经济，谈历史，谈现状，谈哲学，谈艺术，思想与社会发生辐射状的联系，在作品中也不显得生硬多余，因为这些内容都不是孤立的作者博学才识的炫耀，而是符合人物性格的思想感情和人生态度的流露。主人公谈论的都是当代人感兴趣的问题，他们爱思考的性格特点，充分体现了历史转折时期民众思想的特征。作者为了充分展现主人公的这种性格特点，把情节和人物外在的动态描写尽量压缩简化，而把重点放在对人物思想感情和心理活动领域的细致描绘上，力求灵魂深处的最细微最隐蔽的活动得到自然的暴露。慕朋和小云的思想距离与矛盾，在外在的行动和态度上很难暴露，父慈女敬，伦理道德的面纱掩盖了深刻的分歧。然而通过内心独白，人们看到父女分歧对立的情感，也在灵魂深处不断地流动着，两代人相异的观念，农村出身和城市出身形成的相互排斥的情感，等等。慕朋不满女儿不爱他的故乡，慕小云对父亲狭隘的乡土观念和功利艺术观也不以为然，慕朋对妻子保姆式的关怀的厌烦，这些细微隐蔽的情感，不通过深入的心理刻画是无法被揭示出来的。

作者把心理描写和社会分析结合起来，使人物的思想、感情、行动，与对特定的社会关系的真实反映有机地融合在一起。人物思想感情的展开，不是孤立的精神剖析，而是社会现实的折光反映。对隐藏在人物思想感情背后的主导关系和社会现实的反映，仅靠一般的形象表现的方法，或一般的心理描写，总难准确深刻，作者大胆地插入逻辑思维，对人物的思想感情和社会现象进行哲学的、社会学的、历史学的分析，把论证、推理、分析容纳在艺术描写中，从总体上去观察和表现中国农村的现实生活，并揭示它在人物思想性格方面的烙印。主人公海阔天空的议论，起伏波动的思想翱翔，并非系统的各种观点，似散中却不游离，片段中却有系统。《啊，故土》中的理性分析论述，不是以抽象思维的形式逻辑把各部分组织起来的，而是依靠作品艺术构思的形象思维的情感逻辑串联起来的。社会分析服务于热爱故土的情感的揭示与表达。情与理的交融，既有渗透于形象中的无迹可寻的理，也有有迹可查的政治、经济、社会、伦理分析中呈现的理。作者以确凿的事实，透辟的分析，雄辩的说理，严整的逻辑推论，昭示具体的真理，并以理性的光芒照射人物的思想感情。作者的理论修养、知识积累和艺术表现能力，使他的理性分析没有陷入枯燥的说理，而是新颖的耐人寻味的生活哲理和人生态度的阐发，不断地闪现着启人智慧的思想火花。抽象思维形式在小说形式中的合理容纳，丰富了小说的表现力。抽象思维以它准确犀利的揭示事物的本质的力量，促使形象思维更加活跃，在反映现实上有了更准确全面概括的可能，对作家力图表达的情感也是种理性的过滤和提炼。情理交融，理加深情，情丰富理，要求改革、振兴中华的心理状态在《啊，故土》中进一步高涨。

心理描写和社会分析的结合，加强了作品的抒情性和哲理性。抒情性加强了作品的感染力，哲理性增加了作品的思想启发力。在文学作品中，抒情性和哲理性似乎是对立的两种品质，但又极易统一。关键在于哲理性是否渗透于作品揭示的人生主题和生活画面之中，是不是统帅作品的激情的必然产物，并不是任何思想的显示、真理的闪光都能进入文学作品，产生足够的魅力的。《啊，故土》的深入的心理描写，紧密结合着广阔的社会分析，闪耀着思想火花的丛生的议论，紧紧围绕着爱故土、爱祖国的激情，抒情性和哲理性基本上是和谐统一的。

目前，我国文坛上以社会分析见长的政论小说、哲理小说还不太多，《啊，故土》的出现，无疑有着开拓道路和领域的作用。随着现实生活的发展和读者文化修养的提高，对这种类型小说的社会需求必然增长。文学作品具有生命力最根本的原因，还是新颖深刻的思想发现，哲理性强的小说，在这方面应该发挥优长。小说哲理性的力量，也在于思想的深刻独特，所以对事物、现象的一般意义的揭示，甚至故作深奥实则浅薄平庸的思想见解的表达，只能败坏哲理性小说的声誉。文学家应当是思想家，降低一格要求，作家也必须比读者在思想的锐敏和深刻上略高一筹。文学史上那些代表了一个时代的作家，无疑都是他们时代思想领域的勇士或主帅。我们时代的作家、艺术家也应当有做思想家的勇气，没有这方面的自觉意识和探索追求，往往会陷入狭窄的小路，尽管十分努力艰苦，却难摆脱匠师习气的羁绊。须知，技巧和形式的创新，最大的活力仍由思想赋予。追求作品哲理性的作家，首先要向平庸的思想开火；其次要攻克的是，思想的狭隘和主观。形象反映生活的优长就在于它有可能反映出生活的完整面貌和本来面目，虽然它是客观对象经过作家头脑加工后的产物，但是在现实主义作家笔下它还是较多地保留了对象的面貌和特征，它提供给读者的认识价值一般大于作者主观上企图表达的思想。所以人们常说，形象大于思想。文学作品削弱形象反映生活的成分，加强抽象思维的成分，无疑会影响完整丰富反映生活的客观性，增加了作品的主观色彩。作品的理性内容和抽象思维成分，是经过作家思考超越感性直觉的产物，它既可能是客观规律的真理性的反映，也可能是作家主观感受认识的抽象。无论是前者还是后者，都会失去现实具体事物和社会生活的本来面貌的完整性和丰富性。一个思想狭隘的作家，在他的哲理小说中，带给人们的只能是他滤过的思想，很难有对自己主观认识的超越。正是在这样的意义上，使人们看到不应过分推崇理性和抽象思维形式在文艺作品中的地位。恰如其分，和形象思维相结合，孕育渗透在鲜明的艺术形象中，作品的哲理内容才会获得叩击人心的力量和较长久的生命力。《啊，故土》较之同时期的许多小说，如《绿化树》等，在哲理论述的有机融入上都要成功得多，但仍未达佳境，更待探索。

艺术创造是没有一成不变的法则的，批评家无法提出一个最佳程式。人们既有要求作家适应自己的一面，作家也有改造人们审美趣味的一面。消极的适应，不仅不会有新的创造，而且永远也不会满足读者眼前的要求。有见识的作家，既能熟悉掌握群众的审美心理，而且有魄力改造群众的审美趣味。他们是按照自己心目中理想读者的审美水平进行艺术创造的，而不是按现实中一般读者审美水平进行消极适应的。李小巴在《啊，故土》的创作中，似乎正是向这个目标前进的，他宁肯暂时失去一些读者的欢心，在创新的道路上摸索前进，而不愿投多数读者习惯所好在因循的旧途上轻步高蹈。他探索所取得的成就不是耀目的，但找到的道路却是广阔的，是和时代生活发展方向、人类审美意识趋向相一致的。不论是现实生活还是艺术，不论是人类思维方式还是审美心理结构，都愈来愈富开放性和个性特征。正鉴于此，我不能不较多地肯定中篇小说《啊，故土》，并从这里看出作者的艺术创造驶出了狭窄的航道，正驶向五湖四海交汇的世界文学的海洋。

　　或许，《啊，故土》是向着这个目标努力的尝试之作，情理交融上还未能尽善尽美，凝重中还稍嫌枯滞。这不是一般所说的理胜于情的问题。这种类型作品，有个一般的情理相融的问题，还有个被人们较易忽略了的理本身的价值问题。《啊，故土》是"在时代生活的长河中选取一般较长的、河水表面较平稳然而在它的下边却有深沉的底蕴的河床，作为自己揭示与表现的艺术对象"①。思想的丰富与深刻应是它揭示与表现的主要成果。严格要求来看，作者在这方面突破性的成果有限，给读者带来的思想震动未及深广。作者虽然超脱了非学者化的倾向，有较广博的社会科学知识和一定的自然科学知识，有较丰富的生活积累和艺术经验，但是距时代思想家的水平还有距离，对生活的认识和对时代精神的体会受到了局限，因之，影响了作品的思想洞察力与照耀力。在艺术的描写和表现上，作者特别注意对外国文学名著的学习与借鉴，《啊，故土》多少是有意识地吸收了托尔斯泰史诗的广阔与心灵辩证法的深刻，莫利亚克的心理描写的真实与细腻。

　　李小巴在艺术追求上，给自己定了一个远大的目标，已经有了第一个成果，但是，并没有取得普遍热烈的赞扬。他需要反躬自问，也许会碰到慕朋式的反问："艺术？艺术如果不被人理解又算是什么艺术？"对此，我想作者会是坦然的。因为任何人都无权以自己的不理解当作所有人的不理解，任何一段时间的不受欢迎不等于永远不受欢迎。艺术的价值不片面地取决于接受者的人数多寡或当时的反响热烈与否，需要时间的考验。艺术的价值最根本的在于它是不是创造性的精神成果，是否有益于人们精神世界的丰富。它的价值是历史的。李小巴在艺术上的探索不正是有这样的自信吗？！

原载《文学家》1985年第4期

---

① 李小巴：《多余的解释》，载《中篇小说选刊》1984年第3期。

感受　欣赏　批评

文学作品的特有效力和价值，是存在于它的艺术感染力之中的。优秀的文学作品，艺术感染力特别强烈，因之拥有广大的读者。即使一些所谓的"阳春白雪"式的作品，不为多数人所赏识，但在它的读者群中，也同样是以其艺术感染力使人们击节赞赏的。并非这类作品只讲艰深的道理，而大多是由于它们的审美观念和传达方式暂时还不为大多数人所接受而已。

我们过去爱说，文学作品有认识、教育和审美作用，实际上，这种说法不十分准确。它最容易引起的误解是，以为这三种作用是彼此独立的，有联系也是一种并列关系，甚至许多时候只强调认识作用，把审美作用看得很轻。要是这样的话，文学作品和别的社会科学著作就无多大差别了。实际情况远非如此。人们需要文学作品，创造文学作品，主要是由于审美的需要。文学作品是人们对现实的审美关系的反映，是人们抒发审美需求、寄托审美理想的一种方式。因为审美离不开真，它必然具有认识作用；审美离不开善，它必然具有教育作用。文学作品的认识、教育作用，是包含在审美作用中的。当然，作品的情况较为复杂，有的认识价值较高，有的教育意义突出，有的使读者留恋的是相对的艺术形式的美。但是，对于优秀的文学作品来说，无论属于哪一种情况，它们都共同具有较高的审美作用，具有强烈的艺术感染力。它是直接诉诸人们的感受的，激起人们的情感、想象，活跃人们的思维，使人们的精神处于一种亢奋、满足、愉悦之中。文学作品的这种美感感染力,是它最基本的,也是它的特殊价值之所在。没有了这一点,认识、教育作用都会落空。

文学作品的这种审美特点,使得它和其他社会科学著作有了重大区别。社会科学著作的价值,在于它对研究对象的本质及其规律的揭示程度,在于它反映的相对的客观真理性。也可能这类著作不乏优美的文笔,饱含强烈的激情,富有形象的比喻,但是它的根本价值仍不能是这些东西,而是它含有的某种客观真理。马克思、恩格斯的《资本论》,饱含革命激情,富有形象的说明,但它的根本价值不是这些,而是对商品、资本主义制度和社会发展规律的揭示。我们要认识这类著作的价值,通过最初的感受是无法把握的,只有通过反复地阅读、推理,缜密地思考,才能掌握其精髓。在这里主要发挥思考、理性思维的能力,推理、判断重于感受和想象。用这种读科学著作的眼光去读文学作品,不仅不会发生应有的共鸣,甚至会陷入与文学作品营造的氛围格格不入的状态。用科学的眼光看"白发三千丈,缘愁似个长",就会产生"白发怎么会这样长呢"的疑问。读到"地球,我的母亲"的诗句,就会想到地球怎么会是诗人父亲的配偶呢?自然,谁也不会发出这样无知的反问,但是用科学的概念和推理,必然会发现文学作品有许多非科学的叙述和比喻。我们阅读文学作品,不能用读科学著作的眼光,只能用审美的眼光,不是为了获得准确的科学知识,而是为了求得感染,在情理交融的精神活动中得到愉悦满足,情感得到陶冶,灵魂得到提升。

文学作品用的是形象的语言,反映的是人的精神世界,它是人们对客观世界的一种情感反映和情感判断,是直接作用于读者情感的。因之,脱离开作品对人们的情绪感染,脱离开由此激起的联想、想象,是无法准确衡量作品的内在价值和它在社会生活中的实际效用的。忽略了文学作品的特性和发生社会作用的特殊途径,用判断一般社会科学著作的眼光和标准去衡量文学作品,便会失当。例如,过去比较流行的做法是,一部文学作品问世后,先问它的主题思想是什么;接着便机械地套用政治理论,看这主题教育意义大小，凡是所谓重大主题，紧密配合形势的，便是有教育意义的。愈符合某种理论原则，便愈有价值。结果，评论家推崇的多是概念化的作品，群众不喜爱；或者是读者喜爱之处，往往是评论家忽略了甚至是批评的东西。一部《红楼梦》的不朽价值，是和它使历代读者着迷的感染力分不开的。读者都是从与小说描写的一群少男少女的喜怒哀乐的共鸣中，感受到封建等级制度和宗法思想的腐朽和反动的，并唤起追求美好生活向往的。尤其是宝黛爱情悲剧的纯真、凄婉，博得了众多男女读者同情的泪水。对《红楼梦》的评价，就不应该脱离开这个实际。可是有一种观点，以为只有描写重大题材才有价值，便硬在《红楼梦》中找阶级斗争的描写，找了几条人命案，便宣布《红楼梦》是形象的阶级斗争史。实际上，《红楼梦》中描写的一些人命案，重点也不在揭示封建社会的阶级斗争。《红楼梦》的价值真要在这里，读者也不会再感兴趣了。这样的阅读、评价文学作品，不仅远离作品实际，也会使读者倒胃口。自然，这是受"左"的思潮影响的批评。即使没有错误思潮的影响，纯粹就某种观念、思想、概念，形而上学地衡量文学作品，也是不正确的。正如，抛开水果的色香味，只讲它含有的维生素的高低，是不能正确评价水果的一样。

直接的艺术感受，是我们评价文学作品的最根本的基础。要做一个批评家，先做一个认真的读者，去感受，去体验，去联想，在再创造的思维活动中进行欣赏。文学作品的欣赏活动，是一个非常容易发生却非常复杂的精神活动过程。它不是完全被动的反应，它是一种积极的反应。读者在阅读文学作品的时候，是调动了自己的全部感觉、整个人生经验，来与作者表达的思想感情进行共鸣的。所以不同的读者，不同的阅读过程，会产生差异较大的体验。这里不是作品本身发生了什么变化，而是读者不同，或者同一读者在不同阅读过程中的思想感情有差异。青少年时期读《红楼梦》，焦点容易聚在爱情纠纷上，入世较深以后读《红楼梦》，则容易为人世沧桑、世态炎凉而唏嘘，更易感受挽歌的滋味。文学欣赏的过程是个积极的反应过程，读者是在作品提示的形象、感情、心理机制的范围和轨道上展开自己的联想和想象的。因此，读者的形象感受能力、生活经验、理智思维都制约着他的欣赏过程。在文学作品的欣赏过程中，我们还会发现，直接的艺术感受能力，起着非常重要的作用。读者之所以产生了审美的愉悦，沉醉在欣赏的快乐中，并不是通过理性的分析，认为作品有价值而陶醉，而是在不假思索的状态下，为作品所感染。当然，这种直接感染力并非单纯的感觉，它是直觉的，也是渗透着理性成分的。只有读者有了较好的文化修养，丰富的生活经验，对社会人生问题的深刻理解能力，尤其是敏锐的审美能力，那么，他才会对文学作品产生正确的直觉。正像那些高明的酒类品尝家一样，他们是凭直觉判断酒的醇美之味的，化验分析只不过是用科学的数据验证了他们经验的正确。有修养的读者，凭自己艺术感受产生的直觉的正确判断，也是经得起科学的理性的分析的。一部能激起读者强烈美感的作品，必然是在思想、艺术上有着一定创造的，对特定时期社会人生进行了开掘，丰富了人类思想感情的。对作品的这种价值，我们可以通过理性的分析得出。但是这种分析必须建立在艺术感受之上，否则将会是不正确的。文学欣赏是文学批评的基础，没有基础的批评是建立不起来的。

创作是为了欣赏，欣赏反过来又推动创作。正像商品生产是为了消费，消费又反过来刺激生产一样。创作和欣赏是个不断延续的链条。其间有个中介环节，便是文学批评。文学批评帮助指导欣赏，同时又是欣赏的理论升华，促进帮助文学创作。文学批评可以说是从文学欣赏中分化演变出来的。文学欣赏中实际就包含了文学批评的因素，只不过一般读者随着欣赏过程的结束，也就结束了他对文学作品的关注，把他可能有的判断认识置之脑后。读者在欣赏文学作品的时候，实际是从自己的审美观念和审美趣味出发，去进行欣赏评价的，在情感的愉悦中含有一定的认识、理解。只要他把这条理化、理论化，便会成为从欣赏中深化出的文学批评。当然，一般的欣赏过程更多地停留在直觉感受、情绪震动、情绪的满足之中，较少理智的思考和概念、理性的概括。我们也没有必要要求所有的读者都成为批评家。但是批评家必须首先是个认真的读者。他是在欣赏的基础上，形成自己的科学的批评的。批评家面对的不是单纯的认识成果，而是饱含人的激情的形象反映。批评家必须用自己的全部感觉，去感受，去体验，去联想，去思索，才能准确深刻地把握作品的意境、韵味、魅力和深刻的思想内容。当他有了丰富的艺术感受的时候，他才能形成不脱离文学作品实际和欣赏实际的中肯的理论批评。

要把文学作品当成文学作品来研究，不是当成概念的图解，当成观念的演绎，就得从感受、欣赏出发。

原载《中文自学指导》1985年第9期

民族振兴意识的张扬

——新时期文学精神追求的一面

一

人们习惯把从1976年开始日趋活跃的我国文学称为新时期的文学。中国新时期的文学，尽管是从文化浩劫之后的文学荒原上起步的，几乎是在与中国古代灿烂文化断裂和与世界文学隔绝的情况下起步的，但是，现实的迫切要求，人民群众思想感情的激荡，作家、艺术家某种程度的思想解放，都促成了新时期文学滋生的现实土壤的富饶。一个时代的文学的繁荣，更多地取决于此时此地的现实条件和思想文化土壤，而不一定完全取决于彼时彼地的思想文化传统的悠久和深厚。新时期初期的文学的复苏，主要得力于现实生活的推动。所以，这个时期的文学，在文学发展的长河中，特别是在文学审美特性的创造上，不一定占有重要的位置。但是，在揭示现实发展的轨迹上，在表现人们的心态上，却有着无法忽略的地位。

文学与现实的关系，不是简单的模仿和反映的关系，它是一个经过多层中介物的人们基于特定现实土壤之上的想象和情感的表露。而作家、艺术家大多追求思想和幻想的自由，力图摆脱各种现实和物质的重负，让文学在精神王国里纵情飞翔。然而，思想永远摆不脱物质的羁绊，精神太空里的云霓变幻，始终有赖于大地上水汽的蒸腾。千姿百态的新时期的文学作品，始终只能是这个特定历史时期中国大地上的产物，她受制于世界格局中的当代中国的现实生活，受制于这个时代的普遍的社会情绪和群众心态。

处于历史转折时期的中国，人们的思想、观念、感情也处于一种转换之中，一种骚动不安之中。从长期压抑中解脱出来的某种不羁和无所适从，某些信赖的旧观念的轰毁和新观念的难以确立的危机感，新的刺激所唤起的创造力和民族振兴的责任感，都错综复杂地交织在一起。这是历史大转折所造成的一种必然情状。一切都不是按照人们预想的样子去逐步实现，而是在必然的情势下选择最现实的办法去实践。人们还来不及深思熟虑，来不及按严密的逻辑推理去寻找答案，来不及把一切都规范在精确的理性思维之内。这是个人情感解放浓厚于理性建构的时期。社会的普遍心态、群众的情绪，更多地左右着人们的思想和行为。人们普遍地要求通过国家意志、社会行为、舆论工具，充分地体现和表达自己的愿望和要求。这时，一桩冤案的平反，一条政策的落实，一起官僚主义事件的揭发，都会吸引全国人民的注意，激起他们的感情波浪。这些事实，一方面说明，人们自觉不自觉地把国家、民族的命运和个人的命运结合在一起，另一方面也说明，人们更多地不是受个人明确的追求的理性指导，而是受一种普遍的社会情绪和社会心态的左右。文学这时自然便成了人们易于并且乐于接受的一种社会舆论形式。因为，文学的根本追求，并不在于精确地复制反映对象的属性和本质，而在于具体形象地摹写社会人情世态，抒发人们饱和着的特别是受压抑的情感。新时期的文学，正好成为这个时期中国人民表达愿望、抒发情感的最好渠道。文学成了特定时代的民族选择。

从历史浩劫中醒悟过来的中国人民，吃惊地发现，中华民族已经远远地落在现代世界前进行列的后面。在这种现实的和精神的巨大压力之下产生的反弹力，是一种强烈的民族振兴的要求。人人几乎为一种民族生存的危机所压迫，摆脱贫穷落后，快步赶上现代文明，成了中国人民的共同愿望。尽管在振兴的途径和方法上，人们之间还存在着许多分歧，但是目标和方向是一致的，而共同的历史背景和共同的文化心理，把人们有力地团聚在一起。争取生存、发展的各种权利和创造良好的环境，重新振兴中华民族，这样的思想情绪普遍地笼罩着社会各阶层的人们。而作家、艺术家则更敏锐地感受着和饱和着这种思想情绪，并通过文学作品抒发着、强化着它。可以说，这一个时期的文学作品，不论描写的是什么题材，抒发的是什么样的情感，都受这种基本的社会情绪和心态的左右。从朦胧到自觉，从隐蔽到显露，从微弱到强烈，从曲折到直接，形成了一个多声部的合唱，共鸣着一个共同的旋律，这便是呼唤着中华民族的重新振兴，塑造健全的新的民族性格。

二

新时期文学中民族振兴意识的张扬，是和人的意识的重新觉醒同步共生的，它带有强烈的时代和民族特点。在这个特定的历史时期之内，中国人民把个人命运和民族命运紧密地结合在一起。谋求人的解放和个人价值的实现，是和民族的振兴不可分割的。没有民族的振兴，人的解放是一种侈谈，而没有人的觉醒和素质的改造，民族振兴也是一种空谈。所以这个时期作家作品中表现的民族振兴的意识，已经不是一种简单的狭隘的民族自豪感，而是具有反思色彩的民族自审，一种现代文明条件下的对人的解放的追求。

民族振兴意识在新时期文学中的渗透和强化，大体有着这样一个变化的轮廓：最初是对民族生存现状的正视和危机感的宣泄，接着便是强烈的民族振兴的要求，再进一步便是愈来愈清醒的民族自审和切实的民族性格的重铸。中国的作家、艺术家等多数知识分子，都本能地把个人命运和民族命运紧紧联结在一起。"四人帮"被粉碎以后，文学作品都为人民的解放而欢呼。狂欢之后的清醒，便是对刚刚逝去的黑暗的厌恶和正视。最初的文学作品，还偏重于对明显的破坏与伤害的描绘，用血淋淋的事实震撼人，抒发人们对"四人帮"和极左路线的控诉，不仅揭示外在的浩劫，而且深入揭示内在的伤害。短篇小说《班主任》是有代表性的，它展示了在"文化大革命"中两个灵魂受到摧残的畸形少年的形象宋宝琦和谢惠敏：一个是缺少文明教育变得愚昧粗鲁的男少年，一个是当时被人们视为"好学生"实际同样愚昧麻木的女少年。特别是后者谢惠敏的形象，极大地震动了读者的心灵。她使人们认识到，最严重的伤害是极左路线对人们灵魂的锈蚀，所谓的先进少年实际上是丧失了正常人的感觉和思维能力的精神奴隶。这仅仅是"救救孩子们"的问题吗？显然不仅仅如此，社会的广泛反应表明，人们在更大的范围内、更多的不同年龄的人身上，看到了同样性质的思想麻木和僵化，它是人丧失自觉和自主意识的表现。可能小说的作者，当时未必极清醒地意识到这一点，但是读者却越来越明确地感到，谢惠敏的形象准确地概括了我们民族在一个时期内丧失人的自主意识的真实情况。自此之后，描写内在伤痕，揭示思想悲惨的作品大量涌现。《伤痕》《神圣的使命》《重逢》《啊！》《大墙下的红玉兰》《三生石》《代价》《布礼》《天云山传奇》《犯人李铜钟的故事》《人到中年》等一大批中短篇小说，在描绘我们民族的各种悲惨遭遇的真实情况时，不能不追寻造成这种状况的历史的和社会的原因。对现象的深入认识，对历史的冷静思考，渐渐地渗入了作家的直觉体验，最初的愤激的情绪的发泄，已为冷静深沉的思考所代替。

随着现实生活的进展，人们更多地把希望寄托在眼前发生的改革上，作家则较一般人更敏感于它对生活的推动，赋予它以理想色彩。风靡一时的蒋子龙的《乔厂长上任记》，似乎给社会注射了一针强心剂。读过小说的不少人乐观地感到，只要领头人物敢于兴利除弊、大刀阔斧干实事，社会面貌立即会有变化，生产效率也会飞速提高，以乔光朴为代表的一系列改革人物现象的出现，反映了"四化"建设初期人们急切渴望变革的愿望、对振兴中华民族的强烈要求和对新的民族性格的朦胧的期望。几乎所有的改革者都是重实干的，充满人情味的，这是对多少年来只尚政治空谈，人为地扩大阶级斗争，强调"斗争哲学"的一种反弹。

然而，改革并不是一两个英雄人物的事业，在现实生活中事情的进展，并不像小说家描写的或者是不少人愿望的那么顺利。随着改革的深入，人们碰到了越来越多的困难，作家们也越来越清醒地认识到这种现实，并从改革遇到的阻力和曲折中注意到，人们思想上、习惯上的阻力远大于客观条件上的阻力，中华民族必须进行一次超越自身的艰难的起飞。水运宪的《祸起萧墙》、张洁的《沉重的翅膀》、陆文夫的《围墙》、蒋子龙的《阴差阳错》、柯云路的《新星》、贾平凹的《浮躁》等等，都显示了需要改革的不仅仅是不合理的体制，还有不健康的人际关系，妨碍生活进展的思想观念和陈旧的生活习惯。换句话说，和现代生活进程严重矛盾对立的，除了显层次的体制、制度、政策、行为外，还有隐层次的思想、观念、习俗、心理，这后者深藏在我们民族文化和民族心理之中，没有这后者的改造，人的解放是不可能的，中华民族的振兴也是不可能的。

三

我们需要特别提及的是，这个时期中国文坛上出现了一批寻根派作家。这不是个有明确纲领和组织的宗派，也不是个有共同美学风范的流派，他们只是在共同思潮影响下的一群作家，自觉不自觉地在许多点上趋向同一。我认为，他们最重要的共同点是，强烈的个性意识和民族振兴的要求。打开国门，西方文化潮水般地涌入，不少作家竞相借鉴、模仿、追随各种西方文学流派，企图标新立异，独领风骚。而这些作家却认为，模仿、追随西方文学并不是中国文学自强的切实道路。他们几乎怀着一种与外来文化抗争的心态，企图从自己立足的土壤和传统文化中寻找到坚实的根，吸取丰富的民族文化的营养，创造中国新时期文学和自己创作的独立个性，不使它淹没在外来文化的涌入和影响中。

应该说，寻根派作家是在一种复杂的矛盾心态中进行自己的追求的。一方面，整个民族在经济、文化各个方面走向现代化，走向世界，中西文化处于交流会合之中。对这样的趋势，他们同大多数中国当代人一样执肯定赞同的态度。但是，另一方面，在文学审美的领域内，他们却要逆时代总的指向，强调本民族的传统的优势，企图使它有新的复活。其实，似乎矛盾对立的心态和行为，有着根本的统一。强调向外来文化学习和强调发扬民族文化传统的清醒实践者身上，都自觉于本民族的振兴。寻根派作家都有较强的民族振兴的要求。他们虽然深切地感到我们民族在许多方面都远远落后于世界发达国家，但是作为一个有悠久历史文化传统的民族，特别是它的文学传统和审美意识，却有着深厚的潜力和活力，因此，他们要重新振兴民族文化传统。

中国人的这种文化自信心，不仅确立在一批寻根派作家身上，而且也浸淫在许多热爱祖国的作家身上，他们在创作中都流露出对民族历史的认同和传统文化的某种倾心与思考。一些以历史题材创作的小说，把深重的历史感和清醒的现实感糅合在一起，探讨着今天人们感兴趣的问题，也从不同角度显示了中华民族生生不息的活力。一些描写现实生活的作品，也极力挖掘潜藏在民族深层文化心理结构中闪光的东西，力图使其得到新的发扬。寻根派作家的创作较一般作家在传统认同上更明确，李杭育的葛川江系列小说，贾平凹的商州系列小说，阿城的知青小说，韩少功的寻根小说，都浸透着浓郁的地域文化色彩，都在吸取民族审美文化的营养上，创造出了独特的文学表现形式，使人有耳目一新之感。

然而，民族振兴意识的高扬，在今天已经不大可能是狭隘的民族自豪感和复古倾向，而是一种清醒的理性态度，站在新的时代高度，放在世界进步的范围内，重新审视本民族的传统和现状。寻根派作家们，在民族审美文化的复归上追求到了积极的成果，贾平凹小说的汉唐文化色彩，李杭育小说的吴越地域的河流文化韵味，韩少功小说中的楚文学的神秘瑰奇，阿城小说的庄禅情志和简约含蓄的意蕴，显示了民族审美意识的光明前景。走出审美的范畴，人们便发现民族文化传统正经历着西方文化的撞击，现实生活的潮流也与它发生着多种多样的背离，批判扬弃便成了唯一正确的态度。当作家展示特定地域文化中的人们的心理状态时，当代意识的照耀，使人们看到传统文化中保守、愚昧的部分正严重地桎梏、扭曲着人的健康发展。所以寻根派作家，在实践自己创作理论的创作活动中，也不得不自觉或半自觉地走上清理、批判民族文化和民族传统精神的道路。但是也不可否认，有一些"文化寻根"的作品，只迷恋于对特定的风俗习惯的展示，对传统的道德闪光缺少当代文明意识的参照，以致作品表现的倾向迷离恍惚，使人无法穿越传统的迷雾。贾平凹是较早在创作实践上表现对民族审美文化认同的，他的小说极富中原秦汉文化色彩，他早期的作品对古老的民俗、纯朴的风情和传统的农民文化心理，充满了赞美之情。这无疑也是他对现实生存状态不满的一种反映，企图以传统文化抗拒卑俗的现代文明。但是，在此同时他也展示了传统文化正经受着现代生活的冲击，一些地域的传统习俗和观念如何扼杀着美好的人性。一种复杂矛盾的心态，左右着作家对社会、人生的观照，经常是半是赞美，半是挽歌。随着创作的进展，贾平凹重视了对现实的观察和客观描绘，他的长篇小说《浮躁》则显示了犀利的批判态度，把民族振兴的愿望，清醒地寄托在新的民族精神的重铸上。

四

多数作家则从亲身体验和观察中，对中国的现实和历史有了越来越深入的认识和感悟。强烈的民族振兴的要求和现实改革的举步维艰的巨大差距，迫使他们从现实深入历史，试图寻找到中华民族活力衰弱的根源。一种痛苦的追根究底的民族自审，贯穿在许多作家的创作中。他们都自觉地与"五四"新文学对国民性格批判的传统衔接起来，力图重铸新的国民性格。对传统文化的清理批判和深刻的自我解剖相结合，表现了深沉的自省、自强的精神。深阅人间沧桑，对中国新文学的贡献横贯几个历史阶段的老作家巴金，从心底流出和着血泪的《随想录》，对"文化大革命"的审视，显示了一种与民族共忏悔的批判意识。他的无情的自我解剖，跳跃出一种对人的博大的爱，一种期望民族自强的深沉的痛苦。

王蒙的长篇小说《活动变人形》也是一部与民族共忏悔之作。它深刻地剖析了中国传统文化、中国知识分子、中国国民性中的保守、丑陋部分，是如何扼杀人的生命和活力的。主人公倪吾诚从一诞生起，就被一种销蚀人的生机和个性意识的中国传统文化和伦理习俗所包围。倪吾诚的妻子和妻姐的人生观念和价值判断，都鲜明地体现了中国伦理文化中糟粕和丑陋的一面。倪吾诚处在五四运动之后的东西方文化的撞击中，他既没有继续发扬传统文化的优秀精髓，也没有吸收外来文化的真正素养，而只学习模仿到一些皮毛，深藏的心理积淀却是传统因袭的糟粕。倪吾诚的命运的阴影，似乎仍笼罩着今天的一些人。倪吾诚一辈人已逐渐地逝去，下一辈人如何才能不重蹈覆辙，这可能是作者写这部作品的良苦用心。中华民族要有新的振兴，必须摆脱束缚人个性和活力的沉重的民族传统的消极负担。

在反思、批判的同时，作家通过不同的侧面表现了对积极的人生态度和价值观念的肯定和追求。其核心是与传统文化保守因素对立的个性意识。新时期文学推崇个性觉醒，是由朦胧到愈来愈明晰，刘心武的《我爱每一片绿叶》、张弦的《未亡人》、蒋子龙的《赤橙黄绿青蓝紫》等小说，都较早发出尊重个性的呼声。铁凝的《没有纽扣的红衬衫》中的安然坚持要用自己的眼睛看、要用自己的头脑想，与《班主任》中的谢惠敏形成鲜明的对比。张贤亮的《浪漫的黑炮》，从描写的事件看，是揭示阶级斗争扩大化对干部制度的影响，深蕴的却是尊重人的个性的问题。在青年读者中激起强烈反响的路遥的《人生》，就在于作品塑造的主人公高加林，突出表现了当代青年要求实现自我价值的个性意识。高加林不满于父辈的传统生活方式，不安于既定的命运安排，有强烈的竞争意识和实现自我追求的信心，对压抑人才的敏感的激愤。作者在肯定他的积极进取的同时，也对他只考虑自己的个人奋斗进行了批评。高加林的悲剧命运，实际上反映了理想与现实、个体与群体之间的永恒的矛盾。作者对此似乎有些难以抉择，最后他的主人公屈从了难以超越的现实，却无法掩饰个性意识的高扬。

可以说，作家对"文化大革命"的批判、揭露，对新中国成立以来的道路的反思，对民族文化和民族心理的反思、清理，对改革的呼唤与描绘，都贯穿着强烈的民族振兴的根本要求。这个要求，一方面是对一切消极的东西的无情批判，另一方面是对一切积极的东西的热情呼唤。人们都期望着新的国民性格的重铸。它是在骚动不安中觉醒的，在困惑中逐渐趋于成熟的，它是一种东方个性意识的崛起，是尊重理性又不贬抑感性，是尊重群体又不抹杀个性，是追求自由又富使命感和责任感，是充满理想又崇尚行动的。当然，这在作家笔下，只是一种愿望的抒发，只是一种追求的表达，切实的民族振兴的途径还在实践者的脚下。

原载《西北大学学报》（哲学社会科学版）1990年第3期

中国社会主义文学的重要收获

——为《柳青文集》的出版而作

中国文学正处在一种在艰难的选择中求得新的超越的时期。这时，不仅需要放眼未来的前瞻，还需要不时冷静地回顾。《柳青文集》的出版，为我们回顾中国社会主义文学的历程，提供了不可或缺的珍贵资料，也为广大读者献上了一份富有特色的审美佳品。

一

无疑，柳青在中国社会主义文学发展史中，占有一个重要位置。柳青是从延安走向全国、走向世界的。这不仅是说，这位作家是从穷乡僻壤的一个普通农民的儿子，变成了有世界影响的作家，而且是说，这位作家是遵循着毛泽东《在延安文艺座谈会上的讲话》指出的方向和道路，进行文学创作实践，从而丰富了中国社会主义文学，取得了世界范围内的影响。柳青的创作是和毛泽东文艺思想不可分的，是和中国社会主义文学不可分的。

中国社会主义文学，是中国革命文学的重要发展。"五四"新文学运动之后，中国有了现代意义上的自觉的革命文学运动，一批又一批的革命作家，把文学看成社会革命的武器，进行着与社会改革密切联系的文学创作。这种自觉的革命文学运动，却因对革命的性质和文学的本质的理解不同，形成了多有歧义的见解和主张，但在与中国封建社会旧文学划清界限上，却是一致地要壁垒分明。一直到了1942年，毛泽东同志发表《在延安文艺座谈会上的讲话》，才从当时的革命实际和革命需要出发，对中国的革命文学运动和革命文学理论进行了系统的概括和总结，提出了一套完整的无产阶级革命文学观和指导理论，用马克思主义世界观统一文艺界的认识。

《讲话》的精神，用毛泽东同志自己的话来概括，就是解决文艺为什么人和如何为的这两个根本问题，即方向和道路的问题。文艺必须为工农兵服务，作家、艺术家必须深入火热的斗争生活，和人民群众打成一片，根据革命斗争的需要进行文艺创作。毛泽东同志指出的方向和道路，对于许多愿意投身革命的作家都显得有些陌生，对于柳青也显得十分新鲜。柳青虽然是受"五四"新文学的影响，热爱文学创作并走上革命道路的，但他过去的创作，基本上是从反映现实、为人生的角度出发的，并没有明确的为工农兵服务的观念。也就是说，《讲话》指出的方向和道路，都是需要重新实践的。特别是关于深入生活转变世界观的论述，对柳青有极大的震动。柳青为了实践《讲话》指示的方向和道路，告别延安的机关生活，深入米脂农村基层三年，和基层干部、普通农民同吃、同住、同劳动，实现自己从思想感情上向劳动人民的转变，在火热的斗争生活中汲取文学创作的素材和营养。

可以毫不夸张地说，这是柳青文学创作思想和创作实践的一个重大转折，从此之后，毛泽东文艺思想不仅从理论指导上使他信服，而且从思想感情上使他信服，变成了他创作思想的血肉。当然，柳青对毛泽东文艺思想的接受和信仰，出于他认识到毛泽东文艺思想是中国革命文学理论的完整总结，是符合中国革命和人民群众需要的真理，是科学的先进的美学观，他在遵行、实践时努力结合艺术规律，使它成为活的指导而不是僵化的教条。柳青还清醒地意识到，经常地冲破一些对毛泽东文艺思想的教条主义、庸俗社会学的解释，才能使文学创作前进在健康的道路上。毋庸讳言，过去对毛泽东文艺思想的曲解很有影响力，而且对毛泽东同志关于文艺的一些具体论述，脱离开具体的时代背景和当时的现实需要抽象为绝对的原则和指导，自然也会引导出片面的和极端的结果。柳青在理解毛泽东文艺思想上，也存在着某些片面性的观点，这些都在一定程度上影响了他对现实的深刻把握和艺术反映。

例如，他在艺术作品体现无产阶级政治功利这个方面，就陷入一种特定的历史局限中，没有突破特定政治观点和具体政策的束缚，因而影响了作品从社会发展规律的深刻把握中真实地审美地反映生活和人的思想感情。我们今天读《创业史》，会为它过分突出农村的两条道路的斗争，影响了它对广大农民的积极性的认识和描绘而感到惋惜。然而，艺术作品终究是艺术作品，不能用写哲学讲义的要求、写政治论纲的要求、写社会科学著作的要求去衡量它，要求在世界观、政治观念、认识现实上都完全正确。我们只能要求它在这些方面总的倾向上是好的、积极的，个别方面的失误总是难免的，我们更重视的是它的审美品格，在传达、表现人的思想感情上给人们带来的感染和满足。列宁对列夫·托尔斯泰作品的分析和评价，给我们树立了光辉的典范。正是在这样的意义上，柳青的《创业史》有着较之它所体现的无产阶级功利观更深广的内蕴和感染力，在中国社会主义文学中达到了一个卓越的高度。

从总的面貌看，柳青对毛泽东文艺思想有着完整的理解，又对文学艺术本身的特殊规律有着深入的体会，又接受了中外优秀文学遗产的积极影响，因此，他在进行革命文学创作上，没有割断历史和今天的深厚联系，没有割断人类和无产阶级不可分的共同部分。当他要在创作中突出体现无产阶级政治功利时，就不可避免地在真实、生动的完整人生图画上涂抹上了斑驳的阴影；而当他沉浸在审美创造的激流中时，他则更完全地处于一种对人生的体味和探索追求中，文学艺术的审美规律更加受他重视。我们不得不认为，柳青是遵循毛泽东文艺思想创作的，也是遵循文学艺术的特点和规律创作的。柳青和他同时代的革命作家，遵循着这条道路，共同创造了中国社会主义文学。

二

　　中国社会主义文学，是中国革命文学的必然发展，它继承了"五四"革命文学的优秀传统，受到了苏联社会主义现实主义文学的强烈影响，在毛泽东文艺思想的指导之下，随着中国社会主义革命和建设的步伐，逐渐发展繁荣起来。它的最显著的特色，应该说是获得了自觉的历史唯物主义世界观的指导，能从社会发展的角度观照生活，能真实、深刻地传达和表现作为历史运动的真正推动者人民群众的思想感情。换句话说，社会主义文学与过去时代的一切优秀文学，在反映现实和对待人民上都有许多共同性，但是它又有新的突破，这就是在反映现实生活上更具历史的发展的眼光，恢复了人民群众在现实活动和文学艺术描绘中的主人翁地位。人们都知道，过去时代的一切富有人民性的文学作品，都力求真实地反映现实，都充满了对人民群众的深厚的同情，但是由于历史的和阶级的局限，都没有达到社会主义文学在这些方面所应达到的高度。当然，这也是一种宏观的整体价值评价上的判断，并不能以此也无法以此来衡量不同时代不同作家的具体作品的优劣。很可能一部在把握历史发展规律上失当的过去时代的文学作品，较之一部有纯正历史观的当代文学作品，更具艺术魅力，更受读者欢迎。这说明，对具体文学作品评价的标准，不同于衡量一个时代文学的标准。我们这里论及的是说明社会主义文学的整体性的标志，它是特定的历史时代的文学运动所赋予的。柳青在这个历史创造中做出了显著的努力。

　　柳青的创作，始终追随着时代的步伐，努力于真切、深入地表现人民群众的思想感情和心理愿望。柳青一开始创作，便冲破了小资产阶级知识分子容易陷入的个人情感的小天地，放眼周围的社会生活。他的处女作《待车》，描写东北军一批伤兵的悲惨境遇，表达了当时日渐高涨的人民群众的抗日救国的愿望与呼声。此后，柳青的许多短篇小说便紧贴抗日的时代脉搏，反映革命根据地人民群众的生活和斗争。一部分是写前线见闻的，反映日本侵略者的暴行、边区军民的英勇抵抗斗争，讴歌革命战士的崇高品德与革命英雄主义精神；一部分是写边区农民在共产党的领导下生活发生的变化，新生活带来的喜悦。短篇小说集《地雷》的面貌基本上是这样的。由于柳青出生于农村，后来参加革命工作后，接触的多是农民出身的革命战士，所以他早期的创作自然以农民和战士为主要描写对象。在这些作品中，作者虽然努力用自己的笔去表现劳动人民，真实地描绘现实生活的进程，但是由于还未获得真正的历史唯物主义世界观的武装，未能和人民群众在思想感情上融成一体，基本上还是站在一个革命的小资产阶级知识分子的立场上，自觉不自觉地以旁观者、同情者的态度来看待他们，对劳动群众缺乏深刻的了解，对他们的爱是有限度的。所以，柳青早期的创作，还未能很明显地超越旧现实主义的观念和手法：对生活的进程，还停留在现实现象的把握上，作品的典型化程度不够，较醉心于对局部真实的细节描绘上。也就是说，柳青这时期的创作，尽管紧切时代的脉搏，重在表现人民群众的思想感情，但还不完全自觉。较完全的自觉是他在米脂三年之后，是在他完成了思想感情向劳动人民转变之后，它体现在《种谷记》的创作中。

《种谷记》是柳青的第一部长篇小说，它是作者经过了较长时间的酝酿于1947年发表的。比起早期的写农村的作品，作者已具有较深邃的眼光，他已经不满足于一些新的生活场景、一些新的思想动态的采撷、摄取，他努力从生活的整体进程上反映现实，真实、深刻地表现农民群众的生活和命运。《种谷记》虽然只写了边区一个村庄实行变工互助的几天生活，却从历史与现实的交汇中展示了社会发展的规律和中国农民的前景。边区政府为了帮助个体农民克服生产中的困难，组织他们变工互助，这一改变他们千百年传统习惯的活动，极大地震撼着他们，引起了他们思想观念、心理情绪的深刻变化。小说所显示的就不仅仅是变工互助给农村带来的新面貌，而是显示了中国农民只有在中国共产党的领导下，告别小农个体经营的方式，走集体化道路的历史必然趋势。虽然当时并没有严重地触及私有制和个体经营的方式，只是让农民接触了一下组织起来集体生产的优越性，这就使他们身上蕴藏的历史活动的主动性得到唤醒，同时也显示了他们之中的不少人摆脱历史重压的艰难性。农民在《种谷记》中不再是一些被同情、被怜悯的对象，而是生活的主人，自己历史的创造者，被作者深刻认识并从思想感情上与他们融为一体的描写对象。特别值得注意的是，作者在反映现实生活上，已经能从较深广的历史真实上反映人民群众的情绪与愿望。小说描写的社会背景虽然是抗日战争时期，但已不同于《地雷》集中的小说，只局限于对抗日要求的抒发，对抗日英雄行为的赞美，而是在民族革命和民主革命的背景上，展示中国农民现实的任务和未来的命运的发展图景。这后来一直成为柳青创作的主线。广大读者从中国农民命运的变化上，读到的也是更广泛的人生追求和体味。作为中心人物的村行政主任王克俭，他犹豫、动摇、被迫前行的身影，在生活潮流中随处可见。农会主任王加扶，青年农民王存起夫妇、福子和维宝等，他们对新生活的向往和追求，他们在政治上翻身之后强烈地要求经济上的变革，要求废除土地地主所有制，要求一定程度地组织起来，要求掌握文化，要求有新的和谐的夫妻感情生活，都有着更广博的人生意义、更深刻的历史真实性。

考察柳青从40年代到70年代的作品，我们可以看到，他的创作目光总是追踪着历史前进的步伐。《种谷记》发表之后，柳青在大连大众编辑部坐不住了，不惧跋涉万里，费时多半年，赶回陕北，以便和家乡群众一起参加陕北保卫战。可惜他没有赶上参加那场战斗，他便把搜集、了解到的素材和情况加以整理，构思写出了第二部长篇小说《铜墙铁壁》。小说虽然描写的是陕北保卫战，但重点不是写参战的主力军的军事斗争，而是写人民群众在战争中的作用和力量，揭示革命的人民群众是真正的铜墙铁壁。从创作的指导思想上看，作者用唯物历史观观察生活和事件的自觉性很强，揭示了人民战争的源泉和威力，进行典型化的自觉性很高，力图充分发挥社会主义文学的优越性。但是由于作者没有把这些自觉的观念，完全融化在生活体会和人物血肉中，所以《铜墙铁壁》的艺术体现未能十分充分。

真正显示了柳青把握生活、表现人民群众思想感情功力的是《创业史》和《狠透铁》的创作。对《创业史》的评价，现在有了较多的歧义，但贬抑的意见多从现实政策的改变上出发，较少从艺术感染和审美评价上着眼。我想我们只要把《创业史》看成一部艺术作品，不用单一的政治尺子衡量，就会较容易地趋向统一。《创业史》描写的题材，是中国大地上真实发生的一场农民告别私有制个体劳动走集体化道路的翻天覆地的大变革运动，它是中国社会主义革命的重大步骤，无论它的整个进程和具体环节，今天看来有多少需要更正完善的地方，对它的总体评价应该是肯定的。而作为艺术地反映这一过程的《创业史》，它基本上是真实的、深刻的。何况《创业史》着重的不是从历史评价的角度描绘这一过程，而着重的是反映这一过程引起的广大农民在思想上、情感上、心理上发生的变化。这一切都是实际发生过的，柳青对它做了真实、深入、细致的描绘。生活面相当广阔，矛盾冲突复杂曲折，作者还从纵横两个方面使矛盾冲突具有更为广阔的规模和更为丰厚的内容。《创业史》的"题叙"以及许多章节中对主要人物生活史的出色介绍，从纵的方面把蛤蟆滩的过去和现在，把蛤蟆滩人们的生活和思想的历史变迁同眼前所发生的矛盾斗争连接了起来，使人们更加清楚地看到了今天农村正在进行着的这场革命的历史渊源、阶级性质及其必然胜利的前景。《创业史》矛盾冲突的典型性，不只是表现在这个冲突所概括的内容的广度方面，更重要的是表现在对这个冲突的深度开掘方面，进入事物的内部矛盾发展过程，准确而深刻地揭示出处于不断运动中的矛盾冲突发展的趋向和前景。艺术冲突发展的辩证法和现实生活发展的辩证法，在《创业史》里被高度地统一起来了。梁生宝互助组的胜利，使大部分持观望态度的农民倾向于互助合作，越来越多的农民群众从心理上和感情上倾向于社会主义。过去在农村左右一切的人物变得越来越没有分量，而梁生宝及其伙伴们，这些过去不被人们注意的默默无闻的人物，由于他们把自己的生命同广大劳动群众变革前进的思想、愿望和要求结合起来，生活便把他们推到了蛤蟆滩群众的心头。谁胜谁败，最终不是由任何个人的才能或主观意志所左右，而是由客观规律决定的。《创业史》艺术冲突的变化过程所昭示的这个真理，是生活发展的辩证法的真实再现。

从《种谷记》到《铜墙铁壁》《创业史》《狠透铁》，柳青总是把自己的艺术视野、关注的眼光，放在人民群众所普遍关心和迫切期望解决的社会问题上，放在我们党所领导的关系到亿万人民生活命运的斗争课题上，真实地历史地具体地展现社会发展的面貌，表现最大多数人民群众的思想感情和心理愿望。人民的喜怒哀乐，人民在现实变革面前经受的心理的、情感的震颤和变化，都无不牵动着作家的每根神经，都促使他通过自己的艺术笔墨进行动人的表现。《狠透铁》的创作过程和思想主题，在说明这方面具有特殊的意义。1958年，一些人已经开始失掉了对客观现实的冷静分析，为一些表面现象所迷惑，而柳青在现实中看到的却是另一面，始终保持着清醒的头脑。他看到广大群众和基层干部还不能适应迅猛发展的农业合作化运动。他通过一个忠心耿耿的"老监察"的多难经历，揭示一个重要的社会问题，就是生产资料所有制改变后，只有发展社会主义民主，才能巩固农村集体经济，才能使人民群众经受锻炼和得到提高。作者对社会主义制度的强烈责任感，对农民群众的深厚感情，真是力透纸背。

三

柳青创作所体现出的社会主义文学的另一个重要特色，就是现实性与理想性的统一，求实精神与英雄气概的结合，在真实展现人生完整图画中突出理想人物，塑造社会主义新人形象。

由于"三突出"理论的破产，更由于"英雄史观"的破产，一时人们在文学作品中创造理想人物的要求逐渐淡化，对西方现代派文学的非理想

239

化击节赞赏。实际上文学和理想是不可分的，甚至可以说文学就是理想之火点燃的。各个时代的文学都力图凭借理想之光使人们脱离污秽的现实，浪漫主义文学在这一方面更是旗帜高扬。但是，过去时代作家、艺术家由于历史和阶级的局限，都不能很好地处理理想与现实的矛盾，理想人物常含有空想的成分，或者如现代资产阶级文学丧失理想色彩。应该说，社会主义文学由于为历史唯物主义世界观所武装，它既能清醒冷静地体察和反映现实斗争的艰辛，又能以科学的共产主义理想洞见光辉的前景，把理想与现实高度统一起来。一些有远见卓识的革命作家，在这方面做出了程度不同的努力，如柳青，他的努力是突出的。

柳青的所有作品，容易给人一个总的印象，就是严格的现实主义风格，似乎理想色彩不够鲜明。实际上这是不够深思熟虑的印象。柳青确实较多地受到了过去现实主义大师创作的影响，注意客观地摹写现实，讲求细节的高度逼真，甚至在每一部小说中塑造的形象，都有生活中的原型。然而，这仅仅是一个方面。另一方面，柳青也热恋过一些浪漫主义大师的名著，非常注意吸收其中的营养。从个人气质上讲，柳青也是一个重感情好幻想的人，只不过他接受了现实条件的约束，重实际，循必然。这在他的创作风格上，无疑打上了深重的印记。可以说，柳青是在严谨、平实、精细的外貌下储存了炽热、绚丽、宏壮的思想和理想。他为信念而存在，为信念献身的一生，就是最好的说明。缺乏理想的现实爬行者是无法望其项背的。

柳青对革命的感情，对人生的追求，对美好未来的向往，都寄托、熔铸在他的作品中。由于革命理想的光照，他对现实的观察不停留在表面现象上，而是能掌握规律和发展的趋向，并通过典型化使生活真实成为艺术真实。柳青认为，典型化从对生活的集中、概括和提炼上来说，实质上是真实化和理想化的有机结合。他说："典型是真实和理想的结合，它既不仅仅是真实，也不仅仅是理想。"依照这个原则创造的社会主义文学，自然充满了生气。它既反映了现实的真实面貌，人民群众的求实精神，又反映了社会发展的必然趋势，历史创造者的英雄气概。

文学的理想色彩主要集中在理想人物的创造上。过去时代的许多杰出作家甚或一些反动作家，在创造各种各样的典型人物的时候，都注意塑造自己的理想人物。柳青认为："各个时代积极的进步作家，现实主义也罢，浪漫主义也罢，都是通过社会实践获得了对社会的认识。在这认识里，总有一部分是他反对的，还有一部分是他所赞美的。作家把他所反对的事物概括到一部分人的形象里，又把他所赞美的事物概括到另一部分人的形象里，其中有一个人物，作家把自认为最先进的世界观，最美好的愿望和理想，以及最高尚的道德伦理观念，都灌注进去了。这就是他的理想的人物。"然而过去时代的现实生活中的英雄人物，过去时代文学中的理想人物，都有着难以克服的历史的和阶级的局限。创造崭新的体现历史发展规律和趋向的理想人物的任务，只有无产阶级革命作家才能够担当起来。柳青认为，"无产阶级革命的时代特征，规定了无产阶级革命文学的任务是创造正面人物的典型形象。这是文学的党性要求。""比过去任何时代的作家都要负更重大的历史使命的无产阶级革命作家，怎么能满足于仅仅写些反面的人物呢？他们光荣的任务是努力通过尽可能生动、尽可能美好、尽可能感人的形象，把他经过社会实践获得的认识和理想传达给人民，帮助人民和祖国达到更高的境界。"①这些看法说明，柳青认为塑造革命理想人物是社会主义文学的重要课题，是它区别于其他性质文学的一个重大特点。所以，他怀着炽烈的热忱在自己的创作中进行着理想人物的创造。

这位献身描绘人民真实形象的作家，从他早期的创作开始，便非常注意发掘、刻画人民的积极面貌，历史创造者的崇高精神境界。《牺牲者》中的马银贵，《地雷》中的李银宝，《喜事》中的魏兰英，一直到《种谷记》中的王加扶，都显示了作家在这方面的积极努力。后来在《铜墙铁壁》中塑造石得富的形象，在《创业史》中塑造梁生宝和他的伙伴们的形

---

① 此处所有引文均摘自柳青《走哪条路》（柳青未刊稿）。

象，则达到了非常自觉的高度。

柳青倾注心血塑造的梁生宝的形象，是作家认为他在艺术上的探索追求。他认为社会主义文学的新的进展，主要表现在新的理想人物的创造上，它不仅是新的世界观和新的现实生活的展现，而且是新的美学观的体现。他呕心沥血，调动自己的艺术创新手段，塑造出震动当时文坛的富有光彩的社会主义新人梁生宝的形象。这是个外貌平凡、朴实谨慎甚至"老成持重"的庄稼汉，但是在他身上却蕴藏着深厚而崇高的新的思想和品格，忠实于共产主义信仰、大公无私、坚韧顽强、朴素勤劳和乐观开朗。这些都是中国农民传统的优良品格，为共产主义理想所辉耀，是社会主义革命实践所锻铸的新的结晶。梁生宝去郭县买稻种、进终南山割竹子等情节，一时成为读者反复议论和击节赞赏的章节，文学评论界也普遍认为，梁生宝形象在当时同类题材所塑造的英雄形象中独树一帜，高出一筹。

这独树一帜、高出一筹，实际是指柳青在塑造社会主义理想人物、新的英雄形象上，克服了不真实、不符合艺术规律的通病和积习。由于创作指导上和理论界一些人片面强调无产阶级文学塑造理想人物的重要，结果创作实践上也形成了一股在理想人物塑造上的严重公式化、概念化的倾向，英雄人物只是一些豪言壮语，或是某种先进思想和正确概念的演绎。这也成了许多作家难以跨越的一条鸿沟。柳青跨了过去。这首先由于他对理想人物有正确的理解。他认为理想人物要正确反映先进阶级的要求，从一定的时代、一定的社会实际生活出发，又要为符合社会发展规律的理想所照耀。他同时又非常注意从文学艺术的特点出发，他指出："譬如一部文学作品要描写一个中国共产党领导下的民主革命的农民英雄的典型，这和选举劳动英雄和战斗英雄、人民代表和政协委员，就有很大的不同。选举人民代表和政协委员，只看他的立场、观点和事业成就是否能孚众望，就不管他的习惯用语和走路步态等等了。而创造艺术的典型形象，就还得注意他的个性。"就是说要充分地个性化，按艺术的典型化规律来塑造。在这个过程中，柳青认为最重要的是要遵循历史唯物主义的观点，正确地描绘英雄人物和人民群众的关系。英雄人物和劳动群众有密切的联系，并以自己的知识和才能为这些群众服务，相信群众，懂得群众，切切实实为群众做实事，不是高居于群众之上的个人英雄主义者。梁生宝形象的创造便恪守这些要求。

不能不提到，在梁生宝形象的评价上是有不小的分歧的；公允地看，梁生宝的艺术感染力也不像柳青本人企望的那么高。不是作者不努力，也不是作者的指导思想、主观构思有什么错，而是好的意图未能完全地变为激情的灵感的产物。这不是抽象的逻辑所能完全显示清楚的，更多的是一种带直觉创造的生活形象向艺术形象的转化。现实向作者提供的梁三老汉的生活形象，较之梁生宝的生活形象要丰厚得多，难怪作家对梁三老汉刻画得入木三分，得到了读者和评论者一致赞赏，也难怪会有人觉得梁生宝的有些思想活动是作者主观观念的演化。这些具体评价上的分歧，我们不需完全一致，我们需要统一的是，柳青在塑造社会主义新人上的努力是值得肯定的，是对中国社会主义文学的特色的丰富。

四

燃烧着革命理想，和农民群众始终保持着血肉联系的柳青，从未忘记他是以文学创作为人民服务的，探讨文学艺术的规律，创造适应社会主义时代和群众需要的审美形式是革命作家的天职。柳青把献身人民、献身革命和献身艺术看成是完全统一的。他从不肯忽略对艺术特征的探求，他也从不把艺术形式上的探索看成纯技巧性的问题。

正由于柳青有这样深厚的美学观，他从不肯使自己的创作沦为粗略的政策图解、政治宣传，他总是精心地探求新的艺术构思和新的艺术表现手法。他为我们塑造出了一群栩栩如生的人物形象，特别是《创业史》中的各种人物形象，大大丰富了中国社会主义文学的人物画廊。梁生宝、高增福、梁三老汉、姚士杰、郭振山、素芳，甚至白占魁，都是呼之欲出，带着他们各自的音容笑貌、心灵颤动活跃在读者的心中。作家在塑造人物形象上，有勾魂摄魄的能力，能从他们赖以生存的社会根基上，个人生活道路上，特定的生活环境和各种偶然机遇上，找出性格形成的必然逻辑和有个性的表现形式。柳青在《创业史》里，着重的不是对人物的外在的声色行动的刻画，而是对内在的心理、思想活动的剖析。讲《创业史》的故事，我们无法叙述得生动有趣，讲《创业史》的人物，我们却可以复述得活灵活现。中国农村的众生相真实地展现在我们面前，不同人的喜怒哀乐、追求与失望的感情经历震撼着我们。我们只要不局限在反映农业合作化的历史过程上，读《创业史》便会有更深厚的历史感和人生体味，感受到中国农民要求翻身创业的强烈愿望，感受到人生追求、奋斗的乐趣，人在社会变革面前的困惑和被遗弃的冷落寂寞。社会人事的变迁，人的感情的变化，在《创业史》里都被浓缩了。浓缩了的东西，只有慢慢地品味，才能感受到它的隽永、深厚。《创业史》是要仔细琢磨着阅读的。

柳青小说人物的活力，不须说是来源于丰厚的生活的真实再现，他从来不肯脱离生活而虚构，对每个细节都力求逼真。还有一个重要的原因，这便是柳青把笔触放在刻画人物的思想感情上，放在展现人物的灵魂上，放在通过人物的思想感情的变化反映社会现实。许多作者没有认识这个道理，热衷于编故事，组织情节，却忽略了对人物思想感情的揭示和剖析。柳青深谙此中三昧，他的作品不重故事情节，力量主要放在写人的思想感情的变化过程上。他不仅仅是捕捉一瞬间的感情流露，而是要在人的感情的整个经历中，发现它的细微的颤动，揭示它的变化的规律。人物思想感情的变化过程，就是人物性格发展的过程，就是这一部分人和那一部分人关系的演化的过程，就是社会现实的变化过程。从"题叙"到"第一部的结局"，梁三老汉的思想感情有了巨大的变化，原来那种顺从命运、任人嘲弄的老汉，现在变成了受人尊敬、充满自豪感的生活的主人；同时也让我们看到是农村社会生活的巨大变化造成了这一切。一个卓越的作家，不仅有能力使读者接近他的人物的思想感情的激流，观察各种人物思想感情的万花筒，而且有能力引导人们去分析人的心灵，并从中揭示出一些社会的、人生的规律。人的感情不能脱离一定的思想基础，人们的思想又是为他的社会存在、社会实践、一定的人与人的关系所决定的，所以人的思想感情与社会现实是一种复合物。作家只有准确地把握了这之间的必然的却是曲折的隐蔽的复杂关系，才能在写人和揭示社会上达到真实、深刻。人们常说，不仅要写出人物在"做什么"，而且要写出人物在"怎样做"。所谓写出人物"怎样做"，就是写出人物怀着什么样的思想感情对待他面临的各种事物，采取什么样的具体行动，并在这个过程中发生了什么样的思想感情的变化。把人物行动的动机和社会根源都揭示出来了。柳青对中国农民和中国农村社会有着深刻的了解和研究，又有着丰富的切身的经验和体会，能抓住各阶层人物思想感情的搏动和脉络，因此他塑造出了众多血肉丰满的农民形象。他不愧是描写中国农村的圣手。

从《种谷记》到《创业史》，柳青的艺术探索愈来愈趋于成熟。其探索的总目标，就是追求一种生活与艺术能和谐结合的完美的审美形式。他提出来的"对象化"的理论，是个基点，他借用马克思运用的"对象化"的概念，但自己对其进行了解释。他认为作家必须"对象化"，必须熟悉和懂得自己描写的对象，达到可以把自己化为对象的程度，要使自己的感觉和思维尽可能和客观事物、客观对象相吻合，这样才能真实、深刻地反映对象。在"对象化"的基点上构思作品，塑造人物，寻找、创造新的表现手法。柳青认为"完美的艺术形式"不外三个方面：一是文学语言和生活语言的结合问题，一是作品结构的完整统一问题，一是艺术表现手法的新颖和自然天成的问题。

柳青在语言的运用上，主要是追求生活语言和文学语言的和谐一致。他早期的创作就注意吸收群众的生活语言，因此作品有浓厚的泥土气息，但加工提炼不足，出现了一些芜杂和晦涩。后来他有意识地克服这个缺陷，把经过加工提炼的生活语言和叙述的文学语言和谐地结合起来，方言土语运用得纯熟而又精当，作品的艺术语言既有鲜明的地方色彩，又是规范化的。这样，就形成了柳青文学语言的基本特点：凝重，精确，生活化，富有个性化和幽默的感情色彩。

在作品的艺术结构问题上，柳青进行了长期的自觉探索。他觉得有两方面的问题：一是艺术结构同现实生活之间的关系问题，一是艺术结构以什么为中轴而展开的问题。艺术结构要求完美，就必须与现实生活发展的内在规律相协调，真实地反映现实矛盾冲突的完整面貌。作品的艺术结构，虽是作家对生活的一种创造性的重新安排，但它总是要反映生活发展的客观过程和内在规律，而且应该更集中，更理想。柳青还进一步提出，以主人公为中心，全面安排层次分明、从容不迫的布局，这样符合文学创作主要是写人的思想感情变化过程这个根本要求。所谓以主人公为中心结构作品，就是以主人公的性格发展和他与对立面人物性格冲突的趋向为中心来结构作品。《创业史》是他这种结构理论的较完美的实践和体现。

艺术表现手法问题，是柳青刻意追求、着力最勤的一个方面。在作品中如何描写自然景物，如何叙述事件的过程，如何表现人物的行动和心理，都属于艺术手法上的问题。柳青从世界名著的欣赏中，发现大师们的手法是多种多样的，领悟到自己必须吸收各家之长，进行新的创造。他把新的手法，同作家在生活实践中和艺术实践中的对象化，同现实主义的真实性，看作是一致的。他认为，作家的一切艺术描写，要能给读者造成完全逼真和非常亲切的生活感觉。这就要求作家选择好艺术表现的角度，即作品的情节和细节是通过作品中这个或那个人物的行动、语言、感觉、思维和情绪的角度来描写的，也就是作者尽量把自己隐蔽起来，一切艺术描写，都是通过作品中某一个人的眼光和心理表现出来的。这样，作者的整个艺术描写，都成为作品人物的活生生的语言、行动、思想和感受，使读者始终和主人公直接发生接触，始终和作品人物一同在情节的发展中活动，在对象世界中暂时忘掉自己，沉醉在作品所展开的生活氛围里。一切艺术表现手法的革新创造，其目的都在于更真实地反映生活，更完美地传达人民群众的思想情绪，更有力地感染读者。柳青对"对象化"艺术表现手法的追求，即努力于实现这个目的。他在《创业史》的写作中，运用"对象化"艺术表现手法，造成"动"的感觉和"不隔"的感觉。所谓"动"的感觉，就是作者所描写的一切，由于都是通过作品中特定人物的眼光表现出来的，就具有强烈的感情色彩，充分的生活具体性，活跃的客观真实的生命力，唤起和带动读者的感情活动，始终处于起伏变化的状态之中。所谓"不隔"的感觉，就是作者"对象化"的艺术描写，使读者直接进入作品所提供的生活境界，如同身临其境，真切地感受到人物各自独特的真实的思想感情和心理活动。柳青追求的艺术与生活的和谐一致，艺术作品的自然天成，是被他努力地实现了。

柳青还特别注意作品艺术氛围的整体追求，心理刻画的精细，主观抒情的融入，这都同他一贯重视并且善于吸收中国古典的和外国优秀文学作品的艺术传统，特别是艺术表现技巧分不开的。可以看出，柳青没有简单地认为，创造社会主义文学的审美形式，只要消极地投合工农兵大众的审美趣味就可以了；而是应当吸收人类优秀艺术的有益传统，立足于社会主义革命和建设的现实土壤，创造自己时代的满足群众需要的审美形式，它应当既是民族的又是现代的。柳青正是在这样的方向上，创造了自己的风格：严谨细致，朴素幽默，疏朗恢宏，深沉含蓄。

柳青留给人们的精神遗产是丰富的，他献身人民、献身革命、献身艺术的人格力量，和与他人格力量相辉映的文学创作，长篇小说、短篇小说、特写、散文等，他还写了不少探讨文学创作和美学思想的理论文字，以作家特有的深切体会阐发马克思主义美学原理和毛泽东文艺思想。人们也不难发现他的创作和理论中的某些偏颇，一些属于时代或个人难以超越的局限。现实变革者的精力，主要放在对现实运动的推动上，历史留给后人评说。柳青在中国社会主义文学的推动上，尽了自己最大的努力，他的贡献和业绩同中国社会主义文学共在！

原载《咸阳师专学报》（哲学社会科学版）1991年第3期

争奇斗艳花一丛

——《延河》"陕西作家小说专号"印象

　　文学月刊《延河》1994年4月推出"陕西作家小说专号"。从两位主编陈忠实、徐岳的心愿看，他们力图重振刊物在五六十年代的雄风，使《延河》在全国的优秀文学期刊中占有醒目的地位，不断地推出第一流的作品和作家。在这里我们不难感受到，商品大潮冲激下人们担忧的中国文人的人文精神虽有一定的失落，却仍然顽强地生长，仍有人热衷于精神创造的竞争，仍努力于中国文学的百花齐放，繁荣昌盛。

　　在这期《延河》上亮相的陕西作家，都是近年来在文坛上有一定影响的小说作者，他们不少人的长篇、中篇或者短篇都给读者留下了深刻的印象。那么，这次拿出的作品怎样？作为他们作品的读者，我是饶有兴趣地读完了这些作品，感受到了强烈的艺术魅力，有几篇作品甚至使我灵魂受到震撼，不得不长久思索这种力量来源于何处。我不得不说，这些作家都力图创新，在新作品中摸索着人的情感轨迹、灵魂的颤动和社会人生的血肉关系，并以自己特有的方式传达出来。

　　作家们都有了文体的自觉，已经不太急于把自己对现实的爱憎和改造社会的方案以艺术图解的方式传达出来，而更多地沉醉在对自己个性化的艺术形式的揣摩和创造上。他们都想向读者表白，这是我的感悟，这是我的体验，这是我特有的传达，同时这也是我对社会人生的认识与评价。

陕西作家难以割断他们与黄土地的联系，所以他们在艺术形式的创造上，不能走纯形式、纯技巧的唯美主义道路。艺术形式不是他们的目的，只是一种手段，只是服务于他们倾听到的黄土地的呻吟、欢乐的传达。尽管他们也可能感受到了艺术形式创造中的非理性的快乐，它的相对独立的品格，但他们的灵魂更多的时候却在滴血流泪，和黄土地上生存的人们共同呼吸。文学是为人生的，为人性的伸张和完善，这样的人道主义精神，灌注和浸染在这些作家艺术形式的创造中。因此，作家在创造这些艺术形式的时候，读者在观照这些艺术形式的时候，产生的都不可能是比较单纯的审美愉悦，而是比较复杂的审美感受，是直觉的愉悦之后伴随而来的对社会人生的思考，甚至是一些揪心的考究。《蓝鱼儿》讲述的故事一下子就会抓住你，读到仁俊义建议让他老婆蓝鱼儿，以她那双"老头乐"似的手来胳肢审查对象时，你会笑得喷饭。当蓝鱼儿的手伸向旺旺时，你也许同样会感到浑身奇痒，由不得笑破肚皮，但你肯定会由不经心的笑转入深沉的悲哀。当蓝鱼儿的手伸向丈夫仁俊义时，你会由调侃转入对社会人生的思索，会想到严肃的政治生活如何转变成了闹剧，闹剧又如何成了严肃的政治生活，作法自"毙"的不仅是仁俊义！《张家山幽默》讲述的故事同样是调侃的，你也会边读边笑，但随之而来的是深沉的悲哀。黄土地的作家，他们轻松不起来，他们疗救社会、疗救人生的意识深浸在他们的文体意识中。这使他们不可能营造纯艺术的玲珑剔透的七宝塔，而更多地把心思放在对社会人生意义揭示的文体追寻上。这是他们不轻松之处，也是他们受惠之处，我们的时代和我们的人民需要为人生的文学。这也是为艺术而艺术的价值虽不可忽视，却在这个时代相形见绌的根本原因。

　　文体意识的自觉，不仅表现在作家寻找自己特有的表达方式，在艺术形式与社会人生之间找到了契合点，而且也表现在读者意识的增强。几乎没有一个作家不清楚作品是写给读者的，但许多时候作家容易陷入某种盲目，忘记了读者的需求和爱好。《延河》"陕西作家小说专号"，表现出了明显的读者意识。我觉得这些作家在叙述方式上，大体可分作两类，但相同的是都把读者当成对话对象，极力唤起他们的阅读兴趣，唤起他们的情感、想象、理智和良知。

一种是简化的叙述方式。作家以尽可能简洁的语言，直截了当的方式，交代人物和事件，删去一切修饰和形容，只交代主要的事件，以最快的速度推动情节的进展。有时只交代结果，不渲染过程，不踵事增华，它不给读者喘息遐思的机会，非逼着你一口气读完，落入它营造的思想情感的旋涡。《蓝鱼儿》《张家山幽默》就采用的是这种叙述方式。这样的叙述，不能拖拉，不能平淡，要突兀，要奇崛。"蓝鱼儿不是鱼，是蓝鱼儿。"这样的开头不是慢慢道来，而是突兀地进入。这似乎说明了问题又似乎什么也没说的一句话，便吊起了读者的胃口，非要往下看个究竟不可。《蓝鱼儿》的整篇叙述，做到了再也不能简化的地步，不着重环境、时代背景描绘，甚至也不着重人物面貌、性格描绘，它只着重描述蓝鱼儿的一双手，从胳肢旺旺到胳肢全队的干部，包括她丈夫仁俊义，使这些人都承受不了奇痒的刺激，不得不违心地承认自己贪污，使"四清"工作捷报频传。始作俑者仁俊义，也受到了他婆姨蓝鱼儿的胳肢，成了"四不清"干部下了台。可以结束的地方，没有结束，故事又波澜再起。作者让蓝鱼儿的手在他们夫妻生活中再显邪力，使仁俊义不敢近蓝鱼儿之身。当仁俊义突然抓过切刀，砍去蓝鱼儿的双手，使我们都惊悟了，这砍去的是人的异己的东西，不砍去，人无法过正常生活。蓝鱼儿的手已经具有高度象征的意义，它不从事日常家务劳动和爱抚这些天职，而在政治生活中大显魔力，胳肢审查对象。这是多么地荒唐，又是多么地真实。在阶级斗争扩大化的年代里，政治斗争经常采取闹剧的形式，手段的无聊也暴露了目的和意义的虚妄。蓝鱼儿的戏剧性经历，可以使我们想到很多很多，从一个默默无闻的家庭妇女，变成阶级斗争的主力军。她是那么虔诚地从事胳肢人的"工作"，她对旺旺说"叔这不是要是工作"，直到后来她不胳肢人手就痒痒，上了瘾了。异化了的行为，上了瘾的，真是多乎哉！

简化的叙述方式，是高度精练的刻画和描绘，它的情节和人物必须具有高度的典型性，有极大的包容性和浓烈的感情色彩，但它却不重煽情，常常是在一种貌似漠然的客观叙述中，浸透着深沉的感情评价。《蓝鱼儿》是这样，《张家山幽默》也是这样。田寡妇的心脏开花，牵连着田村的二不溜老汉，使法医有了评职称写论文的材料，更使儿子有了向公家伸手讨钱财、要优待的借口，虽属荒唐，却又极其真实。作者调侃叙述中的血泪搏动，使读者心颤神移。

另一种是渲情的叙述方式。假若说简化的叙述方式是一种冷的叙述，渲情的叙述方式便是一种热的叙述，叙述者尽可能地进行感情渲染，在情节、人物、细节上既有对现实形态的简化，更有浓墨重彩的渲染。《狼情》《为了一个善良的愿望》《谁来赴刑场》《丑儿》就属于渲情的叙述方式，它有娓娓道来之趣。作者在这里常常不是采取超然的态度，而是介入的，因此较易唤起读者的感同身受。《狼情》的作者显然同情牢娃一方，他在这样的感情基础上展开叙述，读者便被紧紧缠在牢娃身上。作者简中有繁，大故事只突出牢娃的爱情渴求，具体描写却不厌铺陈，极力渲染牢娃感情的浓烈。先写牢娃的孤凄与心灵荒芜，一园一人一枪，看园的四只鹅、四条狗，还有一只使主人联想到少女的绿毛红嘴的小鹦鹉。继写牢娃对苗苗的钟情，却发现哥哥与苗苗有私情；牢娃与苗苗的形式婚姻。最后写牢娃不堪感情重负，一声沉闷的枪响，自戮解脱。通篇都在写情，渲情。作家程海是个写情能手，他把情的纯真、情的温馨、情的浓烈都渲染得那么自如，使我们毫不怀疑是作家让牢娃结束了生命斩断了情丝。现实的牢娃可能更接近常态的为功利目的驱使的人，他不会很长时间在形式婚姻下受煎熬折磨，作家却硬要牢娃不仅能忍受这种煎熬折磨，且对苗苗的非爱情的赐予拒绝接受。读者对此，并不感到事实上是否有误，却只感到情的真挚纯洁，情的浓烈，情的刻骨铭心。牢娃是个情种，是作家审美化的人生，是人的爱的感情的理想化。《狼情》在渲情上慧心独具，把普通人的感情渴求和多彩体验，入微融入，自然使读者沉醉其中。

《为了一个善良的愿望》一开始，便不厌其详地叙述尚英如何蒙蔽列车员带蛇上车，后来又如何小施伎俩，保护了蛇，又获得一些外快。故事讲得若明若暗，把一个山妇外拙内聪的机智突出眼前。作家有高明的叙事能力和技巧，把细节铺陈的繁而不冗，点到的人物都活灵活现。可惜，愈进展愈急于收尾，把具体的描述和大的结构没有统一起来，人物也就少了深厚的活力。《谁来赴刑场》也深得渲染感情的奥妙，是娓娓道来，什么演戏叫唱戏，什么梁家村正月十四要演《八件衣》，什么黑劳和他的两个徒弟……越说越详细，细到角色的每句台词，角色抹脖子的特技，重点落在梁相谦"真假"不辨，弄不明白周围发生的"到底是戏台上的戏文，还是人世间的真谛"，结尾寓意深长。

简化的叙述和渲情的叙述，各有千秋，都脱不了作者的立意，孤立地去发挥所长，也就减弱了它的力量，或成苍白的象征，或成感情的无约束的抛洒。我们祝贺陕西小说作家在叙事方式上的独立，希望他们在文体上的自觉有更进一步的成果。

原载《延河》1994年第8期

阐释生存精神

——小说《风来水来》漫笔

马玉琛的长篇小说《风来水来》，是一则现代寓言，它把人类先民的记忆和人类现时的感受以及对未来的恐惧扭结在一起，尽情地给以展现、阐释、张扬作者的人类生存精神。

人类生存精神的第一要义，便是经受灾难。

人在稍能站稳脚跟或偶有胜利的时候，都容易目空一切，自我膨胀，说些豪言壮语，什么"人定胜天"，什么"攻无不克，战无不胜"。其实，在广袤的宇宙之中，人类很渺小，人在大自然的威力面前显得很软弱很无奈。不是人们战胜了自然的肆虐，而是经受了自然的肆虐。哪一场洪水暴雨，是人主动阻止平息了？哪一场干旱虫害，是人能动消弭灭除了？只要是大面积的，几乎无一例外地都是人被动地承受了，任其肆虐，任其由弱到强，再由强到弱，俟其自行消逝，人才能渡过难关。所谓的"雨过天晴"，雨过才能天晴，雨不过天不能晴。人不可过高地估计了自己抵抗自然威力的能力。

作品好像要特别强调这一点，把自然灾害的威力浓墨重彩地渲染。铺天盖地的蝗虫，河干地裂、大气燃烧的干旱，卷屋拔树、把人和牛羊送入高空的龙卷风，吞没一切的漫无边际的洪水，对人毫无怜念地一再地侵袭而来。而这一场又一场的灾难，人们没有一次是有效地防止了战胜了，都是待其自然减弱消逝，人才艰难地渡过，维持了生存。

当然，人也不是毫无作为，也曾英勇抗争。蝗虫降临渭河区域时，喇嘛村的人是多么地齐心协力，男女老少齐上阵，敲盆击钟鼓噪呐喊，笼火沤烟，动用自己最心爱的财物，侍灵铁铸般地站在河堤上，命令自己视为生命的爱鸟，冲入虫阵，拍打蝗虫。"他无法选择，要么同渭河流域的生物一同毁灭，要么苦撑战斗，或许会换来一线希望。"人们虽然表现了无畏的抗争精神，付出了巨大的牺牲，仍然没有躲过铺天盖地的蝗阵的降落，吃光庄稼树木，啃伤啃死鸟禽幼畜。它们吃饱了飞走了，人们才渡过了这场灾难。人类的抗争相对于巨大的自然威力是软弱的。

蝗虫威力还是有限的，而更显威力的干旱、狂风暴雨、漫漫洪水，人简直无力抗争，只有顽强承受。试想人类历史上经历的几次严重持久的干旱、水患，人力的抵御起到了什么作用？只留下了无法忘记的恐怖记忆。许多神话传说，都保留了我们祖先的伤痛。

作者不想让人们忘记祖先的伤痛，通过乡村智者的言论，古老的祛灾祈福的风俗仪式，把它根植在人们心中，重新唤活。人类确实也不应该忘记自己的历史，历史的足迹演变出了今天的行程，今天的行程又要变化出明日的步伐。不忘记历史的人们，就有可能避免重犯历史上的错误。《风来水来》要唤回人类先辈水旱灾害的记忆，是要加强人们对自然威力的敬畏，祛灾祈福的仪式没有阻止住灾害的来临，人们只能寄希望于自己现实的拼搏。喇嘛村的人，在一次又一次强大的自然灾害面前损失惨重，伤亡惊人，却并没有丧失生存下去的勇气。遭受的灾难愈重，生存的精神愈振作。正像书中侍华说的，"人不可坐以待毙！再万般无奈，也得寻觅生存的机会。顽强地活着是人的本性，也是人的任务"。

作者不愿人们懈怠了对灾难的不可避免性和严重性的认识，从而把灾难的场景描绘得过于集中，甚至过于恐怖。我想除了要在严酷的条件下凸显人的生存精神，还有他现实的考虑：人们太乐观于自己驾驭自然的能力，盲目迷信现代科技，忽略了大自然对人还会有的报复。未来并非人们想象的那么安全顺利，原有的危害减少了，新的危害又在滋生，何能懈怠？中国人就记得1998年的长江洪水，美国人忘不了年年的龙卷风，日本人不能不记得地震，又是什么厄尔尼诺对世界气候的扰乱，总之，未来仍需警惕。人类不可盲目乐观。

支持人生存的常常是希望。希望能在最贫瘠的土地上生长。有了希望就有了奋斗的活力，有了希望就能挺过巨大的灾难。

喇嘛村活得最有活力的就是燃烧着希望的人。侍华心在花草树木，侍灵爱在他驯养的禽鸟，楼苇风向往着强有力的男性能让自己做母亲，何九德、牛满河都希望自己能得到村里最美貌最懂风情的女人楼苇风的垂青，天翟日思夜想的是培养千里信鸽，王聋子千呼万唤的是他的哑巴妻。人人心里都存着希望。人的生命之光之火，是自觉意识点燃的，人的存在不再是消极的被动的，而是积极的主动的，是人的选择和活动决定了自己的存在。

侍华、侍灵的追求，好像在阐释着人的生存应有之义是和大自然的万有生植和灵性的和谐相处。侍华的园子奇花异草一派姹紫嫣红，散发的芳香氤氲河川沁人心脾，它是人类不应排除的生存良境。侍灵养育的小山羊，鹤鹬鸳鸥鹰鹭朱鸟斑鸠鸽子麻雀鹧鸪孔雀五色迦陵音乐鸟都与人相通，是人类友好的伙伴。然而当灾害来临时，这些与人友伴相处的花草动物也遭遇了空前的摧残，也等于灭绝着侍华、侍灵的生存希望。

自然生存地的希望是顽强的，侍华园子的花花草草树树枝枝被蝗虫吃光了，根还在，又会重新发芽开花，侍灵的音乐鸟重明鸟死而不能复活，但还有受伤的小青和被救活的一只鸽子，远处飞来的一窝土蜂也振响起一片生命的欢歌。生存的希望，生存的活力，在这两位老人身上还表现在争强好胜上。两个最要好的朋友，心里较劲与生俱来，从未间断。他们争什么？争对生存的价值承认。人的生存并不仅仅是活着，活着而有作为，才是生存的意义，生存的目的，生存的实证。侍华要证明他的园子比侍灵务弄得好，侍灵始终不服侍华当时胜他一筹的这口气，天翟盼着他信鸽能

255

飞跃千里，何九德与牛满河围绕着楼苇风的斗争从未停息。正像两个老人说的："没有争心，枉披人皮。""是啊，人之为人，是有血气。凡有血气，必有争心。争则必乱，乱则必进。"

争在焕发人的生命活力上，是一种积极的力量，争堕入嫉妒则是一种腐蚀剂，是一种消极的力量。侍华、侍灵一年一次的约会，是一种生命成就的展览，各显神通，各逞才情，各显风采。何九德与牛满河为了博得美人的欢心各展男子汉的本事，牛满河把他的体力发展到极致，何九德则向人们展示有头脑加体力才是取胜的法宝。楼苇风倒入何九德的怀抱，不完全是何九德的魅力所致，很大程度上是牛满河的愚蠢所致，是他的嫉妒伤了美人的心。牛满河在几次不该出现的时候出现在楼苇风和何九德面前，使得楼苇风看到他"不光愚蠢而且卑鄙，这种猪脑子的男人是该碎尸万段拿去喂狗的"。

在爱情的争斗上，私心最容易暴露，何九德也未能免俗。他在领导村人和灾难抗争时，有智有勇，公心可鉴。然而在与牛满河争夺女人上，却是处心积虑并非完全光明磊落，比赛栽种旱谷是施狡计取胜，后来不服牛满河最终救了楼苇风而把牛踢入水中。

小说的作者没有把这一切简单化，更无过多的剖析，只昭示这是一种免不了的实际存在，它有时是和积极进取的竞争心纠缠在一起的。人类的生存因血性的争斗而焕发活力，而前进，也因血性的争斗而造成混乱和残杀。人们应当对自己的追求和欲望有理性的认识和调节，特别是在人类面对更大的威力前保持清醒，否则人类便无法面对巨大的自然灾难。

人类的共同敌对的存在，使人们认识到"人需要血性的斗争更需要团结。人应该一致对外"。一次又一次的灾难使侍华、侍灵更靠近了，两位老人同心协力共建一间茅屋，也使得何九德、牛满河不得不更多时候丢掉个人恩怨，拼全力于抗灾救难之中。共同的斗争涤荡着人们的私心杂念，在精神、道德上提升着人们。

人的存在是一种道德性的存在。自觉意识的活动，产生了自律和群体活动的规范，从此人类便和动物远远分开。道德律令使人类的活动更具精神的光彩，更具思想的意义，更大步地迈向完美的进程。当然并不存在绝对的美，绝对的完美是一种空想，人类只能历史地趋向更认识客体、更趋使主体的自由。正像对待灾难，没有无灾难的未来世界，只有愈来愈能清醒地对待灾难的人类。

灾难对人的道德也是一种考验。较起生存本能来，生存的道德律令或许常是脆弱的，但也常会被击打得特具光彩。伯夷、叔齐耻食周粟，朱自清不吃美国面粉，闪耀的就是生存的道德光彩。生存的目的不在于人体的苟活，而在整体的发达和整个人类精神的健全和提高。

在抗拒灾难时，最动人的不是巧妙地躲避灾难的方法，而是人表现出的维护他人、维护全体利益的牺牲精神。功利的评价实际已让位于道德的评价，喇嘛村的人对何九德、牛满河、村长产生敬意并服从，正是从道德上评断的。河水决堤的关头，何九德高呼一声"官不畏死"投身激流中，以肉身为墙，村民们也齐仿效，随之跳入，齐喊"民敢赴难"，筑起了血肉之堤。人们推举出来的先锋人物，管理者、领导者，不仅应是智慧的代表、能力的代表，更应该是精神的代表、道德的代表。美国人民在克林顿绯闻上感受到的失落，正是他们把总统看成一种道德、人格的代表，但他的这种行为却使民众的信仰代表破灭了。

灾难使人迸发道德光彩，也暴露人的自私、丑恶。外村的三条大汉乘乱抢劫吃食、古钟，都是为私利所驱，第一次被捉，用谎言骗过大家，第二次被捉难逃惩处，像遭天谴一样被压死在古钟内。

小说有一个情节，描绘的事实令人震撼。村人在倒塌的瓦砾中刨救遇难者，竟刨出了赤裸着的杨二嫂抱着同样赤裸着的年老公公。"天空滚过一阵炸雷，一团紫色的闪电划破晦暗的天空，照亮了村子照亮了站着的人和躺着的人。"这伤风败俗的事长期被隐蔽着，并未造成对他人的危害，甚至可以找到理由说杨二嫂的丈夫长期在外行为不端，但是人们仍不能容忍这种行为，因为它乱伦，败坏了人们的道德观念和正当的两性关系。生存的方式和行为，都应当是道德的，也就是合理的健康的。

这件事情本有可能不暴露，杨二嫂的丈夫杨书明曾阻止过人们的抢救，续古却一定要活见人死见尸，结果让续古也深感愧疚，"分明是老天爷埋葬掉的东西，我何苦要挖出来呀！"他觉得这件大恶事让他再无脸见人，更让杨书明无法活在世上。

于人而言，道德上的谴责更甚于肉体上的惩罚。续古、杨书明的痛苦是精神上的，是道德方面的考量。有了道德上的标准，人们的生存观念则更倾向于族类意识，更倾向于人的自觉意识的展现，而不是个体的生存或者肉身的生存。最后，杨书明在并非生存受到物质或外力压迫不允许他活下去的情况中，自愿地选择了死亡，而且是有意义的死亡，以自己的肉身和泥土一同化作堤坝。"和河堤一块存在一同毁灭要比尴尬幸福光彩得多。"这也许是小说作者要阐释的生存精神的另一层意义。好像和"活着就好"的意思大相径庭，实际却是不可缺的补充，否则，人和别的生命有什么区别？

曾经有这样一则报道，南美一支橄榄球队，在一次空难中陷落无人区的深谷峻岭中，幸存者得不到任何援助，可以吃的东西很快被吃光，他们竟奇迹般地生存下来了。一个月后被人们救出，英雄般地受到人们的欢迎，因为这是个生命的奇迹，人争取生存的英雄范例。然而这些被人们目为英雄的幸存者，却遭受着严酷的心灵拷究，特别是他们置身于社会人群中。人们不知道，他们自己却无法忘记，他们最后赖以生存的手段是食用死去同伴的尸体，他们愧对人类的道德。人的生存不应沦落为动物性的存在。道德律令对个体而言，重于肉体的生存。

小说把中国人的生殖崇拜表现得很突出，也很真实。中国普通劳动者，特别是广大农民，他们的婚姻观念，与其说是谋求两性的快乐，不如说为了传宗接代。这实际是为特定的生活方式决定的。中国封建社会的道德以至其延续的某些现代道德观念，对两性关系的自然本能都是掩饰遮蔽的，但对其生殖结果却是肯定推崇的。人类的生存没有了生殖将无法延续，所以生殖崇拜有它的合理性，也可以说是人类生存精神的应有之义。

"不孝有三，无后为大"的教训，有着明显的为了维护私有财产继承的观念，但也不能说没有延续人类的朴素观念。人渴望自己的肉身得到延续，是人生生不息的乐观的生存观念，自己没有做到的还有自己的子孙可以继续完成。移山的愚公的信心就在于自己有子子孙孙，在于人的精神借肉身的延续而延续而光大。而且有趣的是，在这种教训的庇护下，男女的本能欢乐可以有了合理的渠道，纵令也会产生罪恶，更普遍的作用却是本能追求道德伦理的和谐。尽管中国社会长期进行性遮蔽，但生殖崇拜、生殖行为却从未中断。

王聋子一直不停念叨的是哑巴妻子，也是能为他生儿子的哑巴妻。河水冲走了他撒下的网和孩儿船，鱼没有了，后来遭蝗灾麦子也没有了，但他不能没有快生儿子的哑巴妻。他无时无刻不在歌唱："哎哟哑巴妻，我生生世世都爱你……"王聋子因此也成了喇嘛村人们最值得羡慕的人，不仅因为他是生产能手又会爱护体贴妻子，还因他能使妻子怀孕。杨二嫂称他为"能耕善种"，她埋怨自己的丈夫在城里胡混，不仅在于他没有消除她的孤寂，更在于他没有使她怀有身孕。传宗接代更重于肉体的快乐。

风流娘儿楼苇风，有招蜂惹蝶之嫌，但她内心真正渴望的是怀上最优秀男子的孩子，使自己成为一个真正的母亲。她曾经把牛满河作为合适的人选，并对他一片真情，然而牛满河的愚蠢、狭隘，使她换选了何九德。她之所以抛弃牛满河，还有一个没有完全说明的原因就是他的努力耕耘没有取得一点种植的效果，长期交往并未使她怀崽，她简直有些嫉妒王聋子的哑巴妻和未婚已孕的兰兰，这两个女人都要做母亲了。当何九德在妻子与楼苇风之间表现出选择的犹豫时，心高气盛的楼苇风也便失去了对何的真诚的爱，纵令何九德如何的乞求，她始终难燃爱情之火，但为了怀上孩子仍允许他耕耘播种。生殖比爱情更重要。在许多中国女性看来，做母亲是女人的天职，能生育的女性就在社会上稳固了自己的地位，就会受到人们的尊重。从生存精神来看，生育不仅发挥了她天赋的能力，使她在男性社会有着无法排除的且不可轻视的地位，而且也使她的生命得到延续，她的愿望在自己的替代者身上得到实现。人们都把希望寄托在明天，在下一代身上。永远有缺憾的今日，只能寄希望于明天，明天只能仰赖于人类生存的不断延续。女性实现自我肯定，很多时候落在了生育子女上，虽然它并不体现女性的人格独立，但母性的光辉却永远灿烂。生殖崇拜和母性光辉是不可分的。

当洪水吞没着一切时，村人让兰兰和苇风乘坐古钟逃生。兰兰非要和爱人天翟死活在一起，村长严厉地说："你现在不是天翟的兰兰，你是全喇嘛村的兰兰。"兰兰怀着身孕，她活着，喇嘛村人就还有后继者，就还能重建家园。灾难之所以没有完全摧毁人，就是还有幸存者，还有幸存者的下一代。

也许读者会觉得小说描写的灾难，一波接着一波，并且愈来愈猛烈，最后洪水几乎吞噬了所有的人，只有怀着身孕的兰兰得以逃离，在阅读欣赏上给人造成迫促压抑之感。我们无法臆断作者的思想意图，或许他就是要我们去猜测，去想象，去阐释，越是不能明白说出的，越有诱惑力。我们且放过它不论，让别的时间、别的读者去解读它。但是艺术处理上的未能尽善，却是我们当下的感觉。长篇小说不必写曲折动人的故事，却必须使它的叙述始终具有吸引力，维持读者的兴奋点或者唤起新的兴奋点是应有的技巧。小说《风来水来》在结构安排和叙述策略上，可以说有一定的欠缺。

或许更值得人们深思的是，作家、艺术家是如何表达他们的理念的？没有思想的文艺作品是苍白的，作家、艺术家追求作品的思想深度是一种可贵的努力。但什么是作品的思想深度，理解上极容易出现偏差。现在容易出现的片面理解是，以为作品表现了一定的哲学观念，一定的形而上的思考，就是有了思想深度。应当说这是一种误解。

这种误解的根子在一种过去流行过的观念，以为文学家和思想家、哲学家所要表达的都是对社会的认识，前者用的是形象的方法，或者用的是逻辑推理的方法，但说明、证明的都是一个东西。这是一种简单化的理解。文学家和哲学家并不仅仅从表达方式上分了手，从一开始他们关注的对象或对象的不同侧面就有了区别。文学家也重视认知，重视对事物本真的探求，但他更重视对人的情感的追踪，重视人性的变化、表现。读者希望从文学艺术作品中感受到的不是某种理念的图解，而是与这种理念植根于同一社会土壤的人的心灵的颤动、情感的变化。当作家简单化地把自己的艺术创造变成把某种理念形象化的工作，他或许永远达不到哲学家或社会科学工作者可能达到的明晰、准确、深刻，自然更不可能有什么新见。即使他真的有什么创见，也只能是他的富有文采的理论著作，仍不是什么优秀的艺术作品。不要忘记文学是真正的人学，是从审美关系上把握世界反映人的本质力量的。

文学艺术关于人生的形而上的探求，不能仅靠一种理念的支撑，它仍需在人的感情世界探求，常常不是靠理性的认识，更多是一种感应、体察、领悟。一个作家理性认识到了的东西，并不一定能体现在作品中，硬性地塞进作品中并不一定产生好的作品。作家必须有血肉丰满的感性认识，不仅使他的理性认识深入事物的骨髓，更重要的是情感、精神探触到事物的肌理里，用心跳传达自己的感悟。当叙述和描写超出了具体的事物，触动了人生的最根本的追求，它就有了超越形而下具有形而上的意义。

许多有思想探求的当代作品，和《风来水来》在这方面的努力，还有待加强。作家不应忘记文学作品是靠"桃李不言，下自成蹊"的魅力达到功效的。

《风来水来》描写的是自然灾难，从人类生存的实际状况看，人为的社会灾难并不比自然灾难少，甚至更频繁更具有摧残性，抗拒它仍只能依赖人的生存精神。作者没有展开这一面的描写，除了艺术上的必要外，也是作者自信读者会了解他对灾难的诠释，他描写的灾难就是所有的灾难，一切对人的生存产生敌对和摧残的事物。作者在小说中曾这样说道："人走过风和日丽充满情谊恩爱的日月后，必然要经历无数劫难。人必须凭借自身的某种精神穿越风洞。穿越风洞本身就是锻造和锤炼。不管穿越风洞之后是荒凉的还是灿烂的情形，穿越本身是不可缺少的。"经历过劫难的人，才会有精神上的超越。人的生存精神，就是对一波又一波的灾难的经受和超越。

原载《小说评论》1999年第6期

作家创作心理猜测

现在还不能说，我们已经衣食无虞了。人类在很长的历史时期内，都主要进行着争生存争温饱的斗争。虽然人类的许多活动，特别是精神活动，似乎远离生存温饱的需要，但其间的必然联系并不难找，有些是非常明显地暴露着。说到这里，我想提及作家的创作，是否与这种人类最基本的也是低层次的需要有关？很可能有人会觉得这样提出问题有伤大雅，把光鲜精灵的诗神弄成了肉胎凡骨，未必符合实际，又能说明什么问题？诗人们（泛指文学艺术家）也许会愤怒，觉得自己从事的崇高事业，自己心灵中的圣光，受到了不洁的玷污。当想到人们可能会怀疑和反对的时候，我自己也有了动摇。但是，我还想把这种追问进行下去，或许会使我们对作家的创作心理多一些现实的而不是空泛的了解。

我们的探究是有条件的，也就是说，得出的结论的普遍意义是有限的。是否适宜于更大范围更多作家心态的分析？我不做此奢望，但望能提供一点有效的参考。

这里谈到的是陕西五位当代中青年作家，从他们的自述和评论家的研究中，可以看到，都是极富个性有成就的缪斯钟情者。他们五位没有一个是业余作家，都是专业作家，而在成为专业作家之前，都有着非文学创作的职业岗位。有的是编辑，有的是教师，有的是党政干部，他们不依赖文学创作，都有着可靠的职业保证，都有着谋生的手段。但是，他们都离开了原来的职业岗位，都心甘情愿地做了专业作家。可见，他们不是出于谋生的需要，而大多是为了自己的情之所钟。

然而，我们是否可以反问一句，情之所钟假若不与谋生有关，那为什么要改变职业？会有的回答是，改变职业是为了更好地全身心地投入自己的情之所钟。那么，假若专业创作不能保证从事者的最低限度的衣食温饱，还会有人以此为最主要的生存活动吗？我想大多数人是不会的，个别例外我们无法断言。由此，我们不能不想到，文学创作包括更广泛的文艺创作，在今天的中国已是社会分工中的独立职业岗位，是一种含有谋生手段的劳动方式。这大约自有社会分工以后，便有了以文艺创作和表演为职业的事实，人们主要不是为了抒发性灵从事文艺职业，而是为了糊口在从事着文艺职业。到了现代社会，不仅是那些需要特殊技巧和专门训练的文艺门类（如音乐、绘画、戏曲）成了专门的职业，而且那些相对不需要特殊技巧和专门训练的如诗歌和文学创作等，也成了专门的职业。

文学创作在我国成为独立的职业，是近百年来的事，形成相当的气候还在辛亥革命之后，随着新闻、出版事业的发达而发达。文学创作作为一种职业，在社会分工中的地位是较高的。它是智力劳动，优于体力劳动。在智力劳动中，它又需要一定的创造才能，方式又较自由，因之，比一般简单的智力劳动更受推崇。无论是中国的传统观念，还是新中国成立后的政府政策，都使作家成为一种享有特殊荣誉的职业。局限在我国20世纪50年代至80年代间看，当作家无疑是一种较优越的职业选择。尽管它比别的职业，或别的国度的同行，都是较清贫的，但是从社会总分工的布局看，它还是处于较高层次的。有时，我们会听到一些人发牢骚，抱怨社会对作家待遇的不公，说自己智商、能力并不比别人低，干其他的未必不能成大气候。言下之意，割舍不下"穷而后工"的文学矣！不可否认大多数作家对文学的这种生命迷恋，但是，迷恋文学并不一定要迷恋文学职业，完全可以另谋出路，同时又不割舍文学创作。也否认不了，不少人不少时候是把文学创作当一般意义上的职业看待的，从政发达了的和干别的阔气了的作者，不再有文学作品，便是生动的注脚。他们的职业选择，出于一般人的天性，人往高处走，水往低处流，择优而从。难以抹杀的事实是，文学创作像大多数职业一样，是人们谋生存、取温饱的手段之一，或者说在当前的社会条件下，文学也具有这样的属性。

当我们正视这样的事实后，再来谈陕西的这五位作家，不免要以自己的猜测，来冒犯唐突他们。希望他们能以宽容的心情谅解之。

猜测之一是，选择文学为职业的最基本的心理动力是争生存的需要。首先是存身，在有多种存身的可能中，必然要选最优的。这是现实原则，又是择优原则。在我们这样的国度里，每一个人面临的基本问题便是依赖什么存身，是做职业的革命家？是做国家主体的工人、农民？还是做有一技之长的科技工作者或者医生等等？可以说选择是极其宽泛的，又是极其狭窄的。它受客观、主观多方面条件的限制，呈现在每一个人面前的选择都是有限的。没有受过复杂劳动技能教育的，大多只能选择属于简单劳动的体力劳动，受过复杂劳动技能教育的，大多不愿选择简单的体力劳动。社会时尚所推崇的职业，对有些人来说，无法投入。人在许多时候可以浪漫，但在安身立命的问题上却必须现实。我觉得，在我们这个时代，许多人选择了作家这个职业，并非很浪漫的事，而是很现实的选择。他们虽有多种选择的可能，但在保证他们的生存上，保证他们潜力的发挥上，保证他们劳动得到社会的承认上，当作家是能实现的最优选择。说得直露一些，当作家比他们干别的行当，更顺乎，生存得更好一些，包括心灵自由、物质待遇和社会承认等方面。

不难想象我这些粗俗的议论会激起的义愤和驳难。当作家有什么好的？谁耐得了这种清贫，谁耐得了这种寂寞？反问得好！确实我国的作家是清贫的，成就又大多赖于寂寞。而这种衡量的标准，是向上看的。比起一些有特权的人，比起做股票发了财的人，甚至比起为数不少的做各种营生的人，作家都是清贫的。然而，这些人从事的职业，未必是我们许多作家干得了的，或是干得了未必敢于冒险一试的，或是干得了却耻于同流的。可见，作家在获取财富和特权上是高不就的，他们只得服从现实，取其中。我说取其中，完全是一种世俗眼光。因为，大多数世俗的人看，当作家是蛮不错的。所谓蛮不错，既指受人尊敬，也指生活优厚（这只能指一般情况相对而言）。容我插入一段生活故事，它很能揭示世俗的心理。一个仰慕柳青很久的业余作者，"文化大革命"期间有幸拜访了居家的柳青，他很惊异于柳青的清贫，向人说道，早知道名作家是如此清寒，自己何苦要向这条道上奔。我想这位业余作者说的是老实话，他搞创作那时可能有为劳动人民树碑立传的思想，更多地考虑的却是当名作家也是为了自己生活得好一些。假如他看到的不是"文革"期间受困苦的柳青，而是正常生活状态下的或受优待的柳青，他的创作之志必然不会受挫，甚至会受到鼓舞。印证了世俗眼光的存在，我们便可以大胆地说，用一般的标准来衡量，向下看，向社会分工的各个阶梯看，光从物质待遇看，作家这种职业也是比上不足、比下有余，清贫的作家，也还是不少人艳羡的职业。从事了这种职业的人，大多比他们原先的职业跨进了一步，取得了较优厚的物质待遇和社会重视。所以，一般职业从业者对作家这种职业有羡慕之情，业余作者对当专业作家有追求之意。这里除了可能有的丰富内涵外，一个无法排除的主导思想便是争生存争温饱的现实选择、最优选择。说是现实选择，指当事人不存在更多的最优选择，如去做经理、董事长，或去做高级官员；说是最优选择，指对当事人主客观条件都允许的选择中，做专业作家是最优的选择。我国50—80年代的专业作家，大多受制于这个原则的约束。我想陕西的这五位作家，恐怕也有些类似，他们在文学上的拼搏，和他们在生活上的奋斗，有着相一致的坐标取值。不论现在他们对自己的职业可能会有什么样的不满，当年他们却是把此作为最优选择争取的。

当作家把文学创作活动作为谋生存争温饱的手段的时候，他就不可能不受现实环境的制约。那种作家、艺术家爱谈的心灵抒发的自由，只是有局限意义上的自由，大多成了一种浪漫的向往。大多数情况下，作家是为了一定的功利目的创作，为那个社会所承认的审美原则和审美趣味服务，希望获得那个社会的接受和优厚的报偿。个人志趣和社会需要有一致的地方，也有不一致的地方，这时候作家便不能不把服从社会需求放在主要地位，而把个人志趣的抒发隐藏在深处。陕西这五位作家，在他们最初步入文坛时，他们的创作更多地表现了与当时的社会的一致。在思想倾向上，在艺术趣味上，都是顺应社会需要的。写普通的劳动者，赞美生活中的光明面，关注社会生活中的重要问题，这也是毛泽东同志在《在延安文艺座谈会上的讲话》中确立，新中国成立以后在我国文坛占主流地位的文学创作指导思想和创作现实。违背这样的原则，在这五位作家创作起步之时，不仅是不允许的，而且会受到严厉的谴责。当然，我们谈的这五位作家，并不认为毛泽东同志提出的创作原则不可接受，甚至不少人就是在这种原则的教育影响下走上文学创作的。创作起步较早的陈忠实、李天芳，无疑是以《讲话》为创作指导的。一个忠实地记录着农村的新人新事，一个倾心地歌唱着圣地延安和社会主义新生活，他们把自己消融在那个时代的主要潮流里。也可能他们并不感到自己与潮流有什么不合，但是，可以肯定即使他们感到了某种不合拍，他们也要迫使自己趋从潮流，有时甚至是完全违背自己心愿的。

路遥、邹志安、贾平凹他们的创作始于较宽松的时代，但他们也走着和前两位无太大差异的创作道路，社会主义文学的创作原则是一种历史的既定影响。路遥、邹志安有心追随前辈柳青，贾平凹无法逃脱孙犁的魅力的牵引。这三位作家面临的创作环境，虽然有了更大的自由，但他们谁也没有想违背"为人民创作"的基本原则。

这是由他们的出身、教养和时代所决定的。陈忠实、路遥、邹志安都出身于普通劳动农民家庭，接受的是社会主义思想、文化教育，社会主义文学对他们有着直接的影响。贾平凹虽出身于教师家庭，却长期生长在农村，和普通农村劳动者的联系是主要的。他接受的教育和文学影响，也和前三位有共同之处。李天芳是生长在大城市的，但她受的教育却强使她意识到自己出身的低劣，必须向工农出身的人学习、看齐。她大学毕业后，毅然去条件艰苦的延安工作，未尝不是对脱胎换骨的一种向往。五位作家基本上属同一个时代，是在共同的历史条件下，在共同的文学氛围内进行文学创作活动的。他们几乎没有太多的选择，而是一种适应。适应当时中国的政治环境，适应当时的文艺政策，适应当时的审美理想和审美趣味。谁不想适应，谁就没有创作权利（指公开发表并受到社会欢迎），谁就得不到社会的承认。尽管这种适应可能是多种方式的，不同程度的，但基本性质是共同的。所以，我们是否可以大胆地妄断，陕西的这五位作家，在步入文坛之初，基本上是服从于现实择优原则走上文学创作道路，服从于当时社会主义文学的功利原则进行写作的。他们的创作也存在不同的特色，但那不是真正的自觉创作个性的标志，而仅仅是不同文学题材和表现形式所造成的一种外在效果。

我们这里需要特别说明的是，适应现实原则和社会主义文学的功利原则，并不一定有碍自觉的创作个性的形成，相互矛盾、相互一致的情况是多种多样的。五位作家的情况，我们认为并不相互抵触，有的感到相互适应，有的基本适应，感到约束都是后来的事情。

选择文学创作作为职业，作为自己生存的劳动方式，也有适合自己天性的自由的一面。这也是作家成功的不可缺少的因素。假如缺少了这一因素，作家只感到了职业的压力，却体验不到天性发挥的自由，他始终只能是个平庸的写作者。陕西这五位作家的天性，我不敢把他们都限制在文学职业上，却可以有信心地说，都有相投的一面。贾平凹好幻想的奇趣，路遥重新体验中的激情，陈忠实再现生活的真诚，邹志安编织人生故事的情趣，李天芳对纯情和诗意的向往，这些无疑都是与创作职业相投的，而非别的职业所需要的。也正因为这一方面，减轻了以文学创作作为职业的现实压力，他们在现实需要和个性自由、功利原则和审美满足之间艰难前进。事情是非常复杂的，并非非此即彼的断然分明。

当文学创作活动与作家的天性合拍了，作家在创作过程中，就既有适应现实的一面，又有发挥自己天性的一面。真正地投入了，也就是作家沉醉在艺术创造的天地里时，往往个性自由发挥的一面得到了高度张扬，而服从现实约束和需要的一面有所淡化，或受到压抑，或相互渗透，相互转化。我想，贾平凹的《满月儿》的创作，路遥的《人生》的创作，可能就处于这种状态。既有适应现实需要的一面，也更有着作家个性发挥的自由的一面。我推想，处于创作具体过程的巅峰期，作家体验到了更多的自由，更多的创作快意，而不是瞻前顾后的适应。

作家在创作中获得某种自由的时候，最强烈的需求是什么？换句话说，不吐不快的是什么？这里我们不得不提出另一点猜测，它应当说是受压抑的一面，现实中不满足的一面，匮乏的一面。当然，这种受压抑、不满足是意识到了的，意识不到的匮乏对人并不构成需求。一个伟大的作家，常常能唤醒人们的意识，使人们意识到现实中的种种不完满，使人们从浑浑噩噩的麻木中坠入清醒的痛苦中，从而投入对现实和自身的改造中。

陕西五位作家强烈地意识到了自己受到的压抑。他们都不是现实生活中的幸运儿，感到了生活中的不公，感到了诸多的不满足。这种受压抑的心理是多方面的，我们在这里不可能细谈。我只想举出一方面，这就是五个人共有的出身方面的自卑心理。四个人出身农村，但后来都主要生活在城市。虽然我们国家对农业和农民一直推崇，但城市生活和城市文化背景中，对农民的轻视却是深入骨髓的。城市人或许并不意识到这一点，农村来的人却不能不敏感地意识到这种歧视。它不是简单的城乡差距，而是生活习惯、价值观念、道德准则、文化优劣，甚至语音、声调多方面的相斥相拒。在这种情况下，这四位作家感到的是社会的不公平，由这种不公平而产生的反抗情绪。他们不想向城市屈服，而是强烈的农村向城市的抗争。他们高扬农村的种种优长，大自然的优美，民风的淳朴，劳动者的勤劳、善良，甚至农村人在能力和精神上对城里人的超越。我这绝不是说，我们这四位作家是狭隘的农民文化维护者，我只是说出身农村感到的压抑在他们创作中造成的影响。恐怕正是在这种压抑中唤醒了对农村现状和历史，对农村物质和精神的重新体认，较之无压力下的体认要深刻得多、细致得多。

或许作家们会否认我这种猜测，认为他们并无出身农村的自卑心理，而是充满自豪感的。我们看到许多这样的自白。贾平凹常爱说他是山里人，路遥、陈忠实、邹志安也不隐讳自己的出身与农村的联系。这是外在的现象，自豪感常是自卑心理的另一面，是一种对自卑的反抗心态。有反抗就是有不平，有不平即是有压抑，倘若心态平衡，就会无所芥蒂，就会浑然不觉。我想，我们的判断不仅仅依靠作家的自白，更主要的还是依据他们的创作。读读路遥、贾平凹等人的创作，就会感到多重的受压抑心态的抗争，不仅仅是农村人对城市的抗争。

李天芳似乎属于例外，她出身城市，而且是文化古都大城市，应该没有出身的卑微感？然而她并未能例外，由于唯成分论的统治，她感到的不只是一般意义上的歧视，而是实实在在的多种限制。她的家庭出身在那个时期被视作贱民，她不能以此自豪，她要把这些深藏起来，并且要尽一切可能、尽最大努力向社会证明，她会像工农出身的人一样热爱党、热爱工农劳动群众。在现实生活中，她确实这样努力了。她积极地响应党和政府的号召，学习上努力上进，到组织号召去的艰苦地方工作，遵循毛泽东文艺思想指引的道路，歌颂革命圣地延安和工农群众。这也是一种抗争，一种向社会证明出身低贱并不等于人格价值低贱的抗争。当然，李天芳的抗争是含蓄的深藏不露的，似乎处处都在顺从，在顺从下面掩盖着一定要出人头地的决心。李天芳抗争的是当时的意识形态所造成的压力和不公。路遥、贾平凹等人的抗争是直率的坦然的，意识形态的原因使他们可以自豪，自豪中却掩藏不住自卑，似乎处处都在抗争，在抗争中证明自己特有的优越，他们抗争的是社会习俗所造成的压力和不公。

可见，五位作家都有着社会出身、家庭出身所造成的自卑心理。我们之所以要选这一点来谈，因为这对中国这个时期的作家是重要的，对他们的青少年时期的心理有巨大影响。即使现实已消除了这方面的压力，但在心理上已形成的烙印却是难以消除的，它打印在各种各样的思想感情上。出身上的自卑，使他们初步尝到了社会的不公，体验到了人生的痛苦，唤起了他们对社会的抗争。

在这里重要的是自我意识，特有的自信心。缺少了这一点，便会被自卑心理所淹没，便不会有抗争，便不会有对社会人生的各种压力的自觉体察。这五位作家都具备特有的自信心。这种自信心基本上建立在自我能力的确认和实现上，他们都不具备自我之外的增强自信心的条件，如一定的集团势力，一定的家族和社会声望，一定的外力的支援，等等。他们只能依靠自我，依靠自己的聪明、才智、毅力和道德力量，获得社会的承认。不难想象，他们是不断地获得了自信心的证明的。学生时代的学习，走入社会的每一次成功，都使他们确立了自己是强者的信心。最能揭示这一点的，是他们步入文学创作领域的最初成功。他们的创作才能开始被人们赏识了，被社会承认了，也被他们自己重新认识了，自信心便是一种清醒的自我意识。也有在这一关口栽跟头的作家，被最初的成功冲昏了头，自信心陷入盲目状态，失去了压力，也就失去了抗争，也就失去了攀登的努力。我们谈的这五位作家，显然是清醒的自我意识者，成功只使他们有了自信，并没有减轻他们身上的压力和同时并存的抗争。但是无论压力如何，他们始终都有强者的自信。我觉得，这不是对他们的恭维，这是必须说明的实际。贾平凹说自己没有出身于书香门第，也没有会讲故事的外婆使他童年时期受到创作启蒙。何等地自卑，又何等地自豪。它的潜台词不就是，鄙人全靠自己，与书香后裔有何差距？当人们赞他的散文写得好，他便写小说；当人们赞他的短篇写得好，他便写中篇、长篇。他的用意是非常明显的，便是要向人们证明，各种体裁的作品他都可以写得很好。他有这份自信，来自对自己能力的确认，来自不懈的自强努力。贾平凹在谈自己时，经常不掩饰自卑心理的流露，实际正是他相信自己是个强者的自信的另一种表现。

路遥的自信，更是以抗争的形式表现的。他写《人生》，在创作历程上就是要向人们证明，他并不甘心在获奖者中间奉陪末座。他的《平凡的世界》的写作，承受了巨大的心理压力，几年中间可能会被文学界和读者遗忘，但仍坚持以一种被时髦观点视为陈旧的创作方法继续写作。是什么支持他承受了这种种压力？只能说是对自己能力的信任。除了他自己，谁也不能保证他的创作的成功。这是任何一个清醒的作家都明白的。谁也不能为他们取得读者的承认，金钱买不来，权力拉不来，只有靠自己创造性的劳动。路遥虽然不能预测自己的成功，有着可能失败的压力，但是支持百万字写作的，仍是强者必须具有的充分自信。有了这种自信，才会有对自卑心理的超越，才会有对自己潜能的充分发挥。所以，当我们读路遥的《早晨从中午开始》，了解到《平凡的世界》的写作动因，仅是一种朦胧的超越欲望，就是要超过自己过去的所有作品，就是要超越自己心目中的高度，并无更具体的意图时，便不会觉得奇怪，便会感到和我们的分析相互印证。陈忠实、李天芳、邹志安也有着类似的创作心态，他们每一次尝试，每一步前进，都是在各种有形、无形压力下的抗争，一种自强者的自信。

自卑心理本是一种消极心态，但它又可转化成一种抗争心态，成为一种积极进取的精神，这里的关键在于转化的途径，在于清醒的自我意识的指导，在于自信心支持下的超越。我们谈的这五位作家，都是在这种矛盾的心态中追寻出路的。自卑使他们体验到社会、人生的压力，成为社会不公的敏感者，人生各种境遇的洞察者，人生各种情感的深刻细致的体察者。当然，这一切都是有条件的，并不是任何人、任何条件下的必然结果。这个必然条件便是一定的自信，清醒的自我意识支持下的对自卑的超越，从自我出发的对社会、人生的体察。一个在现实生活中活得舒心的满足者，他就迟钝了对社会现实不幸的感受，在文学创作中排挤了多重人生的体会。我们不得不信服"悲愤出诗人"的中外前代遗训。

作家的自信心，也常常是在对写作这种劳动方式熟练掌握中所产生的创造愉快。运用语言文字，表达思想感情，无疑是一种技能。要掌握它，必须经过一定的学习和训练。但是这种劳动技能，又和一般的技能有巨大的差别，它似乎又不是一种不断训练就能够掌握的，它的被掌握和主体思维、想象力的发展紧密联系。写作上的熟练和自由，常常是作家主体本质能力发展到一定程度的表现。作家在写作上的自信，常常是对现实社会的某种认识的确立，对人生的独特感受的完满表达。作家在写作中产生了创造的愉快，也就是产生了审美享受。大多数作家，都是热爱写作这种劳动方式和劳动技能的。达到熟练程度时，它常常和作家的现实存在相互依存。作家常常把写作看成自我的生存方式。我活着，我写作；我写作，我活着。在不断地写作中，确认自己在社会人生中的价值，发展完善着自己的本质能力。当然，达到这样的程度，不同作家之间也有不同的境界，不同境界间的差距也是非常大的；把写作当成自己生存本能的态度和方式，也是多种多样的。但他们在基本点上是一致的，这就是作家都体验到了写作这种劳动方式是暗合自己天性的，写作不仅是艰苦的也是愉快的，写作不仅是一种义务而且是一种需要。达不到这种程度，作家便不会产生对创作的热爱，也不会为此奉献一生。陕西这五位作家，都经历过对写作这种劳动方式的逐步掌握，达到了在其中对自己本质能力的确认，表现出了一定的自信。

路遥认为写作就是劳动，和工人在车间生产、农民在田间劳动一样，一样的平凡，一样的须臾不能脱离，没有什么值得夸耀的，也没有什么应当轻贱的，是作家就应当写作。只问耕耘，不问收获。劳动者的愉快，在于劳动本身，不在劳动的结果，在于劳动过程中的天性发挥。这是一种自信，一种劳动技能熟练的自信，一种自我本质在劳动中确立的自信。路遥在写作中体验到了自我能力的发展，每一次尝试都会是新的进展。所以，虽然他的写作很艰苦，但也很神圣，充满了克服困难的愉快，也经历了入地狱、过净界、登天堂的涅槃。

这次作家对话中沉默不语的陈忠实，可能由于正在从事艰苦的创作劳动，无暇参与。我推想，他的写作过程也可能是艰苦的，与路遥属同一类型。他们都视写作为劳动，像农民对劳动一样虔诚，像劳动技能熟练的农民对劳动一样充满热爱和自信。为了证明自己的存在，就要写作。写作虽然苦，苦中有甜，甜在苦中，唯有乐此不疲了。

贾平凹属另一种类型，本质上与前一种类型是相同的，只是较少有写作的艰苦感。可以说，他更多地感到了写作的愉快。这种愉快来自他对写作的掌握，来自这种劳动方式与自己天性的合拍。他在社会立身中的孤立感，他与人交际中的自卑感，都使他感到了写作这种个体劳动的自由自如。在这个天地里，他减去了周围人们给他的压力，他有驰骋想象的自由，他有按自己愿望安排一切的权力，他是写作的主宰，他是自己的主宰。更因为贾平凹对写作、对人生抱有另一种态度，所以他在写作中对社会的需求看得不是那么重，不形成对自己的太大压力，他更多地满足着自己编织故事、遣词造句的愉快。他更多地把写作看成了目的，有时候就是为了写作而写作，不一定是要适应社会的明确需求，也不一定是要抒发自己的积郁、压抑。有时候他读了古人或外国人的杰作，激起了一种模仿的欲望，便觉得手痒、技痒，要证明自己也能像古人、外国人一样写得自如，写得潇洒。尽管他有模仿的痕迹，但你也不能不称赞他模仿得惟妙惟肖，又有他的独到之处。自然，这类作品的价值不在于技巧的纯熟，仍在于他对社会、人生的独到体会。我们这里只是要说明，贾平凹把写作看成了对自己能力的一种确认，自己本质力量的表现。在这里他体验到了自己对一般人的超越，自己的某种优越感。他的这种自信心，使他更多地感到了写作的愉快，不仅是深层的创造性的愉快，而且也有外在的形式追求上的愉快。我们似乎可以感到，平凹在文字表达上，有意地破坏语法，有意地违反习俗常规，其中执拗地就是要表现自己语言文字的运用能力，他相信自己是正确的。他闪着狡狯的微笑，看着读者接受他对语言文字的独特的摆弄。

打一个不高明的比喻，贾平凹视写作如木匠做活（实际是他自喻），文章写得好，就是活儿做得漂亮。煞费苦心，就是为了做出漂亮的活儿，漂亮的活儿体现着漂亮的手艺，有时仅仅为了人赞或自赞手艺的漂亮，就不问活儿有什么用处，只追求高超手艺的表现，做出了漂亮的工艺品。而路遥、陈忠实等，却视写作如农夫种庄稼，手艺也是第一等重要，也在劳作中体验到了熟练技能运用的愉快，体验到了技能与自我本质之间的关系，但他们却不能只为表现手艺的漂亮而不问耕耘的结果，他们必须小心地劳作。所以，他们较多地体验到了写作中的艰苦。体会有别，视写作为自己的生存方式，在掌握中确立的自信则是共同的。我们没有一一分析的李天芳、邹志安，大体上也是这样，甘苦自知，容不得我们过多啰唆。

自卑有了自信，才能超越。自信的确立，是成功者不可缺少的心理基石。在分析作家的自信心时，我们不仅看到自卑化成的反抗，反抗导致的自强和超越，也应看到它消极的一面，这便是自卑导致的愤世嫉俗，自信导致的盲目地自我扩张欲。大家都知道，这种所谓的消极一面，也无绝对分明的标准，它也因时代、因作家的创作不同，而具有不同的意义。有的作家的愤世嫉俗不值一钱，有的却具有特殊的含义。我们这里无暇纵论古今，仍回到我们的论题上来。陕西的五位作家，强有力地控制着自己的心理活动，使它沿着积极的一面发展。

与自信相跟随的常是自恋，这是作家、艺术家最易产生的心理。作家感到社会歧视的地方，产生自卑心理的方面，也常常是作家自恋之处。这里有对自卑心理的超越，有对社会不公的反抗，有对压抑的重新认识，也有自我本能的张扬。我们很难把它看成纯粹的个人的心理因素，实际它常常是社会因素曲折、复杂的反映。路遥塑造的高加林的形象，不能说没有渗入作家个人的一些心理因素，但也不能看成作家的影子，他是我国农村一代知识青年要求公正待遇的众多人物特性的结晶。应当如此看待。但我说高加林是作家自恋心理的投影，也讲得通。作家在写作中，常常把自己的一些心理因素，或自己赞赏的心理特质、道德规范、行为方式给予偏爱的表现。作家可以描写各种各样的事物，可以刻画、塑造各种各样的性格，在完整反映社会人生中，总有自己独特的领域。在这个独特的领域内，一些作家总要较浓重地投下个人经历和个性气质的影子，它常常是受压抑的心理的一种表现。在现实中是受压抑的，在幻想中总想解脱，总能得到变相的解脱。路遥笔下的个人奋斗者，贾平凹笔下的外貌猥琐的女性崇拜者，李天芳笔下的理性皈依者，都多多少少透露了个中消息。

作家在这方面容易忽略读者的期望。读者期望更广阔、更深入的社会人生体验，甚至是新鲜的某种程度陌生的人生体验。换句话说，读者常常期望作家有新的开拓。而为自恋心理约束的作家，较容易沉入自我宣泄，不自觉地在题材选择、人物塑造、艺术趣味上重复自我。或许，最伟大的艺术家都难免某种程度的自我重复。这里的区别在于是依恋这种重复，还是极力挣脱这种重复。

从服从现实原则，到抒发积郁、压抑，作家的创作体现了多重需求的满足。他们既为适应社会需要、读者的审美趣味而写作，也为自己积郁的抒发、心灵的某种自由而写作。这期间的界限很难划清，有时是相融合，有时是相纠缠，有时是此克服彼，有时是彼压服此。重要的在于有所超越。这里的关键是创作个性的自觉追求。促使创作个性形成的一些基本因素，可以说在作者创作初期就具有了，它并不一定要在创作的成熟阶段才形成。但是，一般作者往往对这些开始并不具有清醒的意识，甚至盲目地压抑它。我们可以看到，陕西这五位作家都有较强的个性意识，他们不满足自己创作对社会的适应，都强烈地要显示自己的独特色彩。而且他们都几乎一致地认为，这种独特色彩并不来源于艺术形式或技巧的创新，而主要根源于作家自己的生活和体验。贾平凹开创商州系列小说，路遥由陕北而专注城乡交叉地带，陈忠实、邹志安迷恋关中乡情，李天芳开掘知识分子的心灵，他们都由自身出发，走向广阔的社会人生，走向自己熟悉的纵深领域。他们在自己独特的领域内，愈来愈体验到某种程度的自由，重新体验人生的自由，个性伸张的自由，写作技能发挥上的自由，同时也就愈来愈清醒地确立了自己的创作个性。这种自觉的创作个性的要求，愈来愈强烈地反抗着某些与己不和谐的社会要求。这时作家已不可能像创作初期，只是为了适应社会的需要来写作，而大多是为了适应自己的需要来写作。自己的需要，在不同时期，不同具体作品的写作过程中，可能又有不同的内容。有时候可能是为了抒发自己的积郁之情，有时候可能是为了表达自己改造社会的观点，有时候可能是迷恋于某个情节或某种性格的展现，有时候可能是憧憬于某种艺术境界的达成：总之，无论何种情况，作家大多有一种强烈的愿望，要突出自己不同于任何人的创作个性。对创作个性的自觉追求，已成为这五位作家后来写作的主导动机。

我们说，这时候的五位作家，已经不仅仅把写作看成自己争生存的劳动方式、谋生的职业，而是看成自己发挥天赋的有效手段，心灵获得一定自由的特殊领域，自己生存的一种方式。为了意识到自己存在的价值，为了向社会证明自己的存在，就必须写作。这时作家已不满足于一般的存在方式，如做一个优秀的公职人员，做一个好公民，做一个好父亲或者好母亲，等等，而是要做一个优秀的杰出的作家。活着就是为了写作，写作就是为了活着。有较强烈政治意识的作家，他就很容易把自己的政治追求渗透在写作活动中，他自然把写作看成改造社会的工具。他写作就是他在参与社会改造，他写作就是在尽他的历史责任。因之，写作就较易追求对社会问题的揭示。而政治意识淡薄的作家，就很容易趋向审美情趣的表达，把写作看成一种审美享受，审美形式的创造。看来，五位作家各有不同的偏重，也有在两者之间忽此忽彼的摇摆。这原无绝对区分的必要，二者也无优劣之别，只是在不同时期，社会需求对二者有所差异，因之作家便受到了不同的社会待遇。

当写作成了作家生存方式的时候，作家的自觉的创作个性占了主导地位，作家就较易于抵御外来的诱惑或压力，而服从自己的愿望和天赋进行创作。作家不是孤立的个体，他们强烈的个性意识都是与一定的群体、一定的社会紧密相连的。当他们在创作中，愈想突出个性特色的时候，他们便不得不更深入地研究社会、体会人生和学习文学传统，他们会感到前人的优秀创作是对他们的巨大压力。如何超越自己过去的作品，如何超越同时代人的作品，如何超越前人的优秀作品，便成了一种压力，也是一种动力，推动着作家向新的目标前进。

我们的结论是，超越意识是一个作家成功的标志。有超越意识，才有对既定条件的清醒认识，对自卑的克服，对自信的正确维持，对潜能的充分发挥。对一个取得了一定成功的作家，超越自我是一件非常困难的事情。我们欣喜地看到，陕西五位作家在成功之后又有新的成功，他们超越自我的努力和艰难不难想象。现在，又有新的超越任务摆在他们的面前，似乎永无坦途，有的只是无穷尽的坎坷有待克服。

猜测终是猜测。猜测不能落实，便暴露了自身的非真理性，也宣告了自身的灭亡。所以，对作家有得罪之处，万望能够见谅，不必介意不能成立的推断。

选自《作家创作心理猜测》，复旦大学出版社，2008年

绚烂之后归平淡　寂寞之中成大业

——漫谈我国文学的现状

　　曾经习惯了被鲜花、荣誉、崇拜者所包围，或处逆境仍被大众所尊敬、被知音者所热爱，或简直忙于应付没完没了的酒会、笔会、采访、新闻曝光的我国文学界的一些人，眼下不能不感到十分地不习惯。昔日的盛况不仅少见了，而且有某种从天上掉到地下的感觉，不仅经济收入物质待遇下降，甚至有的糊口都成了问题。最令人灰心的是社会舆论的冷漠，狂热的读者群和轰动效应消失了，文学作品很难成为热门话题。商品经济的大潮冲击了原有的一切秩序。

　　或出于谋生的需要，或出于拣高枝飞，或试图重新实现自我价值，文学界不少的人都纷纷下海。影响所及，不仅文学界原有的队伍在缩小，而且原来千军万马挤独木桥的后继部队也不能不溃退涣散。

　　文学界的前途堪忧？！

　　似乎，又很难做肯定或否定的回答。我们必须放眼看看。所谓放眼看看，就是看看整个国家的发展，看看世界各国文学界的现状，看看人类文学发展的历史。稍微冷静一下，都会认为我国文学界的当前状况，属于社会巨变时的转型状态，过去那种一定程度的文学尊贵现象，倒有些不正常。当然，这绝不是说一切良好，无须引导和匡正。人力所及和所应做的扶植，仍是文学界所企盼的。

文学被推崇到过分重要的位置，从我们接触过的时代看，大多社会本身的发展并非十分健康。"文化大革命"时期，把文学的作用夸大至极端，似乎文学作品的好坏决定天下兴亡。那样的做法，那样的时代，恐怕于文学、于社会都没有什么好处。新时期初期，百废待兴，拨乱反正伊始，束缚禁锢仍未解除，敏感的文学，独领风骚，动辄唤起全国人民呼应，文人们确实无法不陶醉其中。但是，谁都清楚，那只是文学的复苏，社会大调整前的舆论准备，真正的审美创造的文学还不是主流。中国大多数人，从自己和周围人的切身利益考虑，恐怕还是宁可要一个文学或许不甚景气但经济繁荣发展的社会，而不肯要一个所谓的文学繁荣而经济生活停滞或凋敝的社会。两全其美最好，但那只是一种理想，现实是文学的发展和经济的发展、社会的进步，经常处于不平衡状态，落后国家和落后地区常坐文学上的第一把交椅。所谓"国家不幸文学幸""悲愤出诗人"，都从不同角度说着一个现象。从社会发展进步的角度看，文学的某种暂时的不景气，不值得大惊小怪。

　　打破闭关锁国之后，外域的事情我们逐渐地知道多了，我们也逐渐地习惯了与洋人接轨、市场经济、股份制、文人下海等等。有些事情，本非洋人独有，而是人类社会一定阶段的必然产物。一个时期我们从教条出发，人为地硬性铲除或硬性拒绝，现在不过恢复了自然，或许初期还显得不自然，渐渐便会自然而然。看看别的国家，别的时代的文人，官家养的是少数，大多数都是自谋生路的。特别自有了新闻出版自由之后，文学创作便是一种声誉好、报酬也相当可观的谋生手段。我国的一些作家，看看人家（指海外的作家），想想自己，也觉得拿工资搞专业创作，容易养懒汉，不如实行高稿酬、打破铁饭碗、激励竞争。这实际上是主张和国外接轨。议论起来容易，实行起来也颇多麻烦，关键在于稿酬应能使一般勤劳的笔者达到社会中等状态的收入；否则，就是饱汉不知饿汉饥，站着说话不腰痛。

　　眼前使人痛惜的是，自从国家许多政策放宽放活之后，各行各业的从业者也都大显身手，不同程度地增加了收入，生活消费水平也只见涨不见落。相形之下，原来收入不算低微的文人，今天却变得难以糊口。近年不少中青年作家英年早逝，和其他战线上的许多中青年知识分子遭遇一样，贫困劳累何尝不是促成原因之一。社会分配不公，按劳分配原则的未能贯彻，严重地影响着智力劳动者的生产积极性，也不能不影响着文学生产。文学不被特殊尊崇是正常的，我们要逐步习惯。但文学为金钱所淹没，为社会所轻视，却堪忧虑。

历史上，最早文学不是独立的，自然也没有以文学创作为职业的人。后来文学独立了，也有了专门从事文学创作的人，但更多的从事文学创作的人都另有生路。我国封建社会的文人为朝廷歌功颂德，为权贵唱赞美诗，能讨得官职厚禄，写谀美之词的墓志铭，能讨得丰厚的润笔，但这些都未能繁荣文学，那些文学精品大都是没有物质报酬的产物。李白、杜甫的诗歌，罗贯中、施耐庵、曹雪芹的小说，都不是物质刺激的结果，反是贫困失意中的成就。社会进入文学作品可卖钱的时代，真正优秀的作家注重的是作品的审美价值。把钱挂在口上的巴尔扎克，常常为了作品的进一步完美，把金钱置之度外。所说的例子，或许不能代表全貌，却也说明了事情的一面，或许是根本的一面，即文学的创造和繁荣，绝不仅仅系于人们的尊崇和金钱的灌溉。这绝不是说逆定理成立，只有轻视践踏和使文学家贫困，才有文学的创造和繁荣，而是文学的发展有它自身的规律。这就是与其相适应的物质基础和经济规律，政治上的开明和思想言论的不被禁锢，文学自身的不封闭并善于多方面地吸收营养，这些最终都离不开经济的支撑。

当前我国文学境遇不佳，文人待遇低下，好像是文学发展遇到的极大的困难和阻力。我认为，如上所述，放眼看看，又觉得不值得大惊小怪。说个不恰切的比喻。前些年文学在思想文化领域独领风骚时，犹如花团锦簇绚烂一时，胜境一过渐归平淡。政治、经济生活健康发展，国人的事业、兴趣也都各入正轨，拥入文学领域找寄托、找出路的人也日渐减少，留下的自然是些拔不出脚或铁了心与文学厮混的人。这时也不好图热闹只得潜心为文，或求情感的抒发，或求心灵的解脱，或求世风的校正，或求美的创造，或求圈子内人们的赞美，他们都不约而同地把文学看成了一种创造，都更大程度地摆脱了非文学的载累。自然，他们也意识到了，这是一种苦乐相伴的个体精神劳动，倒不一定适宜于炫耀的环境、宾馆、笔会，而较宜于孤冷寂静的田野、茅舍。创造成果的社会反应是难以预期的，不一定能得高稿酬、重奖、读者的倾倒赞美，因之也只好不问收获只需耕耘。看来处处不尽如人意，但是又多么暗合文学创造的规律，寂寞之中必成大业。好的、优秀的文学作品，必然在这种涤除了喧哗浮躁之气的暗流涌动中产生。这几年拿出有分量的作品的作家不少，哪一个不是经了几年的寂寞的？我省沉默了几年的陈忠实，以他的《白鹿原》，显示了我国辛亥革命后多变动荡的政治局势下人民群众的命运和对多重的人生追求人生意义的思考，其艺术魅力和哲理深度都达到了目前长篇小说的一个新的高度，与李劼人的《大波》、柳青的《创业史》相辉映，各显风采。我国文学界像陈忠实这样的汉子和巾帼，绝不在少数。我们只能在他们拿出惊世之作后，才认识庐山真面目。

对我国文学的发展我们有理由抱乐观态度：文学已经自觉，逐步摆脱过多的负累；精神生产的环境日趋宽松；物质待遇的不公，有可能经吁请而改善；有献身文学的人。有的人的价值就在文学上，改做别的就要贬值，劝他们死心塌地做"傻瓜"。还有些赶热闹的，渐渐地熟悉了门径，像票友一样地玩玩文学，玩玩当真了，也会震动文坛。所谓的业余文学创作，今后将会成为一股大军，政治家、企业家、工人、农民、失业者都会有创作的冲动和实践，挡不住会有人跨入文坛成为一时的明星。究其根源，人人都和文学有缘。人都不会满足于做一头快乐的猪，而愿做一个痛苦的人。文学帮人哭、笑、思索、渴求，从而获得审美的满足。受文学熏陶，健全丰富了人，不满足于被动欣赏，也会主动进入创造。文学是我国人民的需要，需要不竭，创造也不竭。

选自《作家创作心理猜测》，复旦大学出版社，2008年

小说家的硬功夫

——《晚霞》读后

通过人物的对话，便能活现出各自不同的性格和心理特点来，这始终被人们看作小说家传神写照的高超本领，是不多见的硬功夫。读过周克芹的《晚霞》，人们不得不赞服，小说家的硬功夫在这里有着鲜明的体现。

小说一开始，就让人物在对话中显示自己的面貌。儿子憋了好长时间，终于说出的最初的几句话，貌似恭谨，却话中有话，深布疑团。做父亲的也不是个平常角色，他知道儿子要说什么，虽然内心冒火，却故作镇定，淡然地回答道："哦？有话你就说嘛！"这既流露了他的某些意外感，又维持了长辈在小一辈人物面前的尊严和宽容。但是，当儿子真的说出了那"不该说，可又不得不说"的话以后，虽然说得云遮雾罩，还让不知情者无法清楚，做父亲的却不能显示自己的宽容了。他多少年来都是亲昵地称儿子为"波波"，此刻他却感到再也不能和儿子那么亲密无间了。望着儿子驾驶拖拉机走后，院子里留下一团黑烟，慢慢散开。他问儿媳："桂珍，他……今天不去拉煤了么？"称儿子为"他"，不再是"波波"。这里有着冷漠和生疏，也更有着不得不承认的某种事实，儿子已经长大了，和父亲一样是一个汉子，一个独立的、与所有的庄稼人一般平等的汉子了。当他知道这个与所有的庄稼人一般平等的汉子，并没有按他的吩咐去拉煤，而是去拉砖了，他便怒火填胸，忍不住突然放开嗓门，恶狠狠地高声骂着："混蛋！狗东西……"

从语气平淡、含有宽容的"有话你就说嘛"，称儿子的"你"，到冷漠生疏的"他"，到怒火喷发的"混蛋！狗东西……"，语气是多么激烈的转化，这不仅显示了父亲有棱有角的性格，而且又是多么生动地揭示了父子之间不可调和的矛盾，一场隐伏着关系不小的斗争。才读了小说的第一部分的读者，还无法猜知这个斗争的内容。但是作者通过人物语言摹神写态，把父亲和儿子各自的性格和对立的心理状态，都突现在读者眼前。

做父亲的老庄和做儿子的庄海波，他们之间的对立是真正的性格冲突。但是真正显示了作家刻画人物、追魂摄魄能力的，还不是对父子之间的正面冲突的描绘，而是对另外两个人物的冲突的描绘：老庄的儿媳妇和老庄嫁出去的女儿庄海波姐姐之间的冲突。读过这部分的精彩描写，人们不得不信服，平常所谓的"如闻其声，如见其人"的赞语原是极妥切的，许多作家就有这种本领。

老庄的儿媳不愿公开介入公公和丈夫的冲突，她怕落个不贤惠的名声。但是她的实际思想和实际行动，表明她早已成了丈夫的同盟后备。她是个异常机灵聪明的人，她知道她无力也不可能调和公公与丈夫的矛盾，支持公公吧，非她所愿，支持丈夫吧，非她所能。她想到了海波的姐姐，看来姐姐是最合适不过的调解人。海波姐姐曾是个"当家姑娘"，也是个聪明透顶的人。两个极聪明的女人碰在一起，料想得到，谁也难服于谁的。果真，话不投机，展开了一场唇枪舌剑的交锋。尽管她们两个人都很聪明，都要维持自己的尊严，但是不同的立场和不同的考虑，却使她们无法靠拢。你来我往之间的每一句话都在显示着说话者的精神力量，都在企图迫使对方屈服。

姐姐觉得父子不和，自然是儿媳作祟，因为她未出嫁前，父亲和弟弟并无矛盾，这两个又是自己的亲人，她不能不袒护，责任只能在自己面对的这个外来者。然而这个外来者却是自己替弟弟挑选的。她只能怨恨自己了："都怪我……"但是也不能放松了对方，她用指责弟弟的语气说道："常言道，'人吵败，猪吵卖'，难道他也像那些没出息的人一样，嫌人多么？一个老子都容不下了啦……"听话听音，弟媳完全听懂了姐姐把责任全推在自己身上的意思，她不能不把父子因办煤厂意见不合的事实说出来。姐姐此时正在乘胜追击，自己完全处于"被告"地位，联想到第一次见姐姐，被作为未来的弟媳"审查"了三个小时的屈辱，她更强烈地萌生了回击的渴望。她在寻找时机。姐姐准备回娘家，亲自过问这件事。姐姐换好了衣服，正往篮子里拣鸡蛋，弟媳出击了："不要拿吧，我们家也有鸡蛋。"她故意把"我们家"三个字说得很重，意在告诉对方：你再厉害，也是嫁出去的女，在你过去那个家里，你不过是个外人罢了！姐姐听懂了弟媳的潜台词，仍然不断地往篮子里装鸡蛋，回敬道："你有是你有。爹是我的亲爹，我不疼他哪个还疼他哟？"一个强调"我们家"，要把对方说成外人；一个强调"你"是"你"，"我"是"我"，亲疏不同。针锋相对，旗鼓相当。假若这次相交算平局，那么姐姐仍占上风。弟媳不得不使出最后一手，她不再掩饰自己对公公的不满情绪，适当又明确地让姐姐知道，家庭不和完全是由于公公和寡妇彭二嫂关系不正常，反对海波开办机制煤厂，无偿地支援彭二嫂的手工煤厂。她说："替外人赚钱，就不管自己家里亏本！再说，那么多的闲话、脏话，闹得满世界风风雨雨，他就不想想我们做小辈的脸往哪搁……"后发制人，弟媳的话说得很"策略"，又很有分量。说公公的不是，尤其与道德作风有关的问题，不能说得太直太露，但要让人人都能感觉得到，更重要的是让姐姐明白无误地感觉到。她的目的达到了。"果然，姐姐的脸由红变白，继而变青了，气得嘴唇打颤，一句话也说不出来。"姐姐本来想，父亲和弟弟的不和，肯定是弟媳作梗，却料想不到竟是自己亲爹不争气，和名声不好的彭二嫂有瓜葛，一直劲头十足地讨伐弟媳，便被弟媳驾驭的社会舆论的力量扫荡得败下阵来。她的哑口无言，似乎也在证明着她和弟媳也有着同样的道德观念。

这一场姑媳之间的舌战，是那样地惟妙惟肖、有声有色。虽不是锣鼓齐鸣大打出手的场面，却也是九曲十八弯真正的棋逢对手，真正的精神力量的较量。作家让每个人说自己应该说的话，准确地说，是让话语从每个人物的心里流出来，带着她们各自的性格特点、教养习惯、个人爱好等等。笼而统之，谓之语言的个性化；深究起来，这颇复杂，重要之处在于分寸。一般人们只看到人物的语言要切合人物的身份，军人有军人的术语，农民有农民的口头禅，商人有商人的行话，黑社会里的人物有自己的暗语。其实这远远谈不上个性化，说同样的口头禅的人物还面目不同、性格迥异。重要之处在于处处切合分寸，时代、阶级、阶层、职业、年龄、性别等等都会有它的对人物语言的要求，即使不同的说话场合，不同的交谈对象，也都把人物的语言限制在一定的范围之内。作家的高明之处，就在于他能掌握这各种分寸，使得每一句话都只能出于特定人物、特定情境之下，不能位移，不能增，也不能减。让人物的语言，流露人物的心声。

把人物的灵魂暴露出来。其实，这个暴露的方式，暴露的分寸，就显示了不同的灵魂。并不是说，人物想什么就应当说什么。作家只是把人物内心尽可能地让读者窥视清楚，让人物说出的倒往往不过是他们内心的一二，但是这没有说出的八九也尽在不言中显示了出来。试听听《晚霞》中姐姐和弟媳的对话，一个要显示自己的精明，"当家姑娘"的本色，一个要显示自己的贤惠媳妇的名声，真正的"内当家"身份。她们说出的话，倒不能按字面去理解，没说出的潜台词，倒是欲说者的真心。漫不经心者，是写不出当时的语气声色的。对姑媳生活不熟悉，不深入人物精神世界的作者，也是掌握不好其中的分寸的。

我不厌其详地复述小说的第二部分，姑媳之间的一场舌战，实乃小说的妙笔生花之处。它让人们看到，高度个性化的人物语言，不仅鲜明地显示着不同人物的性格特点，而且深刻地揭示了她们复杂的心理活动，隐蔽的内心世界。矛盾冲突借此展开，故事情节由此推进。

这样的矛盾冲突，是由人物的性格逻辑规定的，不是作家为了追求戏剧效果而违背生活真实编造的，所以它是那样地自然，那样地充满生活气息。周克芹是读者熟悉的一位作家，他长期生活在农村基层，对农民和他们的生活非常了解。长篇小说《许茂和他的女儿》，就是他这方面情况的生动说明。面对今天变革中的农村，作家也就较一般熟悉农村情况的作者了解得深透。从《晚霞》中，我们可以看出，作家特别重视这场经济变革带来的人们思想上的波动和变化。作家没有简单化地讴歌农民生活的富裕，而是以其极度关心的心情注视着他们如何面对新的生活、适应新的生活，把他们的喜、怒、哀、乐真实地反映出来，试图让读者和他一道真诚地帮助农民在认识客观外界和认识自身中健康地前进。或许作家觉得农村今天发生的一切，眼下不一定能看得很清楚，不应当从某种观念出发去下结论，而应当让生活本身显示必然会有的前途，虽然这种前途还不甚清晰。

生活是复杂的，人们的性格也不是单线条的。文艺反映现实，违背了生活的复杂性和人物性格的丰富性，也就减弱了或失去了真实性。因此，在一定的意义上说，作家注意生活的复杂性，既能帮助他更深入地探究生活的底蕴，也能帮助他达到反映生活的真实境界。

《晚霞》的人物的语言的个性化，就是服务于反映生活的复杂性的。老庄和儿子的矛盾，不是一般的父不慈、子不孝的矛盾。当然围绕这个矛盾不同人物之间的分歧纠葛，也就不是单纯道德观念的分歧。庄海波是个有头脑、有干劲的青年，他筹资开办机制煤厂，发展商品生产，解决当地群众生活用煤问题，从公、从私两方面看，都是件好事。无疑这样的专业户代表了农村的先进生产力，他们的事业必然是要胜利的，甚至连竞争对手彭二嫂也承认这样的进击者是无法抵御的。那么老庄反对儿子的事业，无疑是站在错误的立场上了，难怪儿媳要骂他"老糊涂"了。这是先进与落后的矛盾，革新与保守的矛盾。然而事情并不这样简单。老庄确实有认不清形势、思想保守的一面，硬支持肯定要垮台的彭二嫂的手工煤厂，但他主张讲良心，主张"不能在别人碗里抢饭吃"，也有合理的一面。这就是不能一人富，要考虑左邻右舍。彭二嫂的煤厂一垮，许多社员便会立即失业。他这种为别人着想的品德，连站在对立面的儿媳也不得不敬佩。我们不能简单地肯定一方，而否定另一方。生活在逼使老庄接受新的事物，生产上的竞争并不是"在别人碗里抢饭吃"。生活也在教育着庄海波，他也会逐渐地学会，如何正确地进行竞争，如何带动左邻右舍，从父辈那里吸收一定的思想营养。

小说显示的生活的复杂性还不止于此。代表着先进生产力的人，不一定思想全新，代表保守力量的人物，也不一定思想全旧。庄海波父子之间也正是如此地复杂。老庄支持彭二嫂的行动，在实际上并不能给庄海波带来多么严重的威胁，却使儿子、儿媳不能隐忍。他们愤愤不平的不是父亲给竞争对手增加了砝码，而是父亲不顾作为长辈的尊严，和一个名声不好的女人打得火热，给他们丢了脸面。看来在道德观念上，年轻一辈反做了旧传统的俘虏，老庄反倒开通。他和彭二嫂并无不正当的关系，也没有明确地表达过任何爱慕之情。对那些关于他和寡妇彭二嫂的流言蜚语，他的确不在乎。"是又怎么？不是又怎么？一个鳏夫，一个寡妇，如果双方都有那个意思，就去登记结婚，这又有什么了不起、值得那么大惊小怪的呢！……老庄在这方面思想还是满（蛮）解放的。""他懂得政策，谁也吓唬不了他。"他坦然地、义无反顾地照样往彭二嫂那里跑，支持她。儿子、儿媳却被社会舆论控制了，他们从传统的观念出发，要老庄放弃对彭二嫂的支持。海波媳妇，也正是用这个传统的武器，击败了乘胜追击的姐姐。当姐姐听到爹爹与有伤风化的事情有关，立即哑口无言，无力深究。三个站在不同角度的年轻人，在这个问题上倒是没有任何分歧，共同站在了保守的立场上。所以，当他们三个人突然看到，在晚霞光照的小草坡上，"他们的爹，还有那个不被他们理解的彭二嫂一同坐在那儿。三个小字辈都惊愕地睁大了眼睛。脑子里转动各种念头，又划出许多问号"。面对这样的现实，需要改变自己思想的不是老庄，而是他的儿女们。

《晚霞》没有把生活简单化，没有把人物单一化，尽可能地显示生活和人物的完整面貌，它的复杂性，它的多种色彩。在驳杂的色彩之中，作家显示了生活的主流，那是一种势不可挡的与科学技术、机械化生产相联系的农村专业户的蓬勃生力。同时作家以象征的手法，赞美了晚霞如梦境的橙色的迷人光彩。老庄和彭二嫂迟到的爱情，他们身上迸发的精神道德力量，不是如同这晚霞一样，是瑰丽的，值得赞美的吗？晚霞即将逝去，但是这逝去前的光照是多么令人心醉啊，人们在它的面前不能不心驰神动啊！

我不想说《晚霞》向人们传达了作家对生活的那些思考，我只突出地感到作家尽可能地让生活自身说话，让人物言行沿着性格发展的逻辑做自我暴露。假若读者从中获得了某些教益，那是生活提供的不枯竭的、不断充实的真理，作者全身心地沉浸其中，默默无言地引导读者共同体会这不停息的生活的脉搏和激情、感奋和思索。这是现实主义的魅力。

选自《换一个角度看人生》，陕西人民出版社，1989年

民族活力的呼唤

——感受红柯作品

以《奔马》《美丽奴羊》走上文坛的青年作家红柯，给90年代的中国文学带来一股清新刚劲之风，它形成的感情、思想冲击正在日益增强。

红柯的小说，是诗性的小说，重主观情感的传达和抒发。没有曲折的故事和复杂的人物性格的刻画，却有饱满的情趣意绪的营造，强烈的精神渴望和浑然沛然的感情传达。空旷的草原，普照万物的太阳，奔驰的骏马，高翔天际的雄鹰，安之若素的美丽奴羊，坦荡沉稳的石头，当然还有更重要的与这些万物性灵相通的生命力活跃的牧人、骑手、驾驶员、技术员，都向读者显示了一种强健的生命活力和不息的精神追求。

从红柯作品中，我们无法回避要感受对自然的拥抱和对人世的疏离。他的近作《乔儿马》把这一点表现得再明白不过了。水文员马福海三十五年的离群孤居，已经忘记了他在人世的称谓，和乔儿马这个地方混而为一，和土豆、石头、狼、熊、鹰和谐相处。要他退休回到城里等于要他的命，让他继续原来的生活，他则焕发活力使人误认为他像他儿子般的年轻。汽车赛不过奔马，技术娴熟的屠夫在美丽奴羊面前丢下了屠刀，年轻的媳妇在马背上变得辉煌，放了一辈子羊的牧人被羊放了一回，婴儿诞生的啼哭和骏马的叫声浑然一体。红柯的作品顽强地要唱响唱彻自然生命力的伟大、坚强、高贵和自由。

与此相对立的环境和活动，则会显得卑微、软弱、萎缩和束缚，那就是侵害、污秽自然的物欲社会。虽然红柯的作品没有或者较少正面描写这一切，但它的赞美和主人公的行为，都把这个实际存在昭彰了。作品所显示的主人公的孤独感，就是对这个存在的疏离和拒绝。

但是，我却觉得作者的这些思想和意图，不是对现在时髦的环保意识、大自然保护者的科学意识的抄袭，也不是我国传统文化的天人合一哲学的现代翻版，它是有责任感的作家、艺术家脱不掉的人文精神，是对人的命运的关怀和理想境界的追求。在红柯笔下便具体化为对生命意识的强化，对强健的生命力和民族活力的呼唤。物欲的社会枯萎着人的生命活力，《乌拉乌苏的银月之夜》中的陶科长，为了从插队之处跳出，为了上大学，为了当科长，违背生命之道，结果丧失了自然的正常的生育能力。一个人是这样，一个民族何尝不是这样。

散文《一个剽悍民族的文学世界》《马背民族文化》把红柯的这些思想做了沉痛突兀的表述。人们说滥了的《金瓶梅》《红楼梦》，他仍说出了新意，不是故意制造耸人听闻的异说，而是从整体民族精神、心态的感悟上，沉痛地感受到了一个民族在人种上的退化与衰亡。他多么渴望中华民族更多地保留有马背民族所具有的强悍凶猛和勇敢，秦人吞并六国一统天下的气势，满族人横扫中原建立新王朝的雄才大略。这种整体感悟的方法，不仅使他对几部古典小说说出了新意，重要的是他对民族的文化、民族的历史有了深透的体察，对民族精神的萎缩、退化有着痛彻骨髓的心灵震动，对重新唤醒民族活力有着急迫的要求。红柯的散文是对他小说的一种补充，一种理性的烛照，一种思想阐释。

红柯重在感情表达的小说，不精细于复杂情感的辨析，也不在于情感的深层挖掘，而在于对浑元之气的把握和表达，专注于生命活力的唤起和张扬。这些小说的思想、社会背景和他的散文是同一的。中华民族的现代子孙，谁不渴望自己民族新的振兴，谁不对过去的脆弱感到痛心？！应该有剽悍活力的明天。放开了眼界，作家也可以寄望于整个人类。他的关于奔驰、飞翔的梦想，是想让人们在亲近自然中焕发生命活力，活得雄壮、飘逸而高贵。

红柯是一个有思想有才情的青年作家。难得的是他专注。假若要从读者的角度提要求的话，希望他注意小说的平民性、丰富性。受到多数读者的欢迎，始终是作家不应该拒绝的荣誉，也是一种追求。

选自《作家创作心理猜测》，复旦大学出版社，2008年

后　记

　　刘建军先生是中国新时期最重要的文学批评家之一、柳青研究专家。他曾任中国小说学会副会长、陕西省作家协会常务理事、陕西省文艺界联合会第二届委员、陕西省影评学会常务理事等。他还曾创办《知识界》杂志，担任社长和主编。他多年担任西北大学中文系主任，是开创西北大学文艺学学科的领军学者。他因材施教，力倡活学，培养了一批优秀的文艺理论人才，其中不少已成为学界颇具影响力的学者。

　　刘建军先生勤于治学、著述宏富。对现实主义问题的研究和积极拓展现实主义文学道路的主张贯穿其学术思想始终。上世纪70年代末，他较早地提出恢复现实主义传统、发扬人道主义精神的观点，引起文艺界、理论界的赞同和响应。他一贯把文学看成人生、社会的审美反映，重视对文学与生活的关系、文学与人民群众的关系、文学与时代精神的关系的研究，在现实主义文学传统的理论内涵、新时期文学的人道主义本质、文学正确表现人性的途径、《红楼梦》的现实主义悲剧结构等重要理论问题上有自己独到的见解。作为"笔耕组"成员，先生积极关注陕西文学的发展。他与蒙万夫、张长仓合著的《论柳青的艺术观》（上海文艺出版社1981年版）从美学的高度概括和分析了柳青创作的艺术特征，提出了"对象化的艺术表现手法"等重要概念，成为柳青研究史上绕不开的力作。他还积极关注陕西青年作家的创作，写作并发表了一系列评论陈忠实、贾平凹、红柯、李小巴、马玉琛等陕西作家作品的文章，对当代陕西作家成长发挥了积极作用。

本书共编选刘建军先生文艺批评论著二十余篇。在编选中，我们将先生论著按照论域由宽到窄大概分为五个模块，依次是现实主义理论问题研究、新时期文学现象研究、柳青研究、陕西作家作品评论、文学批评论。在每一个模块中，我们优先选择其代表作，同时充分考虑到与先生此前文集的差异性，尽量避免重复。

感谢西北大学文学院的硕士研究生刘璎莹、陈媛、蒋孝玉、田原、董泽、臧鸿鸣、程宗旺、马瑞彪、苏航等协助完成部分文稿的编辑和校订工作。

是为记。

段建军　陈然兴

2025年4月于长安